Collection dirigée par Glenn Tavennec

LES AUTEURS

C. J. Daugherty : Ancienne chroniqueuse judiciaire et journaliste d'investigation, C. J. Daugherty est aussi l'auteur de la série *Night School*, un best-seller international. Elle a vu sa première victime de meurtre à vingt-deux ans et sa fascination pour la part d'ombre de la nature humaine ne s'est jamais démentie depuis. Sa série *Night School*, qui se déroule dans le cadre d'une pension réservée aux héritiers de l'élite britannique, a atteint le top du palmarès des ventes et ravi les cœurs à travers le monde. Ses livres ont été traduits en vingt-deux langues. Née au Texas, elle vit en Angleterre depuis de nombreuses années, où elle travaille actuellement à l'écriture d'un nouveau roman. Pour en savoir plus, allez sur www.CJDaugherty.com.

Carina Rozenfeld : À neuf ans, Carina Rozenfeld écrivait déjà ses propres histoires – elle se disait que rêver la nuit ne suffisait pas. Plus tard, elle est devenue journaliste pour la presse jeunesse française tout en continuant d'écrire la nuit. Quand ses premiers romans ont été publiés en France, elle a choisi de devenir auteur à temps complet. À ce jour, elle a écrit près de vingt livres à succès, y compris la trilogie best-seller *La Quête des livres-monde* et *Les Clefs de Babel*. En littérature pour jeunes adultes, elle est connue pour ses séries *Phœnix* et *La Symphonie des abysses*. Elle a déjà remporté de nombreux prix littéraires. Elle vit aujourd'hui à Paris où elle travaille sur de nouvelles œuvres dans les littératures de l'imaginaire.

C. J. Daugherty
Carina Rozenfeld

Le Feu Secret

roman

traduit de l'anglais par
Frédérique Fraisse et Frédérique Le Boucher

Titre original : THE SECRET FIRE

First published in Great Britain in 2015 by Atom

ISBN 978-2-221-19025-8 ISSN 2258-2932
(édition originale : ISBN : 978-0-349-002-19-4, Atom)

Pour Jack et pour Léo

1.

— Saute !

La voix était aussi froide que la nuit.

Sacha se retourna. Il semblait plus amusé qu'apeuré.

— Tu veux vraiment que je saute ?

Les bras serrés sur la poitrine, il fit semblant de trembler.

— Mais… Mais… je risque de me faire mal !

— La ferme ! grogna Antoine qui s'avança vers lui d'un pas menaçant. (Le revolver dans sa main brillait au clair de lune.) Tu me fais perdre mon temps, mec. Tu as perdu ton pari. Tu as choisi cette option. Maintenant… Il ne te reste plus qu'à sauter. Vas-y, Sacha. Qu'on en finisse !

Sacha leva les mains en l'air.

— OK, OK, y a pas l'feu.

Grand et mince, il portait un T-shirt noir délavé et un jean sombre. Son large sourire le rajeunissait également, tandis qu'il marchait sans crainte vers le bord. Une brise rabattait ses cheveux bruns et raides sur son visage. Il les écarta pour scruter l'obscurité.

Antoine savait qu'il ne pourrait rien voir dans le noir. Le toit sur lequel ils se tenaient se trouvait à cinq étages du sol.

Trop pour survivre s'il tombait.

Sacha s'accroupit, prêt à se jeter dans le vide.

Antoine retint son souffle. Il admirait le courage du gamin. Autant qu'il détestait le voir mourir. Mais un pari est un pari et, cette fois, Sacha avait dépassé les bornes. Lui demander du fric et ne pas le lui rendre. Lui faire des entourloupes, le prendre pour un amateur. Il ne pouvait pas le laisser faire. Il ne pouvait pas se laisser traiter comme ça devant ses hommes. Il devait en faire un exemple. Quand on découvrirait son corps demain, ils sauraient qui était derrière cette mort.

Ils le respecteraient.

À six mètres de lui, Sacha balançait les bras tel un plongeur… Brusquement, il s'arrêta et pivota, des étincelles dans les yeux.

— Eh ! J'ai une idée ! Et si on faisait un autre pari ?

La main d'Antoine se contracta sur la crosse de son arme.

Il n'y comprenait plus rien. Pourquoi le môme n'avait-il pas peur ? Se moquait-il de mourir cette nuit ? Cela n'avait aucun sens.

Et Antoine n'aimait pas les situations qui n'avaient pas de sens.

— Hein ? Maintenant ?

Sa voix montait dans les aigus quand il était en colère. Il s'obligea à baisser d'un ton.

— Tu t'apprêtes à te fracasser la tronche tout en bas et tu veux encore négocier ?

— Ouaip, répondit Sacha d'un air décidé. Maintenant.

Lâchant une bordée de jurons, Antoine abaissa son arme et alluma la lampe-torche qu'il tenait dans sa main gauche.

La lumière crue révéla le toit jonché de détritus et de gravats. Au loin se dressaient les silhouettes massives d'autres entrepôts avec leurs camions immobiles et leurs containers à ordures pleins, symboles de cette banlieue sans charme de Paris.

De jour, le quartier grouillait d'ouvriers. À cette heure-ci, les deux hommes avaient pour seuls compagnons quelques rats venus du port et des pigeons qui roucoulaient sur les chevrons métalliques.

— Tu veux parier alors que t'es sur le point de mourir ? grogna Antoine.

Sacha tira son portable de sa poche.

— D'abord, faut que tu me gardes ça. Ma mère vient de me l'acheter et elle va me tuer si je le bousille.

Antoine agita son arme.

— J'en ai rien à secouer de ton…

Sacha se tapota les lèvres avec l'index.

— Tss tss tss. Surveille ton langage ! Je n'ai pas terminé. J'engage mon téléphone dans le pari. Après, je saute puisque tu y tiens tant que ça. Mais je ne vais pas mourir. Je vais me relever pour rentrer bien gentiment chez moi. À ce moment-là, tu me rendras mon portable, tu effaceras mon ardoise et tu me fileras cinq cents euros pour la peine.

Il se balança sur les talons. Son regard mettait Antoine au défi de refuser.

— Marché conclu ?

Antoine éclata d'un rire sec, même s'il ne trouvait pas ça drôle du tout. Le revolver tremblait dans sa main.

— Tu penses vraiment te resservir de ton téléphone ? On peut passer des coups de fil en enfer ?

L'air blasé, Sacha s'épousseta les mains sur son jean usé.

— Alors, tu paries, oui ou non ?

Antoine cessa de rire.

Il savait par expérience que Sacha pariait sur tout et n'importe quoi. Il s'en fichait de perdre – voilà pourquoi il se retrouvait là, d'ailleurs. Sacha lui avait coûté de l'argent, beaucoup d'argent à force de déconner avec des gars avec lesquels on ne déconnait pas.

Ce môme avait un problème. S'il détestait autant la vie, Antoine voulait bien lui rendre service et l'aider à l'abréger. Cela faisait longtemps qu'il ne lui était plus utile, de toute façon.

Peut-être cela calmerait-il les types qui en avaient après lui, à cause des embrouilles de Sacha, justement ?

— Sûr ! répliqua Antoine avec un haussement d'épaules. J'ai rien à perdre vu que t'es un homme mort. Marché conclu. Je te retrouve en bas avec ton téléphone et le cash. De ton côté, il te reste plus qu'à sauter, à te relever de ta tombe et à les récupérer.

— Super ! s'exclama Sacha, ravi. On fait comme ça.

Aussitôt, il lui tendit son téléphone. Flairant un piège, Antoine hésita une seconde – et s'il lui agrippait le bras pour le projeter par-dessus bord ?

Mais il connaissait Sacha depuis plus d'un an et ce n'était pas son genre. En fait, c'était un brave gars. Un emmerdeur de première, mais un brave gars.

Après avoir coincé sa lampe dans sa poche, Antoine traversa le toit et rejoignit Sacha.

— Magne-toi ! le pressa celui-ci en agitant son portable. J'ai pas toute la nuit.

Antoine tendit le bras avec précaution, lui arracha l'appareil de la main et se dépêcha de reculer hors de portée.

Sacha lui indiqua par un regard appuyé qu'il n'était pas dupe : il savait qu'Antoine avait plus peur que lui.

Le visage d'Antoine s'assombrit.

— Assez parlé ! (Il recula d'un pas et brandit son revolver.) Allez, petit malin ! Saute !

— OK, répondit Sacha.

Et il sauta.

Il se jeta dans le vide sans hésitation ni crainte. Il ne cria pas. À vrai dire, il ne fit aucun bruit. Il plongea dans un silence glacial. La dernière chose qu'Antoine vit fut le sommet de son crâne, une touffe de cheveux bruns ébouriffée par le vent pendant sa chute.

Stupéfié, Antoine tituba en arrière.

— Merde. Il l'a fait.

Tandis qu'il regardait l'espace vide où se tenait Sacha quelques secondes plus tôt, Antoine ressentit une espèce de regret. Il était courageux, ce gamin.

Stupide mais courageux.

Il fit volte-face et traversa en courant le toit jonché de gravats, puis dévala les larges marches en ciment. Il ricanait, à la fois tendu et éberlué par ce qui venait de se passer.

Il avait offert un éventail d'options à Sacha. Facilités de paiement. Marchés. S'excuser auprès du type dont il avait volé puis pulvérisé la voiture de sport. Trouver un arrangement. Bosser pour lui.

Sacha, lui, préférait mourir. Finalement, Antoine avait accepté uniquement pour voir sa réaction dos au mur. Jusqu'à aujourd'hui, il croyait que le môme bluffait, qu'il jouait avec ses nerfs et que pour finir, il admettrait une nouvelle grosse entourloupe à sa façon.

Je n'aurais jamais cru qu'il le ferait. Il s'est peut-être dit qu'il allait s'envoler.

L'escalier lui sembla interminable. Il était à bout de souffle quand il atteignit le rez-de-chaussée. Il traversa à toute vitesse l'espace sombre et caverneux, de peur que quelqu'un ne découvre le corps avant lui.

Alors qu'il posait la main sur la poignée de la porte, quelqu'un l'ouvrit de l'autre côté.

Une silhouette apparut dans le halo d'un lampadaire lointain. Le type était grand, mince, débraillé, mais on ne peut plus vivant et présomptueux comme jamais.

Sacha tendit la main.

— Je peux récupérer mon portable ?

S'étouffant à moitié, Antoine vacilla en arrière et trébucha sur un outil rouillé oublié par terre. À peine rétabli, il continua de reculer, les bras tendus derrière lui, sans jamais quitter Sacha des yeux.

— Non. C'est pas possible. Tu ne peux pas…

Sacha fronça les sourcils.

— Bon, tu me le rends, ce téléphone, oui ? J'aimerais bien rentrer chez moi. Il commence à se faire tard.

Antoine le fixait, la bouche grande ouverte.

Sacha n'avait pas pu survivre à cette chute. C'était impossible. Mais mis à part quelques égratignures sanguinolentes au visage et aux mains, il semblait… en pleine forme.

Ce… n'était… pas… possible.

Antoine le bouscula et se précipita jusqu'au point d'impact où Sacha aurait dû être réduit en bouillie sur le goudron, baignant dans son sang.

Rien.

Il se retourna. Du seuil de la porte, le gamin le considérait avec un amusement non dissimulé.

— Mais… Mais…

Antoine était incapable de formuler une phrase cohérente.

Sacha roula des yeux.

— C'est bon, Antoine. Aboule mon portable et le fric. On a conclu un marché.

Antoine plongea une main tremblante dans sa poche et en sortit le téléphone. Puis il compta les billets.

Prudent, il essaya de ne pas toucher la main du môme quand il les lui tendit.

Oui, quelque chose clochait vraiment chez lui.

2.

— Qu'est-ce que tu mets demain soir ?

Plantée devant le miroir, dans les toilettes des filles, Taylor s'efforçait de lisser ses boucles blondes à grands coups de brosse : un vrai calvaire.

— Aucune idée. Je n'y ai pas pensé, répondit-elle distraitement.

La brosse s'était accrochée dans un nœud et elle essayait désespérément de la délivrer sans s'arracher une poignée de cheveux par la même occasion. Comme d'habitude. Elle avait dû, plus d'une fois, la libérer à coups de ciseaux et donc se balader avec un trou sur la tête pendant des semaines. Et, franchement, elle pouvait se passer de ce genre de mésaventure ce soir.

Dans la glace, elle vit Georgie la regarder d'un air perplexe.

— Comment tu peux ne pas y penser ? Ça me dépasse. Moi qui ai déjà prévu toute ma tenue. Jusqu'au vernis des orteils : Rose Océan.

— Rose *Océan* ? railla Taylor. Mais ça ne veut rien dire. Qui peut bien donner des noms aussi ridicules à des vernis ?

Elle réussit finalement à libérer la brosse et jeta un coup d'œil consterné au miroir. Ses cheveux semblaient répondre à quelque force invisible. Ils refrisaient juste sous son nez. C'était rageant. Les cheveux blonds se devaient d'être lisses et soyeux, en théorie. Mais les siens étaient une véritable catastrophe.

Elle préféra renoncer et fourra sa brosse dans son sac.

— Et puis c'est juste Tom, de toute façon. Il me connaît par cœur. Pas besoin d'en faire des tonnes.

— Mais c'est important, ce que ton petit copain pense de ton look, dit Georgie d'un ton sérieux.

Taylor ne répondit même pas. Comme si, entre ses révisions pour les exams, les cours de soutien qu'elle donnait, ses activités de bénévolat – entre autres –, elle avait encore le temps de s'occuper de son « look » ! Franchement, si elle n'avait pas juré à Georgie d'y aller avec elle, elle ne s'y serait même pas rendue, à ce stupide double rendez-vous.

— Je vais mettre un truc, Georgie, promis.

— Oh ! tu pourrais aussi y aller à poil, lui suggéra cette dernière, en examinant sa propre peau mate et parfaite dans la glace. Tu serais sûre de faire un malheur.

— Tu sais quoi ? lui rétorqua Taylor en se dirigeant vers la porte. Quand j'entends ce genre de conseil, je me dis que je fais bien de m'adresser ailleurs en cas de problème, de *vrai* problème.

— Oh, Tay ! Tu me vexes, là, grommela Georgie, en lui emboîtant le pas. Hé ! est-ce qu'on fait toujours nos devoirs ensemble ce soir ? J'ai cette dissert' d'histoire…

— Et tu veux que je la rédige à ta place.

Le visage de Georgie s'illumina, dessinant encore davantage ses ravissantes fossettes.

— Si tu n'es pas surchargée de boulot...

Elles sortirent dans le couloir et se mêlèrent à la foule des élèves qui déferlaient du réfectoire pour regagner leurs salles de classe.

Au moment où elles passaient, deux garçons se donnèrent des coups de poing en les suivant des yeux pour voir si Georgie les remarquait. Elle ne leur accorda même pas un regard.

— Espèce de branleur ! lança le premier au second.

— C'est ça, marmonna l'autre.

Et, sur ces amabilités, ils s'éloignèrent de concert.

Taylor jeta un coup d'œil en coin à son amie. Elle savait bien qu'elles faisaient une drôle de paire, toutes les deux. Georgie, avec ses beaux cheveux noirs brillants bien serrés dans une impeccable queue-de-cheval qui se balançait au rythme de ses pas. Parfaite, comme toujours. Elle avait customisé son petit haut elle-même (un caraco largement décolleté qu'elle avait repris à la taille pour mettre en valeur sa silhouette de rêve, blanc pour faire ressortir sa peau de velours couleur café serré). Et elle avait raccourci sa jupe plissée pour mieux dévoiler ses jambes de gazelle.

Taylor avait une tenue moins... enfin, moins. Sa jupe droite sous le genou lui faisait de vrais poteaux. Mais bon, elle n'avait pas de longues jambes fines comme Georgie. Son top était trop lâche pour souligner ses courbes éminemment féminines, et la faisait ressembler à... rien.

Il fallait bien avouer qu'elle n'était pas très douée pour s'habiller. Elle ne savait pas, comme Georgie, tirer parti de ses vêtements pour s'en faire des alliés et non des adversaires. Elle se contentait de les mettre et... de soupirer.

Après le lycée, Georgie voulait travailler dans la mode. Taylor, elle, rêvait d'être archéologue. En apparence, elles n'avaient vraiment rien en commun. Mais, allez savoir pourquoi, lorsque Georgie était arrivée à Woodbury à la rentrée, en quatrième, le courant était immédiatement passé entre elles.

Depuis, Georgie avait toujours été là pour l'empêcher de trop se noyer dans ses bouquins. Et elle avait empêché Georgie de collectionner les mauvaises notes.

Et voilà. Cela fonctionnait à merveille.

— Han han, finit-elle par lui répondre avec un sourire. On fait toujours nos devoirs ensemble après dîner.

— Mademoiselle Montclair, puis-je vous parler un instant ?

La voix nasillarde de M. Finlay résonna derrière elles. En se retournant, elle vit son prof de français trottiner à sa rencontre pour les rattraper, les cheveux gris en bataille et la cravate de travers, comme d'habitude. Il avait l'air... préoccupé.

Elle fit une grimace que seule Georgie put voir.

Avec une moue compatissante, Georgie se fondit dans la foule, afin de ne pas se retrouver embarquée elle aussi dans une de ces discussions complètement décousues dont M. Finlay avait le secret.

Taylor se composa un visage avenant.

— Oui, monsieur Finlay ?

Les élèves rentraient à présent en cours et le couloir se vidait. Quelques retardataires déboulèrent en trombe dans un bruit de galopade, espérant encore arriver avant la sonnerie.

— Mademoiselle Montclair, je sais que vous êtes très occupée avec vos études et vos autres très louables activités extrascolaires… (M. Finlay tenait une poignée de papiers froissés à la main – Taylor eut la très nette impression qu'il les avait complètement oubliés), mais une occasion en or vient de se présenter. Il s'agit de donner des cours particuliers.

Taylor retint un soupir. Elle avait déjà du travail par-dessus la tête et les profs ne cessaient de la surcharger de devoirs supplémentaires. À croire qu'ils s'étaient donné le mot. Elle garda toutefois une mine impassible. Le français était une des matières dans lesquelles elle excellait.

— C'est une nouvelle élève ?

— Pas exactement.

Le professeur remonta ses lunettes cerclées sur son nez. Comme, pour ce faire, il dut se servir de la main qui tenait les feuilles de papier, il se rendit enfin compte qu'il les serrait toujours dans son poing. Il essaya vaguement de les défroisser pour les parcourir rapidement.

— Voyons, voyons, j'ai cela quelque part… Où ai-je vu… ? Ah voilà ! (Il brandit triomphalement un document plié en quatre.) C'est un jeune Français.

Taylor cligna des yeux.

— Je vais donner des cours de français à un… Français ?

— Bien sûr que non ! s'exclama-t-il en plissant les yeux pour la regarder d'un air incrédule. Cela n'aurait aucun sens. Vous allez lui donner des cours d'anglais. (Il déplia la feuille chiffonnée.) Voici les renseignements que je possède sur le sujet. Vous allez communiquer via l'In-ter-net : il faut vivre avec son temps.

Vu la façon dont il prononça le mot, Taylor eut l'impression qu'il n'avait strictement aucune idée de ce que pouvait bien signifier ce terme mystérieux.

— Cela dit, écoutez-moi bien, mademoiselle Montclair… (Il avait changé de ton, devenant grave tout à coup.) Vous allez devoir faire preuve de doigté. J'ai cru comprendre que ce garçon traversait une passe difficile – quelque chose à voir avec son père. (Il s'éclaircit la gorge, comme si la simple mention d'une quelconque émotion le mettait affreusement mal à l'aise.) Toujours est-il qu'il a des difficultés. Il a besoin d'aide, d'être canalisé. Je suis persuadé que vous saurez parfaitement gérer la situation, conclut-il précipitamment.

Il lui tendit la feuille.

Taylor n'avait pas le temps d'enseigner l'anglais à un jeune Français – caractériel, qui plus est. Cependant, elle ne pouvait pas non plus refuser : elle avait besoin d'être bien notée en français et elle voulait s'attirer les bonnes grâces de Finlay.

À contrecœur, elle prit le document froissé qu'il lui présentait.

— Entrez en contact avec lui dès ce soir, s'il vous plaît, enchaîna aussitôt M. Finlay, tout en reprenant sa déambulation dans le couloir. Et, si sa moyenne remonte, tout le mérite vous en reviendra. Oxford voit d'un très bon œil ce genre d'initiative…

Tous ses profs savaient qu'elle voulait désespérément entrer à Oxford. Son grand-père était titulaire d'une chaire là-bas. Depuis qu'elle était petite, elle rêvait de suivre ses cours.

Au même moment, la sonnerie retentit, coupant court au discours de Finlay et à tout ce qu'il aurait bien pu avoir envie d'ajouter. Il tourna au bout du couloir pour disparaître dans les méandres de l'école.

Les allées étaient à présent désertes. Taylor lorgna vers la feuille de papier.

Un mot était écrit à la main tout en haut : « Sacha ».

Ж

À peine Taylor passait-elle le seuil de chez elle, après sa journée de cours, qu'un petit terrier gris et blanc se rua sur elle. Remuant furieusement la queue, il se frotta contre ses jambes, son poil frisé tout chaud, tout doux contre sa peau nue.

Elle laissa tomber son sac à dos pour le caresser.

— Hé ! Fizz. Hé ! Fizzy Fizzy !

Elle le prit dans ses bras pour l'emporter dans la cuisine inondée de soleil. Frétillant de bonheur, la chienne lui lécha la joue.

Sa mère était encore au travail ; sa jeune sœur, Emily, occupée à ses activités extrascolaires : elle avait la maison pour elle.

Elle alla ouvrir les verrous de la porte du jardin et sourit en voyant Fizz foncer dans l'herbe comme une flèche dès qu'elle l'entrebâilla.

Comme il faisait beau, elle laissa la porte ouverte pour retourner se servir un jus d'orange et vider son sac de cours sur la vieille table de cuisine en pin. Ses livres claquèrent sur le bois patiné. Une feuille chiffonnée tomba en dernier pour atterrir sur son manuel de maths.

Elle l'étala sur la table, la défroissant soigneusement. Elle fronça les sourcils en relisant les quelques mots rédigés de l'écriture irrégulière de M. Finlay. Il y avait là un minimum d'informations élémentaires. Mais son prof avait bien dit que le garçon était dans une mauvaise passe : « quelque chose à voir avec son père »...

Elle eut soudain une bouffée de compassion pour cet inconnu. Il avait dû lui arriver malheur.

De retour du jardin, toute pantelante, Fizz vint tourner autour de ses chevilles, avant d'aller se coucher en boule dans son panier près du radiateur.

Taylor alluma son PC portable, tambourinant des doigts pendant qu'il chauffait. La photo d'un phare finit par apparaître à l'écran.

Elle ouvrit une nouvelle fenêtre d'e-mail et copia l'adresse inscrite sur le document. Et puis elle regarda l'espace blanc un instant, avant de se mettre à pianoter sur son clavier :

> Cher Sacha,
> Je m'appelle Taylor Montclair. Je suis une élève de terminale en Angleterre. Mon professeur de français m'a communiqué votre nom. Il m'a dit que je devais vous donner des cours d'anglais. Nous pourrions commencer dès dimanche, si cela vous convient.

Je propose que nous lisions ensemble un livre en anglais pour débuter. Celui que vous voudrez – dans la limite du raisonnable, bien sûr.

Sincères salutations,

Taylor Montclair.

Lorsqu'elle eut fini, elle prit la précaution de se relire, se tapotant la lèvre du bout de l'index. Elle aurait peut-être pu le tutoyer, quand même, non ? Et puis, avec un haussement d'épaules fataliste, elle cliqua sur « Envoi ».

Ж

— Donc, on a ce rendez-vous à quatre auquel on doit aller avec Georgie vendredi. Je peux ?

Elle avait dû forcer la voix pour couvrir le grésillement de la friture. Sa sœur et elle étaient attablées dans la cuisine. Sa mère était aux fourneaux. Mme Montclair portait encore la jupe et le chemisier qu'elle mettait pour aller travailler, mais elle avait pendu sa veste de tailleur au dossier de sa chaise et abandonné ses escarpins sous la table.

— Quelle bonne idée ! lui répondit sa mère, tout en vérifiant la cuisson du riz. Avec Tom et qui d'autre ?

— Son ami Paul. Un copain de rugby.

Elle fronça le nez. Elle trouvait Paul ennuyeux comme la pluie. Mais Georgie se pâmait devant ses muscles.

— Moi aussi, je veux aller à un rendez-vous à quatre !

Assise en face d'elle, Emily poussa un soupir en posant la tête sur sa main d'un air rêveur. Sa sœur avait treize ans et voulait l'imiter en tout.

— Tu iras, lui assura Taylor. Dans trois ans.

— Trop long, maugréa Emily.

Les beaux cheveux blonds de sa petite sœur glissèrent sur son épaule. Contrairement à elle avec ses boucles indisciplinées, Emily avait d'épais cheveux raides : un rideau d'or pur. Cette injustice génétique la rendait folle.

S'appuyant de la hanche contre le plan de travail, sa mère but une gorgée de vin blanc. Il faisait si chaud dans la cuisine qu'avec la condensation son verre semblait givré.

— En fait, je te donne l'autorisation d'aller à un double rendez-vous à quinze ans, Emily, annonça-t-elle. Donc, tu n'as plus que deux ans à attendre.

Aussi blonde que ses deux filles, leur mère avait les cheveux coupés au-dessus des épaules : un carré long qui rebiquait légèrement au bout.

— Et, oui, Taylor, tu peux. Comment va Tom ? Cela fait un petit moment qu'il n'est pas venu étudier avec toi à la maison.

— Bien, je suppose, répondit-elle en haussant les épaules. J'ai trop de travail pour faire mes devoirs avec lui en ce moment. Il me ralentit.

Sa mère lui jeta un regard en coin.

— Tout va bien entre vous ?

— Oui, oui. (Au ton de sa voix, elle était pourtant clairement sur la défensive.) C'est juste qu'on a plein de trucs à faire : les exams, la vie…

Sa mère commença à les servir.

— Eh bien, tant que tu rentres avant minuit, tu peux y aller.

C'est alors que son portable se mit à vibrer. Taylor y jeta un bref coup d'œil. C'était la réponse du garçon français : Sacha.

— Pas de téléphone à table, Taylor, je te l'ai déjà dit, la sermonna sa mère, en posant une assiette fumante devant elle.

L'odeur caractéristique de la sauce soja se répandit dans la pièce.

Mais Taylor le remarqua à peine. Elle avait les yeux rivés à l'écran.

Yo. Merci pour le mail et tout, mais je parle très bien anglais et j'ai pas trop de temps pour ce genre de truc. A +, S.

Ж

— Non mais, pour qui il se prend, celui-là ? s'offusqua Georgie, en fronçant les sourcils. Et la politesse, il connaît ? Moi qui croyais que les Français étaient tous… je ne sais pas, moi, charmants, distingués…

Elles faisaient leurs devoirs dans la chambre de Taylor. Enfin, Taylor faisait leurs devoirs. Allongée sur le lit, Georgie regardait des trucs sur son iPad pendant qu'assise à son bureau, Taylor rédigeait la dissertation d'histoire de Georgie.

— Tu parles ! lui rétorqua Taylor, toujours aussi furieuse. Quel gros nul ! Je n'arrive pas à croire que Finlay me fasse un coup pareil.

Elle regardait fixement son écran. Les mots se brouillaient. Allez savoir pourquoi, la réponse désinvolte de

Sacha l'avait vraiment blessée. Toute cette histoire l'énervait furieusement.

— Qu'est-ce que tu vas faire ?

— Aucune idée. Je pourrais le dire à Finlay, mais il me reprocherait d'abandonner au premier obstacle. (Elle poussa un profond soupir.) J'imagine que je vais récrire au Français pour le supplier de me laisser l'aider. Parce que je ne peux pas me permettre d'avoir des problèmes en cours de français. (Elle se pressa les tempes du bout des doigts.) Bon sang ! je le déteste. Il fiche ma vie en l'air.

— Han han. File-moi ton portable.

Georgie lui tendait une main aux ongles laqués de fuchsia. Taylor leva vers elle un regard soupçonneux.

— Pour quoi faire ?

Georgie agita le bout des doigts.

— Allez, Tay. Fais-moi confiance.

D'un geste hésitant, Taylor lui remit son smartphone.

— Parfait. (D'une main experte, Georgie ouvrit sa boîte mail et fit défiler ses messages.) C'est lui, ça ? (Elle tourna l'écran vers Taylor.) Comment il s'appelle, déjà ? Sacha ?

Taylor hocha la tête d'un air incertain.

— Qu'est-ce que tu vas faire ? Je ne crois pas…

— Je vais…, lui répondit Georgie en plissant le front, tandis qu'elle tapotait déjà les touches, lui envoyer une réponse.

— Oh là là !

Taylor se mordit la lèvre. Georgie ne mâchait pas vraiment ses mots en général. Elle était beaucoup plus directe qu'elle.

— Ne le provoque pas non plus, hein.

Georgie appuya sur « Envoi » et tourna le portable vers elle avec un regard plein de défi.

— C'est lui qui t'a provoquée quand il t'a écrit ce message vachard. Personne n'a le droit de parler à mon amie comme ça.

Tapant sur les touches d'une main fébrile, Taylor chercha le mail que Georgie venait d'écrire.

Malgré tout, elle ne put s'empêcher de se marrer en découvrant le contenu du message.

> Salut Sacha. Si tu veux rester débile, no problem. C'est cool. A +, T.

Taylor balança le téléphone sur son bureau.

— Bon, j'imagine qu'après ça il ne va plus vouloir que je lui donne de cours du tout.

— Tant mieux.

Georgie se rallongea sur le lit.

Taylor retourna à son ordinateur. En fait, ça faisait du bien de tenir tête au garçon français – enfin, de voir Georgie lui tenir tête à sa place. Cependant, tout en essayant de se concentrer sur le devoir d'histoire qu'elle devait rédiger, elle se demandait comment Sacha allait prendre cette repartie cinglante. Et si les mots de Georgie n'allaient pas revenir aux oreilles de Finlay…

3.

Le lendemain du saut, les ecchymoses et les égratignures sur le visage et les mains de Sacha étaient les seules traces visibles de son vol plané de la veille au soir. Il avait mal au poignet mais l'os s'était déjà ressoudé.

Il ne souffrait déjà quasiment plus. La nuit précédente, par contre, il avait bien dégusté. Son acte de bravoure avait duré jusqu'à ce qu'Antoine détale dans la rue tel un rat effarouché. Dès qu'il avait été hors de vue, Sacha s'était affaissé contre le mur de l'entrepôt et avait serré son bras cassé contre lui. Son souffle sifflait entre ses dents.

Cela ne le tuerait certes pas, mais mourir faisait un mal de chien.

Et si elle voyait ses coupures au visage, sa mère allait péter un câble.

Au prix d'un gros effort, il s'était redressé puis éloigné en boitant dans la rue. À mi-chemin de chez lui, son portable avait vibré.

— Pas maintenant, Antoine, avait-il marmonné en sortant l'appareil de sa poche.

Ce n'était pas Antoine, mais cette Anglaise qui lui envoyait un mail.

En le lisant, son visage s'était contracté sous le coup de l'indignation puis il avait éclaté d'un rire déconcerté, ce qui lui avait déclenché des douleurs fulgurantes dans les côtes. Il était à peu près sûr qu'elles étaient cassées elles aussi.

Quasiment plié en deux, il avait fourré le téléphone dans sa poche et continué sa route.

Elle avait du répondant, la petite.

C'était à ce moment-là qu'il avait décidé d'accepter sa proposition. Mais pour commencer, il avait besoin d'informations supplémentaires. Comment l'avait-elle trouvé ? Qui lui avait donné son adresse mail ?

Il avait des doutes mais il n'y avait qu'un endroit où il pouvait se procurer ces réponses.

Par chance, sa mère travaillait de nuit cette semaine et elle était déjà couchée à l'heure où il se leva. Elle ne verrait pas les marques révélatrices sur son visage.

Sous la douche, il s'adossa contre le carrelage blanc et laissa l'eau chaude décaper les dernières traces de sang séché. Quand il se savonna, ses doigts découvrirent des bosses et des balafres – chaque cicatrice pâle témoignait d'un autre risque pris. D'une autre mort.

Comme cette longue et fine ligne sur son bras gauche, souvenir de son crash contre un lampadaire avec une voiture volée après un pari. Il s'était fait cent cinquante euros cette fois-là.

Quant à la ligne légèrement creuse sur la cuisse, elle lui rappelait le soir où il s'était fait tabasser après un poker. Visiblement, ses adversaires n'aimaient pas perdre.

Il coupa l'eau et resta immobile et dégoulinant un long moment. Puis il attrapa une serviette.

Maintenant, il devait faire bien pire que simplement crasher une voiture.

Un peu plus tard, vêtu d'un jean et d'un T-shirt noir délavé, il quitta l'appartement et se rendit au lycée pour la première fois depuis des semaines.

Sous le soleil éclatant du matin, les rues de la capitale étaient animées. Les arbres dansaient au gré de la brise. Des nuées de Parisiens se hâtaient autour de lui.

Il ne vivait que la nuit depuis quelque temps et il avait oublié combien les matinées pouvaient être agréables.

Il était déjà en retard, mais lorsqu'il passa devant une boulangerie, l'odeur de pain chaud lui mit l'eau à la bouche.

Comme il avait glissé un peu de l'argent d'Antoine dans sa poche, il s'acheta un croissant et le mangea tout en marchant. Il fondait dans sa bouche, si bien qu'il le dévora en quatre bouchées.

Quand il atteignit le lycée quelques minutes plus tard, le grand bâtiment en brique grouillait d'élèves pressés. Sacha n'accéléra pourtant pas l'allure. Il déambula parmi la foule, lunettes de soleil sur le nez – un îlot de calme au milieu d'un torrent déchaîné.

Il ne regarda ni à droite ni à gauche. De toute façon, il ne connaissait plus personne. Il n'avait pas d'amis. À quoi bon s'en faire s'il ne venait plus au bahut pour traîner avec eux ?

Et puis leurs conversations lui paraissaient tellement puériles à présent.

— Fallait voir Justine hier soir ! Non mais sa robe, quoi !

— T'as pas fait ta dissert' ? Lanton va te tuer !

— Il faut absolument que tu viennes, ma chérie ! Tout le monde sera là !

C'était risible, franchement. Leurs petits soucis.

Sa présence ne passa pas inaperçue. Il tranchait avec ses lunettes de soleil et ses ecchymoses au visage. Il sentait qu'on le fixait, qu'on murmurait sur son passage.

Mais personne ne l'arrêta pour lui demander ce qui lui était arrivé.

Ses profs furent tellement surpris de le voir qu'ils ne prirent même pas la peine de cacher leur étonnement. Lors du premier cours, l'enseignant parcourut sa liste d'élèves avec frénésie.

— Je croyais que tu avais été transféré dans une autre école le mois dernier… ?

À l'opposé, le prof de maths se contenta de hausser un sourcil narquois.

— Et à quoi devons-nous l'honneur de votre présence parmi nous aujourd'hui, Sacha ? Vous venez en vacances ?

Aucune de leur réaction ne le contraria vraiment. Leurs paroles roulèrent sur lui.

À quoi bon acquérir des connaissances qu'il n'aurait jamais l'occasion d'utiliser ?

Il ne pouvait pas en vouloir à ses profs. Il avait quasiment abandonné l'école le trimestre précédent. Seule sa curiosité aiguisée l'avait ramené là aujourd'hui. Ainsi que l'agacement. Il n'aimait pas que les gens donnent son mail, et par « les gens », il pensait à quelqu'un en particulier.

Le temps qu'il atteigne le cours d'anglais de M. Deidé, on avait déjà parlé de sa réapparition soudaine en salle des profs. M. Deidé ne fit aucun commentaire. Il se contenta de désigner un siège vide au fond de la classe.

Quand le cours fut terminé et les élèves partis, Sacha ne se leva pas. Cela ne sembla pas surprendre son prof.

— On ne t'a pas vu beaucoup, récemment, remarqua M. Deidé en fermant la porte.

Rien n'échappait à son regard de lynx.

Sacha haussa les épaules. Il étendit ses longues jambes dans l'allée centrale et ôta ses lunettes.

Deidé était le seul prof qu'il estimait. Peu importait ce qui arrivait, combien de temps il disparaissait, il était toujours content de revoir Sacha. Il essayait de l'aider, lui demandait des nouvelles de sa famille. Contrairement aux autres profs, il se souciait de lui. Et Sacha était persuadé que Deidé était derrière ce projet de cours particuliers.

Il se demandait simplement comment aborder le sujet.

— J'ai eu… des trucs à faire, expliqua vaguement Sacha.

— J'ai cru comprendre, répondit Deidé avant de désigner son visage meurtri. Que s'est-il passé ? Tu t'es mis à la boxe ?

Deidé était plus petit que Sacha mais plus carré, musculeux. Sacha s'était toujours demandé quel sport il pratiquait. Ses cheveux foncés et épais étaient bien peignés et sa mâchoire ciselée était rasée de près. Ses lunettes étroites étaient étonnamment tendance.

— On peut dire ça. J'ai fait un peu de base jump aussi…

Sacha sourit à sa propre blague.

— Intéressant, commenta Deidé, même si le ton de sa voix indiquait que cela ne l'intéressait pas du tout.

Un ange passa. Sacha attendait que Deidé lui donne des explications. Il savait que s'il se montrait patient, son prof finirait par cracher le morceau.

Assis sur une table voisine, ce dernier le regardait, l'air sérieux.

— Écoute, je sais que l'école n'a jamais été ta… ton trip, comme disent les jeunes. Et c'est dommage, parce qu'à mon avis tu es bien plus intelligent que tu ne le laisses paraître. Chez moi, tu pourrais avoir des résultats exceptionnels. Tu te débrouillais bien jusqu'à l'année dernière. Ensuite tu… tu as tout laissé tomber.

Sacha jouait avec la lanière de son sac.

— Tu as lâché tes amis, cessé d'étudier, puis tu t'es évanoui dans la nature. Tu n'as pas seulement renoncé à l'école. On dirait que tu as renoncé à la vie. (Il se pencha vers lui.) Et moi, je n'aime pas voir un garçon de dix-sept ans renoncer à la vie.

Sacha ne pouvait ni prétendre le contraire ni lui déballer toute la vérité.

— Vous avez raison, mentit Sacha sans rougir. Je devrais fournir plus d'efforts. Je ferai mes devoirs…

— Ça ne suffit pas ! l'interrompit Deidé. Je sais que tu parles très bien anglais. Tu adorais ce cours ! J'ignore pourquoi tu as baissé les bras, mais cela ne peut pas continuer ainsi. Tu dois absolument rattraper ton retard. Te remettre en selle.

— Comment ? grogna Sacha en se tassant sur sa chaise. Il est trop tard. J'ai raté trop de cours. Et puis à quoi ça servirait ?

— Ne sois pas ridicule ! s'exclama Deidé en feuilletant ses papiers. Il n'est pas trop tard. Je connais quelqu'un qui va t'aider.

Nous y voilà ! songea Sacha.

Ayant trouvé le papier qu'il cherchait, Deidé leva les yeux vers lui, les sourcils froncés.

— Cela implique du travail supplémentaire.

Sacha, qui ne faisait plus de devoirs depuis bien longtemps, réprima un sourire.

— Vous plaisantez, là ?

— Je n'ai jamais été aussi sérieux. Tu es encore un élève et il n'est pas question que tu sois dispensé de travail. Par ailleurs… ton père n'était-il pas anglais ?

Sacha se rembrunit. Il n'aimait pas parler de son père.

— Euh… je crois que oui, rétorqua-t-il, se recroquevillant dans sa coquille.

Son père était britannique de naissance et cette information devait se trouver dans le dossier scolaire de Sacha. Avec la date de son décès.

— Alors tu devrais honorer sa mémoire en apprenant sa langue natale, insista Deidé. En ne baissant surtout pas les bras.

Il lui tendit le papier griffonné.

Pendant une demi-seconde, Sacha envisagea de lui dire où il pouvait se le mettre, ce papier. Mais il ne pouvait faire ça au seul prof qui se préoccupait encore un peu de son sort.

Avec un soupir exagéré, il saisit le papier. Il ne comportait que quelques mots. Une adresse mail. Et un nom à présent familier : « Taylor Montclair ».

Comme Sacha s'en doutait, Deidé était bien derrière cette histoire.

— Voici l'adresse mail de ta tutrice, annonça le prof manifestement content de lui. C'est une étudiante de ton âge qui vit en Angleterre. Elle t'aidera en grammaire et te permettra de te remettre à niveau.

Il empila ses livres avant de poursuivre :

— C'est une manière plutôt sympathique d'apprendre, non ? Plus de profs pour te faire la leçon !

— Elle m'a déjà contacté, en fait, l'informa Sacha.

— Oh ! Vraiment !

— Je lui ai dit d'aller se faire voir. Tiens, au passage, je déteste qu'on file mon mail à n'importe qui.

Le prof s'adossa contre le tableau avec un soupir.

— Tu pourrais te montrer aimable pour une fois, Sacha.

Sacha lui décocha un regard noir.

— Je suis aimable.

— Je n'ai pas l'intention de jouer au plus fin avec toi, gronda Deidé.

Ce n'était pas son genre de perdre son sang-froid. Sacha se crispa.

— Je ne demande pas grand-chose. Je souhaite juste que tu lui donnes une chance. Parle-lui. Je crois sincèrement qu'elle peut t'aider… si tu veux bien.

Les sourcils froncés, Sacha fixa le bout de papier dans sa main.

Deidé cherchait sans arrêt de nouvelles manières de le sauver. Même si cela ne servait à rien – pour des raisons que Deidé ne comprendrait jamais –, Sacha appréciait sa sollicitude.

Il pouvait au moins faire semblant d'essayer. Ne serait-ce que pour le remercier.

Mais pas question de céder aussi facilement.

— On verra...

Deidé se mit à ranger des copies en soupirant.

— C'est mission impossible, de t'aider.

Le professeur ignorait à quel point il avait raison.

Tandis qu'il longeait le couloir quelques minutes plus tard, seul parmi la foule, une partie de Sacha regrettait de ne pas pouvoir révéler la vérité à son prof d'anglais. Il comprendrait pourquoi Sacha ne se montrait pas simplement difficile. Il avait une bonne raison de l'être.

Vous ne pouvez pas m'aider. Personne ne le peut.

Ж

À la fin de sa journée de cours, Sacha était complètement guéri, à part les pires ecchymoses. Celles-ci mettaient toujours plus de temps à s'estomper. Il n'avait jamais compris pourquoi ses os se soudaient plus rapidement, mais il en avait toujours été ainsi.

Il rentra chez lui de son habituelle démarche décontractée, lunettes noires intimidantes sur le nez, tête cachée sous une capuche, même si le soleil était chaud. Il ne parla à personne et personne ne lui parla.

Parfait.

Typiquement parisien, l'immeuble dans lequel il vivait avec sa mère et sa sœur ressemblait à une pièce montée blanche de cinq étages. Sacha était tellement blasé qu'il entra dans le hall sans vraiment remarquer les longues ombres que le soleil dessinait sur le sol ou la vague odeur de poussière et de détergent qui flottait dans l'air.

Dans le petit ascenseur en contreplaqué il appuya sur le numéro 3. Les portes se refermèrent avec un petit bruit. Pendant un bref instant, il ne se passa rien, puis la cabine s'éleva dans un craquement.

L'appartement familial avait cet aspect légèrement négligé des périodes où sa mère travaillait de nuit à l'hôpital. Quelques assiettes traînaient dans l'évier, le courrier s'empilait, le plaid gris à rayures bleues gisait en boule sur le canapé…

Un grand calme régnait. La chambre de sa mère était ouverte et la lumière du jour qui l'inondait se déversait sur le parquet du couloir. Elle était sûrement sortie. Quant à sa petite sœur, Laura, elle devait suivre un de ses cours du soir ou participer à une activité périscolaire.

En gros, il avait l'appart pour lui.

Après s'être préparé un sandwich à la cuisine, il se rendit dans sa chambre.

D'un commun accord, sa mère n'y faisait jamais le ménage, et l'état de la pièce pouvait en ce moment être qualifié de post-apocalyptique : vêtements jonchant le sol, lit défait, livres et papiers éparpillés dans tous les coins avec les DVD, les jeux vidéo et un ballon de foot.

Sacha se fraya un chemin dans ce chaos jusqu'au petit bureau près de la fenêtre. Après avoir exhumé l'ordinateur à moitié enseveli et balayé du revers de la main une tonne de bazar qui dégringola par terre, il l'alluma et patienta.

Une fois sur sa boîte mail, il ouvrit le message de l'Anglaise pour le relire. Songeur, il fit la moue.

Au bout d'une seconde, il cliqua sur répondre et tapa à la vitesse de l'éclair : « Faut qu'on parle. »

Puis il indiqua son pseudo et lui donna l'adresse d'un site de tchat.

Il n'ajouta rien de plus. Inutile d'entrer dans les détails avant d'en savoir plus sur cette fille.

Deidé lui avait demandé de lui donner une chance. Il le ferait. Mais c'est tout ce qu'il lui donnerait.

Il mordit à pleines dents dans son sandwich et réfléchit en mâchonnant. Un truc chez cette fille le turlupinait. Son nom de famille lui disait vaguement quelque chose. Comme s'il la connaissait déjà.

Il posa le sandwich sur son bureau, approcha le clavier et tapa « Taylor Montclair » dans un moteur de recherche.

La plupart des réponses ne donnèrent rien : une université américaine, une société de nettoyage…

Soudain, il tomba sur un article du journal local d'une ville nommée Woodbury en Angleterre.

« Une lycéenne de la commune, Taylor Montclair, a reçu le prix du Jeune Bénévole de l'année lors d'une cérémonie vendredi soir, pouvait-on lire. Ce prix comprend une bourse d'études et un trophée. L'année dernière, Taylor, qui n'a que dix-sept ans, a récolté des milliers de livres sterling pour des œuvres caritatives nationales et a offert plus de cent heures de son temps… »

Il n'y avait ni photo ni aucune autre information utile, mais quelque chose lui disait que ce devait être elle. Le mail qu'il avait reçu était tellement protocolaire. Tellement coincé. Tellement… bénévole de l'année.

Sainte Taylor Montclair, priez pour nous.

Et il n'arrivait pas à se rappeler où il avait vu ce nom. Pourtant…

Un sourire malicieux passa sur ses lèvres.

Voilà qui promet d'être intéressant.

4.

Taylor vit le mail de Sacha dès qu'elle se connecta après les cours.

« Faut qu'on parle », disait-il…

Parce qu'il croyait vraiment qu'elle allait encore vouloir lui parler après ce stupide mail qu'il lui avait envoyé hier ! Cela dit, elle n'avait pas vraiment le choix. Quand elle lui avait annoncé que Sacha ne voulait pas de son aide, Finlay lui avait fait la leçon : « Vous ne pouvez pas accepter une mission et laisser tomber au premier écueil, l'avait-il sermonnée. Une telle attitude m'obligerait à descendre votre moyenne. Comment comptez-vous entrer à Oxford si vous baissez les bras à la seconde où vous vous trouvez confrontée à une difficulté ? (Il lui avait adressé son regard le plus sévère. Celui qu'il réservait aux cancres.) J'avoue que je ne m'attendais pas à un tel comportement de votre part, mademoiselle Montclair. »

Elle n'en revenait pas. Cette scène lui ressemblait si peu. Lui qui était si coulant d'habitude. Mais il semblait vraiment tenir à ce qu'elle donne des cours à ce maudit Frenchy.

Elle soupira en cliquant sur le lien que Sacha avait collé dans son mail. Il s'ouvrit sur un site baptisé « Révolution ». Inconnu au bataillon.

Il a fallu qu'il choisisse un tchat de ce genre, forcément, pesta-t-elle intérieurement.

La page d'accueil était uniformément noire à l'exception de rares visuels. Son logo représentait un poing fermé rouge sang. En titre, on pouvait lire : « LE TCHAT EN TOUTE LIBERTÉ ».

Il promettait que toute conversation sur ce site était libre et gratuite, et ne pouvait être surveillée « PAR QUELQUE GOUVERNEMENT OU SOCIÉTÉ PRIVÉE QUE CE SOIT ».

Ça avait l'air extrêmement louche.

Lorsqu'elle tenta d'entrer sur la page de Sacha, une tête de mort avec des tibias croisés clignota en plein écran. Un message apparut en dessous : « TU T'INSCRIS OU TU DÉGAGES ».

Taylor fronça le nez.

Elle ne donna que les infos les plus basiques. Mais bon, le site n'en demandait pas beaucoup non plus : nom, adresse mail, photo.

Elle choisit un cliché au hasard dans son fichier « Images » et le téléchargea. C'était Georgie qui l'avait pris au parc, une quinzaine de jours auparavant. On l'y voyait assise sur l'herbe, en train de rire. Il y avait tellement de soleil, ce jour-là, que ses cheveux lui faisaient comme une auréole autour de la tête.

Un crâne souriant de couleur verte flotta alors vers elle. « Bienvenue au club ! »

— Hou ! Flippant, murmura-t-elle toute seule.

Elle tapa le pseudo de Sacha. Cette fois, son profil s'afficha aussitôt. Un message en rouge indiquait « DÉCONNECTÉ »

Mais il y avait une photo.

Elle se pencha pour mieux voir.

Sous une masse de soyeux cheveux bruns en pétard, un garçon lui rendit son regard. Il était mince : pommettes saillantes, mâchoire bien dessinée, un cou qui paraissait presque fragile. Mais ce furent surtout ses yeux qui l'interpellèrent. D'un bleu très clair, avec quelque chose de rebelle dans les prunelles. Un air de défi.

Qu'est-ce que tu regardes comme ça ?

Il n'était pas mal, elle devait bien le reconnaître. Intrigant, d'un certain côté. Il semblait tellement en colère. Révolté. Il portait un T-shirt délavé et un jean noirs. Les mains dans les poches, il fusillait l'objectif comme s'il détestait la personne qui le photographiait.

Tout à coup, son profil disparut, remplacé par le vrai visage de Sacha, beaucoup plus grand sur son écran.

Elle eut un mouvement de recul.

Il parut aussi surpris qu'elle, mais se reprit immédiatement. Il se cala contre son dossier pour l'examiner d'un air méfiant.

Ils s'observèrent en silence.

C'est lui qui parla en premier.

— Salut[1], professeur.

---

1. N.d.T. En français dans le texte. Tous les mots en français seront désormais suivis d'un astérisque.

Le sourire sardonique qui se dessinait sur les lèvres du Français la hérissa d'emblée.

— Tu voulais me parler ? Eh bien, me voilà, lui lança-t-il, ironique.

Il avait une voix incroyablement grave, veloutée par un délicieux accent français. Mais le ton était sec et elle sentait une pointe de mépris, de rejet presque, dans son attitude.

— Je… quoi ? (Prise de court, elle bafouilla, avant de se ressaisir.) C'est toi qui as dit que tu voulais parler.

— Seulement parce que tu avais l'air si désespérée.

— « Désespérée » ? s'insurgea-t-elle. Je ne suis pas désespérée. Je suis obligée de faire ça pour mon cours de français. Je n'ai aucune envie de te parler. C'est mon prof qui me *force* à le faire.

Un sourire moqueur étira les lèvres du garçon.

— Et tu fais toujours ce qu'on te dit ?

Son ton était condescendant. Comme si, pour lui, il n'y avait rien de pire qu'obéir.

Elle sentit le rouge lui monter aux joues.

— Ce n'est pas parce que je me soucie de mes études et de mon avenir que…

Le sourire du garçon s'élargit.

Elle savait pertinemment qu'elle avait tout de la parfaite petite lycéenne anglaise coincée. Une vraie caricature. Mais c'était plus fort qu'elle.

Pourquoi fallait-il qu'il soit si *bizarre*, aussi, lui ?

Sacha agita la main – vague traînée sur l'écran.

— Oh ! ça va ! tu ne vas pas me… (il s'interrompit pour chercher le mot en anglais), me ressortir le refrain sur l'importance des études. C'est saoulant.

Elle lui jeta un regard noir. Si Finlay avait été là, elle lui aurait volontiers mis son poing dans la figure.

Ce n'était pas un professeur particulier qu'il lui fallait, à ce garçon. C'était un *éducateur spécialisé.*

— Je n'avais pas l'intention de te faire la leçon, lui répliqua-t-elle avec hauteur, d'un ton glacial. Tu m'as posé une question : je te réponds. D'ailleurs, si tu ne veux pas me parler, alors pourquoi es-tu en train de le faire ?

À sa grande surprise, il se mit à rire. Un vrai rire, en plus, sans la moindre pointe d'ironie.

— Touché, concéda-t-il.

Et, pendant un quart de seconde, il n'eut plus du tout l'air sur la défensive.

Flairant la faille dans son armure, Taylor s'engouffra sur-le-champ dans la brèche.

— Non, sérieusement. Il est clair que tu n'as aucune envie de faire ça. Pourquoi es-tu là, alors ?

— Je ne sais pas. (Il la dévisagea.) Simple curiosité, j'imagine. Et puis mon prof m'a dit que j'étais obligé.

— Et tu fais toujours ce qu'on te dit ?

En l'entendant lui renvoyer la balle, il s'esclaffa de plus belle. Il y avait quelque chose de désarmant dans ce grondement sourd, riche et profond, cette joie spontanée.

Elle n'en demeura pas moins sur ses gardes, s'attendant à ce qu'il recommence à l'agresser.

Sans raison, apparemment.

— OK, OK, lui répondit-il en levant les mains en signe de reddition. Désolé d'avoir été d'aussi mauvais poil. C'est juste que je ne suis pas très… Comment tu dis ça en anglais ? *Branché* lycée, en ce moment. Mais ce n'est pas ta faute, si on se retrouve embarqués là-dedans. Je ne devrais pas me venger sur toi.

Ses sautes d'humeur avaient vraiment de quoi vous désorienter.

— Non, tu as raison. Tu ne devrais vraiment pas.

Elle avait gardé un ton acerbe. Mais comment rester fâchée contre lui, quand il la regardait avec ses grands yeux bleus et cette manifeste lueur d'intérêt dans les prunelles ?

En plus, elle avait besoin de lui.

— À t'entendre, ton prof ressemble au mien. Ce dernier fait une vraie fixation sur ces cours que je dois te donner. (Elle lui jeta un coup d'œil perplexe.) Ton anglais est vraiment parfait, en plus. Alors je ne comprends pas où est son problème.

— Merci.

Il sembla apprécier le compliment. Et elle ne put s'empêcher de remarquer qu'il était encore plus mignon quand il souriait. Franchement, des pommettes aussi parfaites, c'était quand même insensé, non ?

— Mon prof est toujours sur mon dos. Il veut que je m'intéresse aux cours, que je bosse plus. Mais je ne l'écoute jamais. (Il désigna son écran de la main.) Et voilà ma punition.

Il y avait quelque chose d'insolent dans sa façon de se tenir, dans la manière dont il la regardait, même quand il essayait d'être sympa avec elle, comme s'il la jaugeait. Pour décider si elle était assez cool ou pas, sans doute.

Cette attitude la rendait nerveuse.

Elle était sûre qu'il aurait préféré quelqu'un comme Georgie : une fille avec une ligne de rêve, un maquillage de rêve, une chevelure de rêve… bref, un fantasme ambulant.

Tout ce qu'elle n'était pas.

— Il paraît que tu es un bon Samaritain pur jus, lui lança-t-il, tout à coup, comme s'il avait lu dans ses pensées et voulait confirmer ses soupçons.

Elle fronça les sourcils.

— Je ne vois pas à quoi tu fais allusion.

— Taylor Montclair, originaire de Woodbury, Angleterre : bénévole de l'année. C'est bien toi, ça, non ?

Sa surprise dut se lire sur son visage parce qu'il ajouta aussitôt :

— Je t'ai checkée sur le Net.

Elle se prit alors à piquer un fard magistral. Comme si cette récompense, dont elle était si fière (elle avait placé le trophée sur une étagère, au-dessus de son bureau, dans sa chambre) avait soudain quelque chose de honteux.

Elle le détesta de lui faire éprouver un sentiment pareil. Elle avait travaillé dur pour remporter ce prix. Il revêtait une grande importance pour elle.

Elle se força à soutenir son regard.

— Han han. Je me sens concernée. Et je suis intelligente. Et alors ? Tu es jaloux ?

Si elle avait cru le déstabiliser, elle s'était trompée. Sacha se pencha en avant pour s'accouder à son bureau et posa le menton dans la paume de sa main. Il semblait la dévisager avec un regain d'intérêt.

— Je crois que tu commences à me plaire, Taylor Montclair de Woodbury, Angleterre. Si j'avais besoin d'un prof d'anglais pour me donner des cours particuliers, je te choisirais. Mais bon. Comme tu peux le constater, je me défends plutôt pas mal en anglais.

Elle aurait difficilement pu dire le contraire.

— Dans ce cas…, pourquoi ton prof pense-t-il que tu as besoin de mon aide ?

Il détourna les yeux.

— J'en sais rien. J'ai pas mis les pieds au lycée depuis un bail. Ça me gave, en fait. Je crois qu'il essaie de m'intéresser à ses cours, de me récupérer, quoi. Il perd son temps.

Elle ne parvint pas à cacher sa perplexité. Cette explication lui paraissait tellement irrationnelle.

— Mais pourquoi ne plus aller en cours ? Je ne comprends pas.

Le sourire de Sacha s'évanouit.

— J'ai mes raisons. Je sais que tu ne me croiras pas, mais ce sont de très bonnes raisons.

Bien qu'il ait gardé un ton égal, elle eut l'impression qu'ils s'étaient aventurés en terrain miné. Il avait recouvré cet air blasé, désenchanté. Sauf que, cette fois, en dessous, elle percevait autre chose : de la peur ? Oui. Et de la douleur aussi.

Elle se laissa retomber contre le dossier de sa chaise. Les réflexions se bousculaient dans sa tête. Il n'était pas évident de savoir quoi penser de lui. Il était susceptible, toujours sur la défensive. Révolté et un peu perdu. Cinglant, mordant, aussi : il avait de la repartie, l'esprit vif. Il était manifestement intelligent, mais ne s'intéressait pas aux études. Une énigme ambulante. Elle n'avait jamais rencontré quelqu'un comme lui.

Il l'intriguait.

Elle avait envie de mieux le connaître. Mais, pour ça, elle allait devoir le convaincre de suivre ses cours.

— OK mais… ce n'est pas l'école, ici. (Elle tapota son clavier.) Nous sommes juste deux personnes qui discutent. Je ne suis pas ton prof.

Sacha la regardait attentivement. Pendant qu'elle continuait à argumenter, son débit s'accélérait.

— Voici la situation. Nous allons tous les deux nous prendre un savon si nous ne faisons pas au moins semblant de nous plier à cette histoire de cours particuliers sur le Net. Alors… pourquoi ne pas le faire ? Semblant, je veux dire. Nous pouvons discuter sur ce site – franchement louche, entre parenthèses – et peut-être lire un bouquin en anglais. Comme ça, nos profs nous laisseront tranquilles. Nous n'avons pas besoin de faire de vrais cours. Tout le monde y gagne, dans l'affaire, conclut-elle en levant les mains comme si c'était l'évidence même.

Il ne répondit pas tout de suite. Il semblait scruter son visage, comme s'il cherchait quelque chose.

Elle ne savait pas pourquoi, mais, pour d'obscures raisons qui n'avaient rien à voir avec Finlay ni Oxford, elle avait envie qu'il accepte.

— D'accord, Taylor Montclair, dit-il finalement. Je veux bien être ton élève. (Il lui adressa un sourire espiègle.) Tant que tu n'essaies pas de m'apprendre quoi que ce soit.

5.

— Tu ne les manges pas ?

Tom pointait du doigt les frites de Taylor. Elle n'y avait pas touché. Elle secoua la tête et poussa son assiette vers lui.

Voyant son peu d'appétit, Georgie lui lança un coup d'œil interrogateur de l'autre côté de la table. Taylor préféra éviter son regard. Elle ne voulait pas se mettre à hurler à tue-tête pour couvrir la musique tonitruante : « JE M'EN-NUIE À MOU-RIR. »

Mais elle le pensait très fort. D'abord, ils étaient allés voir un film dans lequel tout le monde se tirait dessus dans tous les sens. À tel point qu'elle en avait eu d'emblée mal à la tête. Elle détestait la violence au cinéma – autant que dans la vie réelle, d'ailleurs –, mais les autres avaient tous voté pour ce film, alors elle s'était inclinée.

Ils étaient à présent dans un de ces *diners* rétros au look typiquement américain. Le genre de resto où on ne trouve que des hamburgers et des milk-shakes à la carte. La musique était si forte qu'elle ne s'entendait même plus penser – ce qui n'était pas précisément fait pour calmer ses maux de tête, bien au contraire.

Cela faisait deux mois à peu près qu'elle avait ces drôles d'élancements qui lui fracassaient le crâne. Et, quand ils commençaient, il n'y avait rien à faire, qu'à prendre des antalgiques et à se cloîtrer dans le noir jusqu'à ce que ça s'arrête. Sa mère disait que c'étaient des céphalées. Tout ce qu'elle savait, quant à elle, c'est que ça faisait un mal de chien.

Le morceau suivant débutait par un solo de batterie. Elle se pressa les tempes du bout des doigts. Elle avait l'impression qu'on lui pilonnait le cerveau au marteau piqueur.

À côté d'elle, complètement inconscient de son calvaire, Tom mangeait ses frites et riait à une bonne blague de Paul. Tout sourire, Georgie posa la main sur le bras de son voisin comme pour se rappeler à son bon souvenir. Ça faisait des années qu'elle craquait pour Paul et c'était leur premier rendez-vous. Malheureusement pour elle, Tom et lui n'avaient fait que parler rugby depuis le début de la soirée. De l'entraînement d'hier et du match de la semaine prochaine.

Mais Georgie paraissait ravie. Tout le monde avait l'air de bien s'amuser, en fait.

Sauf moi.

Elle n'avait pas envie de leur gâcher la soirée, mais il fallait vraiment qu'elle sorte d'ici. Alors, quand la serveuse revint leur demander s'ils voulaient autre chose, elle se pencha aussitôt en avant pour prendre les autres de vitesse :

— L'addition, s'il vous plaît.

— Sérieux, Tay ? s'étonna Tom, tandis que, déjà, la jeune femme s'éloignait d'une démarche ondulante avec sa mini-jupe qui se balançait en rythme. Il n'est que dix heures. Je pensais qu'on allait squatter ici encore un bon moment.

Georgie semblait déçue, elle aussi.

— C'est vrai, Tay. Il est carrément tôt.

Elle se hâta d'imaginer un mensonge plausible.

— Je dois rentrer de bonne heure, ce soir. Je croyais que vous le saviez. J'ai ce truc de prévu avec ma mère demain matin aux aurores. Je suis vraiment désolée. Mais vous pouvez rester, vous.

Si elle n'avait pas eu la tête qui cognait en rythme avec ce maudit solo de batterie, elle aurait été plutôt fière d'avoir réussi à inventer un aussi bon prétexte. Et avec une telle spontanéité, de surcroît. En temps normal, elle était absolument incapable de baratiner qui que ce soit. Mais, ce soir, c'était un cas de force majeure.

— Allez, Tay, insista Tom. Reste.

— Et si on s'arrêtait au pub en sortant ? suggéra Paul, qui reluquait Georgie comme s'il ne s'était encore jamais aperçu qu'elle était carrément agréable à regarder. Il ne fermera pas avant une bonne heure.

Oh non !

— Nous n'avons pas l'âge, objecta-t-elle. Ils vont nous jeter dehors.

Mais le sourire confiant de Paul s'élargit.

— Je connais le proprio : c'est un copain de mon oncle. J'y suis tout le temps fourré.

Georgie rayonna.

— C'est cool, non ? Tu ne trouves pas, Taylor ? *Hein ?* lui lança-t-elle d'un air entendu.

— Moi, je crois que ça va mal se terminer, lui répondit-elle en attrapant son sac.

— Oh ! fais pas ta chochotte, Tay ! grommela Tom, sans rien cacher de son irritation. Tu veux jamais t'éclater. Il faut toujours que t'aies le nez dans tes bouquins.

La tête comme un gong, Taylor le foudroya des yeux. Il ne voyait donc pas qu'elle souffrait ? Elle avait pourtant dit qu'elle avait mal à la tête en arrivant. Il n'y avait pas prêté attention, forcément. Le rugby, c'était tout ce qui l'intéressait.

— Merci pour ton soutien, Tom, lui rétorqua-t-elle d'un ton dégoulinant de sarcasme.

La serveuse était de retour, l'addition à la main. En voyant l'ambiance qui régnait à leur table (tout le monde bras croisés avec les regards qui s'évitaient), elle la posa devant eux.

— Je reviendrai quand vous serez prêts, leur dit-elle, avant de faire demi-tour.

Taylor tira des billets de son porte-monnaie et les jeta sur le plateau sans même regarder leur montant. Et tant pis si elle payait trop ou trop peu. Elle voulait juste *sortir d'ici.*

— Faites comme vous voulez. Moi, je rentre.

Elle se leva si brusquement que sa chaise crissa sur le carrelage. Mais le bruit se perdit dans le refrain de la chanson, entonné par un chœur d'au moins trois mille voix – et encore, elle était gentille.

La musique assourdissante tournoyait dans sa tête comme un vol de corbeaux qui seraient venus lui déchiqueter le cerveau. Elle avait déjà du mal à penser, mais, là, elle avait même du mal à bouger.

Elle se plaqua les mains sur les oreilles.

Il fallait que ça *s'arrête.*

Un énorme *bang !* secoua soudain le restaurant.

Tout le monde en resta bouche bée. Quelqu'un avait dû lâcher son verre parce qu'on entendit un fracas cristallin sur le sol.

Et puis… plus rien. Le silence.

Des filets de fumée grise s'étiraient au plafond. Les serveurs couraient dans tous les sens. Une odeur de plastique brûlé se répandait dans la pièce.

— Foutue sono ! entendit-elle un serveur dire à un de ses collègues. Elle a carrément explosé.

Ж

Taylor avait déjà parcouru la moitié du trajet quand elle ralentit enfin le pas. L'air frais de la nuit refroidissait la sueur dans son dos. Elle respira à pleins poumons comme si l'oxygène pouvait la délivrer de cette insupportable douleur.

Elle n'avait pas attendu d'explication sur l'incident au *diner,* ni de savoir ce que les autres en pensaient. Elle avait profité de ce miraculeux retour au calme pour prendre rapidement congé et elle avait filé sans demander son reste.

Elle avait encore la tête comme une enclume. Même le claquement de ses talons sur le bitume lui paraissait trop fort. Elle rêvait de se mettre au lit. Vite.

Elle accéléra de nouveau le pas.

Woodbury était une bourgade anglaise typique, avec plein de vieilles maisons en brique et en pierre, de rues tortueuses et de petites églises. Une étroite rivière, flanquée de parcs plantés d'arbres, la coupait en deux. C'était sans doute une charmante petite ville. Mais, comme elle était née ici, pour elle, c'était juste… chez elle.

Tout en marchant, elle passa en revue les événements de la soirée, remettant en question chacune de ses décisions. Elle ne doutait pas que Georgie lui pardonnerait. Son amie s'était tout de suite aperçue qu'elle n'allait pas bien, *elle*. Mais Tom ? Avec Tom, ce serait une autre histoire.

Ah ! Elle se rappelait de l'excitation des débuts, quand ils avaient commencé à sortir ensemble. Tom était l'un des meilleurs athlètes de l'école. Il avait un entraîneur attitré et comptait bien devenir rugbyman professionnel.

Grand, musclé, il avait une belle crinière dorée : un véritable adonis des lycées. Toutes les filles de l'école lui couraient après. Lorsqu'il avait semblé lui manifester un certain intérêt, au départ, ni Georgie ni elle n'avaient voulu y croire.

Un jour, il était venu la voir pour lui demander si elle avait fait ce devoir d'anglais qu'ils devaient rendre l'après-midi même.

— Bien sûr, lui avait-elle répondu, un peu déconcertée.

— Euh… Eh bien, euh… Cool. Moi aussi, avait-il alors bredouillé, avant de partir pratiquement en sprint.

— La vache ! s'était exclamée Georgie, en le voyant détaler. Il a flashé sur toi.

Taylor, qui, ce matin-là, portait un T-shirt avec le logo « Rat de bibliothèque » et un vieux jean déformé, avait affiché une moue sceptique.

— C'est ridicule. Il est bien trop beau, bien trop populaire.

— Ouais, je sais, avait reconnu Georgie, en lissant son impeccable queue-de-cheval. N'empêche qu'il craque pour toi.

Dans les premiers temps, Taylor avait refusé d'accorder le moindre crédit à une idée aussi saugrenue. Mais Tom s'était accroché : il s'asseyait à côté d'elle au réfectoire et aux réunions d'élèves ; il étudiait avec elle à la bibliothèque... bref, il avait tout fait pour la conquérir. Il avait un joli sourire et elle avait eu du mal à résister devant tant de persévérance. Il avait fini par lui prouver que ce n'était ni un pari ni une mauvaise blague et elle s'était laissé convaincre de l'accompagner à une soirée. Pour l'occasion, Georgie lui avait choisi une tenue dans sa propre garde-robe (une petite robe noire assez courte qui lui allongeait les jambes et mettait ses courbes en valeur).

Elle avait réussi à ramasser ses boucles en une sorte de chignon haut et s'était maquillé les lèvres avec un nouveau gloss rouge cerise.

Lorsqu'elle s'était regardée dans la glace, elle s'était à peine reconnue. Elle avait eu l'impression de jouer un rôle.

Elle n'avait pas l'habitude de sortir et, quand elle avait franchi la porte d'entrée au bras de Tom, elle avait bien entendu les messes basses des autres filles sur son passage :

— Regarde, c'est cette ringarde, là. Taylor Machin-Truc.

— Mais qu'est-ce qu'elle fait avec Tom ?

Tom ne l'avait pas quittée d'une semelle et n'avait eu d'yeux que pour elle. Heureusement d'ailleurs. Dans cette jungle inconnue, il lui avait soudain paru sa seule planche de salut.

C'était ce soir-là qu'ils s'étaient embrassés pour la première fois.

Après ça, ils avaient formé un couple. Tom et Taylor. Taylor et Tom. Leur histoire avait toujours été parfaite : jamais de hauts ni de bas. Et, pour elle, justement, là était le problème. Ni hauts, ni bas : la platitude absolue.

Elle avait du mal à se sentir vraiment bien dans cette relation. Elle s'efforçait de ne pas trop y penser, d'accepter les choses comme elles étaient. Mais, si elle était vraiment honnête avec elle-même, elle devait bien admettre qu'elle ne comprenait pas ce qu'ils faisaient ensemble. Il n'aimait pas les études. Elle n'aimait pas le sport. Pour ne rien arranger, il n'affichait aucune ambition professionnelle (enfin, on ne pouvait pas considérer le rugby comme une carrière, franchement, si ?).

Il avait tendance à se mettre en colère quand elle refusait d'aller à des soirées le week-end. Un jour, il avait même caché son manuel de sciences juste avant une interro super importante. « Faut que tu te lâches un peu », lui avait-il dit. Et il avait refusé de le lui rendre, même quand elle l'en avait supplié.

Elle avait bien failli rompre avec lui à ce moment-là. Mais Georgie l'avait convaincue qu'ils pouvaient se réconcilier, qu'ils étaient « au-dessus de ça ».

Taylor n'en était pas si sûre. Elle ne se sentait pas amoureuse, en fait. Elle n'avait pas de papillons dans le ventre quand il l'appelait, comme c'était décrit dans tous les romans et dans tous les films. Elle n'arrêtait pas de respirer lorsqu'il la regardait droit dans les yeux. Elle ne sautait pas au plafond quand il lui envoyait un texto et ne sanglotait pas quand il la laissait sans nouvelles. Il lui arrivait de ne pas penser à lui. Et même de l'oublier complètement.

Au fond, elle commençait à se demander s'il n'y avait pas quelque chose qui clochait chez elle. Si tu ne sautais pas au plafond quand Tom Berenson t'appelait, le beau Tom Berenson, avec ses grands yeux bleus, ses cheveux blonds et ses muscles de champion..., c'est que tu avais vraiment un problème. Non ?

Enfin, c'était l'effet que ça lui faisait.

C'était peut-être parfaitement normal, comme le prétendait Georgie. Tom était son premier petit copain, après tout. Tous ceux qui sortaient avec quelqu'un pour la première fois ressentaient-ils des doutes, des hésitations ? Peut-être se posaient-ils plein de questions ? Peut-être étaient-ils un peu perdus, comme elle ?

Ou peut-être pas. Peut-être qu'elle devrait couper les ponts avec lui une bonne fois pour toutes.

Elle quitta l'avenue principale pour s'engager dans la petite rue calme où elle habitait. La chaussée décrivait une longue virgule bordée de maisons mitoyennes, mélange de vieilles demeures victoriennes et de constructions plus récentes en brique, chacune avec son jardinet sur le devant, minuscule mais croulant sous les rosiers pastel et les gros hortensias roses.

Il n'y avait personne à cette heure tardive : la rue était sombre et déserte. Elle était presque arrivée chez elle, lorsqu'elle éprouva soudain une drôle de sensation. Elle avait l'impression d'être suivie.

Le fin duvet sur sa nuque se hérissa. Sa peau se mit à picoter comme si on l'avait frottée à rebrousse-poil.

Elle n'était pas seule, elle en avait la certitude. Quelqu'un l'observait.

Elle fit volte-face, levant les mains devant elle, prête à se défendre. Mais la rue était vide.

Elle s'éclaircit la gorge.

— Il y a quelqu'un ?

Pas un bruit. Pas le moindre mouvement.

Elle pivota sur les talons et se remit en route. Elle courait presque, à présent. Et, à chaque pas, l'impression devenait plus forte. C'était difficile à décrire. Une sensation de froid intense dans son dos, comme si on lui avait collé un glaçon entre les omoplates.

Qu'est-ce qui se passe ?

Elle ne comprenait pas. Tout ce qu'elle savait, c'est qu'elle devait rentrer à la maison au plus vite.

Lorsqu'elle entendit des pas précipités derrière elle, une vague de panique la submergea. Elle essaya bien d'accélérer, mais ce fut comme dans un cauchemar : ses pieds refusaient d'avancer.

Dans son affolement, elle trébucha sur le bord du trottoir et manqua de s'étaler.

Quelqu'un lui agrippa le bras et elle hurla, en se débattant.

— Taylor ! Mais qu'est-ce qui te prend ?

Les larmes aux yeux, elle se tourna vers le visage familier.

— Georgie ?

Son amie la dévisagea, de l'inquiétude plein les prunelles.

— Forcément que c'est moi. Qui veux-tu que ce soit ? lui demanda Georgie, stupéfaite. Ça va ? Qu'est-ce qui s'est passé ?

— J'ai juste…

Elle ne savait même pas quoi répondre parce que… eh bien, oui, c'était quoi, son problème ?

Elle s'efforça de paraître stoïque, mais elle ne se faisait guère d'illusions sur ses talents de comédienne.

— Ça va. Tu m'as surprise, c'est tout. Qu'est-ce que tu fais là ? Je te croyais toujours au resto avec les garçons.

Georgie n'avait pas l'air convaincue.

— Je suis venue voir comment tu allais. Tu es partie si vite. Tu m'as fait flipper. Je m'inquiétais pour toi.

Taylor sentit alors toute la tension qui lui nouait les épaules se relâcher d'un coup. Ce mal de crâne allait finir par la rendre folle.

— Oh, Georgie ! soupira-t-elle. C'est juste cette maudite migraine. Et puis j'ai cru que quelqu'un me suivait… Je ne savais pas que c'était toi. J'ai pris peur… Pardon. J'espère que je n'ai pas gâché ta soirée avec Paul.

L'expression de Georgie s'adoucit.

— Non mais, quelle gourde ! Des soirées avec Paul, il y en aura d'autres. Pourquoi tu ne m'as pas dit que tu avais encore un de ces foutus maux de tête ? Allez, viens, l'encouragea-t-elle, en lui entourant les épaules pour l'entraîner sur le trottoir. On va te ramener bien gentiment à la maison.

Ж

Le seuil à peine passé, Georgie se chargea de distraire la mère de Taylor et leur prépara un chocolat chaud.

— Bon, déclara son amie, dès qu'elles se furent enfermées dans sa chambre. Tu es sûre que ça va ? Je t'ai trouvée bizarre aujourd'hui. Y aurait pas un autre truc dont tu ne m'aurais pas parlé, par hasard ?

— Je vais très bien, insista-t-elle.

Et c'était vrai. Maintenant qu'elle était en sécurité chez elle, avec son mug bien chaud entre les mains, sa migraine commençait à s'atténuer un peu. Elle retrouvait ses marques.

Cependant, elle ne comprenait toujours pas ce qui s'était produit. Elle aurait juré qu'on l'observait et elle était convaincue que ce n'était pas Georgie. C'était bien la première fois qu'un truc pareil lui arrivait.

Cette histoire n'avait ni queue ni tête. Peut-être son mal de tête avait-il provoqué une crise de panique ? Peut-être était-elle trop stressée à cause de Tom ?

Dans un cas comme dans l'autre, elle ne pouvait pas en parler à Georgie. Elle aurait été bien incapable de lui expliquer sa réaction, de toute façon.

Elle préféra changer de sujet.

— Et les garçons, qu'est-ce qu'ils sont devenus ? Sérieusement, Georgie, je me sens tellement nulle d'avoir gâché ton grand soir avec mon stupide mal de tête.

— Je les ai plantés au resto, lui annonça son amie, en balayant ses excuses d'un revers de la main. C'est toi qui comptes. Pas un vague rencard d'un soir.

Taylor fit la grimace.

— George, tu es la pire menteuse que je connaisse. Ne t'avise pas de choisir la voie du crime, tu te ferais coincer au premier interrogatoire.

— Mais je ne rigole pas, Tay. Tu passes une sale soirée : je reste avec toi.

Taylor n'en croyait pas un mot. Elle s'installa plus confortablement sur son lit et changea de sujet :

— Vous aviez l'air de plutôt bien vous entendre, Paul et toi. Ça fait des étincelles, vous deux, non ? Qu'est-ce que tu en penses ?

Le regard de Georgie scintilla.

— Oh-mon-Dieu ! Est-ce qu'il n'est pas le mec le plus canon de chez canon de la planète ? se pâma-t-elle, en s'éventant d'une main aux ongles parfaitement manucurés (Rose Océan). Je n'en peux plus...

Taylor observa sa grande scène d'extase avec tout le détachement et l'indulgence qui s'imposaient. Georgie avait une furieuse tendance à tomber passionnément amoureuse. Très souvent. Et Taylor avait déjà eu droit à ce numéro. Plusieurs fois.

— Est-ce que vous avez prévu de vous revoir ? Vous faisiez un beau couple, ce soir.

— On a échangé nos numéros. Il a dit qu'il allait m'appeler.

L'exaltation de Georgie retomba un peu. Les garçons disaient toujours qu'ils appelleraient. Mais, dans leur esprit, ça ne voulait pas dire grand-chose.

— Il va le faire, lui assura pourtant Taylor. S'il n'est pas un abruti fini. Et puis j'ai bien vu comment il te dévorait du regard...

Avant que Georgie n'ait le temps de lui répondre, son portable sonna. Elle jeta un coup d'œil au texto qui s'affichait.

— Mais t'es quoi, toi ? Devin ? s'écria-t-elle, avec un sourire jusqu'aux oreilles.

— C'est lui ? Eh bien, dis donc, ça n'a pas traîné. Ça doit être le vernis Rose Océan.

Georgie ne releva même pas.

— Avec Tom, ils sont allés à ce pub et il m'invite à les rejoindre. (Elle en rougissait de plaisir.) Oh Tay ! Je crois que je lui plais vraiment.

Taylor aurait voulu partager sa joie, mais, c'était plus fort qu'elle, elle était déçue. Elle n'avait pas envie de se retrouver toute seule en un moment pareil. Ça devait se voir parce que le sourire de Georgie s'évanouit.

— Mais… je vais refuser, évidemment. Il vaut mieux que je reste. Pour être sûre que tu vas bien.

Taylor soupira. Elle avait honte de son égoïsme. Elle avait déjà gâché le rendez-vous de Georgie. Elle ne pouvait pas la priver aussi de cette occasion rêvée de braver tous les interdits en allant boire de l'alcool, alors qu'elle était mineure, et de se faire peloter dans les coins. L'amitié a quand même des limites.

— Ne sois pas bête, lui rétorqua-t-elle avec fermeté. Je nage dans le chocolat chaud : tout baigne. Vas-y. Et amuse-toi bien.

L'expression de Georgie aurait presque été comique tant elle semblait déchirée entre doute et espoir.

— Tu crois vraiment ?

— Va, l'encouragea-t-elle, en agitant sa tasse comme pour la chasser. Sauve-toi. J'ai hâte de me retrouver seule avec mes livres et mon bon chocolat chaud tout crémeux : ma définition du bonheur.

Georgie bondit du lit pour se précipiter vers la porte. Elle s'arrêta une seconde pour lui lancer :

— Si tu recommences à te sentir mal, tu m'appelles, OK ?

— Promis.

Mais elle n'en pensait pas un mot.

Ж

Après le départ de Georgie, Taylor se pelotonna dans son lit avec un bon livre. Et puis elle essaya de dormir. Mais les événements de la soirée repassaient en boucle dans sa tête et elle tournait et se retournait sans parvenir à trouver le sommeil.

À une heure du matin, elle finit par capituler. Repoussant les couvertures d'un coup de pied, elle se saisit de son PC portable posé par terre, à côté de son lit, et l'alluma en se calant contre ses oreillers.

Elle ouvrit sa boîte mail. Il y avait déjà un e-mail de Georgie envoyé à minuit :

> Ça va, Tay ? J'espère que tu te sens mieux. J'ai trop de trucs à te raconter sur PAUL !!! Bisouxxx, G

Elle fit mollement défiler ses messages. Jusqu'à ce qu'elle tombe sur le dernier mail de Sacha. Son pointeur clignotait sur son nom.

Ils ne s'étaient pas reparlé depuis leur dernière conversation en ligne, quelques jours plus tôt. Pourtant, elle n'était pas parvenue à se le sortir de l'esprit. Il s'était révélé si différent de ce à quoi elle s'attendait.

Et puis elle adorait son rire.

Ce garçon la rendait nerveuse sans qu'elle comprenne réellement ni pourquoi ni comment.

Elle aimait bien le genre de nervosité qu'il provoquait chez elle.

Elle repensa au regard qu'il lui avait lancé quand la discussion avait pris un tour un peu trop personnel. Elle avait perçu un tel désarroi.

Il y a beaucoup plus à découvrir chez lui qu'il ne veut bien le montrer, j'en suis persuadée, se disait-elle en tambourinant des doigts sur le bord du clavier.

Alors, elle ouvrit une nouvelle fenêtre dans sa messagerie.

> Cher Sacha,
> C'était sympa cette conversation avec toi, l'autre jour.
> J'y ai bien réfléchi et peut-être que nous devrions vraiment lire un livre ensemble, finalement.
> Pourrais-tu te procurer une copie de *The Catcher in the Rye* ? Je crois que ça pourrait te plaire.
> Et si nous en discutions demain sur ce site bizarre, non ?
> Sincères salutations,
> Taylor.

Et elle cliqua sur « Envoi ».

6.

Sacha dormait à poings fermés quand son téléphone bourdonna tel un insecte. Il décrocha par réflexe.

— Humpfff ?

— Sacha, j'ai une idée.

C'était Antoine.

— Humpfff ? répéta Sacha en fermant les yeux.

Antoine hurla dans le combiné :

— Sacha, tu m'écoutes ?

Sa voix était nasale et discordante. Sacha tressaillit.

— Ouais, ouais, j'écoute. Bon sang, Antoine… Tu veux quoi, bordel ? Pourquoi tu m'appelles si tôt ?

— Tôt ? aboya Antoine qui éclata d'un rire incrédule. Il est quatre heures de l'aprèm ! Tu dors encore ?

Sacha se redressa brusquement. Il avait dormi toute la journée ?

— Plus maintenant, répliqua-t-il en se frottant les yeux. Vas-y, raconte ton idée. Tu veux que je saute du haut de la tour Eiffel ?

Silence.

— Écoute, Sacha. . À propos de l'autre soir… C'était juste une question de business. Je pensais pas que t'allais le faire. Je voulais que tu comprennes à quel point ces types sont sérieux. Ils ne sont pas du genre à plaisanter.

C'était l'excuse la plus sincère que Sacha obtiendrait de sa part. Pour être honnête, l'idée du saut venait principalement de Sacha – il s'était dit que ce serait marrant. Il ne pouvait donc pas rejeter toute la faute sur Antoine. Néanmoins, il ne lui faisait toujours pas confiance.

Sacha passa la main dans ses cheveux ébouriffés.

— Pas de souci. C'est oublié. Bon, tu veux quoi ?

Antoine recouvra son ton enthousiaste.

— Ta supercherie…

— Mon saut n'était pas une supercherie.

— On s'en fout. Tu peux le refaire ?

— Tu rigoles ! renifla Sacha.

— J'arrête pas d'y penser. Je me moque de la manière dont tu t'y es pris – ce sera ton secret –, mais… mec… c'était cooool, t'as pas idée ! Genre impossible. Du génie ! Tu vois, là je me suis dit : ces types qui t'ont dans le collimateur ? Ils te ficheront la paix s'ils voient ça. En plus, ça pourrait nous rapporter un tas de thunes !

Antoine aimait jouer – jeux d'argent, drogues, tout ce qui craignait… Sacha savait que c'était une très mauvaise idée de tremper dans un nouveau coup avec lui. Ce type fréquentait des gens pas très… fréquentables.

Un sourire dangereux se dessina cependant sur ses lèvres. Il aimait côtoyer le danger.

Toutefois, il préféra rester dans le vague :

— Je sais pas trop, Antoine…

— Voilà le topo, enchaîna celui-ci à toute allure, de peur que Sacha ne le laisse pas finir son speech. Tu sautes d'un toit et tu survis. Je sais pas comment mais tu survis et c'est hallucinant. Quand je t'ai vu… comment dire… debout… Putain ! (Il y avait une espèce d'admiration dans sa voix.) Bon, je t'explique : on pourrait bosser ensemble, toi et moi. On devrait monter un spectacle. Je m'occupe de l'organisation, je rameute des gens pour te voir sauter. Des types friqués. Des gars qui aiment le jeu. Ils vont parier sur ta mort. Ils seront inquiets, voudront savoir où est l'embrouille, mais ils parieront quand même. La curiosité l'emporte toujours. Moi je m'occupe de faire monter les enchères. C'est là que tu sautes et… *tadam !*

Il cria si fort que Sacha sursauta et éloigna l'appareil de son oreille.

— Tu t'époussettes puis tu disparais dans le soleil couchant. Et hop ! On rafle tout le pognon.

À présent, Sacha était tout à fait réveillé. Il balança les jambes hors du lit et s'assit au bord du matelas. Pensif, il gratta son torse nu.

Ce plan était dingue. Ils risquaient d'être tués tous les deux. Enfin… Antoine plus que lui. Ces types ne déconnaient pas.

Pourtant, Antoine avait raison : ils pouvaient se faire un tas de fric. Six mois plus tôt, il l'avait aidé à remporter quelques parties de poker et avait gagné une belle Yamaha pour récompense. Ils pouvaient se faire beaucoup plus avec une combine pareille.

Cependant, il n'était pas question de lui laisser croire que cette décision était facile à prendre. Il joua les mecs réticents, presque craintifs :

— Tu te rends compte que ça fait mal, hein ? Je veux dire... de sauter de si haut ? C'est pas facile facile.

Il entendit quasiment le haussement d'épaules d'Antoine à l'autre bout du fil.

— À d'autres. Tu veux quoi ? Une médaille ? C'est pas comme si tu mourais.

Sacha ne put s'empêcher de rire. Ce mec s'en tamponnait vraiment le coquillard.

Sentant qu'il était allé trop loin, Antoine changea de tactique. Son ton devint enjôleur.

— OK, Sacha. T'es pas obligé de sauter tous les soirs. On le fait une fois. On ramasse le blé et adios, amigos.

Antoine connaissait tous les gangs de ce côté de la Seine. Les caïds qui pariaient sur tout et n'importe quoi – chevaux, chiens, dés... la mort, même. Ça marcherait, cela ne faisait aucun doute.

Et puis qu'avait-il à perdre ? Il lui restait si peu de temps.

Moins de huit semaines.

Avec l'argent qu'il se ferait, il achèterait ce qu'il voudrait. Il pourrait partir en voyage. Quitter la France. Pour un pays lointain. Échapper à cette vie bordélique. Voir le monde avant qu'il ne soit trop tard.

— D'accord. Je vais sauter, mais pas de plus haut que la dernière fois. Ça te va ?

Antoine hurla dans le téléphone.

— Tu rigoles ? Ça sera parfait ! On se retrouve à l'entrepôt.

— Je veux soixante pour cent, l'interrompit Sacha.

— Hein ? Quoi ? Pourquoi ?

Sacha s'étira avec langueur puis se leva.

— Parce que c'est moi qui saute.

Ж

RDV à minuit. Même endroit que dernière fois. 17 types de prévus. Qui va être pété de thunes ?

Assis à la table de la cuisine, Sacha lut le texto d'Antoine en cachette tandis que sa mère et sa sœur discutaient autour de lui. Sa mère lavait les assiettes du dîner. Sur le départ, elle portait déjà sa blouse verte d'infirmière. Laura était assise en face de lui.

Des papillons surexcités voletèrent dans son estomac. *Dix-sept parieurs !* Antoine avait dû les obliger à miser au moins mille euros chacun. C'était le minimum d'habitude. Certains cinglés misaient davantage, histoire de crâner.

Ils pouvaient se faire vingt mille euros.

Vingt mille !

Il n'arrivait pas à imaginer une telle somme. La liasse de billets. Combien pèserait-elle ? Que pourrait-il acheter ? Il réfléchit à ce que cela signifiait pour sa famille.

Depuis la mort de son père, ils galéraient un peu. Sa mère travaillait dur, enchaînait parfois deux services à l'hôpital. Mais une fois le loyer, les factures et la nourriture payés, il ne restait plus grand-chose.

Sa mère essayait de les protéger de la réalité de leur situation, mais Sacha savait qu'ils avaient dû emménager dans cet appartement parce qu'il coûtait moins cher que la maison dans laquelle ils avaient vécu avec son père.

Il regarda sa mère. Ses cheveux foncés brillaient au soleil qui entrait à flots par la fenêtre derrière elle. Une parole de Laura la fit rire. Ces dernières années l'avaient drôlement vieillie. Le chagrin avait creusé des sillons dans sa peau.

Cette constatation brisa le cœur de Sacha.

Elle méritait d'être heureuse, mais la vie en avait décidé autrement.

Une idée lui traversa soudain l'esprit : et s'il mettait de côté l'argent du saut pour elle ? Ainsi, Laura et elle seraient à l'abri du besoin quand il aurait disparu !

Cette idée le réconforta. S'il pouvait aider sa famille de cette manière, alors cela n'aurait peut-être pas servi à rien.

Laura racontait sa journée à l'école sans reprendre son souffle. Elle avait treize ans mais paraissait plus jeune avec ses cheveux brun doré attachés en queue-de-cheval. Comme lui, elle était grande. Ils partageaient les mêmes yeux bleus, les mêmes pommettes saillantes, mais contrairement à lui, ses joues étaient constellées de taches de rousseur.

Benjamine et de sexe féminin. Deux critères qui l'épargnaient. Tant mieux.

Avec la sœur de son père, Annie, elles étaient sa seule famille. Il n'y avait personne d'autre. Ni grands-parents, ni oncles, ni autres tantes. Personne pour aider sa mère après son départ.

Sacha sauterait du plus haut gratte-ciel de Paris si cela pouvait améliorer un peu leurs vies.

Sa mère s'essuya les mains avec un torchon puis jeta un coup d'œil réticent à sa montre et soupira. Il était presque l'heure de partir. Le travail de nuit payait mieux mais l'épuisait.

— Il faut que j'y aille.

Elle quitta la cuisine pour rassembler ses affaires et réapparut sur le seuil de la porte quelques minutes plus tard, son sac en bandoulière. Posant sa main sur la poignée de la porte, elle lança un regard sévère à Sacha.

— Tu restes à la maison ce soir ! Interdiction de laisser ta sœur sans surveillance.

Laura fit la grimace.

— Eh maman ! Je suis assez grande pour me garder toute seule.

— N'encourage pas ton frère ! gronda leur mère. S'il sort ce soir, je veux en être informée. C'est encore moi qui fais la loi ici !

— Oui maman ! répondirent-ils en chœur sans beaucoup de conviction.

Elle leur envoya des baisers puis se tourna pour partir.

Dans son dos, Sacha fit un clin d'œil à sa sœur. Elle lui répondit par un autre clin d'œil et un sourire de complice expérimentée.

Ж

Le vieil entrepôt caverneux en lisière du port de Pantin avait grand besoin de réparations. Il comptait cinq étages et réceptionnait autrefois diverses marchandises comme du coton, du café et d'énormes caisses de caoutchouc. À la grande époque, l'endroit était animé et bruyant de jour comme de nuit.

Mais les temps avaient changé.

Tandis que de nombreux entrepôts voisins avaient été démolis puis remplacés par des structures modernes et climatisées, dotées de grandes vitres et de systèmes de sécurité perfectionnés, ce bâtiment n'avait lui pas été touché. La plupart de ses immenses fenêtres étaient brisées et personne ne prenait la peine de le surveiller. Vide la plupart du temps, il abritait rats et pigeons.

Ce soir, pourtant, son toit était inhabituellement bondé.

Un groupe d'hommes du genre pas commodes se tenait le plus loin possible du bord.

— C'est vachement haut, non ? marmonna l'un d'entre eux.

— Ce gamin est taré, commenta un autre sans compassion ni intérêt. Soit on gagne ce pari, soit c'est un coup monté.

— Je ne vois pas où est le truc.

Le premier agita une cigarette allumée. Son extrémité faisait penser à un œil rouge clignant dans le noir.

— Des gars à moi ont vérifié en haut, en bas, dans les escaliers… Rien n'a pu m'échapper. S'il se fout de nous, je le saurai.

Antoine s'était occupé de tout : les paris étaient enregistrés, il s'était arrangé pour que les parieurs inspectent l'entrepôt. Ils n'avaient trouvé ni câbles ni cordes. Rien que des murs droits et à pic ainsi qu'une mort bétonnée assurée en contrebas. Ils avaient chipoté sur les détails les plus sinistres : et si Sacha était vivant mais paralysé ? Et s'il était en état de mort cérébrale ? Antoine avait répondu à toutes les questions, jusqu'aux plus saugrenues.

Au bord du toit, Sacha était seul et parfaitement détendu, les pieds à moitié dans le vide. Une brise fraîche ébouriffait ses cheveux fins et faisait onduler son T-shirt noir. Pas une fois il ne regarda les hommes derrière lui.

Aucun d'eux ne l'aurait admis, mais ils trouvaient la situation très perturbante.

Dans l'espoir d'augmenter les paris, Antoine haranguait la foule.

— Cinq étages : c'est la distance entre le sol et nous, gentlemen. Cinq longs étages sans filet, sans matelas sur lequel atterrir ! Sans corde ! Sans tour dans sa manche ! Mon ami ici présent (il désigna Sacha) sautera à mon signal.

Un murmure d'excitation parcourut l'assistance. Les parieurs adoraient ce moment. Cette seconde fugace quand le risque était à son maximum. Grâce à elle, ils se sentaient vivants. Puissants. Peu importait s'ils gagnaient ou perdaient. Leur intérêt résidait dans le frisson. Le danger.

Ce soir, ce serait un pari facile. Ce soir, il verrait un gamin mourir.

Pour certains, ce n'était pas une première. D'autres avant Sacha avaient tenté l'impossible contre de l'argent et ils avaient échoué. Pour les autres, la sensation était nouvelle, aussi intense et vertigineuse que la chute à venir de Sacha.

Ceux-là, on les reconnaissait à leur teint verdâtre, à leurs mains tremblantes tandis qu'ils allumaient cigarette sur cigarette.

Ж

Sacha fixa le point obscur où il s'écraserait cinq étages plus bas. Dans la brume, il semblait flou. Comme sorti d'un rêve.

Il distingua plusieurs silhouettes postées au pied du bâtiment. Ces gars-là s'assuraient que tout était réglo. Il se crasherait devant eux, mourrait et ils récupéreraient leur fric.

Il n'écouta pas un mot du discours d'Antoine derrière lui, se contentant d'attendre son signal.

Concentré. Intrépide. De toute façon, de quoi pouvait-il avoir peur ?

Finalement, comme venant de très loin, les mots attendus s'élevèrent dans la nuit.

— Et maintenant, gentlemen, il va sauter. Vous allez voir de quoi il est capable ! Trois… deux… un…

Sacha sauta.

Après la dernière fois, il savait à quoi s'attendre. Le vent qui sifflait dans ses oreilles lui parut anormalement fort, tel un hurlement. Il grinça des dents pour éviter de se mordre la langue. Son T-shirt se souleva. Il serra fort les orteils pour ne pas perdre ses baskets.

Le sol s'approcha de lui tellement vite. Trop vite.

Son cœur se contracta. Instinctivement, il pivota à mi-chemin pour ralentir. Pour s'arrêter.

Ce fut l'impact.

À des kilomètres de là, il entendit le craquement de son corps quand il commença à se disloquer. Il aurait hurlé s'il avait pu.

Ensuite, pendant une brève seconde, il n'y eut plus rien.

Seulement la paix.

Ж

Sacha cligna des yeux.

Le sol était froid – d'un froid glacial. Le béton rugueux mordait sa peau déchiquetée. Son corps tout entier lui faisait mal. La moindre parcelle de chair. Chaque muscle. Chaque os.

Il se sentait détruit.

C'est pire que la dernière fois. Pire que toutes les fois précédentes.

Ses pieds remuèrent, raclèrent le sol. Des voix s'étranglèrent et murmurèrent quand il bougea.

— Sainte Mère, il est vivant.

Une voix masculine. Grave. Effrayée.

Cette voix transperça le voile de douleur et rappela à Sacha où il se trouvait. Comment il en était arrivé là. Ce qu'on attendait de lui.

Il se demanda vaguement combien de temps il était resté évanoui.

Pas assez longtemps.

Il sentait leurs regards posés sur lui, entendait les chuchotements embarrassés alors qu'on s'agglutinait autour de lui.

Réprimant un grognement, il leva lentement la main pour se protéger les yeux.

Au début, il ne vit pas grand-chose. Tout était flou. Quand l'image devint plus nette, il s'aperçut que la petite foule reculait, s'écartant de lui, de peur qu'il ne soit contagieux.

Il ne pouvait pas leur en vouloir. Il devait avoir une tête de déterré.

Il avait beau brûler d'envie de rester allongé sur le béton, il devait se lever.

Il avait un public à impressionner.

Avec une détermination inébranlable, il se mit debout tant bien que mal, s'efforçant de paraître moins brisé qu'il ne l'était en réalité.

Chaque minuscule mouvement lui faisait l'effet d'un coup de poignard. Il n'avait jamais ressenti une douleur aussi atroce. Certains organes internes avaient sûrement dû exploser. Il savait qu'il avait plusieurs os cassés et son cœur s'était arrêté de battre quelques instants – il avait remarqué son silence. Un calme étrange et angoissant.

Mais tout se réparait à présent. Il sentait son corps qui guérissait, ses os brisés qui se ressoudaient. Ce qu'il avait détruit si imprudemment se reconstruisait. Qu'il le veuille ou non.

Non loin, les spectateurs s'agitaient.

— Mais comment… ? marmonna un homme.

Une brute en veste de cuir se signa.

— Il y a un truc, grommela un autre.

— Oui, mais comment ? répéta le premier, abasourdi. J'ai entendu le choc. Vous l'avez tous vu. Personne ne peut survivre à ça.

D'une main tremblante, il désigna Sacha à bonne distance. Celui-ci feignit l'ignorance.

— Ce mec était mort. Maintenant il… ne l'est plus.

— C'est impossible, s'entêta l'autre. Ça pue l'arnaque.

Sacha aurait pu leur dire qu'il n'y avait ni truc, ni magie, ni illusion. Les choses étaient simplement ainsi : il mourrait le jour de son dix-huitième anniversaire et pas plus tôt. Ce qui le tuerait plus tard lui sauvait la vie aujourd'hui.

Mais il préféra se taire. De toute manière, ils ne le croiraient pas.

Refoulant la douleur, il s'efforça d'adresser à l'assistance une révérence sardonique.

Tous le dévisagèrent avec une perplexité horrifiée.

Une chose était sûre : ils en reparleraient pendant des années.

Derrière eux, le reste du groupe – les observateurs du haut du toit – commençait à émerger du bâtiment, guidé par Antoine. Son visage radieux affichait la satisfaction d'avoir fait un bon coup et amassé un beau pactole.

Antoine fit un clin d'œil à Sacha avant de pivoter vers le groupe.

— Gentlemen, je vais encaisser votre argent…

7.

Il était tôt dans la soirée quand Sacha sortit enfin de son lit, geignant un peu à chaque mouvement. Il avait moins mal que la veille mais il se sentait raide et courbaturé.

Comme si son corps le punissait.

À travers les rideaux, il voyait les derniers rayons du soleil qui inondaient d'or la rue. Il n'était pas d'humeur à apprécier sa chaleur. La nuit précédente aurait dû le laisser euphorique. Au contraire, il se sentait plus désespéré que jamais. Il se sentait monstrueux. Perdu.

Maudit.

Le saut avait fait des ravages sur son corps mais aussi sur son esprit.

Il ferma les rideaux pour que la lumière vive ne s'insinue pas dans sa chambre obscure. Puis il resta au milieu de la pièce, cerné par son bazar.

Des vêtements sales gisaient par terre à côté de sachets de chips entamés, d'assiettes grasses, de papiers et de cannettes de soda vides. Du bout de son pied nu, il poussa une pile de livres et ne réagit pas quand elle dégringola sur la moquette.

À une époque, il adorait lire. Depuis peu, il avait de plus en plus peur qu'un jour il commence une histoire qui lui plaise vraiment sans avoir le temps de la terminer.

Pour la même raison, il avait délaissé tout ce qui comptait pour lui autrefois : amis, école. Amour.

Parmi les détritus sur le sol, des liasses de billets attachées avec des élastiques débordaient de sa sacoche ouverte.

Les types avaient parié beaucoup plus qu'Antoine ne s'y attendait. Il y avait plus de vingt mille euros dans ce sac. Assez pour que sa mère puisse s'acheter une belle voiture. Ou des mois de courses.

Il savait ce qu'il s'offrirait, lui.

Il ramassa la sacoche et s'assit sur son lit. Avec précaution, presque tendrement, il entassa les billets. Maintenant, il pouvait dire qu'il avait palpé beaucoup de cash. Qu'il en connaissait le poids.

Il saisit une liasse et feuilleta les billets avec le pouce, laissant la brise légère lui caresser le visage. Cela sentait l'encre fraîche et le vieux papier. Il aimait beaucoup cette odeur.

Chaque fois qu'il mourait, cela devenait plus difficile. Cela faisait plus mal.

Mais merde ! Ça en valait la peine !

Il imagina combien il se ferait s'il sautait deux-trois fois par semaine. Ce serait une torture, mais l'argent coulerait à flots. S'il mourait quelques fois de plus, sa mère pourrait changer d'appartement.

La réalité chassa vite son rêve. L'argent était synonyme d'ennuis. Il devait le cacher dans un endroit sûr. Si sa mère tombait dessus, elle exigerait de savoir d'où il venait. Et c'était une histoire qu'il n'avait pas l'intention de lui raconter.

Il n'y avait pas des dizaines de cachettes dans cet appartement. Il devait donc choisir la simplicité.

Il traversa sa chambre, tira un des tiroirs du bas de son bureau et vida son contenu par terre sans cérémonie. Il fourra les billets tout au fond avant de les dissimuler derrière de vieux cours et des livres.

Ensuite, il nettoya le dessus de son bureau d'un grand geste du bras. Papiers et livres volèrent dans la pièce. Et enfin, il alluma son ordinateur.

Sa boîte mail s'ouvrit automatiquement. Plus d'une centaine de messages non lus clignotaient de manière accusatrice. Il passa les noms en revue sans les ouvrir. Mails du lycée, pubs pour des trucs inutiles… rien d'intéressant. Soudain, un nom attira son attention.

Taylor.

Il cliqua dessus. Après avoir lu son message, il s'adossa à son fauteuil et fixa le plafond, le temps d'examiner ses options.

Cette histoire de cours particuliers lui prenait la tête. Il avait des problèmes bien plus importants sur le feu. Alors faire plaisir à Deidé et à une Anglaise zarb' qui ne savait rien de lui était le cadet de ses soucis.

Néanmoins, il ne ferma pas le message.

Il s'imagina lui raconter la vérité sur sa vie. Qu'en penserait-elle ? Et si elle avait assisté à son saut la nuit précédente ?

Elle aurait pris ses jambes à son cou en hurlant.

Son style de vie était tellement éloigné du monde parfait de cette fille. Elle était si irréprochable. Si… normale. Il avait l'impression que leurs profs avaient choisi les deux personnes les plus improbables et opposées de la planète et les avaient obligées à travailler ensemble.

Il savait qu'il ferait mieux de se concentrer sur son deal avec Antoine, gagner plus de blé pour sa famille et surtout faire la bringue jusqu'à son dernier jour. Pourtant, la manière dont elle l'avait regardé le hantait. Elle n'avait pas la beauté des actrices d'Hollywood mais elle était jolie, avec cette innocence qu'ont les jeunes filles ignorant qu'elles ont du charme. Elle avait le visage en forme de cœur et des yeux extraordinaires, verts comme les eaux d'un lac.

Peut-être cela l'aiderait-il de discuter avec quelqu'un qui ignorait quelle épave il était devenu ? Une personne qui terminait ses mails par « Sincères salutations », comme si les formules de politesse lui venaient naturellement.

Quand bien même, c'était marrant de la provoquer. Elle était mignonne quand elle s'indignait.

Sa décision était prise. Il lui accorderait une autre chance avant de trancher.

Il tapa une réponse laconique :

RDV ce soir. 22 h. Heure anglaise. Tu sais où. Sacha

Ensuite, il se rendit dans la cuisine pour se préparer un sandwich. Ce fut là que sa mère l'intercepta.

— Tu dînes avec nous ce soir ? demanda-t-elle. Je ne travaille pas. Ce serait sympa de manger en famille pour une fois.

— Pourquoi pas ? Je n'ai rien prévu de spécial. Je dois juste tchatter avec ma tutrice anglaise, c'est tout.

Elle ne put cacher sa surprise.

— Tu as une tutrice ?

Il haussa les épaules comme si prendre des cours particuliers était tout à fait habituel pour lui et afficha un air insulté.

— Je ne suis pas débile, tu sais. Je nourris mon intellect.

Sa mère pouffa en entendant Laura rire aux éclats dans le salon.

— Sacha a une tutrice ? C'est la fin du monde ? On doit faire nos valises ?

Il leva les mains en l'air.

— Rigolez si vous voulez, mais c'est vrai. Nous allons lire des livres en anglais ensemble.

— Je trouve ça merveilleux, enchaîna sa mère. Je suis juste un peu surprise.

Sacha mordit dans son sandwich et parla la bouche pleine :

— Je n'en reviens pas que tu doutes de mon amour pour les études.

Laura surgit dans la cuisine et s'adossa au chambranle de la porte.

— C'est le truc le plus bidonnant que j'ai entendu de l'année.

— Eh, ça suffit !

Sacha lui lança un bout de pain qu'elle attrapa au vol.

— On ne joue pas avec la nourriture, gronda leur mère, mais son sourire adoucit ses mots. Qui est cette tutrice ? Quelqu'un de l'école ?

Sacha avala le morceau qu'il mâchonnait.

— Non. Deidé a trouvé une Anglaise. Elle s'appelle Taylor. Taylor Montclair.

Sa mère laissa échapper son verre qui se brisa sur le carrelage.

Pendant une longue seconde, elle resta immobile, les yeux rivés sur les éclats tranchants à ses pieds, silencieuse.

Laura et Sacha échangèrent un regard perplexe.

— Maman ? s'inquiéta Laura. Tu t'es fait mal ?

Leur mère attrapa la pelle et la balayette.

— Quelle maladroite ! murmura-t-elle. J'aimais beaucoup ce verre.

Elle avait une voix bizarrement tendue.

Sacha ne dit rien mais son front se plissa en voyant sa réaction. Le nom de Taylor lui avait fait un choc, il en était persuadé.

Il n'eut pas le temps de l'interroger car son portable vibra dans sa poche. Il examina l'écran et, jurant à mi-voix, il regagna sa chambre en quatrième vitesse, le téléphone collé à l'oreille.

— Quoi, Antoine ? Je suis occupé.

Au bout du fil lui parvinrent une série de halètements rauques, des bruits de pas. On aurait dit que quelqu'un courait.

Sacha se figea.

— Antoine ? Que se passe-t-il ?

— On a… des ennuis.

La voix d'Antoine résonnait étrangement, comme s'il se trouvait au fond d'une grotte.

En arrière-plan, Sacha percevait le bruit de ses pas paniqués, goutte-à-goutte frénétique.

— Quel genre d'ennuis ?

— Les types de l'autre soir… ils en ont après moi. Rapplique ou je suis un homme mort.

L'estomac de Sacha fit un saut périlleux. Ça craignait. Antoine n'avait jamais peur de rien, et là il semblait terrifié.

— Putain, qu'est-ce qui s'est passé ? marmonna Sacha.

— Ils pensent qu'on les a doublés. Ils veulent récupérer leur fric mais je l'ai pas, moi ! Ils vont me tuer et t'es le suivant sur la liste. Ils plaisantent pas… On est foutus, Sacha !

Celui-ci ferma les yeux, serra fort son téléphone.

— T'es où ?

Ж

Quelques minutes plus tard, Sacha enfilait ses baskets, plongeait les bras dans son sweat noir à capuche et fonçait dans le couloir. Quand sa mère le vit les clés à la main, elle fronça les sourcils.

— Où vas-tu comme ça ?

— T'inquiète ! répondit-il avec une fausse nonchalance. Un pote a besoin de mon aide. Pas grand-chose. Je serai de retour pour le dîner.

Sa mère soupira. La surprise qu'il avait lue sur son visage quand il avait mentionné Taylor avait disparu. Elle semblait simplement déçue.

— J'espère bien.

Elle fit une pause, hésitant à en dire davantage.

— Parfois, j'ai l'impression que tu m'évites pour ne pas me manquer plus tard. Je déteste ça. C'est comme si tu étais déjà parti.

Elle se mordit la lèvre. Son regard chercha celui de son fils.

— Je ne veux pas que tu continues à te comporter ainsi, s'il te plaît. J'aimerais que nous passions le plus de temps possible ensemble. Que nous soyons une famille.

Sur le seuil de la porte, Sacha serrait ses clés dans sa main. Elle n'aurait pas pu choisir pire moment pour aborder ce sujet. Antoine était peut-être mort à l'heure qu'il était.

Cela n'empêcha pas la culpabilité de lui nouer la gorge. Sa mère n'avait pas tout à fait tort : il évitait bel et bien sa famille. Il allait beaucoup leur manquer, il le savait, mais elles lui manqueraient plus encore.

Cela faisait un peu plus d'un an qu'elle lui avait révélé ce qui l'attendait. Au début, il ne l'avait pas crue. Cette histoire paraissait tellement dingue. La confusion avait cédé la place à un grand malaise. La première fois où il était mort cependant, il avait compris qu'elle ne mentait pas.

Il s'était battu avec des types, certains bien plus baraqués que lui. Il était en colère. Il cherchait les ennuis. Il voulait faire du mal à quelqu'un. Les rôles avaient été inversés au final : il n'avait fallu qu'un crochet du droit pour l'envoyer au tapis. Il avait simplement heurté le trottoir où il ne fallait pas. Sa nuque s'était brisée net. Il entendait encore le craquement.

Quand il s'était réveillé quelques minutes plus tard, avec l'impression d'être passé sous un camion, ses agresseurs avaient fichu le camp.

Ensuite, il n'avait plus eu de doutes.

À partir de ce jour, il avait évité sa famille, séché tous les cours, lâché ses amis, rompu avec sa copine.

À quoi bon continuer ? Sa vie n'était qu'un mensonge.

Sa vie touchait déjà à sa fin.

Au fur et à mesure qu'il se renfermait sur lui-même, sa mère se forçait à devenir plus gaie. À la maison, tout était resté hyper normal. On mentionnait très rarement son sort prochain, et parfois il se demandait si elle ne l'avait pas zappé tout simplement.

Il ne lui pardonnait pas une chose : qu'elle ait baissé les bras. Son père, lui, avait tenté de se battre contre son destin. C'est elle-même qui le lui avait confié. Mais après sa mort, elle avait comme qui dirait… abandonné tout espoir.

Sacha savait qu'elle l'aimait, mais elle n'avait jamais essayé et n'essayerait jamais de le sauver. Cela lui était plus douloureux encore que de mourir.

Alors il l'évitait. Comme il évitait son ancienne vie. L'école. Depuis des mois, il faisait son possible pour disparaître, et voilà qu'aujourd'hui, tandis que la fin s'approchait, il le regrettait.

Si on ne lui accordait que dix-sept années avec sa famille, il pouvait au moins faire l'effort de ne pas les gâcher.

Quand il s'adressa enfin à elle, sa voix était posée :

— Promis, maman. Je serai de retour pour le dîner.

L'attente dans son regard, celui dénotant qu'elle espérait en savoir plus, connaître la vérité, lui fit mal mais il n'avait pas le temps.

— Faut que j'y aille.

Il l'embrassa sur la joue et quitta l'appartement à toute allure.

Ж

Le parking au sous-sol était calme et mal éclairé. La lumière vacillante des néons était assombrie par les cadavres des innombrables insectes suicidaires.

Il avait garé sa moto à son emplacement habituel, derrière les poubelles, à l'écart des conducteurs distraits qui reculaient systématiquement sans regarder.

Malgré la lumière diffuse, elle brillait comme de l'or noir.

Il l'avait raflée quelques mois plus tôt à un associé d'Antoine, après une nuit de jeux particulièrement risquée, et il l'aimait plus que tout, après sa famille bien sûr. Il s'agissait d'une Yamaha FJR 1300 – la moto la plus parfaite au monde.

Après avoir enfilé son casque, il grimpa sur l'engin et fit ronfler le moteur.

L'adresse donnée par Antoine correspondait à une tour délabrée des années 1960, dans une banlieue très mal fréquentée à quelques kilomètres de chez lui.

La plupart des gens qui n'ont jamais vécu à Paris considèrent la capitale comme une gigantesque attraction touristique avec ses immeubles d'un blanc laiteux, ses avenues bordées d'arbres. En réalité, loin du centre, la banlieue ressemble à toutes les autres. On y trouve comme partout des zones commerciales immenses et laides, des kilomètres carrés de parking.

Il y a les bons quartiers de la région parisienne et les autres. Celui-là était vraiment pourri.

Sacha roula entre les barres d'immeubles surpeuplées et couvertes de tags. Ses pneus crissaient sur les détritus dans la rue.

Groupés devant un bâtiment, quelques types zonaient, à l'affût d'un mauvais coup. Sacha passa sans s'arrêter, n'appréciant pas du tout la manière dont ils les regardaient, sa moto et lui.

Il mourait d'envie de faire demi-tour et de rentrer chez lui. Mais il n'avait pas le choix. Certes, Antoine n'était pas ce qu'on peut appeler son ami, mais si ces caïds avaient prévu de le trucider avant de s'en prendre à lui, ils risquaient de croiser sa famille en chemin. Et il n'était pas question qu'ils touchent un cheveu de sa mère et sa sœur.

Après une rapide inspection des lieux, il trouva un coin où cacher sa moto, derrière un garage à quelques pâtés de maisons puis il retourna au bâtiment à pied, capuche sur la tête. Il passa rapidement devant les lascars sans les regarder. Ils ricanèrent sur son passage, mais aucun ne le suivit quand il descendit l'escalier en béton menant au sous-sol.

En bas des marches, il donna un coup d'épaule contre une porte grise et métallique à double battant, striée et graffitée. Elle s'ouvrit dans un grincement de protestation.

De l'autre côté, il se retrouva dans un couloir sombre et étroit. Des ampoules nues disposées par intermittence au plafond projetaient une faible lumière clignotante.

Les murs en béton étaient couverts de peinture à la bombe mais il ne parvint pas à lire ce qui était écrit. Au fil du temps, un mot avait été peint sur un autre et ainsi de suite jusqu'à devenir indéchiffrable. C'était comme des hurlements griffonnés là avec l'espoir qu'on les entende peut-être.

D'un côté s'alignait une rangée de portes qui avaient toutes été défoncées à coups de pied. Autrefois, elles devaient donner sur des caves réservées aux habitants du bâtiment au-dessus, mais désormais plus personne n'y stockait quoi que ce soit.

Au bout d'un moment, les ampoules disparurent purement et simplement et il poursuivit son chemin dans le noir. Le couloir empestait l'urine. Et autre chose. Une odeur pire encore.

Au début, il n'entendit plus que le bruit de ses pas. Soudain, des voix stridentes résonnèrent au loin. Un hurlement fendit l'air.

Aussitôt, Sacha sortit son portable de sa poche pour s'éclairer et brandit sa lampe de fortune avant d'accélérer le pas. Quand il atteignit une porte en bois fracturée affichant le numéro 37, il s'arrêta.

— Antoine ?

La seule réponse fut son pouls qui tambourinait dans ses oreilles.

Prudent, il posa le bout des doigts sur la porte et poussa. Elle s'ouvrit trop facilement sur une obscurité béante.

La puanteur était encore plus terrible. Une main sur la bouche et le nez, Sacha entra.

Seuls quelques rais de lumière provenant d'un soupirail éclairaient la petite pièce cubique. L'humidité suintait des murs. Le sol était jonché de détritus et de formes qu'il distinguait à peine mais ne préférait pas identifier.

Le décor parfait pour un meurtre.

Il se fit cette réflexion une seconde avant de repérer Antoine, assis sur une chaise, la tête avachie sur la poitrine. À côté de lui, un colosse lui braquait une arme sur la tempe.

Ses tatouages et son air renfrogné collaient à merveille avec le cadre. Il avait, remarqua Sacha légèrement hystérique, la gueule de l'emploi.

Reste cool, Sacha...

Plongeant les mains dans les poches de son jean, il adopta un air à la fois assuré et dédaigneux.

— On peut dire que vous avez le sens de la fête.

Par réflexe, le colosse braqua son arme sur lui.

Antoine releva brusquement la tête et poussa un soupir de soulagement.

— Sacha ! Tu es venu !

Son nez pissait le sang, donnant l'impression bizarre qu'il avait une moustache et une barbe rouge. Son œil droit était tuméfié.

— Évidemment ! répliqua Sacha avec un haussement d'épaules, comme s'il venait dans ce genre d'endroit tous les jours.

— Alors ! grogna Antoine à l'intention du colosse. Je ne vous avais pas dit qu'il viendrait ? On va pouvoir tous se calmer maintenant. Tout baigne.

À cet instant, un second type, caché jusque-là dans un coin sombre, s'avança dans la faible lumière.

Physiquement, il était à l'opposé du premier, c'est-à-dire aussi petit et maigre que l'autre était grand et musclé. Par contre, il semblait également très à l'aise dans cette cave humide et rance.

— La ferme ! ordonna-t-il à Antoine qui obéit sans broncher.

C'est lui le boss, en conclut Sacha.

Il entendit un bruit de goutte-à-goutte et espéra que ce soit juste de l'eau.

— Je dois dire que le casting est impressionnant, affirma-t-il en regardant les deux individus tour à tour. Vous êtes… terrifiants.

— Qu'est-ce qu'il raconte ? grogna le colosse en agitant son arme.

Sacha essaya de ne pas reculer quand il pointa le canon sur lui.

— Un petit malin ! s'exclama le nabot.

Dans la pénombre, ses dents semblaient aiguisées.

Sacha avança d'un pas.

— Écoutez. La situation est la suivante : vous détenez mon associé et j'ai un peu d'argent. Relâchez-le et je vous donne le cash. De toute façon, il n'a rien à voir avec l'arnaque. C'est un imbécile. Je lui ai dit que je pouvais survivre à cette chute et il m'a cru.

Aussitôt, le nabot se tourna vers Antoine.

— C'est vrai ?

— Oui, oui ! répliqua Antoine qui s'accrocha à l'histoire de Sacha comme à une bouée de sauvetage. C'est cet enfoiré qui a monté le coup. Il a pris tout le blé. Il ne m'a pas laissé un peso.

Le nabot examina Sacha avec un intérêt renouvelé.

— Aboule le fric, gamin, et on libère ton pote.

Il fit un geste rapide que Sacha n'eut pas vraiment le temps de voir. Soudain, le colosse frappa Antoine à la tempe avec la crosse de son arme. Un craquement sinistre résonna dans le cube en béton.

La tête d'Antoine bascula sur le côté. Un nouveau filet de sang courut le long de son visage.

Sacha déglutit bruyamment. Il n'aimait vraiment pas ça. Ils avaient de grandes chances d'être tués tous les deux. Du moins, ils assassineraient Antoine et ils essaieraient de le refroidir lui aussi.

Il devait la jouer finement.

— On va s'y prendre autrement, déclara-t-il comme si une idée venait juste de lui traverser l'esprit. Lâchez-le d'abord. Ensuite, je vous file le pognon.

Le nabot l'étudia une seconde puis il sortit un paquet de cigarettes de sa poche.

L'air renfrogné, le colosse mit Sacha en joue.

— Je pense pas qu'il va nous le donner.

Le nabot plissa les yeux puis porta une cigarette à ses lèvres.

Un cliquetis retentit et soudain, une flamme apparut quand il l'alluma avec un briquet en argent. Il prit son temps, inhala longuement puis il souffla une fumée fine et pâle. Sans jamais quitter Sacha des yeux.

— Je pense pas non plus, finit-il par dire. On a qu'à se servir.

Il agita la main qui tenait la cigarette avec désinvolture.

— Au boulot !

Dans le cube bétonné, le coup de feu fut assourdissant. Sacha crut entendre quelqu'un crier.

La balle frappa le côté gauche de son front, à la naissance des cheveux, traversa son crâne et lui perfora le cerveau. Après une brève sensation de chaleur, une douleur intense le foudroya. Puis l'obscurité s'abattit sur lui telle une couverture douillette. Enfin, le décor cauchemardesque de la cave disparut.

Ж

La première chose que Sacha perçut quand il revint à lui fut la voix d'Antoine :

— Merde, merde, merde…

Quelqu'un le poussait. Fort. Il lui fallut un moment pour comprendre qu'il s'agissait de mains. Des mains qui lui faisaient consciencieusement les poches. Avec brutalité et désespoir.

Il n'arrivait pas à ouvrir les yeux, à réfléchir clairement. Il avait trop envie de vomir.

— Où il l'a foutu, bordel ? marmonnait Antoine. Ça doit être quelque part par là…

Sacha s'humecta les lèvres. Il reprenait lentement connaissance. Son crâne tambourinait comme un malade. Ça puait. Tout était poisseux et froid. Dans un grognement, il porta une main à sa tête et s'efforça d'ouvrir les yeux.

— Putain… il n'était pas obligé de me tirer dessus !

Antoine sursauta comme s'il avait été piqué. Il détala en marche arrière loin de Sacha, ses pieds faisant un horrible bruit de dérapage sur le sol humide. Dans la pénombre, il dévisagea Sacha, l'air horrifié.

— Comment… Tu… tu es vivant ?!

Sacha batailla pour s'asseoir mais la pièce tanguait. Il dut donc s'appuyer sur les coudes et attendre que la nausée passe.

— On dirait. Ou bien tu parles à mon fantôme. Ce qui est toujours possible. Je crois aux fantômes, tu sais. Et tu ne trouveras pas l'argent. Je ne l'ai pas apporté.

Il se comprima les tempes.

— Nom de Dieu, ma tête…

— Non, non, non !

Antoine secouait la sienne avec violence.

— Il t'a tiré en plein visage ! J'ai tout vu. Tu as perdu… tu as perdu beaucoup de sang.

Pour preuve, il leva une main ensanglantée.

Sacha avait un méchant mal de crâne. Quelle pagaille… Il se sentait trop mal pour s'allonger. Trop fatigué pour inventer quelque chose.

— Je sais, je sais… C'est une longue histoire. Je t'expliquerai mais là j'ai une migraine terrible.

Il aurait éclaté de rire si sa tête ne palpitait pas avec une intensité telle qu'il craignait d'en mourir.

Il se leva avec difficulté, titubant comme s'il se tenait sur le pont d'un bateau en pleine tempête. Avec maladresse, il s'effleura le front. Il ne restait rien. Pas le moindre trou. Il ignorait totalement comment son corps faisait pour… guérir. Se régénérer. Il y parvenait chaque fois.

Il devait sûrement faire peur à voir. Son visage, son cou, son front, son T-shirt… tout était couvert de sang. C'était dégoûtant. Terrifié, Antoine était ratatiné sur lui-même, tel un animal pris au piège. Sacha lui tendit la main pour le rassurer.

— Je vais m'en sortir, sérieux. Pas besoin de paniquer.

Il tourna le poignet, examina sa montre et grimaça. Il lui avait fallu plus de temps pour se réveiller cette fois-ci. Il était tard.

— Écoute, faut que j'y aille. J'ai promis à ma mère d'être rentré pour dîner.

Puis il regarda autour de lui.

— Ils se sont cassés après m'avoir tué.

Antoine hocha lentement la tête comme s'il émergeait d'un rêve.

— Le grand avait la gâchette facile. Je crois qu'ils voulaient juste te faire flipper, histoire que tu leur files le fric. Quand ils ont vu que tu étais... mort... ils se sont barrés direct. Ils n'ont même pas essayé de récupérer leur pognon.

— Les enfoirés...

Sacha baissa les yeux sur ses vêtements couverts de sang.

— Mon T-shirt est foutu à cause d'eux !

Antoine recula contre le mur poisseux.

— Sacha ! Putain ! Tu étais mort. J'ai pas rêvé ?

Cette fois, pas moyen d'y échapper : Sacha ne s'en sortirait pas sans une explication. Antoine avait bien volontiers accepté l'histoire du saut. Il s'était persuadé que Sacha était une sorte d'arnaqueur, un illusionniste, mais là... pas moyen de tricher avec une balle dans la tête.

— Pas complètement.

Sacha bataillait pour trouver ses mots. Il n'avait jamais dit la vérité à personne. Seuls sa famille et lui savaient.

— C'est difficile à expliquer... mais disons que je... je ne peux pas mourir. Pas encore.

Un silence de plomb s'abattit dans la cave répugnante. Antoine reprit la parole d'une voix chevrotante mais déterminée.

— Merci d'être venu quand je t'ai appelé.

Il s'interrompit une seconde, le temps de rassembler son courage.

— Mais je ne veux plus jamais te revoir, OK ? Pigé ? Tu m'as foutu la trouille de ma vie. Je sais pas ce que t'es mais… efface mon numéro. Oublie que j'existe et de mon côté, j'oublie que t'existes. Ouais ça sera mieux comme ça.

Sans attendre la réponse, il fila à toute vitesse.

Immobile, Sacha écouta ses pas qui s'éloignaient. Le grincement rouillé et métallique d'une porte pivotant sur des gonds usés. Le bruit sourd quand elle se referma.

Il était seul, au milieu de la pièce la plus lugubre qui existât, debout dans une mare de son propre sang.

8.

— Allez, Taylor. (Georgie avait pris un ton caressant.) Maman dit que je pourrai faire mes devoirs avec Paul dans ma chambre si tu es là aussi. Et Tom dit que si tu viens il viendra avec Paul…

Son portable coincé entre l'épaule et l'oreille, Taylor rinça la dernière assiette avant de la mettre dans le lave-vaisselle. Quelques mèches s'étaient échappées de sa queue-de-cheval. Avec la vapeur d'eau, elles frisaient tellement qu'elles lui chatouillaient la joue. Elle les repoussa d'une chiquenaude. Sans succès.

— J'adorerais, George. Mais j'ai cette histoire de cours particuliers. C'est prévu depuis trois siècles.

— Oh ! allez, Tay. Tu n'as qu'à annuler. C'est un vrai boulet, ton Frenchy, de toute façon. Finlay s'en remettra.

Taylor secoua la tête – et manqua de faire tomber son téléphone dans l'évier.

— J'en ai besoin pour mon dossier d'admission à Oxford…

Georgie poussa un juron.

— Oxford ! Oxford ! Tu n'as que ce mot-là à la bouche. Tu sais qu'il y a une *vie* en dehors de la fac. Et tu fous la tienne en l'air avec ça.

Tout en fermant le robinet, Taylor changea son téléphone d'oreille.

— Ça ne « fout pas ma vie en l'air », lui rétorqua-t-elle patiemment. Mais c'est important. Et c'était prévu…

— Je sais, je sais. Depuis trois siècles. Tu l'as déjà dit. (Georgie soupira.) Mais comment je suis censée avancer avec Paul, si je ne peux pas passer un minimum de temps avec lui ?

— Il était avec toi quand on est sorties, l'autre soir, lui fit-elle remarquer.

Ce n'était pas très sympa de sa part, elle en avait parfaitement conscience. Georgie craquait à mort pour Paul et aurait donné n'importe quoi pour le revoir. Mais Taylor n'avait pas l'intention de passer une autre soirée à écouter Paul et Tom parler rugby. Non merci.

— C'est bien pour ça que je veux qu'il vienne à la maison ce soir, trépigna Georgie. La dernière fois, avec Paul, on a bien accroché, tous les deux. J'ai eu l'impression qu'on… je sais pas… qu'on était sur la même longueur d'onde, tu vois ? C'était comme s'il me remarquait enfin. Et puis Tom est revenu et…

Ils ont recommencé à discuter tous les deux, devina Taylor. Elle ne comprenait que trop bien la situation. Elle avait déjà donné.

— Écoute, si Tom vient ce soir, ça refera exactement la même chose. Franchement, il y a des moments, je me dis qu'ils feraient mieux de sortir ensemble, Paul et lui.

Après avoir versé la poudre dans le compartiment, elle ferma le lave-vaisselle et l'alluma, s'appuyant contre le plan de travail pendant qu'il se mettait en route avec un grondement sourd. En fond sonore, elle pouvait entendre les applaudissements et les rires de l'émission de téléréalité que sa mère et sa sœur regardaient dans le salon.

— Qu'est-ce qui se passe avec Tom, d'ailleurs ? s'enquit alors Georgie. Tu n'as jamais envie de le voir, en ce moment, on dirait.

Taylor tordit le torchon mouillé jusqu'à ce qu'il finisse par ressembler à une grosse corde blanc et bleu. Puis elle le regarda tourner en sens inverse pour reprendre sa forme initiale.

— Je ne sais pas, Georgie. C'est juste que je… je crois qu'entre nous ça ne marche pas.

Il avait suffi qu'elle le dise pour se sentir tout de suite mieux. Ses muscles semblaient se dénouer, comme le torchon. Se libérer de la tension.

— T'es sérieuse, là ? (Georgie semblait sonnée.) Tu penses que tu pourrais carrément le larguer ?

Taylor poussa un gros soupir. Elle n'avait jamais rompu avec personne de sa vie.

Tom était son premier vrai petit ami. Elle ne voulait pas lui faire de la peine. Seulement voilà, elle ne voulait plus être sa copine.

— Oh ! j'en sais rien, Georgie. C'est l'horreur. Je crois que, dans cette affaire, aucun de nous deux n'est vraiment heureux. Alors, autant officialiser le truc. Ou désofficialiser, plutôt. Enfin, ce qu'on dit quand on casse pour de bon. Du coup, je ne peux pas venir ce soir et le voir avant d'avoir réglé le problème. Je suis vraiment désolée. J'espère que vous trouverez quand même le moyen d'être ensemble, avec Paul.

Comprenant qu'elle avait perdu la partie, Georgie capitula.

— Je suis trop désolée pour toi et Tom, Tay. Mais faut pas que tu restes avec lui si t'es malheureuse.

Après avoir mis un terme à la conversation, Taylor s'assit à la table de la cuisine et ouvrit son ordinateur portable. La pendule au-dessus du four indiquait vingt et une heures. Encore une heure avant son rendez-vous virtuel avec Sacha. Et elle avait des tonnes de devoirs à faire. Ce qui ne l'empêcha pas de taper l'adresse de ce fameux site louche, juste pour voir s'il était déjà connecté – sait-on jamais.

Elle fut interrompue par un bruit de grattement et un petit gémissement derrière la porte, juste au moment où la tête de mort verte au rictus ricanant ondoyait sur son écran, telle une pieuvre remontant des abysses.

— Hé, Fizzy ! roucoula-t-elle, en ouvrant la porte pour prendre la petite chienne dans ses bras, avant de retourner s'installer à sa place.

Fizz s'assit sur ses genoux, la langue pendante et la truffe pratiquement collée à l'écran. Taylor la caressa d'une main, tout en tapant le pseudo de Sacha de l'autre.

Sa page s'afficha. Il n'était pas en ligne. Cependant, au lieu de fermer la fenêtre, elle se pencha pour examiner la photo de plus près.

Son regard bleu des mers du sud semblait la défier. Le cliché avait été pris dans la rue, devant un mur gris couvert de graffitis : un indéchiffrable amalgame de lettres et de symboles peints à la bombe. Elle se demanda si c'était lui qui les avait tagués. Il avait le profil à faire ça. Le côté rebelle. Et « rentre dedans » : le genre à en vouloir à la terre entière.

Il avait l'air dangereux. Et ce danger avait quelque chose de magnétique.

Lorsque la porte de la cuisine grinça, elle sursauta si violemment qu'elle faillit lâcher Fizz, dont elle avait complètement oublié la présence sur ses genoux.

Sa mère fronça les sourcils.

— C'est ce que tu appelles faire tes devoirs ? Tu ne serais pas plutôt en train de jouer, par hasard ?

Taylor consulta une nouvelle fois la pendule. Elle crut que son cœur s'arrêtait. Il était vingt et une heures… et trente minutes.

Elle aurait passé une demi-heure scotchée devant cette photo ?

Elle vérifia sur l'horloge de son PC. Les chiffres blancs luminescents indiquaient la même chose : 21 h 30.

Mais c'était tout bonnement impossible ! Elle s'était assise, avait allumé son ordi, récupéré Fizz…

Et une demi-heure s'était envolée comme par enchantement.

Elle ne parvenait pas à comprendre le phénomène. Cette… absence, ce trou béant lui filait le vertige. Prise de panique, elle jeta un coup d'œil circulaire, cherchant désespérément une explication. Elle n'en trouva aucune.

Elle se rendit soudain compte que sa mère l'observait, le front plissé, semblant hésiter entre suspicion et perplexité.

Lorsqu'elle se força à répondre, sa voix dérailla dans les aigus.

— Je... je fais mes devoirs... Je venais juste de commencer, mais...

Mais quoi ? « *Je me suis perdue dans la cuisine et j'ai mis trente minutes à retrouver mon chemin* » ?

— ... mais j'ai dû rêvasser.

Manifestement bien décidée à ne pas s'en laisser conter, sa mère plongea un sachet de thé dans un mug et attrapa la brique de lait.

— Eh bien, j'imagine que tu as d'autres devoirs à faire. Alors, ne passe pas la nuit sur ce machin...

Elle pointait un index accusateur sur son PC.

Sa mère pensait que les téléphones et les ordinateurs nuisaient au bon fonctionnement du cerveau. Elle avait lu un vague article là-dessus dans *Zen International Magazine*, ou quelque chose dans ce goût-là, et ne cessait, depuis, de leur rebattre les oreilles avec ça.

Cela dit, étant donné qu'elle venait quand même de perdre trente précieuses minutes de travail, Taylor estima que ce n'était pas le moment d'entamer un débat sur le sujet. Elle ferma donc son navigateur d'un clic définitif.

— Non, non. Ne t'inquiète pas.

Elle passa la demi-heure suivante à tenter de résoudre à la fois ses exercices de physique et l'énigme des minutes volatilisées. Elle s'était assise. Elle avait allumé son PC. Et... elle avait complètement perdu la notion du temps. Elle avait beau tourner le problème dans tous les sens, elle en revenait toujours à ce mystérieux trou noir.

À vingt-deux heures, quand elle se prit à chercher sur Google « tumeur au cerveau », elle se dit qu'il était urgent d'arrêter. Elle n'était vraiment pas d'humeur à donner à qui que ce soit des cours particuliers dans quelque matière que ce soit. Mais elle avait promis.

Elle rouvrit la page de Sacha. Le message « déconnecté » revint la narguer.

Elle laissa son écran ouvert pendant qu'elle relisait sa dissertation d'histoire, pour s'occuper. Elle relevait les yeux toutes les trois minutes. Toujours personne.

Au bout d'un moment, cette vaine attente commença à l'énerver.

Qu'est-ce qu'il fabrique ? Comment peut-il se moquer à ce point-là des gens ?

Ce système de cours à distance n'allait jamais marcher s'il ne prenait pas ça au sérieux. Georgie avait raison : elle perdait son temps.

Elle vérifia une dernière fois dans sa boîte mail. Il avait bien dit dix heures du soir. Et, pourtant, il n'était pas là. Et il était déjà 22 h 30.

Ça suffit !

Finlay allait en faire une jaunisse, mais tant pis. Elle n'avait pas à supporter ce petit jeu plus longtemps.

Elle écrivit un nouveau message. Ses doigts s'agitèrent avec une efficacité et une rapidité à la mesure de son agacement croissant.

Sacha,

Je n'apprécie pas que l'on me pose un lapin. J'ai refusé un rendez-vous pour toi, ce soir. Et j'ai attendu une demi-heure plantée devant mon écran comme une idiote.

J'aurais dû me douter que tu ne prendrais pas ça au sérieux.

Très bien. Comme tu veux. Oublions toute cette histoire. Trouve-toi un autre prof. Je démissionne.

Taylor.

Et, avant qu'elle n'ait le temps de changer d'avis, elle cliqua d'un geste rageur sur « Envoi ».

Pourtant, c'était plus fort qu'elle, il fallut encore qu'elle aille jeter un dernier coup d'œil à sa page sur « Révolution ».

Déconnecté.

Elle ferma son PC d'un claquement sec.

Au même moment, une douleur fulgurante lui transperça le crâne comme s'il était lacéré par une lame chauffée à blanc, avec une telle violence qu'elle hurla avant de s'écrouler sur le carrelage.

Fizz poussa un jappement stupéfait, mais elle n'en eut pas conscience. Elle n'était plus que souffrance, une souffrance telle qu'elle n'en avait jamais ressenti. Comme si on lui avait planté un poignard ou tiré une balle dans la tête. Elle entendait quelqu'un geindre et se demandait bien qui c'était.

Fizz se mit alors à aboyer frénétiquement, mais le son semblait assourdi, comme s'il avait dû traverser une grande distance pour l'atteindre.

La porte de la cuisine s'ouvrit.

— Taylor ?

La voix affolée de sa mère paraissait sortir du fond d'un puits. Elle essaya de répondre. En vain. Elle était incapable de parler. Elle avait l'impression qu'elle allait mourir. Les murs se rapprochaient, se rapprochaient... Puis ce fut le noir total. Enfin !

9.

Taylor voulut cligner des paupières, mais elles semblaient faites de plomb. Sa tête cognait avec une telle violence qu'elle en avait l'estomac retourné. Des voix lui parvenaient alentour, des voix familières, effrayées…

Au prix d'un effort colossal, elle parvint à ouvrir les yeux.

Une lumière atrocement vive lui perfora le crâne. Elle grogna.

La silhouette de sa sœur se dessina vaguement au-dessus d'elle. Emily était agenouillée à son chevet et lui tenait la main. Elle semblait terrifiée, au bord des larmes.

Qu'est-ce qu'Emily fait dans ma chambre ?

Son lit était étrangement froid sous sa joue, et si dur ! Elle posa la main bien à plat sur le matelas.

Non, pas le matelas : le carrelage.

Elle tourna la tête.

Pieds de table, chaises : la cuisine.

Tout lui revint d'un coup.

— T'es réveillée ? lui demanda Emily.

Elle perçut du soulagement dans sa voix. Avant qu'elle ne puisse répondre, sa sœur se détourna.

— Maman !

Taylor s'aperçut alors que sa mère se tenait derrière elle. Elle parlait au téléphone.

— Non, entendit-elle sa mère dire. Elle s'est juste évanouie.

— *Maman !* insista Emily. Elle est réveillée.

— Oh ! Dieu merci ! (Le visage pâle et angoissé de sa mère entra dans son champ de vision.) Taylor, tu m'entends ? Sais-tu qui je suis ?

— Évidemment que je sais qui tu es, maman !

Elle tenta de se redresser, ce qui se révéla étonnamment compliqué avec le sol qui s'obstinait à tanguer. Emily la tira par le bras pour l'aider et elle réussit finalement à s'asseoir, le dos calé contre le pied de la table. Elle avait mal partout.

— Aïe ! marmonna-t-elle. Je crois que je suis tombée.

Sa mère la regarda bizarrement, comme si ce n'était pas ce qu'elle était censée dire. Qu'était-elle censée dire au juste ?

Elle se sentait groggy. Comme si elle avait trop bu et s'était pris un coup de marteau sur la tête. Simultanément.

— Oui, reprit sa mère au téléphone, elle est consciente. Mais je crois que vous devriez tout de même envoyer une ambulance.

— Une *ambulance* ? s'écria-t-elle, parfaitement réveillée pour le coup. Non. Non, maman. Sérieusement. Je vais bien. Je n'ai pratiquement rien avalé de la journée, c'est tout. Je n'ai presque pas bu d'eau, en plus. J'ai juste eu un petit malaise de rien du tout.

C'était complètement faux. Elle avait mangé plus qu'il ne fallait. Mais elle n'avait aucune envie de se retrouver à l'hôpital pour un malheureux vertige.

Écartant le téléphone de son oreille, sa mère la dévisagea d'un air sceptique.

— Tu es sûre ?

— Je vais super bien, renchérit Taylor, en s'efforçant de prendre une mine rayonnante de santé. Tu n'as qu'à me donner un cookie et je serai en pleine forme. Je te jure.

Sa mère la regarda droit dans les yeux un long moment, manifestement inquiète. Taylor pouvait entendre l'opératrice des secours s'égosiller à l'autre bout de la ligne. Sa mère finit par recoller le téléphone contre son oreille.

— Oublions l'ambulance pour l'instant. Elle dit qu'elle n'a rien mangé. Il peut s'agir d'une simple hypoglycémie. C'est une adolescente, ajouta-t-elle, comme si ça voulait tout dire.

Taylor réussit à se lever seule. Ses vertiges s'atténuaient. Elle avait toujours mal à la tête, mais peut-être un petit creux aussi : le cookie en question serait plutôt le bienvenu, tout compte fait. Sinon, elle se sentait bien. Légèrement étourdie, sans doute, mais rien de plus.

Elle jeta un coup d'œil à son PC, posé sur la table devant elle. La dernière chose dont elle se souvenait, c'était de l'avoir brusquement fermé.

À croire qu'il s'était vengé.

Cependant, sa mère fouillait dans les placards. Elle en exhuma un paquet de sablés et lui jeta un coup d'œil par-dessus son épaule.

— Assieds-toi. Ne va pas trop vite. Je vais te faire du thé.

— Est-ce que je peux avoir du thé et des gâteaux aussi ? demanda Emily, en s'attablant en face de sa sœur.

— Naturellement, répondit sa mère, tout en remplissant la bouilloire. (Elle forçait la voix pour couvrir le bruit de l'eau.) Il ne manquerait plus que tu t'évanouisses, toi aussi.

Elle mit les sablés dans une assiette qu'elle posa sur la table entre ses deux filles.

— Mangez !

Taylor s'exécuta sans discuter : elle prit un biscuit et le dévora en une bouchée. Avant de se jeter aussitôt sur un autre.

Peut-être que j'avais vraiment faim, finalement, songea-t-elle.

Bon, pour être tout à fait honnête, elle savait que quelque chose clochait. Seulement, elle préférait ne pas avoir à imaginer quoi.

Sa mère revint bientôt à table avec trois tasses de thé au lait. Elle en posa une devant chacune d'elles, avant de s'asseoir à côté de Taylor. Ses yeux noisette scrutaient son aînée d'un regard pénétrant.

— Maintenant, raconte-moi ce qui s'est passé.

Taylor hésita.

Puis, pour la première fois de sa vie, elle décida de mentir délibérément à sa mère.

— Je ne sais pas vraiment, répondit-elle – ce qui était en partie vrai. Je faisais mes devoirs. Je m'étais déjà sentie un peu vaseuse en commençant et je n'arrêtais pas de me dire que je devrais me lever pour grignoter un truc, mais je n'ai pas bougé. Je voulais à tout prix terminer ma dissert' d'histoire.

S'efforçant d'arborer une expression crédible, à mi-chemin entre la plus parfaite innocence et le martyre stoïque, elle cligna des paupières d'un air éthéré.

Sa mère plissa les yeux.

— Et ensuite ?

Taylor prit une gorgée de thé. Il était très sucré. Pile comme elle l'aimait.

— J'ai dû me lever trop vite parce que j'ai tout de suite été prise de vertiges. J'ai voulu t'appeler, et puis... C'est tout ce que je me rappelle.

— Mmm, commenta sa mère, sans la quitter des yeux. (Au bout d'un moment, elle sembla cependant parvenir à une conclusion.) Eh bien, de toute évidence, tu ne manges pas assez. Dorénavant, interdiction de sauter un repas. Et je vais limiter le temps que tu passes sur cet engin.

Elle pointait son PC du doigt.

Taylor en eut des crampes d'estomac.

— Mais j'en ai besoin pour travailler ! protesta-t-elle. J'ai des examens à préparer.

Sa mère ne se laissa pourtant pas fléchir.

— Ce n'est pas bon pour toi de passer tout ce temps sur ton ordinateur. Je t'ai déjà parlé de cet article que j'ai lu. C'est scientifiquement prouvé. Tu devras simplement mieux tirer parti du temps qui te sera alloué pour l'utiliser. Tu auras droit à deux heures d'ordinateur par jour, pas une minute de plus.

Elle aurait tout aussi bien pu lui annoncer qu'elle la condamnait à vingt-deux heures de prison par jour. Taylor ouvrit des yeux horrifiés.

— Mais, mamaaan ! Ce n'est pas asseeeez !

— Il faudra pourtant bien que ça le soit, lui rétorqua sa mère, en se saisissant du PC portable pour le percher sur le dessus du placard de la cuisine. Parce que c'est tout ce que tu auras.

10.

La mère de Sacha l'attendait quand il rentra chez lui. Elle était assise seule dans le noir à la table de la cuisine tandis qu'il hésitait sur le seuil de la porte. Il savait qu'elle l'avait entendu. Il s'avança dans le couloir mais elle ne le regarda pas.

— Tu avais promis, Sacha. Tu avais promis, répéta-t-elle d'une voix étouffée. Une soirée en famille, c'est tout ce que je demandais. Une seule. Je savais que je ne pouvais pas te faire confiance. Je n'aurais pas dû te laisser sortir. J'aurais dû te l'interdire.

La douleur dans sa voix blessa Sacha autant que la balle qui avait traversé son cerveau.

Épuisé, il s'adossa au mur du couloir dans l'obscurité et pria pour qu'elle ne l'examine pas. Son T-shirt était poisseux de sang à moitié séché. Il empestait l'odeur cuivrée de la mort. Sur le chemin du retour, son casque avait dissimulé le carnage au monde extérieur, mais là, il avait sûrement l'air d'un monstre.

— Allez, maman…, murmura-t-il avant qu'elle ne l'interrompe sèchement.

— Je sais que tu n'accordes plus d'importance à ta vie mais tu pourrais au moins tenir parole. Me montrer un peu de respect. Est-ce trop demander ?

Sacha tressaillit. Comment pouvait-elle lui dire ça ? Pourquoi accorderait-il de l'importance à sa vie alors qu'elle lui serait ôtée dans une poignée de semaines ? Il ne pouvait pas faire semblant que tout allait bien. Il ne pouvait pas se mentir ainsi.

Mais il n'avait pas la force de discuter de cela avec elle à cet instant.

— Je suis désolé, maman, chuchota-t-il, la voix rauque. Ça ne s'est pas vraiment passé comme prévu ce soir. Disons que…

Il ne termina pas sa phrase, ne sachant quels mots choisir.

Quand sa mère reprit la parole, la déception céda la place à la colère.

— Tu es désolé ! Oh ! C'est facile d'être désolé, mais cela ne répare pas le mal qui a été fait. Laura m'a suppliée de t'attendre pour manger. Nous avons patienté plus d'une heure.

Elle martelait ses mots de son poing sur la table. Chaque coup faisait grimacer Sacha.

— Nous voulions y croire toutes les deux. Nous voulions simplement être une famille.

Elle pivota vers lui, ses yeux bleu pâle plissés par la colère. Au même moment, Sacha avança sous une flaque de lumière qui se déversait dans le couloir.

Sa mère devint soudain blanche comme un linge. Elle plaqua une main sur sa bouche pour étouffer un cri.

— Mon Dieu ! Sacha ! murmura-t-elle. Que t'est-il arrivé ?

Elle se précipita sur lui mais au moment où elle tendait la main vers son épaule ensanglantée, il recula. Il ne voulait pas qu'elle touche le sang et la crasse qui maculaient ses habits, sa peau.

— C'est rien. Je suis tombé de moto. Dans un coin vraiment horrible.

Elle n'avala pas son bobard. Ses yeux d'infirmière recherchèrent des blessures.

— Tout ce sang ? C'est le tien ?

Il ne supportait pas l'expression de son visage, mélange de peur et de confusion. Tombant le masque, il hocha la tête honteusement.

— Que s'est-il vraiment passé, Sacha ?

— On m'a tiré dessus.

— Quoi ?

— Je vais bien maintenant, affirma-t-il, son regard la suppliant de comprendre. La preuve !

Il tendit ses bras incrustés de sang. Sa mère le dévisageait, horrifiée, comme si elle avait affaire à un inconnu.

— Non, tu ne vas pas bien !

Sa colère s'infiltra en Sacha et lui donna des forces.

— Il faudra t'en contenter ! riposta-t-il. Tu sais, si tu n'aimes pas la vie que je mène, essaie un peu de m'aider au lieu de faire semblant que tout est parfait ! Tu y as déjà pensé ?

Elle en resta bouche bée. Pendant une demi-seconde, il s'attendit à recevoir une gifle.

— Ça suffit ! gronda-t-elle. J'en ai assez de tes excuses. Assez de ton comportement minable. (Sa voix était ferme mais pas stridente.) J'en ai marre de cette attitude. Quel que soit ton avenir, tu n'es encore qu'un enfant. Et je suis responsable de toi. Tu es privé de sortie, Sacha. Désormais, tu ne quitteras pas cet appartement le soir et tu iras à l'école comme n'importe quel ado de ton âge. (Elle pinça les lèvres.) J'ai été laxiste avec toi et cela ne nous a fait du bien ni à l'un ni à l'autre. (Elle désigna le couloir.) File dans ta chambre !

Elle ne lui avait pas parlé ainsi depuis des années. Pas depuis qu'ils avaient découvert la vérité sur lui. Bizarrement, il trouva cela réconfortant. En outre, il était inutile de s'opposer à elle à cet instant, vu qu'il mourait d'envie de se réfugier dans sa chambre et se débarrasser de tout ce sang.

Elle n'ajouta rien de plus mais il crut l'entendre étouffer un sanglot dans son dos.

Ж

Quelques minutes plus tard, Sacha essayait de laver les dégâts de la nuit sous la douche. Il monta la température à la limite du supportable. Il grimaça quand l'eau brûlante lui fouetta le dos, mais cette douleur-là lui fit du bien. Elle lui rappelait qu'il était encore vivant.

Le sang séché finit par se dissoudre dans la cascade fumante. L'eau qui tourbillonnait à ses pieds ressemblait à de la rouille liquide.

Ses cicatrices paraissaient pâles sur sa peau tannée. Chacune témoignait d'une imprudence passée. Ou d'un coup de malchance.

Les yeux fermés, il s'adossa à la paroi de la douche. Il se sentait vidé. À cause du choc qu'avait subi son corps ce soir, mais pas seulement. Il était fatigué de tout. De connaître le jour de sa mort. D'être une erreur de la nature. De faire peur aux gens.

Dès qu'il eut vraiment compris ce que Sacha était, Antoine avait été dégoûté. Terrifié. À deux reprises il avait vu Sacha sauter d'une hauteur improbable et se relever indemne. Il devait se douter que cela cachait quelque chose.

Ce soir par contre… Sacha se passa les mains dans ses cheveux mouillés. *Les choses étaient différentes.*

La vue de son crâne transpercé par une balle – le temps qu'il avait fallu à son corps pour se réparer, afin de se préserver en parfait état jusqu'au jour J –, impossible de l'effacer de sa mémoire. Cela avait dû être trop à encaisser. Même pour quelqu'un comme Antoine.

Et puis il y avait sa mère, qui, au milieu de cette pagaille voulait qu'il fasse semblant d'être un ado normal.

Comme si c'était possible.

D'un coup sec du poignet, il ferma le robinet. Enveloppé dans une serviette, il regagna sa chambre encombrée et scruta le désordre d'un œil aigri. Et s'il restait là ? Il n'avait plus personne avec qui traîner de toute manière. Personne pour lui tenir compagnie durant les longues nuits quand flirter avec la mort était la seule solution pour ne pas devenir fou.

Il ne comprenait pas le monde. Comment lui, Sacha, pouvait être ainsi ? Mais une chose était certaine dans sa tête : personne ne devrait subir pareille épreuve. Il se sentait complètement seul. Que faire maintenant ? L'adrénaline courait encore dans ses veines, le laissant fébrile et nerveux. Le coup de feu lui avait laissé une sale migraine l'empêchant d'avoir les idées claires.

Apercevant un tube d'aspirine parmi le bazar sur son bureau, il tendit la main pour prendre un cachet et bouscula la souris de son ordi au passage. L'écran s'alluma. Sa boîte de réception était ouverte. Un message clignotait tout en haut. Envoyé par Taylor.

— Merde !

Sacha s'écroula sur son siège, le tube d'aspirine à la main. Il avait complètement zappé leur rendez-vous.

Y avait-il une seule personne qu'il n'avait pas laissée tomber aujourd'hui ?

Il renversa le tube et avala deux cachets d'un trait, sans eau. Puis il prit son courage à deux mains, s'empara du plastique froid de la souris et ouvrit le message.

Comme prévu, son agacement et sa déception étaient explicites. Elle jetait l'éponge, elle ne l'aiderait pas.

N'importe quel autre soir, Sacha aurait éclaté de rire devant autant de fierté blessée. Il l'aurait traitée de chieuse, de casse-couilles.

Mais là, il était quasiment minuit, il avait pris une balle dans la tête, il avait vu l'horreur de la situation dans le regard de la seule personne à peu près proche de lui. Il n'avait pas envie de rire.

Il ne pouvait pas changer la plupart des choses qui n'allaient pas dans sa vie. En revanche, il pouvait les réparer. Primo, il se rendit sur « Révolution », mais la page de profil de Taylor indiquait qu'elle était déconnectée. Pas surprenant. Ils auraient dû s'y retrouver pour tchatter deux heures plus tôt. Il retourna donc dans sa boîte de réception et répondit à son mail :

> Chère Taylor,
> Je suis sincèrement désolé d'avoir été absent à notre rendez-vous. Je peux t'assurer que je voulais être là mais j'étais coincé quelque part et je n'ai pas pu m'échapper.
> Tu n'es pas obligée de me croire : ce n'était vraiment pas ma faute. J'aurais sans aucun doute préféré être là avec toi comme prévu.
> Je vais me connecter sur le site de tchat et je resterai jusqu'à ce que tu reviennes. S'il te plaît, contacte-moi. Cette fois-ci, je répondrai présent.
> *The Catcher in the Rye* est un choix excellent. Je l'ai lu en français l'an dernier. Le titre dans ma langue, c'est *L'Attrape-cœurs*, mais je crois que je préfère le titre anglais. En tout cas, c'est avec un grand plaisir que je relirai cette histoire avec toi.
> Si tu me pardonnes.
> Sacha

Ses doigts survolèrent le bouton « Envoyer ». Soudain, il pensa à quelque chose et ajouta une ligne avant son prénom : « Sincères salutations. »

Il cliqua sur « Envoyer ».

Dès que le message fut parti, il vérifia à nouveau la page de profil de Taylor.

Soudain, il eut désespérément besoin qu'elle se reconnecte, qu'elle lui parle, qu'elle le sermonne sur l'importance d'apprendre, d'étoffer ses connaissances.

Il voulait savoir à quoi ressemblait sa vie. Elle devait être tellement différente de la sienne.

À l'évidence, Taylor était intelligente. Forcément, puisqu'on la lui avait choisie comme tutrice. C'était une personne normale avec une vie normale, une famille normale. Et à cet instant, il avait besoin que ce soit réel. Il voulait la preuve que la normalité était possible.

L'assurance que le reste du monde était différent de son univers chaotique.

11.

Allongée dans le noir, parfaitement immobile, Taylor cherchait désespérément le sommeil. Elle avait essayé tous ses trucs habituels : dresser une liste des planètes du système solaire ; se remémorer le nom de tous les enseignants qu'elle avait eus depuis la maternelle – dans l'ordre ; conjuguer les verbes français…

Rien n'y faisait. Elle était toujours parfaitement éveillée.

Le réveil sur sa table de nuit s'amusait à la narguer, indiquant 2 h 24 pendant au moins une heure, avant d'enfin condescendre à passer à 2 h 25.

— Bon, là, ça suffit, marmotta-t-elle, en se redressant brusquement dans son lit.

Ce n'était pas cette nuit qu'elle allait dormir, c'était clair.

Elle alluma sa lampe de chevet et sortit son manuel d'histoire de son sac calé contre le mur. Pendant un moment, elle s'échina à rattraper son retard – tous ces textes qu'elle n'avait pas encore eu le temps de lire –, plissant les yeux dans le halo lumineux. Mais elle avait soif et voilà que ses maux de tête recommençaient. Dans ces conditions, difficile de se concentrer.

Finalement, elle se leva pour descendre se chercher quelque chose à boire.

Il régnait dans le couloir ce calme et cette atmosphère un peu surnaturels qui envahissent toutes les maisons quand leurs occupants sont plongés dans le sommeil. Ce qui paraît sûr et familier dans la journée devient étrange et menaçant dans l'obscurité.

Taylor descendit l'escalier sur la pointe des pieds comme pour ne pas réveiller les murs.

À l'intérieur de la cuisine, le réfrigérateur ronronnait. Dans ce silence feutré, le tic-tac de la pendule semblait assourdissant. Couchée dans son panier, près du radiateur, Fizz ronflait.

Taylor remplit un verre d'eau, le vida d'un trait et s'en servit un second avant de rebrousser chemin. Elle venait juste de passer le seuil lorsque l'idée lui traversa l'esprit.

Mon ordi.

D'où elle était, juste dans l'encadrement de la porte, elle apercevait le coin de son PC qui dépassait, là, sur le dessus du placard. Elle se figea et jeta un coup d'œil par-dessus son épaule. Mais la maison sommeillait. Tout le monde dormait paisiblement. Personne n'en saurait rien. Avec mille précautions, elle souleva l'ordinateur, le cala sous son bras et se hâta de regagner sa chambre.

Elle n'avait jamais fait une chose pareille. Du jour où son père était parti, elles s'étaient toujours serré les coudes avec sa mère. Elles avaient toujours formé une équipe soudée, se partageant les tâches, prenant soin d'Emily main dans la main. Elle n'avait jamais fait sa « crise d'adolescence » parce que… eh bien, ça n'aurait pas été correct de se rebeller. Sa mère se donnait déjà tant de mal. Et puis, elles s'entendaient trop bien. C'était aussi simple que ça.

Du coup, maintenant, elle avait l'impression d'être une criminelle. Une traîtresse. Elle s'interrogea une fois de plus sur les tumeurs au cerveau. Mais, si elle avait l'encéphale bourgeonnant, sans doute aurait-elle des symptômes plus graves qu'un simple évanouissement, quelques maux de tête de temps en temps et un brusque désir impérieux de désobéir à sa mère.

Elle ne comptait pas non plus rester le nez collé sur son écran. Elle voulait seulement jeter un coup d'œil à sa boîte mail et voir si Georgie était en ligne quelque part puis elle remettrait l'objet du délit à sa place.

Le petit PC s'alluma avec un léger vrombissement. Il s'ouvrit sur la dernière page qu'elle avait consultée : le profil de Sacha sur « Révolution ».

Sauf que, maintenant, le message « déconnecté » avait disparu.

Le rebelle de la photo avait été remplacé par un vrai garçon, qui semblait assis à son bureau, la tête posée sur le bras, dormant à poings fermés.

Taylor retint son souffle. Elle n'avait jamais vu un garçon endormi avant.

Elle se pencha pour l'étudier avec curiosité. Ses soyeux cheveux bruns étaient en pétard. Il avait les yeux clos et les plus longs cils qu'elle ait jamais vus : de fines plumes noires sur ses joues glabres.

Sa main gisait à demi ouverte, les doigts repliés dans une pose enfantine. Il y avait une telle innocence dans cet abandon qu'elle en eut le cœur serré.

Impossible de retrouver l'ado agressif et cynique qu'elle avait rencontré, l'autre jour, dans ce garçon livré à son regard cette nuit.

Elle savait bien que ça frisait le voyeurisme de rester à le regarder dormir ainsi. Il fallait qu'elle fasse quelque chose. Qu'elle le réveille, peut-être ? Ou elle pouvait aussi couper son ordi et retourner se coucher, prétendre qu'elle n'avait rien vu. En même temps, ça paraissait absurde. Pour une fois qu'il était là. Tout près...

De plus, elle avait des cours particuliers à lui donner.

Elle fouilla dans le tiroir de son bureau à la recherche de ses écouteurs. Après les avoir branchés sur son ordinateur et avoir mis les oreillettes en place, elle approcha ses lèvres du micro.

— Hello ? Sacha ? chuchota-t-elle.

Il ne bougea pas.

Comment faire ? Elle ne pouvait pas élever la voix ni même prendre le risque de parler trop longtemps sous peine de réveiller sa mère – sa chambre ne se trouvait qu'à deux portes de là dans le couloir. Mais elle mourait d'envie de discuter avec ce garçon aux longs cils et à l'air si innocent qui s'abandonnait ainsi devant elle.

— Sacha, répéta-t-elle un peu plus fermement, cette fois. *Ré-veille-toi.*

Il se leva d'un bond, comme si elle l'avait électrocuté. Stupéfaite, Taylor eut un mouvement de recul, s'écartant de son écran pour le voir faire brusquement volte-face et balayer sa chambre du regard. À croire qu'il s'attendait à voir émerger quelque monstre de sous son lit.

Elle se demanda ce qui pouvait bien se passer dans sa vie, en ce moment, pour qu'il réagisse aussi violemment à un simple murmure.

— Sacha, le héla-t-elle de nouveau, d'une voix beaucoup plus douce. C'est moi, Taylor. (Elle agita la main devant la webcam pour attirer son attention.) Ici.

Il se retourna lentement vers son écran et leurs regards se croisèrent. Il avait les yeux écarquillés et d'un bleu…

Taylor en oublia de respirer.

Il n'avait pas l'air sarcastique, à présent, non. Il avait l'air terrifié.

Ils restèrent à se regarder un long moment en silence.

— Taylor ?

Il y avait une sorte d'émerveillement dans sa voix. Comme s'il avait été tiré d'un sommeil profond et ne savait plus trop s'il rêvait ou si c'était la réalité.

— Tu m'as fichu la trouille, soupira-t-il.

— Pardon. Je n'arrivais pas à te réveiller.

Il se laissa retomber dans son fauteuil.

— C'est bon. (Il se frotta les yeux comme pour tenter de chasser les dernières brumes du sommeil.) T'as eu mon mail ?

Quel mail ?

— Non, répondit-elle, en veillant bien à ne pas élever la voix. Je viens juste d'ouvrir mon PC et tu étais là. Enfin… ici.

— Ah !

Il paraissait déçu. Du coup, elle brûla de lire ce fameux mail.

— Je te demandais de m'excuser de ne pas avoir été là, hier soir. Je n'ai pas pu faire autrement. Mais je suis désolé. C'était... (il s'interrompit pour chercher ses mots), impardonnable.

Ses excuses semblaient sincères et toute la colère que Taylor aurait encore pu éprouver, après ce qui s'était passé dans la soirée, fondit comme neige au soleil.

Elle se souvint subitement du mail assassin qu'elle lui avait envoyé.

— Je suis désolée de t'avoir écrit un mail aussi... *snippy*. J'étais fâchée.

Un léger sourire vint adoucir les traits de Sacha.

— Ça veut dire quoi, *snippy* ?

Taylor réfléchit une seconde pour essayer de trouver l'exact équivalent en français. Sans succès. Elle choisit le mot le plus proche qu'elle connaissait :

— Désagréable*.

Ça sembla l'amuser. Il se marrait.

— Non. Il n'était pas désagréable* du tout. Je ne l'avais pas volé. Ce n'est pas sympa de faire poireauter quelqu'un pour rien. Surtout quand on a donné sa parole. Je tiens toujours parole. C'est mon... Comment tu dirais ça ? Mon truc ?

Son rire fut bref, fugace. Elle l'aimait toujours autant.

— C'est le mien aussi, chuchota-t-elle avec un sourire hésitant.

Il lui plaisait bien ce nouveau Sacha : un Sacha plus doux.

Il se pencha vers l'écran, l'air inquisiteur, avec un regard si perçant qu'il était impossible de détourner les yeux.

— Comment ça se fait que tu es réveillée ? Il est presque quatre heures du matin, ici. Il doit être trois heures chez toi, non ?

Taylor ne savait pas comment répondre à cette question. Elle préféra rester évasive.

— Je ne pouvais pas fermer l'œil. Il s'est passé quelque chose un peu plus tôt dans la soirée et je... Eh bien, maintenant, je n'arrive pas à dormir.

— Qu'est-ce qui s'est passé ?

Ça semblait réellement l'intéresser.

— Moi aussi, il m'est arrivé un truc, ce soir, ajouta-t-il soudain.

— Toi d'abord.

Elle n'avait pas franchement envie de lui avouer qu'elle s'était évanouie. Il allait se dire qu'elle était une chochotte, une évaporée.

Il hésita, comme s'il ne voulait pas raconter son histoire non plus.

— Oh ! rien. Juste une embrouille avec des mecs. Je me suis pris un coup à la tête.

Il fit un geste vague au niveau de son front, au-dessus de son œil gauche. Elle crut deviner une marque rouge, à la naissance des cheveux, avec un gros hématome tout autour.

— Pourquoi t'es-tu battu ? s'enquit-elle, en fronçant les sourcils.

— Rien d'important. Une histoire de fric. (Il haussa les épaules.) C'est réglé, maintenant.

La tension qui crispa brusquement ses traits indiquait clairement que, quoi qu'il se soit passé un peu plus tôt dans la soirée, ce n'était pas réglé du tout.

— À ton tour, maintenant. Qu'est-ce qui t'est arrivé ?

Peut-être que l'heure tardive y était pour quelque chose. Ou le fait qu'elle ne le connaissait pas. Ou un effet de cette étrange intimité qui s'était installée entre eux, tandis qu'elle lui chuchotait ses secrets en cachette dans la pénombre de sa chambre. Toujours est-il qu'elle se trouva incapable de ne pas lui dire la vérité.

— Je t'attendais pour notre cours, se lança-t-elle timidement. Et puis je t'ai envoyé ce mail et je… je me suis tout bêtement évanouie, je crois. (Elle soupira.) Ma mère a complètement flippé. Alors, maintenant, c'est carrément le drame. Elle croit que le Net me ronge le cerveau ou je ne sais quoi. Et elle m'a interdit de me servir de mon ordinateur (elle marqua un temps, prenant subitement conscience de la situation), dont je me sers en ce moment.

— Évanouie ? Alors, c'est vrai, les filles tournent carrément de l'œil comme ça, sans prévenir ?

Taylor eut un geste fataliste.

— Apparemment.

— Mais tu vas bien ?

Elle releva brusquement les yeux vers lui. Il avait l'air réellement inquiet.

— J'imagine, marmonna-t-elle avec un petit sourire gêné. C'était juste… bizarre. Je ne suis pas trop du genre à tomber dans les pommes, normalement.

Ça le fit rire.

— Tu n'as pas l'air d'une mauviette, si c'est ce que tu veux savoir.

Il posa alors le menton dans la paume de sa main pour se mettre à l'examiner avec une évidente curiosité. Elle se sentit rougir.

— Parle-moi de toi. Qui est Taylor Montclair ?

Elle adorait la façon qu'il avait de prononcer son nom.

— Qu'est-ce que tu veux dire ? lui demanda-t-elle, en espérant qu'il allait le répéter.

— Oh, tu sais… Ce que tu aimes, ce que tu détestes. Si tu as une meilleure amie. Tes parents…

Elle hésita un instant. Elle savait que si elle lui disait la vérité, il allait la prendre pour une ringarde. Mais elle n'avait pas envie de lui mentir.

— Je… j'aime les livres, lui avoua-t-elle au bout d'un moment. Et l'histoire. Je veux être archéologue.

Il reçut ces informations avec un simple hochement de tête, comme s'il n'en attendait pas moins d'elle.

— C'est cool. Carrément motivant. Et des amis ? Un copain ?

Leurs regards se soudèrent l'un à l'autre. Taylor sentit qu'elle avait les joues en feu.

Lorsqu'elle lui répondit, elle se mit à contempler obstinément son clavicr.

— Ma meilleure amie s'appelle Georgie. C'est elle qui t'a envoyé ce texto vengeur qui te traitait de débile, en fait. (Elle fronça le nez.) La délurée qui la ramène, c'est elle. Moi, je suis la plus sage, la sérieuse du duo.

Elle fit l'impasse sur la question du petit copain. Est-ce qu'elle en avait un ou pas, d'ailleurs ? Théoriquement, oui. Mais, comme elle avait l'intention de rompre à la première occasion, elle était plutôt en phase de transition.

Post-duo. Pré-solo.

— Des frères, des sœurs ? demanda-t-il, laissant tomber la question du petit copain.

— Une sœur. Emily, douze ans. Nous vivons avec ma mère. Papa est parti il y a un peu plus de deux ans. Il a une jolie petite famille toute neuve, maintenant.

Elle perçut la rancœur dans sa propre voix. Sacha arqua les sourcils. Avant qu'il ne veuille entrer dans les détails, elle décida d'inverser les rôles.

— Et toi ?

Il se mordit la lèvre et mit longtemps avant de répondre. Et, quand il s'y décida enfin, ce fut d'un ton mal assuré.

— Moi aussi j'aimais l'histoire, les langues avant, mais j'ai dû… (Sa voix s'éteignit. Il semblait chercher ses mots.) J'imagine que j'ai dû me perdre en route… Il s'est passé des trucs dans ma vie.

Il avait un débit haché, comme s'il devait vaincre une certaine réticence. Il parlait avec une sorte d'honnêteté douloureuse qui paraissait lui coûter. Taylor s'était inconsciemment penchée vers son écran, comme pour l'encourager à continuer.

Il libéra une brusque bouffée d'air comme s'il retenait sa respiration.

— Enfin bref. J'habite avec ma mère et ma sœur, qui a treize ans maintenant. Je n'ai pas beaucoup d'amis. Je ne me projette pas vraiment. (Le sourire cynique qu'elle commençait à bien connaître était réapparu.) Je n'ai pas d'avenir. *No future !* Je représente probablement le pire cauchemar de ta mère, quoi.

Ces paroles lui échauffèrent le sang, mais elle parvint à n'en rien laisser paraître.

— Bien sûr que tu as un avenir, protesta-t-elle malgré tout. Tu as encore largement le temps de décider ce que tu veux…

Le regard qu'il lui jeta alors était si vide, si désespéré qu'elle en perdit la voix.

— Je ne comprends pas, se reprit-elle, en scrutant son visage à la recherche de quelque élément de réponse. Pourquoi dis-tu que tu n'as pas d'ave… ?

Elle s'interrompit en percevant un léger frottement dans le couloir, comme le plus subtil des bruits de pas, et s'arracha brusquement à la conversation, se détournant de Sacha.

Elle arracha ses oreillettes pour écouter, puis se retourna vers lui, affolée.

— Zut ! souffla-t-elle, ma mère ! Faut que j'y aille.

Elle se rendit bien compte qu'il disait quelque chose, mais elle n'avait plus le temps de le faire répéter.

Fermant précipitamment son PC, elle le cala sous son bras, se jeta dans son lit, se glissa aussitôt sous les couvertures et ferma les yeux pour faire semblant de dormir.

Une fraction de seconde plus tard, la porte de sa chambre s'ouvrait avec un grincement étouffé, comme un soupir.

— Taylor ? souffla sa mère.

Changeant de position pour bien cacher son ordinateur sous les draps, Taylor cligna des paupières.

— Maman ? marmonna-t-elle.

— J'ai cru entendre des voix.

— Mmm…

Elle se retourna dans son lit comme si elle était trop endormie pour parler. Elle était maintenant couchée sur son PC.

Super confortable comme position.

Au bout de quelques secondes, la porte se referma. Le silence retomba.

Pourtant, elle ne bougea pas. Il fallait qu'elle aille remettre son ordinateur portable en bas avant l'heure du petit déjeuner. Mais mieux valait attendre un peu pour s'assurer que sa mère s'était rendormie.

Pendant qu'elle patientait, elle pensait à Sacha, à ses yeux bleus et à ses pommettes hautes.

« Le pire cauchemar de ta mère, quoi. »

Elle s'aperçut alors subitement qu'elle n'avait plus du tout mal à la tête. Elle se sentait même dans une forme olympique, en fait.

Sur un petit nuage…

12.

Malgré la promesse faite à sa mère, Sacha ne se rendit pas en cours le lendemain.

En fait, il était midi quand il se réveilla. Il avait l'appartement pour lui tout seul.

Simplement vêtu de son bas de pyjama, il traversa le couloir à petits pas. Dans la cuisine, une baguette fraîche était posée sur le plan de travail – sa mère avait dû passer à la boulangerie avant de sortir. Pendant que le café coulait, il se coupa un gros morceau, le tartina généreusement de beurre et ajouta une épaisse tranche de fromage. Café et tartine en main, il retourna dans sa chambre d'un pas tranquille.

Une douleur sourde au-dessus de l'œil gauche était le seul rappel concret du carnage de la veille. Avant d'aller se coucher, il avait jeté ses vêtements ensanglantés dans les poubelles du sous-sol puis nettoyé la salle de bains pour épargner le triste spectacle à Laura.

Là, assis à son bureau, il effleura l'endroit où la balle était entrée dans son crâne et découvrit au prix d'un effort une marque en creux. Cela ne faisait pas mal. Par contre, il se doutait que son cerveau continuait de se réparer parce que ses pensées ramaient. À moins que ce ne fût la fatigue.

Après que Taylor avait disparu de son écran la nuit précédente, il avait patienté une petite heure au cas où elle revienne. C'était idiot, il le savait. Elle ne le pensait sûrement pas debout à quatre heures du matin.

Il ne cessait de voir son visage dans son esprit, sa peau lumineuse dans le noir, ses boucles blondes ébouriffées tombant en cascade.

Il se remémora leur conversation, ses confidences, la manière dont elle l'avait dévisagé quand il prétendait n'avoir aucun avenir. Tel un superhéros dans un film regardant une personne paralysée de peur devant un bus lui fonçant dessus, juste avant qu'il ne descende en piqué sur elle pour la sauver.

C'était leur première vraie conversation – sans que l'un insulte ou essaie d'impressionner l'autre.

Il devait admettre que cela… faisait du bien.

Par certains aspects, elle était exactement comme il l'avait imaginée. Sa maman, sa sœur, sa chambre décorée avec soin dans la pénombre derrière elle. Puis il y avait eu sa mine sombre quand elle avait mentionné son père ; le fait qu'elle défiait sa mère en lui parlant alors qu'elle avait interdiction d'utiliser l'ordinateur.

Mais il y avait plus que cela. Ce truc chez elle.

Elle l'avait transpercé avec ses yeux verts et sérieux et il avait voulu lui dire la vérité. Tout lui raconter.

Après avoir mordu dans son sandwich, il ouvrit le profil de Taylor et se pencha pour mieux voir sa petite photo.

Elle était assise dans un parc, un endroit vert en tout cas, par une belle journée ensoleillée. Elle riait.

Soudain, une pointe inattendue de jalousie le transperça. Quand il lui avait demandé si elle avait quelqu'un, elle avait éludé la question. Il n'aurait pas dû être surpris. Bien sûr qu'elle avait un mec. Les filles comme elle en avaient toujours un. Sûrement un bel athlète. Un futur avocat. Un type fiable.

Elle n'aimerait jamais quelqu'un comme lui – un loser qui comptait les jours, les minutes, les secondes jusqu'à zéro.

Si c'est le cas... pourquoi n'a-t-elle pas répondu à ma question ?

Il n'y avait pas que son apparence qui l'intriguait. Son nom – il lui disait quelque chose. Sa mère le connaissait. Plus que cela : ce nom semblait l'effrayer.

Il s'adossa à son siège et fixa le plafond blanc et vide de sa chambre.

— Qui es-tu, Taylor Montclair ? demanda-t-il à voix haute.

Le moment était venu de le découvrir.

Après avoir enfilé à la va-vite un jean et un T-shirt noir troué à l'épaule, il se prépara une autre tasse de café. Puis il se mit au travail.

D'abord, juste au cas où la réponse se voie comme le nez au milieu de la figure, il chercha dans sa boîte de réception des mails contenant le nom « Montclair », mais il ne trouva que les messages de Taylor.

Il déterra la liste de ses contacts au lycée et chercha à « M ». En vain.

Ensuite, il fouilla dans les tiroirs de son bureau, ses papiers. Ses carnets.

Rien. Rien. Rien.

Cette absence de résultat le contrariait de plus en plus.

Où est-ce que j'ai entendu ce nom ? À la télé ? Dans un livre ?

Il ne le pensait pas. Il ne s'en souviendrait pas aussi clairement si c'était aussi banal.

Un ami de mes parents ?

Voilà qui était plus probable.

Il se rendit dans le salon où le bureau de sa mère se trouvait dans un coin, à l'écart. Se sentant un peu dans la peau d'un cambrioleur, il fouilla chacun de ses tiroirs bien rangés et remplis de factures, de vieux bulletins de salaire et de reçus jusqu'à ce qu'il tombe sur son carnet d'adresses.

Il ouvrit la page des « M ».

Pas de Montclair.

Il passa en revue chaque carte de visite. Le moindre papier. Rien.

Pianotant sur le bureau, Sacha s'adossa au fauteuil et réfléchit à ses options.

L'appartement baignait dans un calme agréable. Une brise chaude entrait par la fenêtre entrouverte. Il entendait le bruit des voitures dans la rue étroite en contrebas. Quelque part au loin un chien aboya.

Il y avait un autre endroit où chercher dans l'appartement.

Il se pencha, tendit le bras sous le bureau et sortit un carton coincé au fond.

Il contenait les papiers personnels de son père. On n'y touchait jamais.

À l'arrière de la boîte, un grand carnet en cuir noir.

Il caressa la couverture lisse. Le cuir était doux et fin. Les initiales « AW » étaient dorées et en relief.

Son père emportait ce carnet avec lui à chaque fois qu'il partait en voyage pour ses recherches. Il ne s'en séparait presque jamais.

À part lors de son dernier voyage.

C'était une des bizarreries concernant l'accident qui l'avait tué. Quand son corps fut extrait des restes métalliques enchevêtrés d'une voiture de location sur une petite route de campagne près d'Oxford, aucun papier d'aucune sorte ne fut trouvé sur lui.

Sacha porta le carnet à son nez, ferma les yeux et inspira. L'odeur – mélange de papier et d'encre, de vieux cuir et de fumée de cigarette légèrement musquée – était si évocatrice qu'il voyait quasiment son père en train de le prendre dans ses bras et de le faire tourner autour de lui. Tout sourire tandis que Sacha riait aux éclats.

Dans un soupir, il posa le carnet et l'ouvrit.

La première page ne comportait que deux mots : « Adam Winters ». Il reconnut l'écriture élégante de son père. Sur la page suivante son titre :

Historien médiéviste, maître de conférences à l'université de Paris-I, Panthéon-Sorbonne. Medieval History Consultant, University of Oxford.

Ces simples mots suffirent à raviver des souvenirs de nuits innombrables dans la vieille maison de pierre. Assis devant la cheminée, il écoutait son père qui lui racontait des légendes de rois et de châteaux, de chevaliers et de sorcières brûlées sur des bûchers.

— C'est vrai ! insistait-il quand Sacha prétendait que de telles choses étaient impossibles. C'est vraiment vrai !

À la mort de son père, Sacha avait abandonné le cours d'histoire.

Dans l'appartement vide, le papier crissa quand il tourna la page.

Ce carnet lui servait à la fois d'agenda, de carnet d'adresses, de journal de bord. Son écriture recouvrait chaque centimètre carré de la page. Les mots nageaient vers Sacha dans toutes les directions – des notes grimpaient à la verticale dans la marge, se faufilaient en diagonale dans les coins.

Cela faisait trop d'informations. Noms, lieux, pensées, dates…

Sacha feuilleta plus vite le carnet. Il cherchait la partie où son père inscrivait les adresses, et un nom en particulier. Mais aucun n'était rangé par ordre alphabétique et, les sourcils froncés, il bataillait pour comprendre le système complexe de son père.

Tandis qu'il suivait les mots du doigt, il croisa des noms familiers, d'autres pas, anglais, français, espagnols, italiens.

Plus d'une heure s'écoula avant qu'il ne trouve enfin ce qu'il cherchait.

— Aldrich Montclair, Oxford University.

Ainsi qu'un numéro de téléphone et une adresse.

Le cœur de Sacha se mit à tambouriner dans sa poitrine.

Soudain, il se rappela où il avait entendu ce nom.

Son père, sur le seuil de la porte d'entrée, un sac de voyage en cuir dans la main.

— Montclair pense être sur une piste. Il faut que j'aille voir s'il a raison.

— Encore ? s'exclama sa mère, les sourcils froncés. Tu étais là-bas le mois dernier... Tu sais que ce n'est pas prudent.

Tous deux jetèrent un coup d'œil à Sacha en train de faire ses devoirs, les écoutant à moitié. Puis ils se mirent à chuchoter et sortirent de la maison.

Il feuilleta le carnet jusqu'à la fin sans trouver d'autres références. Aucune mention de Taylor ou d'un autre Montclair.

Sacha ferma le carnet et, pensif, posa les doigts sur la couverture.

— Qui es-tu, Taylor Montclair ?

13.

— Attends, tu veux dire que tu tchattais avec Sacha à *trois heures du mat'* ? (Georgie repoussa sa salade pour fixer sur Taylor des prunelles brûlantes de curiosité.) Tu avais encore quelque chose sur le dos à cette heure-là ?

— Arrête ! s'esclaffa Taylor, sentant le rouge lui monter aux joues. Nous étions, tous les deux, entièrement habillés. Je ne suis pas comme toi, Georgie !

Elles déjeunaient à la terrasse du Café-In, non loin de l'école. Il faisait gris et lourd. L'orage menaçait. Mais Georgie avait absolument tenu à faire un « petit raccord maquillage » après les cours. Du coup, le temps qu'elles arrivent, toutes les tables à l'intérieur avaient été prises.

Georgie ne la lâchait pas du regard.

— Sérieux, Tay, c'est un peu facile, non ? D'un côté, tu te demandes si tu ne vas pas casser avec Tom et, de l'autre, tu passes la nuit à discuter avec un vague Frenchy. (Elle se pencha sur la table.) C'est quoi, l'histoire ?

Raconte. Je veux tout savoir. Et, quand je dis « tout », je veux dire « tout, *tout* ».

Le ventre noué, Taylor se demanda comment elle pourrait bien expliquer à Georgie ce qu'elle ressentait. Déjà qu'elle ne le comprenait pas elle-même !

Les yeux de son amie s'écarquillèrent.

— Oh-mon-Dieu ! Tu as craqué sur le Frenchy.

— T'es bête. Je ne le connais même pas. On s'est parlé quoi ? Deux fois ? Et encore ! À peine. Tu sais bien : je devais lui donner un cours. Mais il m'a posé un lapin. Après, il s'est excusé et je lui ai parlé du truc quand je suis tombée dans les pommes et on a discuté de ça cinq-six minutes. Rien de plus.

Alors pourquoi elle avait l'impression que c'était plus ?

Georgie lorgna vers elle d'un air sceptique.

— Si tu le dis. (Elle remua son café crème – version allégée et sans sucre.) Tu comptes lui reparler ce soir ?

— Non, affirma Taylor.

Et elle le pensait.

Elle n'avait pas refermé la bouche que ses maux de tête recommençaient.

Ж

Et ce n'était que le début. Les élancements se firent de plus en plus pénibles au fil de la journée. Dès la fin des cours, elle se précipita aux toilettes pour avaler deux antalgiques avec un peu d'eau. Elle s'aspergea le visage et s'examina dans la glace.

Elle était censée voir Tom. Elle pensait sérieusement rompre avec lui, maintenant. Il fallait qu'elle se dépêche :

elle ne pouvait quand même pas arriver en retard à sa propre scène de rupture.

Elle se massa les tempes du bout des doigts, les yeux clos. Franchement, elle commençait à s'affoler. Une douleur pareille, ce n'était pas normal. Elle allait devoir en parler à sa mère. Consulter un médecin.

Pour la première fois, elle envisagea que ce pouvait vraiment être quelque chose de grave. Elle n'était jamais malade. Tout juste si elle savait ce qu'était un rhume.

Toutes les émissions, tous les articles qu'elle avait vus sur les maladies mortelles semblèrent lui revenir d'un coup pour se mettre à défiler dans sa mémoire. Imagine : avoir dix-sept ans et brusquement... rideau ! Tu es là, en train de stresser pour tes exams et, la seconde d'après ? Paf ! Terminus. Tout le monde descend. Dans le miroir, elle décelait de la terreur au fond de ses prunelles. Ses grands yeux verts semblaient agrandis par l'effroi. Ses boucles blondes s'entortillaient dans tous les sens autour de son visage pâle. De grands cernes marron trahissaient son manque de sommeil. Elle avait une mine épouvantable.

Elle jeta un coup d'œil à sa montre. Un quart d'heure de passé. Et, encore une fois, elle n'avait rien vu.

— Merde alors ! murmura-t-elle, en alerte maximale, à présent.

Il y avait vraiment un problème, là. Perdre la notion du temps ? Non, non, ça n'allait pas. Rien n'allait dans cette histoire, de toute façon.

Elle attrapa son sac et se rua vers la porte, la poussant à la volée.

Le battant buta sur quelque chose de mou. L'obstacle mou émit un petit couinement.

Empoignant fébrilement la poignée, Taylor s'empressa de tirer la porte vers elle.

De l'autre côté, elle trouva M. Finlay qui se frottait l'épaule, planté au milieu d'un cercle de papiers éparpillés. Il darda sur elle un regard plein de ressentiment.

— Je suis affreusement désolée, monsieur Finlay. Vous n'avez rien ?

— Les jeunes gens devraient regarder où ils vont, pontifia son professeur de français d'un air pincé, sur un ton frémissant de réprobation.

— Je... oui, ils devraient... enfin, on... nous devrions faire attention, je veux dire, acquiesça Taylor. J'espère que je ne vous ai pas fait mal.

— Humpf !

Il semblait toujours fâché. Même lorsque Taylor l'aida à ramasser les feuilles et lui tendit une vague pile de papiers froissés.

— Merci, maugréa-t-il sèchement, d'une façon qui laissait clairement entendre qu'à ses yeux c'était bien la moindre des choses.

— Eh bien... (Taylor commença à reculer.) Il faut que je...

— Je voulais justement vous demander, mademoiselle Montclair, lui lança-t-il tout à coup. Comment se passent vos cours particuliers avec ce jeune Français ?

— Ah oui ! Sacha. Nous nous sommes parlé plusieurs fois déjà.

Elle s'efforçait de ne rien montrer de son impatience. Tom allait la tuer.

— Bien, bien. Je suis heureux d'apprendre que vous travaillez ensemble. Donc, si vous écoutez attentivement en classe et si vous regardez où vous allez, vous aurez peut-être une chance d'entrer à Oxford, tout compte fait.

Et, sur ces bonnes paroles, il tourna les talons.

— Et ne dites pas au revoir, surtout, marmotta-t-elle, en le voyant s'éloigner dans le couloir.

Pourquoi les profs étaient-ils si *bizarres* ?

Elle courut vers la sortie pour trouver Tom qui l'attendait sur les marches, l'œil rivé à son portable. Il s'était mis à pleuvoir et il était déjà trempé.

Il se tenait droit, le dos raide. On sentait la tension bander tous ses muscles.

— Tom…

Il pivota d'un bloc pour la fusiller du regard. Avant qu'il ne puisse ouvrir la bouche, elle se confondit en excuses :

— Je suis hyper désolée. Finlay m'a coincée dans le couloir et je ne réussissais pas à m'en dépêtrer. Tu sais comment il…

Il l'arrêta d'un geste.

— C'est ça. (Il la dévisagea avec froideur.) Je sais pas ce que t'as en ce moment, mais c'est pas cool du tout.

Il était glacial.

— Pardon, pardon. J'aurais dû t'appeler ou… je sais pas.

Oh là là ! elle s'y prenait comme un pied. Mais elle avait vraiment la tête comme une enclume, à présent, et elle avait du mal à aligner deux pensées cohérentes.

— Pour ne rien te cacher, je ne me sens pas très bien, lui confia-t-elle. En fait, je crois que je vais te demander d'annuler pour ce soir. Je ferais peut-être mieux de rentrer chez moi.

— Putain, Taylor ! Tu me laisses poireauter vingt minutes sous la flotte pour rien ; tu réponds même pas à mes textos et, après ça, tu me sors que tu rentres chez toi ?

Il secouait la tête, manifestement dégoûté.

— Oh, Tom…

— Non, sérieux, Taylor. Tu me traites comme une m… un chien, tu sais ça ? Mes potes ne comprennent même pas comment je fais pour supporter ça.

La colère qui s'entendait dans sa voix la fit tressaillir.

Ça se présentait de plus en plus mal. Elle avait eu l'intention de le quitter, mais il était à présent dans une telle rage qu'il se pourrait bien que ce soit lui qui rompe avec elle, finalement.

— Tom…

— Tu me tiens pour acquis, la coupa-t-il encore une fois. Et ça, ça ne me plaît pas. Mais alors, pas du tout.

Elle ne savait pas quoi lui répondre. Mais, avant qu'elle n'ait pu trouver ses mots, il lui tourna le dos.

— Tu sais quoi ? Laisse tomber. J'ai autre à chose à faire que me taper ce genre de truc, en ce moment. T'as qu'à juste… Fais comme tu veux, Taylor.

Il dévala l'escalier en courant et s'éloigna à grandes foulées athlétiques vers le terrain de sport pour disparaître à l'horizon.

Ж

Taylor passa le reste de l'après-midi à dormir. Quand elle se réveilla, elle n'avait plus mal à la tête. Ouf ! elle se sentait de nouveau normale.

Sa dispute avec Tom l'avait secouée. Il était si agressif. Peut-être sentait-il qu'elle se détachait ? Il était temps de faire quelque chose. Ça ne pouvait plus durer.

Son dîner à peine avalé, elle regagna sa chambre pour appeler Georgie.

Son amie répondit à la première sonnerie.

— Quoi de neuf, Tay ?

Taylor entendait la télé derrière elle. Le son était si fort que les parents de Georgie n'allaient sans doute pas tarder à intervenir.

— Rien. Enfin, je sais pas trop. Je me suis juste disputée avec Tom aujourd'hui. Et je suis un peu… (Elle parlait tout bas. Elle ne tenait pas à ce que sa mère entende ce genre de conversation.) Chais pas… (Elle soupira.) Paumée, je crois.

— Ho ho !…

Au même moment, les spectateurs de l'émission hurlèrent de rire, couvrant la voix de son amie. Elle l'entendit qui remuait tout un tas de trucs, sans doute en quête de la télécommande. Puis le son de la télé baissa d'un coup pour n'être plus qu'un vague murmure.

— Raconte.

Taylor lui résuma l'épisode, laissant de côté ce passage à vide où elle avait complètement perdu la notion du temps.

Georgie soupira.

— Tom monte vite. On en parlait encore, l'autre jour, avec Paul. Il ne devrait pas te traiter comme ça. (Elle marqua un temps.) Mais, tu ne voulais pas le larguer, au fait ? Peut-être que... qu'il le sent, tu vois ? Les animaux le font bien, eux, non ?

— Quoi ? Sentir quand d'autres animaux vont les larguer ?

— Tu sais bien ce que je veux dire.

Taylor se cala contre ses oreillers.

— Oh ! j'en sais rien, Georgie ! C'est la galère.

— Enfin, tu as toujours ton Frenchy, au moins. Pour te tenir chaud la nuit.

Prise de panique, Taylor se redressa brusquement.

— Pas un mot de Sacha à Tom, Georgie, OK ? Je ne plaisante pas, là. Il ne manquerait plus qu'il devienne jaloux. C'est déjà assez compliqué comme ça.

— Bien sûr que non ! s'offusqua Georgie. Tu me prends pour qui ?

— Non, sérieux, George. Tu sais comment il est. Il n'est pas méchant, mais il est jaloux comme un tigre.

— Ouah ! ça va ! Je le dirai à personne, calme-*toi* !

Il y eut un long silence. Lorsqu'elle reprit la parole, Georgie avait changé de ton. On aurait dit un chef de chantier donnant ses instructions.

— Écoute, Taylor, je t'explique : si tu veux casser avec Tom, vas-y. Mais fais-le tout de suite. Laisse pas pourrir le truc jusqu'à ce que vous vous détestiez, tous les deux. Fais ça vite et bien. Tranquille.

Tonnerre d'applaudissements en fond sonore.

— Je le ferai demain, lui assura Taylor.

Mais elle en était malade rien que d'y penser.

Ж

Taylor se redressa brusquement en serrant ses couvertures contre elle, le cœur battant à cent à l'heure comme si elle venait de piquer un sprint. Elle ne parvenait pas à reprendre sa respiration.

Les dernières images de son cauchemar étaient toujours parfaitement nettes dans sa tête. Elle était au bord d'une falaise et Finlay la poussait dans le vide. Le souvenir en était encore si vif dans son esprit, si réel. C'était terrifiant.

Quand elle eut recouvré son souffle, elle se rallongea. Mais, chaque fois qu'elle fermait les paupières, elle revoyait le sol se précipiter vers elle.

Elle rouvrit les yeux. Rien à faire. Elle n'allait jamais réussir à se rendormir. Un coup d'œil à son réveil l'informa qu'il était à peine plus d'une heure du matin.

Je me demande si Sacha est encore debout ?

Cette idée la prit au dépourvu. Comme si elle était restée tapie là, dans son coin, attendant le premier moment d'inattention pour surgir.

Elle piqua un fard en repensant à l'accusation de Georgie : « Tu as craqué sur le Frenchy. »

Elle secoua la tête. Bien sûr que non ! Elle ne l'avait même jamais vu en vrai. Puis elle repensa aux yeux bleus de Sacha. À ses longs cils noirs. À la façon dont son accent veloutait chaque mot qu'il prononçait… Son cœur bondit dans sa poitrine.

Est-ce que je suis amoureuse ?

Il y avait un bon moyen de le savoir. Elle balança les jambes hors du lit, traversa sa chambre à pas de loup, entrebâilla la porte et dressa l'oreille.

La maison était plongée dans le silence.

Elle descendit l'escalier sur la pointe des pieds, en faisant bien attention à sauter la marche qui grinçait, et remonta le couloir dans le noir, légère comme une ombre. Elle se dit que, pour quelqu'un qui n'avait jamais fait le mur de sa vie, elle était plutôt douée pour se faufiler en douce à travers la maison la nuit.

Elle était presque arrivée à la cuisine lorsqu'elle entendit du bruit. Il semblait venir du bureau. On aurait dit que quelqu'un remuait des papiers. Bizarre. Sa mère se couchait toujours avant dix heures du soir pour se lever à six. Les sourcils froncés, elle s'approcha discrètement.

Lorsqu'elle atteignit la porte, le froissement se fit plus fort et il lui sembla percevoir un chuchotement aussi, comme quelqu'un qui susurrait. Une sorte de sifflement reptilien, à peine audible, mais clairement menaçant qui lui brouillait l'esprit comme des parasites.

Elle posa la main sur la poignée.

— Maman ?

Le bruit cessa aussitôt. Dans la seconde qui suivit, elle eut l'impression de ne plus avoir un souffle d'air dans les poumons. Elle sentit qu'on lui serrait le cou, qu'on lui écrasait la trachée, qu'on lui broyait le larynx.

Impossible de respirer.

Elle porta aussitôt les mains à sa gorge, mais ne trouva rien. Elle se retourna pour se débattre à coups de poing. Il n'y avait personne. Elle était seule.

Elle voulut crier. Aucun son ne sortit de sa bouche.

La panique qui l'avait saisie déversait des torrents d'adrénaline dans ses veines, donnant à toutes ses perceptions une acuité terrifiante. Elle n'avait aucun agresseur à combattre. Et, pourtant, on l'étranglait. Déjà des points noirs apparaissaient aux limites de son champ de vision. Elle allait sombrer dans l'inconscience. Elle allait mourir.

Elle avait commencé à voir des étoiles, de petites lumières dorées dans l'obscurité. Non, pas des étoiles : de fins rayons d'or, comme des fils de soie. Elle les contemplait, émerveillée. Ils lui semblaient si vrais qu'elle tendit la main pour en toucher un.

Ce fil doré paraissait pulser, comme chargé d'électricité. L'énergie jaillit dans tout son corps avec une force qui aurait dû la tuer. Elle entendit alors, sortant de nulle part, un bruit étrange : une sorte de cri strident étouffé. La pression sur son cou se relâcha.

Elle s'écroula, pantelante. Les fils d'or avaient disparu. Ce qui l'avait attaquée aussi.

14.

Assise par terre dans le couloir, tremblant de tous ses membres, Taylor sanglotait. Elle entendait des bruits, voyait des choses bouger dans le noir. Mais il n'y avait rien, ni personne. C'était dans sa tête. Tout se passait dans sa tête.

Trouvant enfin le courage de se lever, elle remonta l'escalier pour courir à la chambre de sa mère. Pourtant, arrivée devant la porte, elle s'arrêta net. Qu'allait-elle bien pouvoir lui dire ? « L'Homme invisible a essayé de me tuer » ? C'était délirant. Elle passerait pour une folle. Mais elle avait tellement peur. Elle était littéralement terrorisée.

Pleurant en silence, elle appuya son front contre le bois froid de la porte close derrière laquelle sa mère dormait paisiblement, à quelques pas de là.

— Je perds la tête, chuchota-t-elle à travers ses larmes. Maman, je t'en prie, aide-moi, je perds la tête.

Elle resta là un long moment, puis elle inspira à pleins poumons et remonta sur des jambes flageolantes le couloir obscur pour regagner sa chambre.

Elle passa la nuit roulée en boule dans son lit, tremblant comme une feuille, à essayer de comprendre ce qui lui arrivait.

Ж

Elle n'irait pas en cours aujourd'hui. Elle n'avait quasiment pas dormi. Elle se sentait étonnamment légère, la tête vide, comme un ballon au bout d'une ficelle.

Levée de bonne heure, elle passa un bon moment plantée devant le miroir. Les marques sur la peau de son cou, toutes rouges cette nuit, avaient maintenant tourné aux ecchymoses violacées. Elles s'enroulaient autour de sa gorge, ressortant sur sa peau pâle. Impossible de se tromper. Les traces étaient nettes : de longs doigts maigres lui enserrant le cou.

Comme elle les effleurait, l'air siffla entre ses dents. Difficile d'imaginer la force qu'il fallait pour laisser de telles empreintes dans la chair. Pour rompre les capillaires et faire remonter le sang jusqu'à la surface de la peau.

Mais ce n'est pas possible. Il n'y avait personne.

Une larme coula sur sa joue. Elle l'essuya d'un geste agacé. Il fallait qu'elle arrête de pleurer. Il fallait qu'elle se concentre. Pour trouver un sens à tout ça. Pour comprendre.

Des trucs pareils, ça n'arrive qu'au cinéma.

Mais c'était arrivé. Dans la vie réelle. À elle.

Tout ce qu'elle savait, c'était qu'elle devait sortir de cette maison. Réagissant au quart de tour, elle enfila un short, un débardeur et noua un foulard autour de son cou pour cacher ses bleus. Puis, avant même que sa mère ne soit descendue prendre son petit déjeuner, elle franchit discrètement la porte d'entrée.

Ж

La bibliothèque de Woodbury occupait un vieux bâtiment victorien de deux étages, non loin du centre-ville, avec le mot « BIBLIOTHÈQUE » écrit en lettres de pierre couleur crème au fronton, juste sous le toit à pignon.

Taylor traversa la rue déjà très animée et se hâta de monter les marches du perron. Elle en avait passé du temps ici au fil des ans ! Plus jeune, elle y venait tous les jours pendant les vacances, toujours avide de nouveaux livres à lire. C'était un refuge, pour elle. Un lieu de savoir. Un sanctuaire.

Elle réussirait bien à trouver la réponse, ici. Il le fallait. Elle ne pouvait pas rester comme ça.

Lorsque Taylor referma la main sur la lourde poignée métallique, elle refusa de bouger. La porte était fermée. Ses épaules s'affaissèrent. Elle avait oublié les heures d'ouverture. Un coup d'œil à sa montre lui suffit. Il n'était même pas encore huit heures. Or, la bibliothèque n'ouvrait qu'à neuf heures.

Elle se laissa choir sur la plus haute marche et se cacha la tête dans les bras. Elle ne pourrait jamais attendre *une heure* ! Certes, elle pouvait retourner chez elle ou aller patienter au Café-In. Mais rentrer à la maison, ça voulait dire tomber sur sa mère, et le café serait plein de gens qu'elle n'avait aucune envie de voir. Alors, elle resta assise là, le front posé sur les avant-bras, dans le bruit de la circulation, avec les voitures qui défilaient devant le vieux bâtiment.

— Taylor ?

Elle leva la tête. Une dame aux cheveux courts grisonnants, vêtue d'une robe bleue, se tenait sur les marches devant elle. Un gros sac lui décrochait pratiquement l'épaule et elle avait un énorme trousseau de clés à la main. La femme la regardait d'un air perplexe.

— Que fais-tu là ?

Taylor sécha discrètement ses larmes et se releva d'un bond.

— Euh… Bonjour, madame Atkinson. J'avais juste besoin de faire des recherches aujourd'hui.

La bibliothécaire la dévisagea. Elle avait l'œil vif, le regard avisé. Mme Atkinson avait connu Taylor alors qu'elle commençait à peine à marcher. Woodbury était une petite ville. Lorsque Taylor était encore trop jeune pour rester toute seule à la maison, sa mère la lui confiait parfois pendant qu'elle allait faire ses courses. « Elle ne m'embête pas, disait alors jovialement la bibliothécaire. Tous les lecteurs sont les bienvenus ici. » Taylor passait des heures assise dans la section jeunesse. Elle se sentait en sécurité entourée de tous ces livres.

Elle avait besoin de retrouver cette sécurité.

Mme Atkinson passa prestement devant elle et déverrouilla la porte dans un cliquetis métallique.

— Et si nous te faisions rentrer ?

Ж

Le vénérable édifice s'ouvrait sur une enfilade de pièces sombres très hautes de plafond qui n'avaient quasiment pas changé depuis la centaine d'années, ou même plus, qu'il se tenait là. Toutes contenaient toujours leurs moulures et leur massive cheminée d'époque. Le système d'éclairage avait toutefois été remplacé par des lampes modernes qui contrastaient singulièrement avec la beauté décrépite des lieux. Il faisait frais à l'intérieur et l'odeur familière d'encre et de papier, de cire et de poussière avait quelque chose d'intimement réconfortant.

— Je ne fais pas cela d'habitude, tu le sais. (La voix de Mme Atkinson lui parvenait de la petite réserve derrière le bureau d'accueil.) Mais tu me sembles avoir besoin d'une bonne tasse de thé.

Taylor entendit bientôt le grondement sourd de la bouilloire et le claquement étouffé de portes de placard ouvertes et refermées. Puis un cliquetis de cuillères dans des mugs en céramique.

Elle posa son sac sur une des tables de bois patiné et s'assit. Le plastique de la chaise était froid sous ses cuisses.

Une vague de fatigue la submergea. Elle aurait pu s'écrouler sur la table et s'endormir sur-le-champ.

— Et voilà !

Les gros tournesols qui le décoraient donnaient une petite note de gaieté au mug que la bibliothécaire lui tendait.

Elle resta longtemps assise là, sans y toucher, se contentant de regarder fixement le liquide laiteux, comme si la solution à tous ses problèmes se trouvait au fond de sa tasse. Attablée en face d'elle, la bibliothécaire l'observait. Des rides d'inquiétude se creusaient peu à peu sur son front.

— Tout va bien, ma chérie ?

Le ton de Mme Atkinson était juste assez compatissant pour lui redonner envie de pleurer.

— Je ne sais pas, murmura-t-elle. Ce n'est vraiment, mais alors vraiment pas mon jour. Il faut que je fasse deux ou trois petites recherches et je crois que… peut-être que ça ira mieux. Enfin, j'espère.

La bibliothécaire médita cette réponse un moment. Sans doute hésitait-elle à intervenir. Mais Taylor n'était plus une petite fille : on ne pouvait pas appeler sa mère chaque fois qu'elle pleurait.

Au bout de quelques minutes, Mme Atkinson se leva et, avec une lenteur évidente, l'abandonna pour se diriger vers son bureau.

— Quelles que soient tes difficultés, j'espère que tu trouveras comment les régler. Quoi qu'il en soit, c'est un réel plaisir de te revoir ici. Tu nous as manqué.

Taylor se demanda à qui ce « nous » faisait référence (après tout, Mme Atkinson était à elle seule la bibliothèque).

Le thé était bien chaud et bien sucré, juste comme elle l'aimait. Après quelques gorgées, elle se sentait déjà un peu mieux.

Dans l'intervalle, la bibliothécaire s'était volatilisée dans les profondeurs du bâtiment. De temps en temps, Taylor entendait le bruit mat de livres que l'on rangeait sur des étagères. Elle serait volontiers restée là, à siroter son thé au lait. Mais elle avait du travail.

Elle gravit lourdement l'escalier pour se rendre dans la partie documentaire de la bibliothèque et appuya sur l'interrupteur. Le long tube au néon clignota et s'alluma avec un bourdonnement électrique.

La petite pièce croulait sous les livres. Tassés sur des étagères de près de deux mètres de haut, ils tapissaient littéralement les murs, ne laissant de libre que l'espace d'une petite fenêtre par laquelle pénétrait un aveuglant rayon de soleil.

Elle parcourut les rayonnages tout autour de la pièce, passant en revue les noms des thèmes selon lesquels les ouvrages étaient rangés, jusqu'à ce qu'elle trouve ce qu'elle cherchait.

La section « Paranormal » de la bibliothèque municipale de Woodbury n'occupait qu'une petite portion d'une seule étagère et concernait essentiellement les sorcières et les fantômes. Taylor ne croyait pas aux fantômes. À vrai dire, elle était plutôt du genre sceptique. Elle n'avait que quatre ans lorsqu'elle en avait acquis la certitude : le père Noël était une escroquerie monumentale. Et ça faisait déjà bien longtemps qu'elle ne croyait plus à la petite souris. Elle était devenue athée à huit ans, par une nuit d'hiver où son père lui avait expliqué la théorie du Big Bang, alors qu'ils contemplaient tous les deux les étoiles dans le jardin. Quoique, en grandissant, elle n'était plus très sûre d'avoir raison sur ce point.

Il n'empêche qu'au fond elle ne croyait pas à grand-chose.

Il lui sembla entendre des murmures de conversation en bas : un autre lève-tôt, sans doute.

Elle reprit sa déambulation autour de la pièce, survolant toujours le nom des rayons, pour s'arrêter, cette fois, devant la petite fiche intitulée « Psychologie et psychothérapie ».

Voilà qui était beaucoup plus prometteur. Un meuble entier rempli de livres de toutes formes et de toutes tailles.

Le premier dont elle se saisit avait pour titre *Schizophrénie.* Elle feuilleta des pages effrayantes consacrées à cette maladie avec une appréhension croissante.

Le pire, c'étaient les études de cas :

> Après une crise qui dura vingt minutes, le patient X présentait des contusions et des lacérations sur toute la partie supérieure du corps. Pendant ce laps de temps, il s'était cru attaqué et s'était défendu contre un assaillant qu'il n'avait pas pu identifier. L'équipe médicale qui avait assisté à la scène disait qu'il s'était infligé lui-même toutes les blessures, mais le patient jura par la suite que, victime d'une agression, il n'avait fait que se défendre...

Elle referma le livre avec un claquement sec.

Elle en avait assez vu. Ce ne pouvait pas être ce qui lui arrivait. Ce n'était pas possible. On ne se réveillait pas un beau matin avec une maladie mentale qui se manifestait subitement à dix-sept ans, si ?

Elle décida de ne pas pousser plus loin ses investigations sur le sujet. Ce qui l'avait attaquée dans la nuit n'était pas le produit de son imagination. C'était bel et bien réel. Elle ne s'était pas infligé toute seule ces marques au cou.

Elle retourna au rayon « Paranormal » et, avec une flagrante réticence, tendit la main vers un ouvrage consacré aux esprits frappeurs.

— Ce n'est pas là-dedans que tu trouveras ce que tu cherches.

Elle sursauta. Le livre lui échappa des mains.

Un homme sortit de l'ombre pour entrer dans la pièce. Il était à peine plus grand qu'elle, et trapu. Un nuage d'épais cheveux blancs hirsutes auréolait son visage. L'aspect duveteux de cette crinière immaculée laissait présager une infinie douceur au toucher, bien qu'elle n'ait jamais osé vérifier. Ses yeux étaient du même vert limpide que les siens. Il l'observait avec un regard vif, brillant de perspicacité qui, lorsqu'elle était plus jeune, la rendait toujours un peu nerveuse.

Sur le coup, elle fut si choquée par cette soudaine apparition qu'elle en resta sans voix.

— Grand-père ! s'exclama-t-elle finalement. Qu'est-ce que tu fais là ?

Aldrich Montclair sourit. Mais il y avait de la gravité dans ses yeux.

— Bonjour, ma chérie. Je crois qu'il est temps que nous ayons une petite conversation.

15.

Taylor se pinça.

Aïeuu !

— Je… je ne… comprends pas, bégaya-t-elle, en regardant autour d'elle comme si les rayonnages pouvaient lui fournir une explication rationnelle. Com… comment m'as-tu trouvée ?

— C'est un petit peu compliqué à expliquer, lui répondit son grand-père. Mais je vais te dire tout ce que je peux. À ce sujet et sur d'autres choses encore.

— D'autres choses ?

— L'incident de cette nuit.

Jamais elle ne l'avait vu aussi grave.

— Il y a bien eu un incident, cette nuit, n'est-ce pas ? insista-t-il.

Un frisson glacé dévala son échine.

— Comment tu peux savoir ça ? murmura-t-elle.

— Parce que je m'y attendais. Je me doutais que quelque chose de cet ordre se produirait tôt ou tard. Je crains que nous ne soyons obligés de réagir très vite, maintenant. J'ai peut-être attendu trop longtemps. Les autres sont de cet avis et ils se trompent rarement.

Les autres ? Réagir très vite ?

Désarçonnée, Taylor s'écarta de lui pour se rapprocher de la petite fenêtre derrière elle. En dépit de la chaleur de cette belle matinée, elle s'était mise à grelotter.

Son grand-père écarquilla les yeux.

— Tu dois garder ton calme, ma chérie.

Le ton pressant qu'il avait employé ne fit qu'accroître son affolement. Lorsqu'il s'avança vers elle, elle l'arrêta d'un geste.

— Non !

Au plafond, la lumière se mit à clignoter. Son grand-père se figea et leva les mains en signe d'apaisement.

La lumière clignota de plus belle. Taylor leva la tête vers le long tube au néon.

Qu'est-ce qui lui prend, à celui-là ?

— Écoute, ma chérie. (Son grand-père s'exprimait à voix basse, d'un ton posé.) Ces choses qui te sont arrivées récemment : les maux de tête, les évanouissements, les picotements dans les mains, les absences... Ces manifestations sont bien réelles. L'attaque de cette nuit l'était tout autant. Ces phénomènes sont très dangereux et pourraient t'être fatals si nous n'agissons pas avec la plus grande prudence.

Les lèvres de Taylor remuèrent sans qu'aucun son sorte de sa bouche.

Elle n'avait parlé à personne de ces brusques déphasages, pas même à sa mère.

— Mais comment... ? souffla-t-elle.

— Parce que cela m'est arrivé aussi. Et à mon père avant moi. Et à ma sœur et à ses enfants. C'est dans notre sang.

Taylor agrippa le rebord de la fenêtre dans son dos, le serrant à se faire mal.

— Qu'est-ce qui est dans notre sang ?

— Le pouvoir.

Le tube fluorescent clignota une dernière fois, puis explosa avec un grand *bang !*

— Oh seigneur ! soupira son grand-père. C'est bien ce que je redoutais.

À travers le plancher, ils entendirent Mme Atkinson s'écrier

— Que diable… ?

— Nous ferions mieux de sortir avant que d'autres catastrophes de ce genre ne se produisent, lui conseilla son grand-père. Et je vais te dire tout ce que je peux. (Il tendit la main vers elle, paume vers le sol, comme on le ferait pour un animal blessé.) Tu veux bien venir avec moi ?

Taylor hésita. Il fallait pourtant qu'elle comprenne ce qui se passait. Or, son grand-père semblait connaître la réponse.

Elle lui prit la main.

Ж

— Je n'arrive toujours pas à comprendre comment tu m'as trouvée.

Ils descendaient la rue côte à côte. Le soleil tapait sur le bitume et la température montait vite.

Ça faisait presque un an qu'elle n'avait pas vu son grand-père. L'atmosphère était un peu… tendue depuis que son père avait quitté la maison. Cette soudaine apparition était donc totalement inattendue.

— J'ai bien peur d'avoir un aveu à te faire. (Il lui jeta un regard en coin.) Je te fais surveiller depuis quelque temps déjà.

Taylor s'arrêta net.

— Comment ça ?

— Certaines personnes à mon service sont très douées pour ce genre de chose. Et elles t'ont protégée, aussi. Jusqu'à cette nuit…

Quelqu'un les bouscula en passant et il se tut. Il pointa l'index de l'autre côté de la rue, là où s'étendait un parc verdoyant.

— Peut-être ferions-nous mieux d'aller là-bas pour que je puisse t'expliquer tout cela.

C'était un jour de semaine et il était tôt : le parc, qui s'étirait en longueur sur une des berges de la rivière, était encore désert à cette heure matinale.

Aldrich entraîna Taylor dans cette direction, ne s'arrêtant que lorsqu'ils trouvèrent un banc en fer forgé au bord de l'eau.

— Assieds-toi, s'il te plaît, lui dit-il.

D'abord hésitante, Taylor finit par se poser du bout des fesses sur le bord du banc (qui avait dû être vert à une époque, mais la peinture avait commencé à s'écailler, laissant apparaître le noir en dessous). Le métal était déjà chaud avec le soleil.

Son grand-père préféra rester debout.

— Je savais que tu aurais ces maux de tête parce que j'en ai souffert également, lui annonça-t-il. Et je savais que, une fois ces céphalées déclarées, tu commencerais à avoir les autres symptômes. Comme l'influence que tu as sur l'électricité, notamment. Parce que c'est la façon dont cela se manifeste.

— Pardon ?

Elle cligna des paupières. Qu'est-ce qu'il racontait ?

— À la bibliothèque, quand les lumières se sont éteintes… (Il la regarda droit dans les yeux.) C'était toi.

Elle fronça les sourcils.

— Je n'y étais pour rien. Comment j'aurais pu ? On était tous les deux en haut. Tu as bien vu : tu ne m'as pas quittée d'une semelle.

— Tu ne l'as pas fait physiquement. (Il pointa sa tempe de l'index.) Tu l'as fait psychiquement.

Taylor se cacha la tête dans les mains. Pendant une seconde, elle avait espéré que son grand-père détienne les réponses qui lui manquaient. Mais il déraillait complètement.

Il est aussi fêlé que moi.

— Taylor.

Elle se redressa lentement jusqu'à croiser son regard.

— C'est ça qui te donne des maux de tête, lui expliqua-t-il.

Il leva la main droite. Il tenait une ampoule entre ses doigts.

Alors qu'elle la regardait d'un œil morne, l'ampoule se mit à briller. Faiblement d'abord, puis de plus en plus fort, jusqu'à étinceler.

Éberluée, elle chercha autour d'elle des témoins. Mais ils étaient seuls. Personne pour lui dire s'ils voyaient, eux aussi, l'ampoule incandescente ou si c'était juste son imagination qui lui jouait des tours.

— Ce qui s'est passé à la bibliothèque est exactement similaire.

Il faisait tourner l'ampoule entre son pouce et son index. Elle brillait toujours aussi ardemment.

— Tu as fait ce que je fais maintenant, insista-t-il. Tu as mis en mouvement des molécules d'énergie. Tu les as déplacées de leur milieu d'origine – l'air, la terre – pour les agiter dans un espace vide : les ampoules, les tubes fluorescents. Les lumières.

L'ampoule s'éteignit. Il la lui tendit.

Elle la prit machinalement, trop déroutée pour discuter. Pas de bouton, ni d'interrupteur caché. C'était une ampoule tout ce qu'il y avait de plus ordinaire, du genre de celles qui équipent n'importe quelle lampe.

Elle ne savait pas quoi dire. Cette situation était juste trop bizarre. Il n'y avait rien de rationnel à quoi se raccrocher. Elle ne parvenait pas à y croire. D'un autre côté, s'il y avait quelqu'un en qui elle avait toute confiance, c'était bien son grand-père.

Aldrich Montclair était titulaire d'une chaire d'histoire médiévale à Oxford. C'était un excentrique et un intellectuel. Mais il avait toujours trouvé le temps de s'occuper de ses petites-filles. Quand elle était enfant, ils étaient souvent allés lui rendre visite dans son petit appartement de fonction à l'université – un véritable capharnaüm.

De ses fenêtres, on pouvait voir les flèches de pierre du Saint Wilfred's College s'élancer, tout là-haut, là-haut, jusqu'à transpercer le ciel. Et, à l'intérieur, les piles de livres étaient l'exacte réplique de l'architecture extérieure : des tours instables qui s'élevaient à tous les coins de table et sur toutes les chaises.

Pour elle, c'était Disneyland.

Il lui donnait de vieilles copies d'examen pour dessiner. Et, quand l'attrait de cet exercice s'émoussait, il lui confiait de gros livres remplis de belles illustrations multicolores à feuilleter. Il lui avait fallu des années avant de se rendre compte de la valeur inestimable que ces grimoires reliés de cuir – sans doute très rares et très anciens – devaient avoir.

Il lui avait appris à déchiffrer les enluminures (tous ces gribouillis compliqués que les moines dessinaient dans la marge des folios des manuscrits qu'ils copiaient). Elle pouvait passer des heures à chercher les petits chats, les minuscules souris et les dragons cachés sur les bordures des épaisses pages si douces au toucher.

« Ah ! vous faites la paire tous les deux ! » soupirait toujours sa mère, en les voyant, elle et lui, penchés sur un énorme manuscrit poussiéreux, à examiner le dessin d'un serpent dévorant une lettre « A » biscornue pleine de détails alambiqués.

Mais, après le départ de son père, Aldrich avait peu à peu disparu de leur existence. Taylor grandissait et avait moins de temps à passer avec lui. Et lui était aussi très occupé avec ses recherches et ses cours.

Le voir réapparaître maintenant dans sa vie, alors même qu'elle avait plus que jamais besoin d'aide, ne pouvait être une simple coïncidence. Avait-il vraiment veillé sur elle, comme il le prétendait ? Pour la « protéger » ?

Me protéger de quoi, exactement ?

Aldrich s'était assis à côté d'elle sur le banc. La brise jouait dans ses fins cheveux blancs.

— Tu es une jeune fille intelligente, Taylor, reprit-il. Alors je vais t'expliquer cela comme je le ferais d'une donnée scientifique. Tu as, dans ton ADN, un élément qui te permet d'accomplir des choses inhabituelles, de manipuler la nature – j'ai le même dans mon propre ADN. Les céphalées marquent le début du processus. Mais l'évolution est ensuite très rapide. C'est pourquoi tu as besoin d'être guidée, entraînée. Je peux m'en charger. Mais… (Il s'interrompit. Son visage s'assombrit brusquement.) Il se passe aussi d'autres choses ici. Des choses qui te placent dans une situation extrêmement dangereuse. Nous devons réagir vite pour te protéger.

Taylor le dévisageait. Avec sa veste de tweed et son nœud papillon, il faisait très bon effet. Il avait l'air tout à fait crédible, parfaitement rationnel.

Sauf qu'il racontait n'importe quoi.

— Pardon mais… c'est complètement délirant, lui répondit-elle. *Je* délire. Je suis sans doute en train d'imaginer toute cette conversation. Je suis folle.

— Certainement pas, s'indigna son grand-père. Ceci est on ne peut plus réel, Taylor. C'est ce que tu vis actuellement. Tu n'imagines absolument rien. L'attaque de cette nuit aurait dû t'en convaincre. (Il pointa le doigt sur son foulard.) Enlève-le.

— Comment tu… ? Pourquoi ?

— Ma chérie, j'ai besoin de voir ce qu'ils t'ont fait pour savoir ce à quoi nous sommes confrontés. C'est bien à cet endroit que tu as été blessée ? Tu caches les séquelles avec ce foulard, n'est-ce pas ?

Comment aurait-elle pu lui mentir ? Elle opina docilement.

— Alors, je t'en prie, ôte ce foulard, répéta-t-il d'une voix douce.

C'était comme si elle avait les doigts engourdis. Elle peina à le dénouer, tirant sur un bout de l'étoffe jusqu'à ce que le nœud se défasse tout seul. L'air lui sembla froid sur son cou nu.

Elle leva le menton.

Son grand-père pinça les lèvres en découvrant les fines marques violacées sur sa gorge.

— C'est bien ce que je craignais. Mais cela aurait pu être pire. En as-tu parlé à quiconque ? À ta mère ? À la police ?

Elle secoua la tête et s'empressa de renouer son foulard.

— Parfait, trancha-t-il d'un ton sec. Il est plutôt difficile d'expliquer ce genre de choses aux autorités. Elles ne peuvent tout simplement pas comprendre. Cela ne figure pas dans leurs lois. Mais tu peux me raconter ce qui s'est passé, parce que, moi, je comprendrai. Et je dois tout savoir, jusqu'au plus petit détail.

À vrai dire, Taylor brûlait de raconter cette horrible expérience. C'était le truc le plus terrifiant qui lui soit jamais arrivé et, non seulement elle avait dû le vivre seule, mais elle avait dû le garder pour elle.

D'abord hésitante, puis de plus en plus assurée, elle lui relata l'attaque dans le couloir. Les mains invisibles. Les étranges fils dorés, telle une bouée de sauvetage qu'on lui aurait lancée.

— Réexplique-moi ce dernier passage, lui demanda-t-il. (On percevait une certaine excitation dans le frémissement de sa voix.) Tu as vu des filaments dorés et tu as réussi à les manipuler ?

— Je ne sais pas si je les ai vraiment « manipulés ». C'est plutôt que je... j'en ai attrapé un pour m'y cramponner.

— Je comprends. (Il y avait une indéniable étincelle d'admiration dans ses yeux.) C'est déjà, en soi, beaucoup plus impressionnant que tu ne le penses.

Elle ne voyait pas ce que ça avait de si impressionnant. Pour elle, ce n'était qu'un horrible souvenir, mélange confus de douleur et de peur. Et des flashes de lumière.

— Explique-moi ce que c'est, lui demanda-t-elle à son tour, en se penchant vers lui. Tu dis que c'est dans mon ADN et le tien. C'est héréditaire, alors ? Une sorte de... de tare génétique ?

— Exactement. À la nuance près que je n'emploierais pas le mot « tare », en l'occurrence. Et c'est plutôt un gène que tu possèdes et dont la plupart des gens sont dépourvus. Un simple caractère qui, en d'autres circonstances, aurait pu te donner les yeux bleus ou les cheveux bruns.

— D'accord. Mais, dans mon cas, il a donné quoi, ce gène ? insista-t-elle. Je suis quoi, au juste ?

Ils entendirent tous deux les voix en même temps. En se retournant sur le banc, Taylor aperçut deux femmes en tailleur qui se promenaient dans le parc.

— Ce n'est pas l'endroit idéal pour parler de ce genre de choses, commenta son grand-père, en parcourant le parc des yeux pour voir si d'autres gens risquaient de surprendre leur conversation. Tu devrais venir me voir à Oxford. Je pourrais entrer dans les détails.

Comme déjà il se levait, Taylor le retint par le bras.

— Attends. Tu ne peux pas me laisser comme ça. J'ai besoin de savoir.

Il se rassit et la regarda droit dans les yeux.

— L'essentiel, c'est que tu possèdes ce caractère génétique. Je l'ai senti en toi, alors même que tu étais bébé. Ce potentiel... Il émanait de toi comme une aura. Mais je ne suis pas le seul à pouvoir le sentir. C'est bien là le problème.

Taylor, qui ne comprenait pas du tout cette histoire d'aura, ignorait si elle devait s'en réjouir ou s'en désoler.

— C'est la raison pour laquelle j'ai envoyé Finlay veiller sur toi, poursuivit son grand-père. Je savais que ton pouvoir se manifesterait brusquement et que tu pourrais te sentir dépassée. Ta mère n'étant absolument pas au courant et ton père étant... (il s'éclaircit la gorge), parti, il n'y avait personne d'autre pour s'en charger.

— Attends... Finlay travaille pour *toi* ?

— C'est lui qui m'a averti que tu commençais à avoir ces... manifestations.

— Mais comment as-tu pu savoir pour cette nuit ?

— Eh bien, ta maison a été placée sous surveillance, lui expliqua-t-il d'un ton pragmatique, comme si c'était parfaitement normal. Du soir où tu as fait exploser le système stéréo dans ce restaurant au nom ridicule. Comment s'appelle-t-il déjà ? Le Rocket Bar ? (Il fronça le nez.) Grotesque.

— Quelqu'un surveille la maison ?

Elle semblait ne plus savoir rien faire que tout répéter bêtement comme un perroquet.

On la surveillait au lycée. On la surveillait chez elle. Qu'est-ce que ces gens avaient vu ? L'idée que quelqu'un épiait ses moindres faits et gestes lui filait la chair de poule.

— Pourquoi ne m'as-tu pas dit plus tôt ce qui se passait ? s'emporta-t-elle. Pourquoi ne m'as-tu pas expliqué ?

Il lui adressa un sourire entendu.

— Parce que tu m'aurais cru, peut-être ? Si je t'avais raconté tout cela avant que tu ne l'aies vécu toi-même, je crains fort que tu n'aies tenté de me faire interner, ma chérie.

Taylor s'apprêtait déjà à protester, mais cet argument irréfutable lui cloua le bec.

— Me crois-tu, à présent ? (Il scrutait ses prunelles.) Es-tu prête à passer à l'étape suivante ? À me laisser t'aider ?

L'étape suivante de quoi ?

Tout ce qu'elle savait, c'était qu'elle était affligée d'une anomalie génétique qui faisait d'elle un vrai danger public dès qu'elle se trouvait à proximité d'une source d'électricité. À quoi cela pourrait-il bien lui servir ?

— Je n'y comprends rien, lui avoua-t-elle. Je ne sais pas pourquoi je me suis fait attaquer. Je ne sais pas pourquoi tu es là. Je ne sais pas pourquoi il faut que tout ça m'arrive à moi.

Une larme importune s'échappa pour rouler sur sa joue. Elle détourna la tête. Sur le moment, son grand-père ne bougea pas. Et puis, franchissant l'espace qui les séparait, il posa la main sur son épaule.

— Je conçois que tout cela puisse être extrêmement déroutant. Et je te promets d'éclairer ta lanterne. En attendant, nous te protégerons.

Avant qu'elle ne puisse répliquer, portées par la brise, des voix flottèrent jusqu'à eux. Cette fois, c'était un couple de personnes âgées, bras dessus bras dessous, qui remontaient l'allée à petits pas prudents.

— Il y aurait tant à te dire, reprit son grand-père, baissant le ton, les yeux rivés sur les deux amoureux grisonnants. Malheureusement, l'endroit ne s'y prête pas. J'aimerais que tu viennes me rendre visite à Oxford ce samedi. Je pourrais t'en dire plus, te présenter à nos pairs et nous pourrions t'apprendre à contrôler ton pouvoir – t'enseigner les rudiments, du moins.

— Nos « pairs », s'étonna-t-elle. Tu veux dire qu'il n'y a pas que nous ?

Le visage parcheminé de son aïeul s'illumina.

— Certes pas, ma chérie. Notre famille n'est pas unique en son genre, à cet égard. Il y en a beaucoup d'autres. Nous ne sommes pas seuls dans ce cas. *Tu* n'es pas seule.

Le vieux couple se rapprochait. À quelques centaines de mètres derrière eux, une femme poussant un landau venait d'apparaître.

Son grand-père se leva et lui fit signe de le suivre.

— Accompagne-moi jusqu'à la sortie.

Il marchait avec une surprenante agilité et Taylor dut accélérer le pas pour s'aligner sur le sien.

— Je ne doute pas que tu t'interroges sur bien des points, reprit-il. Tu auras des réponses à toutes tes questions, je peux te l'assurer. Entre-temps, je crains que tu ne sois pas en sécurité. Il se passe actuellement des choses qui n'ont pas lieu d'être – ce qui t'est arrivé cette nuit en est la preuve. Ceux que j'ai chargés de veiller sur toi étaient bel et bien à leur poste, mais ils n'ont pas pu intervenir à temps. Nous avons renforcé notre dispositif et ce genre d'agression ne devrait pas se reproduire. Pas ici, du moins. Mais, dorénavant, tu vas devoir rester chez toi la nuit. Et, même le jour, tu devras faire très attention à tes fréquentations. Ne va nulle part avec quelqu'un dont tu n'es pas absolument sûre. (Il braqua sur elle un regard sévère.) Ai-je ta parole ?

— Euh… oui, je suppose.

Ils avaient maintenant atteint le trottoir et il s'arrêta si brusquement qu'elle trébucha.

— Autre chose, ajouta-t-il. Tes maux de tête et tous ces… effets secondaires dus à notre… condition peuvent se déclencher sous le coup d'une émotion forte : peur, colère, etc. (Il agita la main dans un geste qui l'englobait de la tête aux pieds.) Alors, essaie de ne pas être trop émotive.

Essayer de ne pas avoir d'émotions ? se dit-elle, abasourdie. *Et comment je suis censée faire, exactement ?*

— Bon, je dois vraiment te quitter, maintenant, lui annonça-t-il. Ne t'inquiète pas pour samedi, je vais tout arranger avec ta mère. (La prenant par les épaules, il l'embrassa avec effusion.) Quel plaisir de te revoir, vraiment ! Tu as tellement grandi. Mais, de grâce, pas de recherches sur les esprits frappeurs. Ces livres ne sont qu'un ramassis d'âneries.

Et, sur ces bonnes paroles, il tourna les talons pour s'éloigner.

Elle le suivit des yeux, sidérée. Il allait tourner l'angle de la rue, quand elle remarqua une drôle de fille aux cheveux bleus plantée sous un lampadaire. Elle avait les bras tatoués et des jambes musclées, le style de fille qui n'a peur de rien.

Comme Taylor l'examinait avec curiosité, la fille la défia du regard.

Intimidée, Taylor s'empressa de faire demi-tour.

Ж

La Jaguar blanche 1965 de collection était garée dans une petite rue tranquille, à l'ombre d'une haie assez haute pour l'abriter des regards. Et du soleil. Aldrich se cala derrière le volant et ferma la portière avec un bruit mat – douce musique à ses oreilles. Toucher le tableau de bord, en ronce de noyer vernie, c'était comme caresser un animal, chaud et vivant sous la main. Il se délecta de la sensation tout en abaissant sa vitre pour laisser entrer un peu d'air frais.

Quelques secondes plus tard, une fille aux cheveux bleus ouvrit l'autre portière et s'assit sur le siège passager.

— Alors ?

Peinant à refréner son impatience, elle leva les mains d'un air interrogateur. D'un noir d'encre, les symboles ésotériques tatoués sur ses poignets tranchaient sur sa peau blanche.

— Je n'avais pas raison ? C'est bien arrivé, non ?

Aldrich tira un mouchoir de sa poche et s'en tamponna le front. Il faisait vraiment chaud aujourd'hui.

— C'est arrivé.

La fille expira bruyamment et se laissa tomber sur le dossier de cuir noir.

— Bon. Donc, c'est bien vrai. Et maintenant, il se passe quoi ?

Il sourit. Son assistante était très douée. Mais aussi très jeune. Quelques années de plus que sa petite-fille seulement. Rien de ce qu'il pourrait dire ne saurait la préparer à ce qu'ils allaient devoir affronter.

— Maintenant, nous devons la garder en vie.

16.

Sacha rechargea pour la centième fois la page de Taylor sur « Révolution » : déconnectée. Elle ne lui avait pas écrit depuis des jours.

Il fallait qu'il lui parle mais, en même temps, il était presque soulagé. S'il lui confiait ses soupçons…

Elle me prendra pour un fou.

Il avait passé deux bonnes journées à fouiller dans les papiers de son père, à chercher d'autres références à Aldrich Montclair. Il s'était documenté, savait qu'il était professeur d'histoire médiévale au Saint Wilfred's College à Oxford. Les communautés scientifique et historique avaient beaucoup d'estime pour lui. À part cela, rien ne reliait son père historien à cet homme portant le même nom que Taylor. Rien n'expliquait les raisons pour lesquelles ils travaillaient ensemble.

Il devait bien y avoir quelque chose ! Ce n'était pas une coïncidence si son prof et celui de Taylor avaient décidé de les mettre en relation alors qu'ils auraient pu choisir n'importe qui parmi les millions d'étudiants en Angleterre et en France.

Et Sacha ne croyait pas aux coïncidences.

Dans un soupir, il rouvrit le carnet. Chaque page était couverte par l'écriture minuscule et précise d'Adam. Il n'avait pas de système évident. Il semblait prendre ses notes au fur et à mesure. Ainsi les pages contenaient un mélange de notes de travail (« RDV doyen 7 h ») et personnelles (« prendre lait magasin »). Les parties que Sacha cherchait étaient cachées là au milieu.

Ces lignes ressortaient. Chaque mot était lourd de désespoir.

« Douze jusqu'à présent. J'ai compté douze garçons. Il doit y en avoir un autre. »

Sacha avait découvert la date de son dix-huitième anniversaire entourée en rouge sur la première page. Il la tourna.

« Aldrich cherche la clé. Dit qu'il doit exister un moyen d'y mettre un terme avant qu'il ne soit trop tard. Son groupe entier travaille dessus. Mais le temps est notre ennemi. »

« Quel genre de clé ? » avait-il écrit dans la marge.

Il savait à présent que les dernières années, son père avait consacré tout son temps à essayer de trouver un moyen de le garder en vie. Tous ces voyages… Sacha pensait qu'il faisait des recherches pour son travail à l'université. En vérité, il cherchait des indices, des manières de rompre la malédiction.

La malédiction. Ces deux mots revenaient sans cesse dans les papiers de son père. Sans jamais d'explication complète. Jamais rien qui lui indique *quoi* ou *pourquoi.*

Quand sa mère lui avait appris ce qu'elle savait, elle aussi avait utilisé ce mot : *malédiction*. Au début, il avait cru à une blague bizarre. Une sorte de métaphore étrange. Mais peu à peu, il s'était aperçu qu'ils utilisaient ce mot parce qu'il n'en existait pas d'autre. Ils croyaient sincèrement que la famille était maudite.

Il le croyait aussi.

Comment décrire ce phénomène autrement, quand vous connaissez dès votre naissance la date de votre mort ? Comment vous qualifier ?

De maudit.

Au début, Sacha avait contraint sa mère à lui dire tout ce qu'elle savait sur sa situation. Seul problème : elle ne savait pas grand-chose. Elle lui confia donc que les fils aînés de sa famille mouraient tous le jour de leur dix-huitième anniversaire. Chaque fois. Décennie après décennie. Siècle après siècle. Et, jusqu'à cette date butoir, rien ne pouvait le tuer.

— Les choses sont ainsi depuis aussi longtemps qu'on s'en souvienne, lui avait-elle dit le jour où elle lui avait parlé de son destin. La famille a tout essayé pour sauver les garçons mais, chaque fois… ils sont morts.

Son regard s'était rempli d'un chagrin si profond qu'il en avait été secoué.

Ils étaient assis dans le canapé du salon, se rappelait Sacha. Le même canapé dans lequel il se trouvait aujourd'hui, doux, marron, s'affaissant un peu au milieu. Il fêtait ses seize ans. Cette année-là, elle lui avait offert le jeu vidéo dont il rêvait ainsi qu'une sentence de mort.

D'abord, il ne l'avait pas crue. Les idées embrouillées, il s'était mis en colère.

Après lui avoir avoué tout ce qu'elle savait, sa mère n'avait plus voulu en reparler. Elle avait choisi de lui donner une vie normale. C'était son obsession.

— Tu auras la meilleure vie que je pourrai te donner, répétait-elle. Je peux au moins te garantir ça.

Lui ne voulait pas d'une vie normale.

Il voulait des réponses. Et surtout mettre un terme à cette fatalité.

Là il lui restait sept semaines. Sept… semaines !

Il devait parler à sa tante Annie. Et si elle en savait plus que sa mère ? Après tout, elle avait grandi avec ça. Annie connaissait mieux l'héritage familial que sa mère.

Sacha était persuadé de n'avoir soulevé qu'un pan du voile. Quelque chose lui échappait. Il lâcha son stylo et se frotta les yeux. Dieu qu'il était fatigué.

— Tu aurais pu me laisser davantage d'indices, papa, marmonna-t-il avant de regretter ses paroles injustes.

Son père ne pouvait absolument pas savoir qu'il mourrait cette nuit-là, cinq ans plus tôt, quand sa voiture avait percuté un arbre sur une route de campagne anglaise. Il n'avait aucune raison de laisser une explication à son fils. Il pensait qu'il serait là pour trouver une solution.

Raté.

Sacha referma brusquement le carnet. Il avait besoin d'un break. Non, il avait surtout besoin de parler à Taylor. Il se tourna vers son ordinateur et ouvrit un nouveau mail. Il tapa son adresse et un message laconique :

Faut qu'on parle. Ce soir. 17 h. Heure anglaise.

Une fois le mail envoyé, il s'étira avec précaution – il était resté longtemps dans ce fauteuil. Il était plus de quatorze heures. Il n'avait pas mangé depuis le petit déjeuner. Pas étonnant que son estomac grognât.

Un grand calme régnait dans l'appartement. Il se traîna jusqu'à la cuisine. Sa sœur était à l'école et sa mère travaillait à nouveau de jour.

Le poste de jour signifiait que sa mère avait le temps de ranger, la cuisine était donc impeccable.

Il prit une pomme dans la coupe sur le plan de travail et mordit dedans à pleines dents. Mâchonnant, il se pencha au-dessus de l'évier pour regarder par la fenêtre la rue en contrebas. Il n'y avait pas grand-chose à voir. Un vieil homme promenait un petit chien au bout d'une longue laisse toute fine. Une femme poussait un landau avec empressement tout en parlant au téléphone. Au moment où il se redressait, trois hommes en costume sombre tournèrent dans sa rue. Ils marchaient d'un pas étrangement rapide. Il n'attendit pas de voir où ils allaient.

Il sortit son portable de sa poche et fit défiler sa liste de contacts. « Annie » apparaissait en tête.

Soudain, il hésita. Il n'avait pas parlé à sa tante depuis des siècles. En fait, il l'avait écartée de sa vie… en même temps que tous les autres.

Elle vivait à la campagne, à plusieurs heures de Paris. Elle venait rarement en ville. Cela avait donc été très facile de la zapper. Mais maintenant…

Et si elle avait les réponses ?

Il fallait qu'il lui parle.

Au moment où il appuyait sur « appeler », on sonna à la porte.

Le front plissé, il sortit de la cuisine.

Ils avaient rarement de la visite en journée. Les voisins savaient que sa mère travaillait souvent la nuit. Le concierge gardait les paquets et le courrier en bas.

Tout à coup, quelqu'un frappa tellement fort que le chambranle trembla.

Sacha se figea, les yeux rivés sur la porte. Ses cheveux se dressèrent sur sa nuque.

Nouveau coup de poing sur la porte. Encore plus puissant. Comme si quelqu'un essayait de l'arracher de ses gonds.

Le souvenir atroce des caïds qui lui avaient tiré dessus lui revint en mémoire.

Ils savent que je suis vivant ? Antoine le leur aurait dit ?

Avec précaution, il se baissa pour ôter ses chaussures. En chaussettes, à pas de loup, il longea le couloir, dos au mur.

Arrivé devant la porte, il se pencha en avant pour regarder par le judas.

Trois hommes se tenaient sur le palier. À première vue, ils avaient l'air normaux. Mais en les examinant de plus près, Sacha en eut le souffle coupé. D'une maigreur extrême, ils portaient un long manteau noir et immaculé alors qu'il faisait chaud. Et tous trois étaient pâles comme la mort.

L'un d'eux, le plus petit, avait une main posée contre la porte. Il ne semblait pas assez costaud pour l'avoir ébranlée avec le poing.

Nouveau tambourinement. La porte remua avec violence. Sacha observait l'homme, son poing ne bougea pas. Personne ne frappait à cette porte.

Son cœur se mit à battre très fort.

C'est quoi, ce bordel ?

Soudain, celui qui se tenait derrière les deux autres le fixa. Il avait les yeux aussi noirs que du charbon et perçants. Sacha eut la répugnante impression que l'homme le voyait à travers la porte.

Malgré tous ses efforts, Sacha ne put détacher son regard du sien.

L'homme s'adressa à lui d'une voix grave et glaçante :

— Ne t'approche pas de la fille.

Ils le savaient là en train de les observer. Ils sentaient sa peur. Pire : ils y prenaient plaisir.

Les lèvres de l'homme dessinèrent un rictus qui sembla étirer sa peau sur les os de son visage. Sacha eut l'impression de voir un crâne sourire.

Il avait du mal à respirer.

Les trois hommes pivotèrent à l'unisson et s'éloignèrent. Ils n'avaient pas une démarche naturelle. On aurait dit qu'ils glissaient sur le lino. Ensemble, ils prirent l'escalier avant de disparaître dans la pénombre.

En sueur, Sacha recula en titubant.

Bon sang, c'était quoi, ça ?

Ж

Une fois qu'il eut repris son souffle, il dégaina son portable d'une main tremblante.

La situation devenait incontrôlable. Qui que soient ces types, ils n'étaient pas normaux. Et ils avaient entendu parler de Taylor.

Il était temps de découvrir ce qu'Annie savait.

Sa tante décrocha au bout de quatre sonneries.

— Allô ?

Après ce dernier événement, sa chaude voix d'alto était merveilleusement familière. Sacha colla l'appareil contre son oreille. Il ne s'était pas aperçu jusqu'à présent à quel point elle lui avait manqué.

— Salut, Annie, répondit-il en essayant de ne pas chevroter. C'est Sacha.

— Sacha ! s'exclama-t-elle. Mon Dieu. Ça fait plaisir de t'entendre.

Il la voyait presque, assise dans sa grande cuisine campagnarde, son chat noir pelotonné non loin, une tasse de café perpétuellement sous le coude.

— Je suis désolé de ne pas avoir donné de nouvelles récemment..., commença-t-il, mais elle ne le laissa pas terminer.

— Ne t'excuse pas. Je sais que le jour approche. J'attendais ton coup de fil.

Le jour approche. Voilà qui rendait les choses encore plus réelles.

— Comment vas-tu, Sacha ? demanda-t-elle d'une voix plus douce.

Il se mordit très fort la lèvre. Il voulait lui épargner les détails les plus glauques : que des mecs carrément flippants venaient de proférer des menaces terrifiantes devant chez lui. Et aussi qu'il se tuait à l'occasion contre un peu d'argent.

— Je sais pas. Paumé, je dirais… Stressé. Il se passe des trucs bizarres, Annie. Et je n'y comprends rien. J'ai besoin de conseils. Tu peux m'aider ?

Ce n'était pas son genre de se montrer aussi honnête. De s'avouer à quel point la situation le faisait souffrir. Mais la voix de sa tante avait touché la corde sensible. Dans ses souvenirs, elle était intrinsèquement liée à des jours plus heureux. Une époque où il pensait avoir une vie normale.

Elle résidait encore dans le vignoble familial où Adam et elle avaient grandi. Sacha avait passé beaucoup de temps là-bas, enfant. Il se demanda d'ailleurs s'il aurait l'occasion d'y retourner. Les cordons de douleur noués autour de son cœur se resserrèrent un peu plus.

La réponse d'Annie fut instantanée :

— De quoi as-tu besoin, Sacha ? Dis-le et c'est à toi.

Il l'aurait prise dans ses bras.

— J'ai besoin d'infos. Sur mon père. Ses recherches. Jusqu'où il est allé. Tout ce qu'il savait sur ce qu'il m'arrive.

— D'accord, je vais te dire tout ce que je sais.

Sous l'effet du soulagement, le corps de Sacha se décontracta. Il avait méchamment besoin d'une alliée en ce moment.

— Merci, murmura-t-il.

— Ton père n'est pas trop rentré dans les détails, mais il a partagé certaines informations avec moi. Nous l'appelons la « malédiction », mais nous ne savons pas vraiment grand-chose à son sujet. Ton père a consacré sa vie entière à essayer de comprendre comment c'était possible. Il m'a dit, juste avant sa mort, qu'il était sur une piste. Il avait découvert un élément le laissant penser qu'on pouvait en venir à bout. Voilà pourquoi il se rendait si souvent en Angleterre. D'après lui, la clé se trouvait là-bas. Il cherchait la clé.

Le cœur de Sacha eut un raté.

Son père et le grand-père de Taylor devaient travailler ensemble dessus. Forcément.

« Ne t'approche pas de la fille », avaient dit les types. Peut-être ne voulaient-ils pas qu'il découvre ce que cherchait son père ?

Il ne put masquer l'enthousiasme dans sa voix.

— Il t'a dit autre chose ? Quelqu'un a réussi à briser la malédiction ? À survivre à ses dix-huit ans ?

Elle hésita.

— Non, répondit-elle au bout d'une seconde. Pas que nous sachions.

Une partie des espoirs de Sacha s'envola.

— Jamais ?

— Jamais, confirma-t-elle d'une voix triste. Tous les fils aînés sont morts le jour de leurs dix-huit ans. Il en est ainsi chez nous.

— Ah.

N'y aurait-il donc jamais de bonnes nouvelles ?

— Il a trouvé une référence sur la malédiction disant qu'elle se terminerait avec le treizième fils. Ton père a passé des années à compulser de vieux documents pour découvrir quel était ton rang. Combien étaient morts avant toi. Dans l'espoir que ce soit fini. Que tu sois le quatorzième, le quinzième et qu'on n'en parle plus. Ce n'était pas facile parce qu'autrefois les décès n'étaient pas toujours recensés. Et tu as eu cet accident…

— Sur la balançoire.

Sacha ne se rappelait pas l'incident mais il avait entendu l'histoire de nombreuses fois.

Annie la lui répéta néanmoins.

— Tu es tombé et tu t'es brisé la nuque. Ta mère a tout vu. Elle est infirmière. Elle a cru que tu étais mort. La pauvre était dans tous ses états. Puis au bout de quelques minutes, tu t'es relevé et tu t'es remis à jouer. (Annie s'interrompit.) C'est là qu'ils ont su…

— … que je ne pouvais pas mourir, compléta Sacha.

Aucun ne parla pendant une seconde. Puis Sacha essaya de revenir au sujet qui le préoccupait.

— J'ai eu de la visite aujourd'hui. Des mecs vraiment bizarres. Pâles et maigres. Pas normaux. Mon père a déjà croisé ce genre de types ? Des gens le suivaient ?

— Si c'était le cas, il ne m'en a rien dit, répondit Annie qui paraissait inquiète. Ils t'ont fait du mal ?

— Non. Je me trompe peut-être.

Il minimisait délibérément l'affaire. Annie ne devait pas savoir à quel point ils étaient horribles. Combien il flippait. Quel danger il courait désormais.

— Si seulement je pouvais t'aider davantage, Sacha, soupira Annie. Je me sens si impuissante. Ton père était historien. Il comprenait tout ça mieux que nous autres. Il parlait de savoirs perdus, de croyances banales autrefois. Comme nous ne les comprenons plus, nous ne les prenons pas au sérieux.

— Tu m'as aidé, Annie. Vraiment. Disons que je… (il se frappa doucement le genou avec le poing)… commence à désespérer.

— Sacha, fit-elle au bout d'un moment, et si tu venais à la maison ? Tu pourrais jeter un œil aux livres de ton père. Tu y trouverais peut-être des renseignements ? Adam était persuadé que les réponses étaient enfouies quelque part dans ces bouquins.

— Bonne idée. Je viendrai.

Son ton était honnête mais il lui mentait. Il était sûr qu'il ne reverrait jamais la maison de sa tante, qu'il n'étudierait jamais les livres de son père.

Il manquait terriblement de temps.

17.

Taylor ne parvenait pas à se sortir de la tête la conversation avec son grand-père. Elle se la passait et se la repassait en boucle pour essayer de donner un sens à tout ça. Elle ne cessait d'entendre sa voix résonner à son oreille : « Ces phénomènes sont très dangereux... »

Cet avertissement l'avait secouée. Le soir même, elle était restée bien sagement à la maison, en dépit des supplications de Georgie qui l'implorait de venir faire ses devoirs chez elle. Le lendemain matin, pour se rendre au lycée, elle marcha vite, en jetant des coups d'œil par-dessus son épaule.

En classe, elle s'assit près de la porte pour être la première sortie. C'était débile mais tant pis. À la fin des cours, elle décida de rester faire ses devoirs à la bibliothèque du lycée. D'accord, son grand-père lui avait garanti qu'elle serait en sécurité chez elle. Mais elle ne voyait pas comment il pouvait en être sûr à cent pour cent. Emily avait ses activités extrascolaires, sa mère était toujours à son travail et, étant donné les circonstances, elle n'avait aucune envie de se retrouver toute seule à la maison.

Aussi, à seize heures, elle était installée dans le studieux silence de la bibliothèque de l'école quand une ombre tomba sur sa table, lui cachant la lumière. Elle leva les yeux et trouva Tom planté devant elle, la dominant de toute sa hauteur.

— Faut qu'on parle.

Son ton sec et sa mine renfrognée lui retournèrent l'estomac. Ignorant les conseils de Georgie lui enjoignant de rompre au plus vite avec lui, elle avait repoussé l'échéance. Ça faisait deux jours qu'elle l'évitait. Il l'avait manifestement remarqué.

— Euh... si tu veux, lui répondit-elle, en s'efforçant de paraître parfaitement calme. Où... ?

— Je sais où, la coupa-t-il, glacial.

Ça se présentait mal.

Laissant ses livres sur place, elle abandonna la clarté de la bibliothèque ultramoderne du lycée pour le suivre dans le couloir désert. Ça faisait pratiquement une heure que les cours étaient finis et leurs pas résonnaient dans un silence... tendu.

Son mutisme la rendait nerveuse et, lorsqu'il quitta le couloir principal pour en emprunter un autre plus étroit et beaucoup plus sombre, elle hésita.

— On va où ?

— Pas loin.

Quelque chose au fond d'elle l'incitait à refuser. Mais c'était ridicule. C'était Tom, tout de même ! Jamais il ne lui ferait de mal, voyons.

Il l'entraîna jusqu'au bout de l'étroit corridor et tourna à gauche pour pénétrer dans le vaste espace caverneux du gymnase. La lumière grise, filtrée par une rangée d'étroites fenêtres placées tout en haut du mur, laissait la plus grande partie du vaste espace dans l'ombre. Même vide, l'endroit sentait la transpiration. Une curieuse atmosphère d'angoisse et de stress mêlés flottait dans l'air.

Cependant, Tom était dans son élément, ici. C'était un athlète. Quoi qu'il ait à lui dire, il voulait le faire sur son terrain.

Taylor croisa les bras.

— Qu'est-ce que ça signifie, Tom ?

Sa voix résonna dans l'immense enceinte.

— C'est plutôt à moi de te poser la question, Taylor. (Son visage était tout rouge. Il irradiait la colère.) Je ne comprends pas pourquoi tu te comportes comme ça. (Il lui indiqua la façon dont son corps se recroquevillait, comment elle se tenait les bras croisés.) Tu m'évites. Tu ne réponds pas à mes messages. Tu es censée être ma *copine*, je te signale.

Le mot semblait lui écorcher la langue.

— Mais je *suis* ta copine.

Elle reprit son souffle, marquant un temps d'arrêt. C'était le moment de vérité.

— Enfin, je l'étais, se reprit-elle.

— Tu l'*étais* ? (Il la foudroya du regard.) C'est bien ce que je pensais. Alors tu veux casser avec moi, mais tu n'as pas le cran de me le dire en face. C'est ça ?

Elle aurait bien voulu protester, mais il avait marqué un point.

— Je suis désolée, murmura-t-elle, en laissant retomber ses bras, ballants. Nous aurions dû en discuter avant. Mais j'étais tellement plongée dans mes devoirs…

— Ouais, je suis au courant de tes « devoirs », persifla-t-il. Avec un certain Frenchy. J'ai cru comprendre que tu avais fait plus que tes devoirs avec lui…

Le cœur de Taylor manqua un battement. Comment pouvait-il savoir pour Sacha ? Comment avait-il… ? Sur le coup, elle fut trop secouée pour aligner deux pensées cohérentes. Et puis elle fit le rapprochement.

Georgie !

Elle se prit à bredouiller :

— Je… quoi ?

Tom plissa les yeux en avançant d'un pas vers elle. Les tendons dans son cou saillaient comme des câbles d'acier.

— Je ne suis pas idiot, tu sais. On ne me la fait pas, à moi. Est-ce que tu sais seulement qui je suis ? (Il embrassa le gymnase d'un large mouvement de bras.) Je suis le mec le plus populaire de cette école. Tu peux t'estimer heureuse que j'aie bien voulu sortir avec toi, déjà.

Elle n'avait jamais vu cet aspect de sa personnalité, cette arrogance. Sans compter cette *haine* dans ses yeux !

— Tom, je ne sais pas qui t'a mis cette idée dans la tête, mais je ne fais rien de m…

— Ah non ? C'est pas ce qu'on m'a dit.

Il fit un nouveau pas vers elle. Trop près. Il était trop près. Elle recula précipitamment, trébuchant, cherchant des yeux une échappatoire. Tom s'était placé entre elle et la porte : la seule issue.

Elle projeta les mains en avant – un geste qui se voulait apaisant.

— Écoute… Calme-toi. On va parler.

Mais il n'était manifestement plus en état d'entendre raison.

— Tout le monde se demandait ce que je foutais avec cette ringarde de Taylor Montclair. Mes potes se foutaient de ma gueule. (Son regard s'était fait accusateur.) J'ai cru que tu étais différente. Plutôt cool… (Il se frappa le front du plat de la main, si fort que le claquement résonna dans tout le gymnase comme un coup de feu.) Mais quel idiot j'ai été de perdre mon temps avec une fille comme toi !

Elle sentit le feu lui monter aux joues. Il y avait un tel mépris dans le ton de sa voix. Une vraie douleur aussi. Les deux émotions associées donnaient un mélange détonant : une rage dévastatrice.

Elle s'aperçut qu'elle tremblait.

— Écoute, Tom, je suis désolée. Tu as raison. Je n'ai pas été honnête avec toi.

— Honnête ? Ah non, ça, t'as foutrement pas été honnête, espèce de salope ! Tu m'as trompé avec…

— Trompé ? (Elle écarquilla les yeux.) Non, non, je ne t'ai jamais trompé.

— Menteuse !

Il fit un nouveau pas vers elle et, une fois de plus, elle recula. Sauf que, là, elle buta contre le mur (une surface froide et dure dans son dos). Elle était coincée. Son cœur se mit à cogner contre ses côtes.

Lorsqu'il pointa un index accusateur sur elle, elle tressaillit.

— T'as fait ta pute avec un Frenchy que t'as chopé sur le Net, hein, poufiasse ? Ça a fait le tour du lycée.

Le tour du lycée ?

Elle secoua la tête avec virulence.

— Mais non ! jamais je n'ai...

— Quelle faux-cul ! s'écria-t-il. Pour qui tu te prends, hein ? Mais, ma pauvre fille, t'es rien. T'es qu'une merde !

Son souffle chaud et moite lui arrivait en pleine figure et il la toisait de toute sa hauteur, faisant un barrage de son corps.

— Je te jure que je vais te le faire regretter, la menaça-t-il.

Elle leva vers lui un regard suppliant. Pour qu'il arrête, pour qu'il se reprenne. Mais sa rancœur l'aveuglait.

C'est alors que, tout à coup, un calme étrange l'envahit. Un sang-froid presque surnaturel s'empara d'elle. Tout sentiment de peur l'abandonna. Elle ferma les yeux tandis qu'une vague d'énergie déferlait de son cœur vers ses mains. Elle prit une brusque inspiration.

Le grand baraqué en face d'elle lui paraissait si chétif, si insignifiant, à présent. C'était elle qui dominait la situation, elle qui était la plus forte.

Est-ce que c'était ce dont son grand-père lui avait parlé ? La fameuse « tare » génétique ? Elle repensa à sa mise en garde : « Ces phénomènes sont très dangereux... » et, pendant une fraction de seconde, une alarme retentit effectivement dans son esprit. Mais, rapide comme l'éclair, elle se déclencha et s'éteignit tout aussitôt.

— T'es une salope, tu sais ça ? l'injuria de nouveau Tom.

Taylor sentit la chaleur qui s'accumulait dans ses mains. Et elle oublia toute prudence.

— Recule.

Sa voix semblait venir de loin. Comme amplifiée. Impérieuse.

Tom ne bougea pas. Il fixait juste sur elle un regard incrédule.

— Qu'est-ce que… ?

— Re-cule.

Raide comme un piquet, il fit un pas en arrière. Cependant, il examinait ses pieds comme s'il ne comprenait pas ce qu'ils faisaient. Il devint livide.

Elle le vit faire un autre pas en arrière, puis un autre, avec des mouvements saccadés, mécaniques. On aurait dit un jouet. Un automate. Elle assistait à ce spectacle avec un étrange détachement.

— C'est quoi ce bordel ? s'étrangla-t-il.

Il avait l'air terrifié.

Au début, Taylor ne comprit pas ce qui se passait. Cependant, elle ne tarda pas à s'en douter. Cette découverte lui donna le vertige.

C'est moi ! C'est moi qui le fais détaler comme ça ! s'extasia-t-elle.

Ce pouvoir était tout bonnement grisant. Tom ne pouvait plus lui faire de mal, maintenant. Parce qu'elle allait l'en empêcher.

C'était comme si elle volait. Ah oui ! qu'il coure, tiens. Pauvre type ! Il l'avait menacée, insultée. Il méritait même bien pire que ça. Les pas de Tom s'accéléraient de plus en plus.

Au fond d'elle, Taylor savait bien qu'elle aurait dû se contenir. Mais elle semblait sourde à cette petite voix intérieure qui l'alertait. L'énergie qui courait dans ses veines renversait tout sur son passage. Jamais elle n'avait éprouvé une exaltation pareille. Elle ne voulait pas que ça s'arrête.

Un sourire triomphal se dessinait sur ses lèvres. Elle leva les bras. Elle en voulait encore. Elle en voulait plus.

Une force invisible souleva Tom de terre pour le projeter contre le mur du fond. Il émit une sorte de gargouillis : un cri de terreur étouffé.

— STOP !

La voix qui aboyait cet ordre provenait de l'entrée du gymnase.

À moins d'un centimètre du mur, Tom se figea. Il resta suspendu en l'air, ses pieds se balançant dans le vide, les yeux écarquillés d'incompréhension et d'effroi. Taylor se tourna lentement vers l'homme qui se tenait sur le seuil.

— Monsieur Finlay ?

18.

Finlay s'encadrait dans la porte, la main projetée vers Tom, paume en avant. Mais ses yeux étaient rivés sur Taylor.

— Mademoiselle Montclair, vous devez le relâcher, lui dit-il d'un ton ferme mais posé. Je ne peux pas le sauver si vous vous y opposez. Cela pourrait l'écarteler.

Elle semblait incapable de se concentrer. Son prof de français était bel et bien celui qui empêchait Tom de se fracasser contre le mur. Mais comment faisait-il ça ?

« J'ai envoyé Finlay veiller sur toi... »

— J'ai besoin de votre collaboration, insista son professeur, haussant le ton pour réussir à pénétrer son esprit embrumé. (Sa voix semblait tendue, comme s'il faisait un effort pénible ou portait une charge trop lourde.) Vous devez le relâcher. Sur-le-champ !

— Mais je ne sais pas comment, murmura-t-elle.

— C'est assez simple, à dire vrai. Trouvez l'énergie et contrôlez-la. (Finlay avait adopté un ton professoral, comme s'il discutait de la conjugaison des verbes à l'imparfait. Mais il commençait à transpirer.) La méthode la plus aisée consiste à imaginer l'énergie comme un objet matériel. Visualisez-la comme un fil sur lequel vous tirez, un fil que vous rembobinez.

Elle ferma les yeux. Elle sentait le pouvoir tournoyer autour d'elle. C'était plutôt un vent déchaîné qu'un fil. Elle projeta les mains en avant à la manière de son prof de français (elles étaient super chaudes, bizarrement) et se représenta le vent énergétique comme un courant d'air venant s'engouffrer dedans.

Il répondit instantanément, refluant vers elle si rapidement qu'elle en eut le souffle coupé. Ses cheveux se dressèrent sur sa tête en une couronne de boucles blondes.

— Très bien, la félicita Finlay.

De l'autre côté de la salle, Tom s'écroula sur le parquet comme une masse. Elle regarda avec horreur ce grand corps avachi prostré sur le sol.

Mon Dieu ! qu'est-ce que j'ai fait ?

Maintenant que Tom avait retrouvé la terre ferme, Finlay ne paraissait pas le moins du monde préoccupé par la situation. Il se dirigea d'une démarche tranquille vers le garçon et lui tendit la main.

— Quelle distraction, monsieur Berenson ! Vous ne vous êtes pas fait mal, j'espère ?

Tom leva la tête. Son regard indécis passa tour à tour de Finlay à Taylor.

— Elle m'a agressé, s'insurgea-t-il, en pointant Taylor du doigt. Enfin… je crois.

Finlay l'aida à se relever avec une facilité surprenante, vu la différence de gabarit, et, posant une main sur son épaule, l'escorta vers la porte sans cesser de lui parler tout bas d'une voix monocorde.

— Vous avez eu une petite dispute avec Taylor. Vous êtes parti fâché. À part cela, vous ne vous souvenez plus de rien. Une dispute avec Taylor. Vous êtes parti fâché. (Lorsqu'ils atteignirent le seuil, il cligna des yeux comme une chouette.) Faites attention, Berenson. Le sol peut être glissant par endroits.

— OK… (Tom parlait lentement, avec difficulté, comme s'il n'arrivait pas à comprendre lui-même ce qu'il disait.) Je suis désolé, monsieur Finlay. Je ferai attention.

— C'est bien, mon garçon, lui répondit Finlay, en lui tapotant l'épaule. Allez, filez !

Il attendit que Tom soit bel et bien parti.

— Bon. Maintenant, mademoiselle Montclair, l'apostropha-t-il, en tournant vers elle des yeux pétillants, venez avec moi.

Toujours dans le brouillard, elle le suivit dans le couloir.

La moquette rouge de la salle des profs était usée et son mobilier consistait en une collection hétéroclite d'articles dépareillés dans un état de décrépitude avancé. Il y flottait une légère odeur de lait caillé.

Après l'avoir invitée à s'asseoir, le professeur mit de l'eau à chauffer dans la bouilloire et s'activa pour préparer le thé.

Lorsqu'il revint vers elle avec deux mugs fumants, Taylor était déjà agitée de violents tremblements.

— Oh mon Dieu ! Qu'est-ce que j'ai fait ? se lamentait-elle.

— Allons, allons. (Finlay lui colla d'autorité un mug dans la main, puis lui referma les doigts sur l'anse.) Inutile de vous mettre dans des états pareils. Buvez donc votre thé. Nous allons mettre les choses à plat.

Taylor se sentait trop mal pour boire quoi que ce soit.

— J'aurais pu le tuer !

— N'exagérons rien, tempéra Finlay d'un ton conciliant. Vous auriez pu l'assommer. Mais c'est un robuste gaillard : il s'en remettra. (Il posa sur elle un regard sévère.) Excusez-moi d'insister, mais vous devez boire votre thé.

Contrainte et forcée, Taylor trempa les lèvres dans sa tasse. La chaleur sembla passer directement dans ses veines. Déjà, son tremblement s'atténuait. Elle but une deuxième gorgée.

Finlay prit le siège en face d'elle pour l'examiner de plus près.

— Et si vous me racontiez ce qu'il s'est passé précisément.

Elle inspira à pleins poumons et tenta de se rappeler comment tout avait commencé.

— Nous avons rompu.

— Ah.

— Tom s'est mis en colère. Très en colère. Il m'a accusée de… de choses qui n'étaient pas vraies. Il m'a… menacée.

— Peste ! le goujat ! s'indigna Finlay, outré. Il sera collé tous les samedis jusqu'à la fin de l'année.

— Non ! non ! Ne le punissez pas. Je lui ai déjà causé assez de tort comme ça.

— Je dois avouer, passez-moi l'expression, que vous n'y êtes pas allée de main morte. C'est Aldrich qui va être content.

— Content ? Mais je suis un monstre !

— Tss tss tss, n'exagérons rien. Inutile de dramatiser, mademoiselle Montclair. Vous découvrez à peine vos pouvoirs. Vous devez simplement apprendre à les maîtriser. Vous n'avez rien d'un monstre.

— Comment pouvez-vous dire ça ? Vous avez bien vu ce que j'ai fait ! Si vous n'étiez pas arrivé à temps… (Elle le revit soudain campé à l'entrée du gymnase, la main tendue vers Tom.) Attendez un peu. Comment avez-vous fait, d'ailleurs ? Seriez-vous… comme moi ?

— Absolument. (Il plongea son regard dans le sien avec une expression qui ressemblait fort à du respect.) Mais je crois que vous êtes beaucoup plus puissante que moi. Il m'était impossible de vous arrêter.

— Comment vous y êtes-vous pris exactement ? lui demanda-t-elle, en se repassant la scène en mémoire. Tom était énervé, mais après il s'est calmé. Vous… lui avez fait… quelque chose.

— Nous avons le pouvoir d'effacer la mémoire… provisoirement. (Finlay ôta ses lunettes et les nettoya avec un chiffon.) La technique est complexe, mais, une fois que vous l'avez apprise, c'est un talent qui se révèle très utile.

Taylor revit l'expression de Tom, comment il était passé en un instant de la colère et de la peur à la contrition.

Finlay a manipulé ses pensées ?

Cette seule idée lui retourna l'estomac.

— Mais c'est horrible ! s'offusqua-t-elle. Horrible !

Elle ne voulait plus de son thé. Elle ne voulait plus parler avec son professeur de français. Elle ne voulait pas rester ici une seconde de plus.

Mais elle ne savait pas où aller.

Au-dessus de sa tête, les lumières se mirent à clignoter.

Finlay écarquilla les yeux.

— Calmez-vous, mon enfant, calmez-vous, s'affola-t-il. Je sais que c'est perturbant. Vous êtes déroutée, naturellement. Tout ceci est nouveau pour vous. Mais j'ai cru comprendre que vous alliez voir Aldrich samedi ?

Les yeux embués de larmes, Taylor hocha la tête.

— Eh bien, votre grand-père préférera tout vous expliquer lui-même.

En voyant Finlay se lever, elle se prit à en faire autant. Avec une diligence inhabituelle, il l'entraîna vers la sortie la plus proche.

— Dans l'intervalle, vous devez conserver votre calme, lui enjoignit-il. Et, dans la mesure du possible, pas de stress. Ne vous inquiétez pas pour Berenson. J'en fais mon affaire. Il vous laissera tranquille.

Elle n'était pas certaine d'aimer ce que ça impliquait. Mais ils étaient maintenant à la porte et, sans qu'elle sache trop comment, elle se retrouva dehors.

Finlay l'examina attentivement.

— Êtes-vous en état de rentrer chez vous ? Voulez-vous que l'on vous raccompagne ?

Elle secoua la tête. Elle se sentait encore un peu bizarre (elle avait de drôles de picotements dans les mains, comme si des étincelles pouvaient jaillir de ses doigts à tout instant), mais elle n'avait aucune envie d'être escortée par Finlay.

— Ça ira.

— Bon, puisque vous l'affirmez. Je vais immédiatement téléphoner à votre grand-père. Il m'en voudrait de ne pas lui rapporter ce qui vient de se passer. Et il sera ravi. (Il s'interrompit pour la regarder droit dans les yeux.) Et, surtout, *ne vous énervez pas.*

Ж

Taylor poussa la porte d'entrée d'un coup d'épaule et la ferma à clé derrière elle.

— Bonsoir !

Pas de réponse. Elle n'en fut pas étonnée. Il était trop tôt pour que sa mère ou Emily soient rentrées.

Fizz déboula de la cuisine et se mit à tourner autour de ses chevilles, levant des yeux anxieux vers elle comme si elle avait senti qu'il était arrivé quelque chose.

Taylor se pencha pour la prendre dans ses bras, la laissant lécher les traces salées des larmes sur ses joues.

— Il s'est passé des trucs trop bizarres aujourd'hui, Fizz, murmura-t-elle. Des trucs trop trop bizarres.

Elle n'avait vraiment pas envie d'être seule en un moment pareil. Elle ne parvenait pas à chasser le souvenir de la tête qu'avait faite Tom quand elle l'avait catapulté contre le mur, ce regard dans ses yeux…

Elle aurait adoré aller boire un café avec Georgie. Mais elle ne pouvait pas faire ça, n'est-ce pas ?

Elle se mordit la lèvre. Fort. Elle était vexée, blessée, se sentait trahie et ne savait, de toutes ces émotions, laquelle l'emportait. Elle aurait dû se douter que Georgie serait incapable de résister, qu'elle parlerait à Paul de Sacha. Et

Paul était allé tout droit raconter ça à Tom, forcément. L'histoire avait été déformée en chemin, voilà tout.

Je l'ai suppliée de ne le dire à personne, pour Sacha, se lamentait-elle avec amertume. *Suppliée.*

Fizz jappa et lui échappa brusquement pour atterrir sur le sol et détaler dans un cliquetis de griffes sur le carrelage. Parvenue à distance respectueuse, la petite chienne se retourna pour lancer à sa jeune maîtresse un regard plein de ressentiment.

Quelle bête l'avait piquée ?

C'est alors que Taylor s'en rendit compte. Le fourmillement était revenu lui picoter les mains. Fizz avait dû le sentir. Les lumières se mirent à clignoter au-dessus de sa tête. Son cœur s'emballa. Il fallait que ça s'arrête. Et si ce… ce truc saccageait la maison ?

Elle ferma les yeux, respirant profondément pour se calmer.

Ne te mets pas en colère, Taylor. Ne t'affole pas.

Il fallait qu'elle fasse quelque chose, qu'elle s'occupe l'esprit. Quelque chose d'habituel, de rassurant.

Adoptant un pas lent et régulier, elle se dirigea vers la pièce voisine. Elle récupéra son ordinateur et prit place à la table de la cuisine.

En attendant que son PC démarre, elle prit de longues inspirations et expira à fond, comme en cours de yoga. Ça aidait un peu. Elle n'en toucha pas moins le clavier de l'extrême bout des doigts.

Il n'aurait plus manqué qu'elle explose son PC !

Elle envisagea brièvement d'envoyer un mail à Georgie pour lui dire le fond de sa pensée, mais y renonça aussitôt. Cela ne servirait qu'à réveiller sa colère et qui sait ce qui pourrait arriver ? Elle risquait de griller tous les appareils électriques. D'envoyer Fizz valser par la fenêtre.

Le message en haut de sa liste de réception attira tout de suite son attention. Il était de Sacha.

Faut qu'on parle. Ce soir. 17 h. Heure anglaise.

Elle lorgna vers l'horloge en bas de l'écran. Il était presque 17 h 30.

Lorsqu'elle se connecta, Sacha était déjà en ligne. Il l'attendait.

Son cœur bondit dès qu'elle le vit. Elle était trop fatiguée, trop chamboulée pour se demander ce que ça signifiait.

— Taylor ! (Son soulagement était évident.) Je croyais t'avoir ratée.

— Pardon pour le retard, lui répondit-elle. J'ai vraiment eu une journée… bizarre.

— Moi aussi.

Elle se pencha pour mieux le voir. Il était pâle. Il avait les cheveux en bataille et semblait nerveux – il ne cessait de regarder par-dessus son épaule comme s'il craignait qu'on l'attaque par-derrière.

— Qu'est-ce qui se passe, Sacha ?

Il hésita.

— J'ai une question assez space à te poser.

— OK…

Il se pencha à son tour vers son écran. Il avait les yeux de la même couleur que la mer, aussi bleus, aussi profonds.

— Est-ce que tu connais un certain Aldrich Montclair ?

Taylor eut tout à coup la bouche sèche.

— C'est mon grand-père. Pourquoi ? Tu le connais ?

Il secoua la tête.

— Je crois que... Je veux dire, je *sais* que mon père le connaissait.

Taylor fronça les sourcils.

— Ton père connaît mon grand-père ?

Sacha grimaça.

— *Connaissait.* Mon père est mort.

Elle porta aussitôt la main à ses lèvres.

— Oh Sacha ! Je suis désolée. Je ne savais pas.

Il accepta ses excuses d'un simple coup de menton, sec, grave.

— Je me disais bien que j'avais déjà entendu ton nom quelque part, lui expliqua-t-il. Je ne savais pas où. Alors j'ai un peu fouillé et... Bref, je crois qu'ils bossaient ensemble.

— Comment ça ? Sur quoi ils travaillaient ?

Une fois encore, Sacha hésita. Elle le considéra avec de plus en plus de curiosité. Il lui cachait quelque chose...

— Y a des trucs que tu ne sais pas sur ma famille. C'est... compliqué. (Il prit une brusque inspiration comme avant un plongeon.) Taylor, je crois que je suis dans la merde. Et je crois que toi aussi. Ce n'est pas une coïncidence si on nous a demandé de bosser ensemble, à mon avis. On voulait nous mettre en contact. Le seul truc, c'est que je ne sais pas pourquoi. (À travers les centaines de kilomètres qui les séparaient, leurs regards se rivèrent l'un à l'autre.) Je crois qu'on pourrait bien être en danger tous les deux.

Taylor avait le cerveau en ébullition. Elle repensa à Finlay quand il lui avait demandé de parler à Sacha. Son insistance. Son chantage avec Oxford. À son grand-père qui avait brusquement réapparu dans sa vie, comme par enchantement. À Tom projeté dans les airs. À la trahison de Georgie.

Rien n'était tel qu'elle le pensait. Tout était sens dessus dessous, à présent.

Il était peut-être temps de faire quelque chose.

— Sacha, lui répondit-elle. Je crois que nous devrions nous rencontrer.

19.

Au milieu du vacarme de la gare du Nord, Sacha s'adossa contre un lampadaire et contempla le chaos des voyageurs estivaux derrière ses lunettes de soleil.

Une famille de touristes surchargée de bagages passa pesamment devant lui, les roulettes de leurs valises manquant lui écraser les orteils. Sacha grimaça. Il détestait la foule. On ne savait jamais sur qui on pouvait tomber.

Il avait choisi un endroit à moitié caché par une sandwicherie et un étal de bonbons. De là, il vit parfaitement le train en provenance de Londres, déversant une multitude de passagers qui se précipitaient sur le quai, surexcités à l'idée d'être à Paris en ce jour ensoleillé.

Il scanna les visages au fur et à mesure qu'ils passaient les barrières métalliques. Aucun signe de Taylor. Quand leur nombre diminua, une légère nervosité s'empara de lui.

Il jeta un coup d'œil à son portable. Pas de message…

Quand il releva le nez, elle était là. Ses cheveux blonds et bouclés volaient autour de sa tête tel un halo doré tandis qu'elle avançait au milieu des autres. Son haut blanc et fluide flottait sur les courbes de son corps.

Pendant une seconde, il ne bougea pas. Hors de vue, il l'examina. En chair et en os, elle était bien plus jolie que virtuellement. Et puis, jusqu'à présent, il ne l'avait pas vue en entier.

Quand elle considéra avec hésitation les personnes amassées derrière les barrières, Sacha sortit de sa cachette et se fraya un chemin jusqu'à elle.

Un sourire soulagé éclaira les traits de Taylor. Ses yeux étaient du même vert que le verre d'une bouteille traversée par la lumière. Il en eut le souffle coupé.

— Sacha ! s'exclama-t-elle. Tu es venu !

— Évidemment.

Il se pencha pour lui faire la bise. Elle poussa un petit cri de surprise. Soudain gêné, Sacha recula en vitesse. Il avait oublié que les ados anglais ne s'embrassaient pas aussi fréquemment que les jeunes Français. Elle risquait de mal l'interpréter.

Voulait-il qu'elle l'interprète mal ? Et s'il voulait qu'elle le prenne bien ?

Pendant quelques instants, ils restèrent là, l'air embarrassés, tandis que les gens se bousculaient autour d'eux. Ce fut Taylor qui brisa le silence.

— Je n'arrive pas à croire que tu sois vraiment là ! Et que j'y sois. C'est dément, non ?

Un grand sourire réapparut sur son visage, révélant les fossettes qu'il avait vues sur l'écran de son ordi.

— Dément, répéta-t-il sobrement. Mais nécessaire.

Pendant cet échange, elle en profita pour observer son visage, ses vêtements – il portait un jean et un T-shirt noir –, les lunettes de soleil qu'il serrait dans sa main.

Il était accoudé à la barrière métallique avec une désinvolture étudiée.

— Tu as dit quoi à tes parents ?

— Ma mère pense que je dors chez une copine ce soir. (Elle détourna le regard.) Ce ne sera pas la première fois… elle ne vérifie jamais. Mais je dois être de retour à la maison quand elle rentrera du travail demain. Sinon, elle…

Elle n'eut pas l'occasion de finir sa phrase. Un groupe d'une nationalité impossible à identifier fonça sur eux et manqua la renverser.

Sacha l'écarta de leur chemin. Pendant une seconde, il sentit la chaleur de son corps contre le sien.

Un des adultes s'excusa dans un français approximatif. Sacha lui lança un regard noir jusqu'à ce que l'homme, comprenant qu'il ne serait pas pardonné, tirant sa valise bleu vif derrière lui, poursuive son chemin.

Taylor ne dit pas un mot pendant cette scène, mais une furieuse envie de rire dansait dans ses yeux.

Sacha soupira.

— On se casse !

À l'extérieur de la gare, le soleil blanchissait les statues de la façade, et la circulation était dense.

Avec la facilité de l'habitude, Sacha se fraya un chemin entre les voitures pour la plupart à l'arrêt. Taylor le suivit plus prudemment. Chaque fois qu'il se retournait, elle contemplait les bâtiments défraîchis du XIXe siècle autour d'eux.

— C'est magnifique, commenta-t-elle. Exactement comme je m'imaginais Paris.

Jetant un coup d'œil dédaigneux aux agences de voyages et aux salons de manucure, Sacha fit la grimace.

— Ce n'est pas Paris, ça, grogna-t-il. Je vais te faire voir le vrai Paris.

Il quitta l'avenue bruyante pour une rue plus calme bordée d'arbres aux feuilles vert pâle. Les immeubles y étaient plus jolis, mieux entretenus.

— Tu habites par ici ? l'interrogea Taylor, les yeux levés vers les résidences blanc crème avec leurs balcons noirs en fer forgé débordant de fleurs colorées.

Sacha secoua la tête.

— On habite à l'ouest. (Il fit un vague signe de la main dans cette direction.) Par là-bas.

— OK.

Tout en marchant, Sacha se demandait par où commencer. Cette rencontre était l'occasion rêvée de lui apprendre la vérité sur son propre compte. Elle était là pour cette raison, après tout. Deux jours plus tôt, Taylor lui avait annoncé qu'elle venait à Paris et qu'elle n'en parlerait à personne. Il avait donc eu deux jours pour se préparer. Maintenant qu'elle était là, sa bouche ne parvenait pas à former de mot ne serait-ce qu'utilitaire ou prosaïque. Alors les mots les plus difficiles… Il ignorait totalement par quel bout commencer.

Quand ils discutaient en ligne, tout était facile. Comme s'ils se connaissaient depuis longtemps. Il s'était senti à l'aise, en sécurité. Taylor présente, il se sentait soudain trop grand, trop mince, trop maladroit. Sa beauté, sa nationalité, sa blondeur le déstabilisaient.

Une femme éblouissante arriva sur eux avec son petit chien et les obligea à s'écarter brusquement de son chemin.

— Waouh ! Paris est tellement… Paris ! s'extasia Taylor.

Sacha éclata de rire.

— C'est plutôt une bonne chose, non ?

— Oui, admit-elle. C'est une bonne chose.

Ils s'engagèrent dans une rue passante et s'arrêtèrent quand un homme en costume sur mesure les rasa sur son scooter.

— C'est une première, avoua-t-elle quand ils eurent traversé. Je n'ai jamais fait le mur. Pas une seule fois de ma vie. Et aujourd'hui, je quitte carrément le pays !

Sa voix monta dans les aigus et Sacha perçut une certaine tension.

— J'ai l'impression de devenir folle.

— Dans ce cas, je suis fou moi aussi ! Comme ça, ajouta-t-il dans un haussement d'épaules, tu n'es pas toute seule.

Elle lui sourit.

— Faisons des folies à Paris ! Il y a pire manière de passer un jeudi, non ?

Elle avait des dents blanches et régulières, des lèvres roses et gourmandes. Quand elle souriait, son visage s'illuminait, comme éclairé par un feu intérieur. Elle était de ceux qui réussissent tout ce qu'ils entreprennent.

Sacha voulait la faire sourire davantage.

Mais ce n'était pas la raison pour laquelle elle avait fait tout ce chemin.

— Quand tu m'as envoyé ton premier mail, attaqua-t-il, qui t'avait donné mon adresse ?

— Mon professeur de français. M. Finlay.

— Que t'a-t-il raconté sur moi ?

Elle réfléchit une seconde.

— Il a dit que tu devais travailler ton anglais. Que, si grâce à moi ta moyenne remontait, ça m'aiderait à entrer à Oxford.

Finlay. Ce nom ne disait absolument rien à Sacha. Mais il se promit de vérifier s'il se trouvait dans les carnets de son père plus tard. Au cas où.

— Pourquoi ? s'enquit-elle.

— Parce que je suis persuadé que tout ça... (il agita la main entre eux deux)... n'est pas arrivé par hasard.

Il dut hausser la voix à cause de la circulation.

— Ton grand-père connaissait mon père. Parmi tous les élèves qu'il aurait pu te filer, ton prof m'a choisi moi. Et le mien m'a poussé à te contacter toi, alors que je sèche les cours et que, entre nous, il sait très bien que mon anglais est correct. (Il secoua la tête.) Ça fait beaucoup de coïncidences.

— Cette semaine, j'ai découvert que Finlay travaille pour mon grand-père, lui apprit-elle. Il est censé... garder un œil sur moi.

Cette annonce ne plut pas beaucoup à Sacha.

— Garder un œil sur toi ?

— C'est une longue histoire.

— Je récapitule, enchaîna Sacha. Le prof qui t'a donné mon nom travaille pour ton grand-père. Lequel connaissait mon père.

Taylor s'arrêta de marcher.

— Tu crois que mon grand-père est derrière tout ça ?

Sacha la regarda droit dans les yeux.

— Pas toi ?

Les autres piétons les contournaient comme l'eau autour de cailloux.

— Mais… je ne comprends pas, continua-t-elle. Pourquoi ne m'a-t-il rien dit ?

— On n'a plus qu'à le découvrir, répondit Sacha, les dents serrées.

Tandis qu'ils reprenaient leur marche, il lui parla des hommes blêmes qui lui avaient rendu visite. Il ne mentionna pas le fait qu'ils tambourinaient à la porte sans remuer un muscle. En revanche, il lui répéta leur menace.

— Ils t'ont dit de ne pas t'approcher de moi ? s'exclama Taylor dans un frémissement.

— Oui. « Ne t'approche pas de la fille. » Ils parlaient sûrement de toi.

— C'est terrifiant ! Tu es sûr ?

— Y a pas d'autre fille.

Elle leva les yeux vers lui puis tourna vite la tête.

Elle rougit ?

Il faisait chaud cet après-midi et la marche leur avait donné des couleurs. Ce devait être ça.

— Mais qui étaient ces gens ? demanda-t-elle au bout d'un moment. Et comment savent-ils pour nous ?

— Aucune idée. Mais ils m'ont flanqué la trouille de ma vie.

À un moment ou à un autre, ils avaient laissé la circulation derrière eux pour marcher à l'ombre fraîche des arbres. Soudain, Sacha sut exactement où il voulait l'emmener.

— Par ici, indiqua-t-il en bifurquant à gauche.

Le jardin des Tuileries s'étendait le long des berges de la Seine avec une espèce d'élégance paresseuse, chaque arbre de forme parfaite, chaque haie taillée au cordeau, chaque allée mesurée pour contrebalancer mathématiquement la suivante. Il était vert, luxuriant, paisible.

Il s'agissait d'un des endroits préférés de Sacha. Il venait souvent s'y asseoir pour regarder les gens.

Quand ils arrivèrent en son centre, Sacha écarta les bras.

— Voilà !

Taylor tourna lentement sur elle-même. Sous le regard curieux de Sacha, elle prit le temps d'admirer les lieux. Les statues dépassaient à peine entre les arbres. Des enfants se précipitaient vers une fontaine. Des amoureux se promenaient main dans la main.

Si elle n'aimait pas ce parc, il serait fixé sur elle.

— Oh ! Sacha, c'est magique ! J'adore !

Elle le dévisagea, un sourire enchanté aux lèvres.

Sa joie était contagieuse et il lui sourit en retour.

Ce serait une belle journée. Il le sentait.

— Ta limonade, annonça Sacha en lui tendant une cannette.

— Merci bien*, lui répondit-elle.

Il s'assit par terre à côté d'elle et ouvrit sa boisson.

— De rien*. Ton français n'est pas mauvais.

— Merci.

Taylor sentait que le rouge lui montait encore aux joues. Cela devenait ridicule. Elle devait arrêter de rougir chaque fois qu'il lui parlait.

Physiquement, elle ne l'imaginait pas comme ça. D'abord, il était plus grand qu'elle ne le pensait. Quand ils cheminaient côte à côte, elle devait pencher la tête en arrière pour voir son visage.

Il était aussi incroyablement cool. Il ne marchait pas, il flânait. Ses épaules étroites étaient tout le temps avachies, à la manière des stars du rock. Un seul regard lui suffisait pour réduire les gens au silence. Parfois c'était fascinant, parfois c'était inquiétant... ou bien les deux à la fois.

Elle n'avait jamais rencontré quelqu'un comme lui.

À la gare, lorsqu'il l'avait attirée contre lui, pour la tenir à l'écart de la foule, elle avait ressenti un frisson inattendu quand son corps avait touché le sien.

Cela ne lui était jamais arrivé avec personne.

Elle but une grande gorgée. La limonade froide lui picota la langue. Elle aima cette sensation. En fait, elle aimait tout de cette journée.

Avec un soupir heureux, elle regarda les gens qui déambulaient sur l'allée gravillonnée. Au loin, on jouait de la musique.

Paris.

Finalement, venir ici avait été facile. Elle avait puisé dans son compte-épargne destiné à l'université pour s'acheter les billets de train. Les commander en ligne avait été simple comme bonjour. Il lui avait suffi de les récupérer à la gare à Londres. Ensuite ? Un jeu d'enfant. Personne ne lui avait prêté la moindre attention à bord du train. Vu qu'il était rempli de jeunes avec leurs sacs à dos, elle s'était fondue dans la masse.

Savoir que sa famille ignorait tout de son escapade la remplissait d'un mélange enivrant de libération et de terreur. Elle était seule pour la première fois de sa vie.

Enfin pas complètement seule.

Il y avait Sacha.

Elle n'en revenait pas de se sentir aussi à l'aise avec lui. Ils parlaient, parlaient. Ils avaient dû marcher des kilomètres pour parvenir ici mais elle l'avait à peine remarqué. Le seul problème ? Leur rencontre n'avait pas apporté beaucoup de réponses jusqu'à présent.

— Peut-être…, commença-t-elle avant de s'interrompre.

— Peut-être quoi ? lui demanda Sacha, les yeux dans les yeux.

— Et si tu me parlais un peu de ton père ? Nous pourrions peut-être comprendre ce qu'il faisait avec mon grand-père.

Il haussa les épaules comme si cela n'avait pas trop d'importance, mais elle remarqua qu'il avait serré les dents quand elle avait mentionné son père.

— Eh bien… il s'appelait Adam Winters. Il était professeur d'université à la Sorbonne et il travaillait aussi à Oxford.

— Mon grand-père travaille à Oxford.

— Il est prof ?

— Oui, il enseigne l'histoire des sciences. Newton, ce genre de trucs. Et ton père ?

Une mèche de cheveux bruns soyeux tomba sur le front de Sacha. Il la repoussa distraitement.

— L'histoire médiévale. (Il lui lança un regard en coin.) Mais je crois que le sujet sur lequel ils bossaient n'avait rien à voir avec leurs jobs.

— Ah bon ?

Il regarda fixement la cannette dans sa main, comme si elle détenait les réponses.

— À mon avis, poursuivit-il, ça concernait ma famille.

Taylor sentait à quel point c'était difficile pour lui. Les mots semblaient sortir à contrecœur de sa bouche.

— Tu n'es pas obligé de m'en parler si tu ne veux pas.

Sacha se tut pendant un long moment, l'air mortellement sérieux.

— Il y a un problème, déclara-t-il enfin. Dans ma famille. Une sorte de problème de santé. Mon père essayait de le guérir. Avant que cela... ne m'atteigne. Je me demandais s'il travaillait là-dessus avec ton grand-père. Comme il est scientifique.

Elle croisa son regard et en eut le souffle coupé, tellement il avait l'air vulnérable.

— Mais... mon grand-père étudie les sciences anciennes, expliqua-t-elle, regrettant de ne pas avoir meilleure nouvelle à lui annoncer. Comme des instruments bizarroïdes, des décoctions à base de plantes... des sangsues...

Il expira bruyamment et marmonna quelque chose en français. Taylor n'en était pas certaine mais elle crut comprendre : « C'est un vieux problème ».

Alors qu'elle allait lui demander des précisions, il écrasa violemment la cannette dans sa main et décréta :

— On bouge.

20.

— Il y a plusieurs centaines d'années, c'étaient les jardins d'un château, expliqua Sacha en montrant un bassin sur lequel des enfants jouaient avec des bateaux en papier, telle une scène dans un livre d'histoire. Aujourd'hui, tout le monde y a accès.

Sacha et Taylor quittèrent l'ombre des arbres pour une large allée et se joignirent à la foule de touristes et de Parisiens venus se promener. Les gravillons crissaient plaisamment sous leurs pas ; chacun soulevait un léger nuage de poussière.

Au loin, on entendait de la musique et des rires.

Un grand bâtiment richement décoré se dressait devant eux. Ils traversèrent une immense cour fermée sur trois côtés. Au milieu, une pyramide en verre brillait sous le soleil estival.

— Bienvenue au Louvre ! annonça Sacha.

L'immense musée aux murs de pierre minutieusement sculptés semblait s'étendre sur des kilomètres carrés.

Taylor n'en voyait pas le bout. Elle tendit le cou pour mieux voir les fenêtres du haut.

— Mon Dieu, c'est gigantesque !

Ils ralentirent le pas. Autour d'eux, les touristes pressés se dépêchaient de rejoindre une longue file d'attente serpentant jusqu'à la billetterie.

— On peut entrer, si ça te dit, proposa Sacha sur un ton hésitant.

— Je ne crois pas que je pourrais le supporter, répondit-elle. Il doit y avoir des kilomètres et des kilomètres d'art ici. Je risque l'overdose.

Il pinça les lèvres.

— Une overdose d'art ? Ah ça, j'en avais encore jamais entendu parler !

— Ça arrive tout le temps, lui assura-t-elle jovialement. Ils étouffent l'affaire à chaque fois.

— Pas de Louvre alors… Parce que l'art est dangereux.

Le mot « dangereux » avait un charme fou avec son petit accent.

Ils firent demi-tour et retraversèrent le parc. Taylor se sentait si bien ici. Elle aimait la chaleur et l'agitation de Paris l'été. La lumière qui ricochait sur les gracieux bâtiments autour d'elle.

— Tout me semble si familier, avoua-t-elle à Sacha. Comme si j'étais déjà venue ici une centaine de fois. À cause de la télé sûrement, mais ça fait bizarre. Comme si tu croisais quelqu'un dans la rue. Tu penses que tu le connais, mais en fait non.

— On parle de déjà-vu. Qui sait ? Tu es peut-être venue ici ? Dans une autre vie.

Elle lui décocha un regard sceptique.

— Tu crois en ce genre de truc ?

— Je ne sais plus trop en quoi je dois croire...

Son humeur s'assombrit momentanément. Il frissonna, comme pour se débarrasser de sa morosité.

Marchant d'un même pas, ils prirent la direction de la Seine. L'air y était plus frais. Cela sentait aussi une odeur délicieuse, comme du sucre caramélisé.

L'estomac de Taylor gargouilla.

— Pourquoi votre fleuve sent-il le sucre ? D'où je viens, il sent le poisson !

Sacha désigna la berge et un étal qui vendait des crêpes.

— On triche !

— Quel parfum incroyable !

Elle en avait l'eau à la bouche. Sacha la regarda d'un air amusé.

— Tu en veux une ?

Il était presque dix-sept heures et elle n'avait rien avalé depuis le petit déjeuner. Elle était tellement surexcitée par son escapade qu'elle n'y avait pas pensé. Mais là, elle avait l'estomac dans les talons.

— Oh mon Dieu ! Oui !

Tandis qu'ils attendaient leur tour dans la courte file devant le marchand de crêpes, Taylor repensait à tout ce que Sacha lui avait dit, et surtout à ce qu'il avait omis. Elle se demandait quel était ce problème de santé – peut-être le même qui avait tué son père ?

C'était une pensée horrible.

Elle lui jeta un coup d'œil en douce. Les mains enfoncées dans les poches, Sacha observait les marchands. Taylor suivit son regard. Les cuisiniers utilisaient de longues spatules pour soulever de la plaque les crêpes aussi fines qu'une feuille de papier et les retourner dans le même mouvement. Cela paraissait si simple. Mais les apparences sont souvent trompeuses.

— Tu disais que ton père travaillait parfois à Oxford, commença Taylor. Il passait beaucoup de temps en Angleterre ?

Le regard toujours rivé sur les crêpes, Sacha hocha la tête.

— Il est né là-bas en vérité. Il a déménagé en France après avoir épousé ma mère. Mais il y retournait souvent pour le travail.

Voilà qui expliquait son nom de famille et son anglais quasiment parfait.

Le couple devant eux passa commande dans le pire français que Taylor ait jamais entendu. Sacha grimaçait à chaque mot. Elle réprima un fou rire. Sacha se tourna vers elle et souleva ses lunettes pour qu'elle voie son air outré. Elle se couvrit la bouche avec les deux mains mais ne put contenir ses gloussements.

— Arrête, lui ordonna-t-il, pince-sans-rire. C'est malpoli.

Sa remarque ne fit qu'empirer les choses. Bientôt, elle manqua de s'étouffer, incapable de se retenir davantage.

Quand le couple les dévisagea avec curiosité, ils firent semblant de se moquer d'un bateau-mouche qui passait avec ses touristes bardés d'appareils photo.

Pendant quelques minutes, Taylor put se dire qu'ils étaient juste deux ados ordinaires, un jour comme les autres à Paris.

— C'est marrant, déclara-t-elle en remuant ses orteils nus. Je pensais que quelque chose se passerait aujourd'hui. J'imaginais qu'on comprendrait en un clin d'œil pourquoi nos profs voulaient nous mettre en contact.

À côté d'elle, Sacha se pencha en arrière et remua les épaules.

— Ouais, dommage.

Ils se trouvaient sur l'île de la Cité, au beau milieu de la Seine. Assis côte à côte, ils laissaient pendre leurs pieds au-dessus de l'eau vert foncé. Le soleil se couchait. La plupart des touristes qui se bousculaient dans les ruelles étaient partis et les quais se remplissaient lentement d'ados en vadrouille.

— Ç'aurait été trop beau, regretta Taylor qui fixait le fleuve. Je ne sais toujours pas pourquoi mon grand-père voulait nous rapprocher. Tu n'es qu'un Français lambda.

— Et toi, s'esclaffa-t-il, tu n'es qu'une Anglaise avec une feuille dans les cheveux.

— J'ai une feuille dans les cheveux ? demanda-t-elle en palpant sa crinière.

— Là. Attends, je vais t'aider.

Sacha se pencha vers elle et enleva avec précaution l'intruse coincée dans une boucle. Ses cheveux étaient incroyablement doux sous ses doigts. Les derniers rayons du soleil couchant faisaient scintiller chaque mèche dorée.

— Regarde !

Alors qu'il lui montrait la coupable, Taylor sembla gênée.

— C'est sans espoir ! Tu trouveras sûrement un tas de trucs dans mes cheveux… des montres, le triangle des Bermudes, le chaînon manquant et j'en passe.

— Je sais pas. Moi je les trouve cool, tes cheveux, commenta Sacha qui aurait bien aimé avoir une autre excuse pour les toucher encore.

— Humpf, grommela-t-elle

Mais elle avait l'air flattée.

Ils errèrent en ville toute la soirée, parlant encore et encore de leurs profs, de leurs vies.

Maintenant que la nuit était tombée, Sacha ne savait plus trop quoi faire.

Il n'avait pas très bien planifié sa venue. Il ne voulait pas ramener Taylor chez lui – comment expliquer sa présence à sa mère ? Il ne voulait pas non plus lui faire subir l'inévitable interrogatoire maternel.

Finalement, il l'avait conduite ici.

Ils n'étaient bien sûr pas seuls. Sous un pont non loin, un groupe de jeunes musiciens hipsters jouaient du jazz Nouvelle-Orléans avec des instruments cabossés. Des filles en jupe courte dansaient le jitterbug devant eux et un attroupement se formait. Certains avaient apporté des paniers de pique-nique et des bouteilles de vin. L'odeur entêtante du cannabis flottait dans l'air.

C'était une réunion nocturne heureuse et détendue. Tout le monde applaudit quand les lampadaires s'allumèrent.

— Paris est… incroyable, souffla Taylor.

Un ange passa. Une brise fraîche remua les cheveux de Sacha.

— Parle-moi de toi, lui demanda-t-elle soudain. À quoi ressemble ta famille ?

Il haussa les épaules.

— Ma mère travaille dans un hôpital. Ma petite sœur est casse-pieds.

Elle se marra.

— La mienne aussi !

Ils échangèrent un regard compatissant.

— Tu ne vas pas trop en cours, c'est ça ? Comment ça se fait ?

Sacha mourait d'envie de lui dire la vérité. Mais il ne parvenait pas à articuler les mots. Il savait comment elle les prendrait. Comment elle le regarderait. Ils apprenaient tout juste à se connaître. Il n'allait pas tout gâcher maintenant.

— Disons que ce n'est pas la joie depuis un an… Il s'est passé quelque chose dans ma famille. J'ai juste… décroché.

Ses yeux verts scrutèrent le visage de Sacha.

— Je ne veux pas te faire la morale mais… Tu es intelligent. Tu ne vois pas ce que tu perds en séchant les cours ?

— Oh ! Je sais ce que je perds. Crois-moi.

Son ton glacial signifia la fin de la conversation.

Taylor détourna les yeux.

— Alors, je ne te donnerai pas de conseils. Mais franchement, s'il y a une chose dont tu n'as pas besoin, c'est bien de cours particuliers en anglais. Tu parles aussi bien que moi. Il dit n'importe quoi, ton prof.

Elle s'interrompit, comme si une idée venait de lui traverser l'esprit.

— Attends ! Si Finlay travaille pour mon grand-père, pour qui travaille ton prof ? Et si c'était aussi pour mon grand-père ?

Elle marquait un point. Deidé était-il impliqué dans cette affaire avec Aldrich Montclair ? Ou absolument pas ?

— On devrait aller le voir, murmura Sacha, réfléchissant à voix haute.

— Voir qui ?

— Mon prof. Il est forcément de mèche. Si on le prend par surprise, il nous dira peut-être le fin mot de cette histoire.

— Évidemment ! s'exclama-t-elle, les yeux écarquillés. Il doit être au courant de quelque chose.

Elle jeta un coup d'œil à la délicate montre en argent à son poignet.

— Il est tard..., constata-t-elle. Comment...

— Demain, décida Sacha. On ira ensemble au lycée avant que ton train parte.

L'inquiétude assombrit les traits fins de Taylor mais elle ne protesta pas

Toute la journée, il avait eu l'impression qu'elle lui cachait quelque chose. À plusieurs reprises, elle avait commencé à parler puis avait changé d'avis. Là, il percevait à nouveau son hésitation. La manière dont elle regardait au loin, comme perdue dans ses pensées.

Elle me cache quelque chose.

Et pourquoi pas ? Il n'était pas blanc comme neige non plus.

Leur humeur détendue fondit avec les derniers rayons de soleil et fut remplacée par une peur qui les hantait tous les deux depuis des semaines. Soudain, la scène joviale au bord du fleuve leur sembla factice. Les rires et les guitares, les danses et les joints leur parurent ridicules.

— On s'en va ! décréta Sacha en se levant d'un bond.

— On va où ?

— C'est Paris ! s'exclama-t-il en tendant la main pour l'aider à se lever. Les coins ne manquent pas !

— Alors ?

Sacha désignait la tour Eiffel. Ils étaient debout dans le noir, en face de la structure emblématique, de l'autre côté du fleuve.

— Laisse-lui quelques secondes. Trois… deux… un… Maintenant !

Soudain, la tour s'embrasa. Des lumières clignotèrent et crépitèrent sur toute sa hauteur.

Il baissa les yeux vers Taylor pour vérifier sa réaction. Elle semblait déconcertée.

— C'est un peu… bling bling, tu ne trouves pas ?

Alors qu'il lui décochait un regard d'incrédulité absolue, elle éclata de rire.

— Je plaisante ! C'est fantastique !

Elle tendit les bras au-dessus de la tête, comme pour se dénouer les épaules.

— Il doit se faire tard. C'est plus calme, non ?

Sacha regarda l'heure.

— Il est minuit passé.

Ils s'assirent sur l'herbe, dans un parc, pour se reposer et admirer la vue. Sacha estima qu'ils avaient marché une quinzaine de kilomètres dans la journée. Taylor semblait aussi fatiguée que lui. Ils avaient besoin d'une bonne pause. Seulement ils ne pouvaient pas passer la nuit ici.

Ils n'étaient pas loin de son quartier, en réalité. Encore dix minutes de marche et ils seraient chez lui, mais il ne le suggéra pas.

Le problème était que toutes les autres options n'avaient rien d'agréable : il n'imaginait pas lui demander de passer la nuit dans un squat, ni même dans un parc un peu mieux abrité...

Une brise légère leur parvint de la Seine. Sous son petit haut léger, Taylor se mit à frissonner.

Ce détail décida Sacha. Ils iraient au squat. S'il était désert, ce ne serait pas plus mal. Il ne se trouvait qu'à quelques minutes de là. Au moins, ils seraient au chaud.

— On décolle. Je connais un endroit où on ne sera pas embêtés.

Elle se frotta les yeux d'un geste las.

— C'est loin ?

— Pas trop, promis.

Ils se levèrent et traversèrent la pelouse.

— C'est pas super, expliqua-t-il, mais en général il n'y a personne et ce sera toujours mieux que dormir dehors...

À cet instant, deux hommes se détachèrent de l'ombre devant eux. L'un, grand et musclé ; l'autre, petit et mince.

— Merde ! s'écria l'un d'eux. J'y crois pas.

Le sang de Sacha se figea dans ses veines.

— Mais c'est le gamin ! s'exclama le grand, les yeux plissés.

— Impossible, répondit le petit. Il est mort. Tu l'as tué.

Les deux brutes de la cave ! Ceux qui lui avaient tiré en pleine tête. Qu'est-ce qu'ils fichaient là ? Comment l'avaient-ils retrouvé ?

C'était son quartier. Antoine leur aurait-il indiqué où il vivait ?

— Sacha..., chuchota Taylor, inquiète.

Ça craignait. Taylor n'avait rien à faire là, avec des types comme ça.

Mais elle l'accompagnait.

— Désolé, les mecs. (Sacha recula d'un pas, en attirant Taylor contre lui.) Vous faites erreur. Je ne vous connais pas.

— Petit, répliqua le nabot, tout en sortant un paquet de cigarettes de sa poche, on t'a jamais dit que tu ne savais pas mentir ?

Son briquet illumina un nez et un menton pointus, des petits yeux vifs.

Le cœur de Sacha se mit à tambouriner. Il devait vite réfléchir.

— Écoutez, reprit-il en changeant de tactique, j'ai parlé à personne de ce qui s'est passé l'autre soir. Y a pas de lézard entre nous. Je vous demande juste de... nous laisser tranquilles.

À côté de lui, Taylor ne disait rien, mais elle lui agrippait la main très fort.

Le nabot jeta un coup d'œil nonchalant dans sa direction.

— Jolie nana. Comment un loser comme toi a pu la pécho ?

— Pose pas de questions débiles.

La peur de Sacha se dissipa lentement pour céder la place à la colère. Une colère froide qui lui éclaircit les idées. Il fallait à tout prix qu'il éloigne Taylor d'ici.

Ensuite il s'occuperait du cas d'Antoine.

— Faut toujours que tu la ramènes, hein ? Toi et ta grande gueule..., grogna le nabot. C'est ce qui a causé ta perte la dernière fois.

— Tu veux que je le tue encore ? s'enthousiasma le grand.

Sacha vérifia s'il avait un revolver dans ses mains puissantes, mais elles étaient vides.

— Ça servirait à quoi ? demanda le nabot, puis il désigna Taylor avec sa cigarette, point rouge dans la nuit. Je suis d'avis de la buter elle, cette fois-ci. On va voir si ça dure plus longtemps.

— Ne la touchez pas ! gronda Sacha, les dents serrées. Vous vous en êtes sortis l'autre fois. Je ne referai pas la même erreur.

— Parce que tu crois pouvoir décider ? s'esclaffa le nabot avant de se tourner vers son acolyte. Chope-la !

Le colosse se déplaçait vite pour une personne de sa taille. Une seconde et il était devant eux. La suivante il serrait brutalement Taylor contre lui et l'entraînait. Elle s'accrocha désespérément à Sacha mais sa main lui échappa.

Son cri terrifié fendit l'air.

— Taylor !

Sacha se précipita sur elle.

De l'autre côté du fleuve, les lumières de la tour Eiffel s'éteignirent, les plongeant dans l'obscurité.

Le flou et la confusion s'installèrent. Il voyait Taylor qui se débattait dans les bras du géant, ses cheveux blonds qui luisaient dans le noir. Au moment où il les atteignait, le petit le saisit par un bras. Plus costaud qu'il n'y paraissait, il enfonça les doigts dans la chair de Sacha. Le couteau dans sa main brilla au clair de lune.

— Quand on veut un travail bien fait…, marmonna-t-il.

Et il enfonça la lame dans le ventre de Sacha.

21.

— Nooon !

Taylor se tortillait entre les griffes du colosse, les yeux écarquillés par l'horreur quand le nabot planta son couteau dans la chair de Sacha.

Tout se passa très vite, tel un film en accéléré. Rien ne semblait réel.

Jusqu'à ce que Sacha s'effondre par terre avec une espèce de grâce céleste.

Les poumons de Taylor se vidèrent de tout leur oxygène. Il ne bougeait plus. Pourquoi il ne bougeait plus ?

Il n'est pas mort. C'est impossible.

Elle essaya de crier mais elle avait la gorge trop serrée. Aucun son n'en sortit.

— À nous deux maintenant, ma jolie.

Le nabot s'approcha d'elle, couteau à la main. Il avait du sang sur les doigts.

La colère enfla au plus profond d'elle, tel un instinct primaire. Le sol se souleva sous ses pieds, comme s'il voulait se battre à ses côtés. Ses mains semblaient en feu.

— Tu n'as pas intérêt à me toucher.

Elle ne reconnut pas sa propre voix, forte, glaciale. Et ce ton....

— Anglaise... ? s'étonna le nabot.

Il n'eut rien le temps d'ajouter. Elle tendit le bras, paume face à lui. Une étrange énergie la consumait. Elle semblait venir de l'herbe sous ses pieds, s'enroulait autour de ses chevilles tels des tentacules, grimpait le long de ses bras, la remplissait d'une force indicible.

Le nabot s'envola, comme soulevé par une tornade invisible. Minuscule et fragile, il percuta un tronc d'arbre dans un atroce bruit sourd.

Et puis il glissa au sol et ne remua plus.

Le géant qui serrait toujours Taylor contre lui avec une poigne de fer en resta bouche bée.

— Qu'est-ce que... ?

— Lâche-moi ! ordonna-t-elle.

Il obéit sans broncher et commença à s'éloigner. Son air ahuri, désorienté lui rappela brutalement Tom. Elle s'en moquait. Plus rien n'avait d'importance désormais, à part Sacha.

— Barre-toi ! s'entendit-elle ordonner.

Muet, le colosse fit alors un pas vers elle.

— Par là ! lança-t-elle, en agitant les doigts en direction de la rue au bout du parc.

Totalement déboussolé, le colosse pivota et partit en titubant. Il avança lentement pour commencer puis traversa le parc de plus en plus vite. Taylor le regarda jusqu'à ce qu'il disparaisse de sa vue.

Soudain, elle entendit au loin un crissement de pneus. Un hurlement. Mais à présent, elle s'en contrefichait au plus haut point.

Ankylosée, elle courut sur la pelouse froide – qui ne voulait plus l'aider maintenant. Comment l'aurait-elle pu, d'ailleurs ? Ce n'était que de l'herbe… sur laquelle Sacha s'était écroulé. Tombant à genoux, elle tendit vers lui une main tremblante.

Les yeux clos, il respirait au prix d'un gros effort.

— Oh mon Dieu ! Sacha ! pantela-t-elle, essoufflée par la peur. Oh mon Dieu ! Oh mon Dieu ! Ça va aller, ça va aller.

Elle ignorait pourquoi elle répétait cela vu qu'il n'allait pas bien du tout. Elle était simplement trop effrayée pour réfléchir correctement.

Ses jambes baignaient dans une chaleur humide. Il lui fallut un moment pour comprendre qu'il s'agissait du sang de Sacha qui imbibait ses habits.

Elle repoussa la nausée qui lui montait à la gorge.

— Sacha…, chuchota-t-elle en le serrant contre elle.

Il émit un léger halètement. Ses lèvres remuèrent, tentèrent de former des mots…

Elle colla l'oreille contre sa bouche.

— J'hallucine…, murmura-t-il, la voix à peine audible, son souffle raclant dans sa poitrine, comment tu as fait ça ?

Et il mourut dans ses bras.

Ж

— Sacha ! Nooon ! hurla Taylor accrochée à son corps sans vie. Ne meurs pas ! Je t'en prie, ne meurs pas !

La panique l'empêchait de respirer, d'être rationnelle. Il fallait pourtant qu'elle se reprenne.

— Son pouls, grommela-t-elle. Vérifie son pouls. Vérifie son pouls...

Elle tremblait avec une telle violence qu'elle claquait des dents. Ses doigts semblaient gelés et elle dut se concentrer pour serrer son poignet dans sa main. Mais, quand elle y parvint, elle ne ressentit rien.

Aucun flux de sang dans ses veines. Aucun signe de vie. Un vide horrible et absolu.

— S'il te plaît, Sacha, le supplia-t-elle avant de se pencher pour coller la joue à ses lèvres froides et inertes. S'il te plaît, respire, s'il te plaît.

Aucun souffle ne lui effleura la peau.

Il était mort.

Taylor était incapable de bouger. Trop sidérée pour se lever. Trop choquée pour appeler à l'aide.

Elle s'assit sur le sol glacé, dans le noir, un superbe cadavre dans les bras. Les minutes passèrent sans qu'elle sache combien. Impuissante, elle se contenta de rester assise là, les larmes dégoulinant sur ses joues, berçant le corps froid de Sacha.

Mais qu'est-ce que je vais faire ? Qu'est-ce que je vais faire ?

Enfin elle comprit. Voilà pourquoi ils ne devaient pas être ensemble. Voilà pourquoi ces hommes qui avaient frappé à la porte de Sacha lui avaient ordonné de ne pas l'approcher. D'une façon ou d'une autre, ils savaient. Et maintenant il était trop tard. Beaucoup trop tard.

Une partie d'elle espérait que quelqu'un vienne. Un passant n'ayant pas vu son ami mourir. Une personne encore à même de réfléchir. Mais au beau milieu de la nuit, le silence avait envahi la ville. Pas un bruit. Personne.

La nuit était calme ; le temps, comme suspendu, quand, tout à coup, Sacha prit une brusque inspiration.

Au début, Taylor crut qu'elle s'était endormie, qu'elle rêvait. Mais il recommença. Une profonde autre inspiration un peu saccadée, haletante.

Quand, incrédule, elle baissa les yeux sur lui, son corps se raidit sur ses genoux, son dos s'arc-bouta brusquement, comme électrocuté.

Elle avait dépassé le stade de la peur, à présent : elle était pétrifiée de terreur.

C'est alors que Sacha ouvrit grand les yeux.

Réprimant un cri, Taylor se recula et repoussa le corps sur la pelouse en même temps.

Il roula sur le dos.

— Merde, grogna-t-il. Ça fait un mal de chien.

Bien que blême, il semblait parfaitement en vie. Parfaitement normal.

Le cœur de Taylor tambourinait dans sa poitrine. C'était impossible.

Leurs regards se croisèrent. Elle vit qu'il la reconnaissait puis qu'il se rendait compte de la situation avec horreur.

Au moment où il ouvrait la bouche pour dire quelque chose, il se plia en deux et fut secoué de spasmes.

— N'aie pas peur..., hoqueta-t-il en enfonçant ses doigts dans le sol tendre, les traits déformés par la douleur. C'est vraiment moi. Je ne suis pas un… zombie. Putain. Pardon. C'est juste que je… morfle. Merde !

Pendant un long moment, il resta ainsi, roulé en boule sur le sol, le corps rongé par la douleur.

Et enfin, les souffrances s'apaisèrent.

Il se redressa en position assise. Avec le dos de la main, il essuya son front en sueur, ses doigts laissant au passage une traînée de sang sur son visage.

Taylor n'avait pas bougé. Agenouillée dans l'herbe fraîche, à distance respectueuse, elle le regardait fixement comme si elle voyait un fantôme. Ce qu'il était, d'une certaine manière.

— La douleur est pire d'une fois sur l'autre, expliqua-t-il, des mèches de cheveux collées par la transpiration sur son front. Je suis parti combien de temps ?

Elle ouvrit la bouche, mais aucun son n'en sortit. Il lui fallut plusieurs essais avant de pouvoir formuler des mots entiers.

— Je sais pas, souffla-t-elle.

— Un bon moment, à mon avis. Ça met plus longtemps.

— Qu'est-ce qui met plus longtemps ? s'enquit-elle faiblement, comme si elle avait peur de déjà connaître la réponse.

Il la regarda droit dans les yeux.

— Ressusciter.

Comment répondre à cela ? Elle ne trouva rien à dire. Bizarrement, Taylor commençait à croire qu'elle était morte elle aussi, qu'il s'agissait d'une espèce d'au-delà cauchemardesque.

Ou bien elle était dans le coma. Ceci expliquerait cela.

Elle se sentait nauséeuse. Frigorifiée aussi. Elle ne pouvait s'empêcher de grelotter.

— Tu te demandes probablement ce qui se passe, devina Sacha sur un ton tout à fait raisonnable.

Mais Taylor constata que ses mains tremblaient quand il les passa dans ses cheveux.

— Un peu.

Elle avait envie de pleurer. Jusqu'à la fin des temps. Mais elle se contenta de le fixer et d'attendre.

— Tu te souviens, dans le parc près du Louvre, quand tu m'as interrogé sur mon père ?

— Oui.

Tout était différent à ce moment-là.

— Je t'ai dit qu'il y avait un problème dans ma famille, un problème de santé. Et que mon père travaillait avec ton grand-père pour essayer de trouver une solution.

Elle hocha la tête.

— C'est le problème dont je te parlais.

Il baissa les yeux sur son ventre, souleva son T-shirt et glissa les doigts dans le trou laissé par le couteau dans le tissu noir.

— Les salauds. Encore un T-shirt potable de bousillé.

Taylor continuait de le dévisager. Au lieu de partir en courant, elle resta clouée à genoux. Sacha le remarqua.

— Eh ! Ça va ? lui demanda-t-il doucement.

Les lèvres tremblotantes, elle secoua la tête.

Son « non » parvint à Sacha dans un gémissement.

— Je me disais aussi…

Il tendit les mains vers Taylor mais elles étaient couvertes de sang.

— Ne me touche pas ! s'exclama-t-elle dans un mouvement de recul.

Il se rassit sur les talons et tenta de la rassurer.

— Eh ! Eh ! Taylor ! C'est vraiment moi : Sacha. Je ne suis pas un fantôme. Je ne te ferai jamais de mal.

Une larme roula sur la joue de Taylor.

— Tu étais mort, Sacha ! J'ai cherché ton pouls. Tu as cessé de respirer. (Sa voix chevrota.) Pendant un long moment !

— Et tu t'es retrouvée toute seule, en déduisit-il, le visage sombre. Je suis tellement désolé, Taylor. Tu devais être terrifiée. J'aurais dû te prévenir. Te donner une petite idée de ce qui risquait d'arriver. Je croyais avoir le temps mais ces abrutis n'arrêtent pas de me tuer et…

Il s'interrompit. L'étincelle d'un souvenir passa sur son visage. Il se redressa, fixa Taylor.

— Attends ! Avant ma mort, tu as fait un truc. Avec les mains… (Il l'imita et tendit le bras.) Un truc de superwoman. Tu as balancé le plus petit à travers le parc. Je n'ai pas rêvé, hein ?

Inconsciemment, Taylor tourna la tête vers l'arbre au pied duquel le nabot gisait encore, les jambes écartées.

Sacha suivit son regard.

— Merde ! Je n'ai pas rêvé. (Il se tourna vers elle.) Il est mort ?

Elle secoua lentement la tête.

— Je n'en sais rien.

— S'il est mort, faut qu'on s'en aille illico d'ici, expliqua-t-il avec calme et logique. Et l'autre, il est où ?

Taylor indiqua vaguement la direction qu'il avait prise en courant.

— Je crois qu'il a été renversé par une voiture, déclara-t-elle sans la moindre émotion.

Sacha fit un geste d'apaisement.

— OK. Tu restes là, d'accord ? Je vais voir comment va ce petit enfoiré. S'il est mort. J'espère bien qu'il a passé l'arme à gauche. Il m'a quand même tué deux fois. Il mérite de crever au moins une.

Il se mit debout tant bien que mal et tituba jusqu'à l'arbre. Sous les yeux de Taylor, il s'accroupit devant le nabot, lui tint le poignet un moment puis le laissa tomber sur le sol.

Le temps qu'il revienne, Sacha marchait à son allure habituelle, assurée, en allongeant le pas. Il était redevenu lui-même.

Tant mieux.

— Il n'est pas mort, annonça-t-il, déçu.

Taylor aurait dû être soulagée mais elle ne ressentit rien. Comme si toutes ses émotions avaient été enfouies quelque part et qu'elle n'avait pas encore eu le temps de les déterrer.

Son manque de réaction inquiéta un peu Sacha qui s'accroupit à côté d'elle.

— Taylor, ma puce, il faut qu'on se tire d'ici. Assez vite, en fait, murmura-t-il sur un ton pressant. Quelqu'un pourrait venir. Je crois qu'il est salement amoché et on est tous les deux couverts de sang. Tu n'as pas envie de passer le restant de la nuit au poste ? Eh bien, moi non plus.

Il lui tendit la main.

— S'il te plaît, ajouta-t-il. Fais-moi confiance.

Elle la regarda une longue seconde.

Puis elle mit la main dans la sienne. Quoi qu'il se soit passé dans ce parc ce soir, quoi qui les attende désormais, il avait raison sur un point.

Ils devaient fuir.

22.

— Il y a des choses que je ne t'ai pas dites, annonça Sacha. Des choses que je n'ai jamais confiées à personne. Et j'en suis vraiment désolé.

Taylor le dévisagea gravement.

— Il y a des choses que je ne t'ai pas dites non plus.

Ils étaient de retour dans la relative sécurité de l'île de la Cité, où ils avaient passé la soirée. Les danseurs étaient partis.

Sous la lumière pâle d'un réverbère, Sacha vit qu'elle avait les joues striées de larmes et les yeux creux.

Au moins elle avait recouvré la parole.

Après leur départ du parc, ils avaient zigzagué dans le labyrinthe sombre des rues de Paris. Quand Sacha avait estimé qu'ils avaient mis assez de distance entre eux et la scène de sa mort, ils s'étaient arrêtés devant une fontaine pour nettoyer les traces de sang. L'eau qui coulait de la bouche d'un dieu grec avait rougi lentement tandis qu'ils se frottaient les mains et le visage.

Le sang séché avait raidi son T-shirt noir mais la couleur cachait le gros des dégâts. Le top blanc de Taylor était bon à mettre à la poubelle. Elle n'avait pas apporté de tenue de rechange – elle n'était là qu'une journée. En désespoir de cause, elle avait mis le devant derrière. L'aube pointait. Ils étaient assis au bord du fleuve, l'eau se perdait dans l'obscurité en contrebas.

La capitale était calme comme si elle retenait son souffle en attendant que le soleil paraisse.

La douce voix anglaise de Taylor brisa le silence :

— Tu étais mort… Vraiment mort.

On y est, songea Sacha avec une pointe de regret. *Fini les secrets.*

— J'étais mort, confirma-t-il.

— Et ensuite tu… n'étais plus mort.

— Voilà ce que j'aurais dû te dire… Je ne peux pas mourir. Pas… de manière permanente.

— Je ne comprends pas, chuchota-t-elle, les sourcils froncés. Comment c'est possible ?

Risquant un coup d'œil vers elle, il s'aperçut qu'elle avait l'air perplexe et non révulsée ou terrifiée. C'était déjà ça.

— Je te répète simplement ce qu'on m'a dit, continua-t-il. Un événement s'est produit dans ma famille il y a très longtemps. On l'a surnommé la « malédiction », mais beaucoup de choses échappent à notre compréhension. Tous les fils aînés dans la famille de mon père meurent le jour de leur dix-huitième anniversaire. En attendant ce jour, nous restons en vie quoi qu'il arrive. Que nous soyons blessés ou tués, nous guérissons très rapidement.

Et nous revenons à la vie. Cela semble impossible mais c'est ainsi. Comme tu l'as constaté de tes propres yeux.

Il n'en avait jamais parlé à personne. Cette confession lui donna l'impression de s'ouvrir en deux et de lui montrer ses entrailles. Le laissant vulnérable et à vif.

Inquiet, il chercha sur son visage des signes de panique mais elle semblait digérer lentement l'information, comme n'importe quelle autre.

— Ce serait génétique… Mais de manière illogique alors, murmura-t-elle. Les gènes ne pourraient pas épargner les filles, les fils cadets… (Elle tourna la tête vers lui.) D'autres garçons ont eu ça avant toi ?

Il hocha la tête.

— Mon père a consacré sa vie à cette malédiction. J'ai découvert ses notes de recherches. C'est là que j'ai vu le nom de ton grand-père. Il aurait trouvé la preuve de ce qui est arrivé aux autres garçons avant moi. Tous sont morts le jour de leurs dix-huit ans.

Elle soutint son regard.

— Et tu crois que tu vas mourir ce jour-là toi aussi ?

Personne ne lui avait posé cette question auparavant. Sacha n'eut aucune hésitation. La vérité était là, il n'y avait qu'à l'admettre.

— Oui.

Il attendit qu'elle lui dise que des choses pareilles n'arrivaient jamais. Qu'elle ne pouvait en entendre davantage.

Sa réaction ne fut pas du tout celle qu'il anticipait.

— Alors il faut tout faire pour empêcher ça.

Sacha resta sans voix. Il venait de lui expliquer que son père avait passé sa vie entière à résoudre ce mystère absolu et qu'il avait échoué, et elle voulait quand même tout tenter pour le sauver ?

Une douce chaleur, inhabituelle, se déploya dans sa poitrine. Cela faisait si longtemps qu'il avait abandonné l'idée qu'il puisse lui rester une chance. Il avait oublié le goût de l'espoir. De son côté, Taylor semblait perdue dans ses pensées. Il eut l'impression qu'elle préparait un plan, cherchait une solution.

Mais, lui aussi, il avait des questions.

— Avant ma... mort, tu as fait quelque chose à ces types. Au petit en particulier. Il s'est envolé.

Un long silence s'ensuivit. Taylor regardait fixement l'obscurité sous ses pieds.

— J'ai ces... pouvoirs, annonça-t-elle avec une réticence flagrante. Je ne les comprends pas. Je ne crois pas en ce genre de trucs, tu vois. Mais ça... m'arrive un peu malgré moi.

Elle s'interrompit afin de choisir soigneusement ses mots.

— Mon grand-père dit que c'est héréditaire. Il dit qu'il en a lui aussi. Qu'on a ça dans le sang. Comme toi. Sauf que... c'est différent.

Sacha essaya de concilier cette information avec ce qu'il avait vu.

— Quel genre de pouvoirs ? Une force physique ?

— Pas exactement. C'est plus une... science un peu spéciale : de la manipulation moléculaire, si tu veux. Disons que je prends des bouts d'énergie dans ce qui se trouve autour de moi, je les déplace et j'en fais autre chose. A priori, je peux utiliser l'énergie de ce fleuve pour créer du feu, par exemple.

Elle tendit la main et, pendant une demi-seconde, Sacha s'attendit à voir une flamme s'y allumer. Mais sa paume resta vide.

Elle referma la main et laissa tomber son bras.

— Le seul problème, c'est que je n'arrive pas à le maîtriser. Quand j'ai une journée pourrie, je provoque des courts-circuits en série.

Elle se tourna vers lui. Son regard s'assombrit.

— Quand j'ai vraiment peur ou que je suis en très colère, comme ce soir, il se passe des choses… terribles. Je ne veux pas, mais c'est plus fort que moi. Ces types te faisaient du mal et je voulais qu'ils arrêtent. Mais après… c'est le flou le plus total. Comme si ce n'était pas moi, comme si quelqu'un d'autre agissait à ma place.

Elle expira bruyamment.

— Je n'ai aucune idée de ce qui est arrivé au plus grand, Sacha. Si ça se trouve, il est mort.

— Tu lui as fait quoi ? demanda-t-il, incapable de ressentir la moindre pitié pour ces deux crapules.

— Honnêtement, j'en sais rien. Je me souviens juste que je voulais le repousser le plus possible. Je voulais qu'il s'en aille loin, loin, loin. Je lui ai ordonné de courir. Alors… il a couru, et couru, et couru…

Elle posa la tête contre la rambarde de métal.

— Je ne savais pas comment faire pour stopper le truc… Je n'en avais pas vraiment envie.

L'image de ce gaillard en train de courir – peut-être pour la première fois de sa vie – était méchamment drôle. Sacha éclata d'un rire amer.

Les yeux de Taylor étincelèrent.

— Ce n'est pas drôle ! C'est horrible.

— Je sais, désolé, s'excusa-t-il, vite calmé. Je ne voulais pas rire. C'est juste…

Il se pencha en arrière, les mains contre la barrière froide. Il n'avait jamais rencontré personne ayant des problèmes aussi étranges que le sien. C'était presque réconfortant.

— Ça, c'est du secret !

— Je déteste ce truc. Je n'y comprends rien et je déteste ça.

Connaissant très bien ce sentiment, Sacha ne la contredit pas.

— Tu as toujours eu cette capacité ?

Elle secoua la tête.

— Ça a commencé la semaine dernière quand j'ai été… attaquée. Ça a dû être le déclic.

Sacha plissa les yeux.

— Que s'est-il passé ?

Elle lui parla des mains invisibles, pencha la tête pour lui montrer la courbe de son long cou pâle et gracile.

— On voit encore un peu les marques.

Sacha se pencha en avant. Il faisait trop sombre pour bien voir mais il distingua une légère ecchymose de chaque côté de sa gorge.

Sa colère enfla, telle une allumette craquée et il fut surpris par son envie de la protéger.

— Qui t'a fait ça ?

— Aucune idée. Je ne pouvais ni les voir ni les toucher – enfin, « les »… ou le ou la ou… bref. On aurait dit qu'ils étaient… invisibles.

Sacha ne sut que répondre. À sa tête, elle comprit très bien ce qu'il devait se dire. Elle rougit.

— Je sais, c'est dingue. Mais tout à fait réel d'après mon grand-père. À l'écouter, je suis en danger. Je vais à Oxford ce week-end pour qu'il m'aide. Il va m'apprendre à utiliser mon… pouvoir, disons. Pour que je sois en sécurité.

Sacha resta silencieux un bon moment.

— Tu lui fais confiance ?

Il perçut une légère hésitation.

— Oui.

— Bien. Juste… sois prudente. Je ne fais plus confiance à personne, moi.

— Je serai prudente, lui promit-elle, les yeux dans les yeux. Si tu l'es aussi.

— Rien ne peut me tuer, lui rappela-t-il.

Il espérait la faire sourire. Raté. À la place, elle l'étudia longuement, l'inquiétude visible dans son regard malgré la pénombre.

— Tu as mal, là ? s'enquit-elle en désignant son ventre.

Sacha prit le temps de réfléchir. La blessure l'élançait un peu, mais ce n'était pas désagréable, à la manière d'une plaie en voie de guérison. Les cellules se ressoudaient, reformant peau et muscles.

— Un petit peu.

Il se décala et souleva son T-shirt pour lui faire voir qu'elle n'avait rien à craindre. Et en effet, il n'y avait ni entaille profonde, ni plaie suintante.

Taylor fixa la fine cicatrice rouge, point d'entrée du couteau.

— C'est impossible, bredouilla-t-elle.

Lentement, avec hésitation, elle effleura la blessure.

La peau tendue de son abdomen frémit malgré lui et elle recula brusquement la main.

— Désolée, s'excusa-t-elle, le feu aux joues.

Il prit sa main dans la sienne.

— Ne t'excuse pas. Tu ne m'as pas fait mal.

Son corps près du sien, il sentait la chaleur de sa peau à travers le tissu de son top. Au lieu de s'écarter comme il le pensait, elle s'appuya contre lui.

— Ce qui t'est arrivé ce soir… c'est la pire chose que j'ai vue de ma vie, murmura-t-elle.

Il la serra davantage dans ses bras.

— Je sais.

— Je suis contente que tu ne sois pas mort.

— Moi aussi.

Si discrètement qu'elle ne put pas le remarquer, il effleura ses cheveux du bout des lèvres et huma son parfum. Elle sentait le citron et le soleil.

Ils restèrent assis dans cette position pendant de longues minutes, jusqu'à ce que la tension retombe chez Sacha.

— J'ai oublié de te demander, chuchota-t-elle, la voix fatiguée. C'est quand ton dix-huitième anniversaire ?

— Dans sept semaines.

— Sept semaines !

Elle se pencha en arrière pour mieux voir son visage.

— Mais…

— Oui, je sais, murmura-t-il.

Il l'attira contre lui et posa le menton sur son épaule.

— Si nous ne trouvons pas une solution, je suis mort dans sept semaines.

Un bon moment passa avant que Taylor ne reprenne la parole.

— On trouvera une solution, Sacha.

Ils étaient toujours blottis l'un contre l'autre au bord de la Seine quand les premiers rayons de soleil apparurent au-dessus de leurs têtes et colorèrent magnifiquement le ciel en rose. L'architecture ornée de Paris apparut en dentelle de contre-jour.

La longue nuit était terminée.

23.

Taylor et Sacha franchirent côte à côte les portes battantes du lycée.

Rien à faire, je déteste cette odeur. Ça pue ici, songea Sacha.

Le bâtiment en brique sentait perpétuellement le désinfectant industriel, les repas de la cantine et l'aliénation adolescente.

— Ton école est très différente de la mienne, commenta Taylor, qui examinait les lieux avec un intérêt marqué. Elle est tellement… européenne.

Sacha n'était pas très sûr de comprendre l'image.

Il n'en revenait pas : elle était si concentrée et calme.

Dès que les magasins avaient ouvert, ils s'étaient acheté de nouveaux vêtements – Sacha avait insisté pour payer.

— J'ai plein d'argent, avait-il répondu quand Taylor avait protesté. Et c'est ma faute si tes fringues sont fichues.

Ne voulant pas aller dans n'importe quel magasin, il la conduisit dans une boutique de luxe non loin du Louvre.

Quand ils passèrent la porte, crasseux et fourbus, il craignit pendant une seconde que le personnel n'appelle la police. Mais il avait une explication sous le coude.

— Veuillez excuser notre accoutrement, annonça-t-il à la vendeuse quand elle s'avança vers eux sur des talons d'une hauteur vertigineuse, les sourcils bondissant au plafond. Nous avons tourné toute la nuit au coin de la rue – vous avez probablement vu l'équipe du film – et les costumiers nous ont abandonnés dans cette tenue ridicule. Nous ne pouvons pas rentrer chez nous dans cet état.

Il désigna son T-shirt maculé de sang.

— Ce faux sang est répugnant.

Comme elle ne semblait pas tout à fait convaincue, il dégaina une épaisse liasse de billets.

— L'argent n'est pas un problème.

La femme en resta bouche bée. Puis recouvrant ses esprits, elle tourna les talons et les conduisit vers un portant d'habits sombres.

— Vous trouverez certainement ce que vous cherchez ici, monsieur.

À présent, Taylor portait une jupe courte et noire, un haut sombre sans manche. Son choix avait un peu surpris Sacha car ces nouveaux vêtements lui donnaient un look beaucoup plus audacieux que ceux qu'elle portait à son arrivée à Paris.

Sacha s'était offert un jean et un T-shirt noir identiques à ceux qui étaient abîmés. Ils coûtaient simplement beaucoup plus cher.

Ils s'étaient changés dans les cabines d'essayage de la boutique puis ils avaient jeté leurs vêtements tachés de sang dans une poubelle au coin de la rue.

Taylor avait même remplacé ses sandales par des bottines noires et robustes.

Quand il lui en avait fait la remarque, elle s'était justifiée :

— J'ai besoin de chaussures dans lesquelles je peux courir.

Sacha comprit le message qu'elle voulait lui faire passer : la vie était dangereuse. Pour survivre, il fallait s'endurcir.

En ce milieu de matinée, les cours avaient déjà commencé. Derrière la longue rangée de portes fermées de chaque côté du grand couloir principal, il entendait le bourdonnement des professeurs en pleine leçon et, à l'occasion, l'intervention explosive des élèves.

Quand ils atteignirent la salle de Deidé, ils patientèrent devant la porte en attendant que la cloche sonne. Sacha devait lutter pour ne pas dévorer Taylor des yeux.

Elle avait attaché ses cheveux en une queue-de-cheval lâche et des boucles s'en échappaient déjà pour onduler autour de ses joues. Sa chevelure dorée et son teint pâle contrastaient avec son haut noir. Il la trouvait belle, intense.

Paris l'avait changée.

La tenir dans ses bras cette nuit lui avait paru si naturel. Il détestait l'idée que dans une poignée d'heures elle reprendrait le train. Et le laisserait seul.

Ils étaient liés maintenant. Il le sentait. Ils devaient simplement comprendre comment.

Le bruit strident de la sonnerie les fit sursauter tous les deux. À l'intérieur de la salle, Deidé aboya des instructions de dernière minute : « Rédactions à rendre demain, aucun retard ne sera toléré... » Puis la porte s'ouvrit en grand et un flot d'élèves en sortit. Quelques-uns leur décochèrent un regard intrigué, mais personne ne leur adressa la parole.

Ils filèrent, leurs conversations d'ados totalement étrangères à Sacha.

— On se retrouve au self ?

— T'as fini ton exposé de chimie ?

— C'est qui, la blonde ?

Deux garçons matèrent Taylor qui ne sembla rien remarquer. Son regard était rivé sur Sacha. Attendant le signal. Quand la salle fut déserte, il hocha la tête. Pivotant à l'unisson, ils entrèrent dans la classe.

Deidé se tenait derrière le bureau où il empilait des papiers et des livres avec soin. Le tableau blanc dans son dos portait les traces révélatrices de son cours d'anglais : « *I am going to the park. The park is near the lake. Will you meet me at the park ?* »

Tandis que Taylor et Sacha se plantaient côte à côte devant son bureau, Deidé leva la tête, l'air interrogateur. Quand il reconnut Sacha, il écarquilla les yeux mais sa voix ne trahit aucune surprise.

— Comment vas-tu, Sacha ? Je suis navré de ne pas t'avoir vu en classe.

— J'étais occupé.

Le regard de Deidé se posa ensuite sur Taylor.

— Et qui est-ce ? demanda-t-il par-dessus ses lunettes. Tu n'es pas une élève du lycée, je me trompe ?

— Bonjour*, répondit Taylor avec son léger accent anglais. Je m'appelle* Taylor Montclair.

Deidé blêmit.

Il recula malgré lui d'un pas et la dévisagea avec une espèce d'horreur.

— Non ! lâcha-t-il dans un souffle. Tu ne peux pas être ici.

— Eh bien si, rétorqua Sacha en se rapprochant d'elle. Et nous ne sortirons pas de cette pièce tant que nous ne saurons pas ce qu'il se passe !

Des gouttes de sueur brillaient sur le front du professeur.

— Mon Dieu, Sacha ! Qu'as-tu fait ?

Les deux jeunes gens échangèrent un regard inquiet. Ils s'attendaient à une réaction vive de sa part, mais pas à ce point.

— Nous sommes venus chercher des réponses, continua Sacha. Qu'avez-vous à nous dire ? Nous ne partirons pas avant de les avoir.

Deidé n'écoutait plus.

— Il faut qu'elle s'en aille, déclara-t-il à Sacha à toute allure. Elle ne peut pas être ici dans cette école. Encore moins à Paris. Elle doit rentrer chez elle. Maintenant. Ce que vous avez fait est très dangereux… Pour elle. (Il désigna Taylor.) Pour toi.

Sacha le dévisagea. Il leur jouait la comédie, là ? Non, Deidé semblait réellement terrifié.

— Vous devez nous en dire davantage, intervint Taylor en anglais. Nous ne comprenons pas ce qu'il se passe. Des gens veulent nous tuer. Qui êtes-vous ? Vous travaillez pour mon grand-père ?

— Pas exactement, répondit Deidé après avoir hésité. Mais Aldrich est un de mes associés.

Ils avaient donc raison : tout était lié.

— Pourquoi vouliez-vous que nous nous rencontrions ? l'interrogea Sacha. Que savez-vous ?

Dans le couloir, on entendait les élèves regagner leur salle de cours. Le vacarme s'infiltrait par la porte de la classe. Deidé tourna les talons et alla verrouiller la porte.

Après les avoir rejoints devant son bureau, il ôta ses lunettes et les rangea dans la poche de sa chemise.

— Je vais vous révéler ce que je sais, déclara-t-il avant de s'adresser directement à Taylor : Il faut que tu retournes en Angleterre. Certaines personnes ici te veulent du mal, excuse-moi d'être aussi cru. Des personnes très dangereuses.

Taylor ne broncha pas.

— On me veut du mal en Angleterre aussi.

Les traits de l'enseignant se radoucirent.

— Je sais. Je suis désolé. Disons que les temps sont dangereux.

Il les regarda tour à tour.

— Pardon pour ce petit subterfuge mais c'était nécessaire, j'espère que vous le comprendrez. Voyez-vous, cette rencontre entre vous était une sorte… d'expérience, je suppose.

— Une expérience ? répéta Taylor. Qu'entendez-vous par là ?

Deidé se tourna vers Sacha.

— Nous pensons qu'elle peut t'aider à sortir de ta… situation.

Sacha crut que son cœur s'arrêtait.

— Quelle situation ? demanda-t-il froidement. Et qui est ce « nous » ?

— Je suis au courant pour la malédiction, Sacha, murmura Deidé. Je connaissais ton père. J'ai essayé de t'aider ces cinq dernières années…

Sacha eut la sensation que ses côtes se refermaient sur ses poumons.

— Vous connaissiez mon père ?

— Oui. Je travaillais avec lui lorsqu'il est décédé. Je suis membre d'une d'organisation, si l'on peut dire. (Il jeta un coup d'œil à Taylor.) La même organisation à laquelle appartient ton grand-père à Oxford. Nous travaillions tous avec Adam pour tenter de comprendre ce qu'il t'arrivait, Sacha. Après la disparition d'Adam, je me suis porté volontaire pour enseigner dans ton lycée et garder un œil sur toi.

Sacha n'arrivait plus à réfléchir. Il se contenta de réagir et agrippa violemment Deidé par le col de sa chemise.

— Vous mentez, affirma-t-il, les dents serrées. Mon père n'a jamais parlé de vous. Ma mère n'a jamais parlé de vous. C'est des conneries tout ça.

— Sacha…

La voix de Taylor était suppliante mais il ne lâcha pas.

Deidé ne paraissait pas du tout intimidé. Les bras ballants, il soutenait son regard.

— Sacha, je te dis la vérité. Je connaissais bien ton père. C'était un brave homme. Un ami. Il pensait qu'il existait un moyen d'empêcher cette malédiction de te tuer. Et je crois qu'il avait raison.

Sacha ne décela aucune duperie dans son regard. Au contraire, il paraissait d'une sincérité absolue.

Il le relâcha.

Il ressentait une colère inexplicable contre son père.

Pourquoi ne m'en a-t-il pas dit davantage ? Pourquoi ne nous a-t-il pas laissé d'indices ? À la place, il a confié des secrets à de parfaits inconnus et pas à nous !

L'enseignant s'était écarté pour rajuster sa chemise. Taylor le questionna à son tour.

— Monsieur Deidé, je vous en prie, dites-nous tout ce que vous savez. Êtes-vous comme mon grand-père ? Comme… moi ? Avez-vous une sorte de… pouvoir ?

Deidé l'examina avec une curiosité manifeste.

— Je suppose que oui, même si je ne possède pas les talents d'Aldrich Montclair – il s'en faut de beaucoup. (Il avait prononcé ce nom avec révérence.) Tes propres… dons, se sont-ils manifestés ?

Taylor prit un air dépité.

— Un peu. Mais rien de très impressionnant. Je… comment dire… J'explose des trucs par inadvertance.

— C'est normal, lui assura-t-il. Tu t'amélioreras à force de pratique.

— J'espère.

Taylor s'appuya contre un bureau, près de Sacha, et poursuivit :

— Vous pensiez qu'il se produirait quoi exactement quand on se rencontrerait, monsieur Deidé ? Comment je peux aider Sacha ?

La sonnerie de l'école retentit à nouveau. À l'extérieur de la classe, la paix revint dans les couloirs.

Deidé s'assit sur son bureau en face d'eux.

— Nous aimerions en savoir davantage nous aussi, admit-il. Nous savons que la malédiction qui affecte la famille de Sacha a été proférée par un adepte des arts occultes. Quelqu'un doté de pouvoirs, comme toi et moi,

Taylor, mais qui s'est essayé à la magie noire. Qui utilisait des techniques démoniaques pour s'arroger des pouvoirs supplémentaires.

— Démoniaques ? bredouilla Taylor.

Sacha songea aux hommes qui avaient frappé à sa porte et réprima un frisson. Voilà qui expliquait leur visite.

— D'après nos recherches, la malédiction qui affecte la famille de Sacha a été lancée au XVIIe siècle, poursuivit Deidé. Nous avons retrouvé peu d'écrits sur ce sujet à cette période, mais certaines références apparaissant dans des ouvrages plus récents nous ont permis de déterminer le lieu et la date. (Il embrassa son auditoire du regard.) Notre scepticisme moderne nous a empêchés de comprendre, et surtout d'accepter ce qu'il se passait. Ces anciennes croyances, nous les avons rejetées en bloc, qualifiées de contes de fées, de mythes. Nous avons attribué tous ces décès à des coïncidences. Mais ton père était un excellent chercheur, Sacha. Il a travaillé de manière exhaustive sur le sujet. Il a répertorié la mort des fils aînés dans ta famille sur plusieurs siècles. Il était difficile de réfuter ce qu'il a découvert : toujours le même schéma, le décès le jour des dix-huit ans. Chaque fois sans exception. Au-delà des coïncidences. Concrètement.

Il s'interrompit.

— Encore une chose. D'après toutes les données que nous avons pu récolter, Sacha serait le treizième fils Winters concerné. Si les informations que nous avons sur la malédiction sont vraies… le treizième est aussi le dernier. (Il soutint le regard de Sacha.) La malédiction se termine avec toi.

Sacha eut l'impression de recevoir un coup de poing dans le ventre.

Je suis le dernier ?

Un seul gamin de plus mort parmi ses ancêtres et il n'aurait pas eu cette épée de Damoclès au-dessus de la tête ?

Saloperie de destin.

— Qu'est-ce que cela signifie exactement ? s'enquit Taylor.

— C'est la formulation de la malédiction qui pose problème, répondit Deidé en évitant le regard de Sacha. Personne n'a étudié cette magie noire depuis bien longtemps. Nous avons du mal à saisir ses enjeux. Son mode de fonctionnement, si je puis dire, s'est perdu au fil du temps. Mais les livres semblent s'accorder sur un point : si on ne peut pas empêcher la mort de Sacha, il se produira quelque chose de terrible. Un événement dévastateur.

Sa voix basse résonnait dans la salle vide et silencieuse.

— La malédiction n'a pas été conçue pour punir une seule famille. Elle est destinée à punir le monde.

Sacha déglutit bruyamment.

— Que doit-il se passer exactement ? demanda Taylor.

— Nous pensons qu'elle libérera une entité démoniaque si puissante que la face de la Terre en sera complètement modifiée.

Ils le dévisagèrent, incrédules.

— Comment ça ? Un vrai démon ? s'exclama Sacha en clignant des yeux. Comme à la télé ? Ça existe ?

— Non, pas comme à la télé, rectifia Deidé, l'air sombre. Infiniment pire, si l'on en croit les anciens grimoires. Plus proche d'une guerre nucléaire. Nous ne parlons pas de lézard avec des cornes, là. Nous parlons d'un pouvoir de destruction absolu.

Sacha scruta son visage dans l'espoir d'y distinguer une trace d'humour, mais il ne vit aucune malice. Deidé n'avait jamais été aussi sérieux.

Comment était-ce possible ? Ce qu'il décrivait relevait de la folie pure.

— Je ne comprends toujours pas. Qu'est-ce que Taylor a à voir avec tout ça ? l'interrogea Sacha. Pourquoi l'avoir impliquée ?

Deidé les dévisagea tour à tour, une pointe de regret dans les yeux.

— Sacha, tu es le treizième fils aîné d'un homme qui a été maudit par une praticienne de la magie noire au XVIIe siècle. Et toi, Taylor Montclair, tu es la treizième fille aînée de la femme qui a maudit cet homme il y a des centaines d'années, quand il l'a tuée.

Taylor poussa un petit cri. Toutes les couleurs désertèrent son visage.

— Si nous avons raison, et pour le salut de nous tous, j'espère que nous avons raison, continua Deidé, Taylor est la seule personne sur cette planète qui puisse te sauver la vie.

24.

Le trajet Paris-Londres en train durait à peine plus de deux heures. Taylor ne put pas une seule minute s'ôter le visage de Sacha de la tête. Elle revoyait constamment son expression quand Deidé leur avait révélé qui ils étaient, en réalité. Qui *elle* était.

Il avait eu l'air horrifié.

Tandis qu'à la monotonie de la campagne française succédait le paysage vallonné des collines anglaises, elle tenta d'assimiler ce qu'elle avait appris.

Après avoir lâché sa bombe, Deidé leur avait expliqué pourquoi leur rencontre était si cruciale.

— La pratique noire est un art du sang. Si nous voulons empêcher cette malédiction de tuer Sacha, c'est toi qui devras intervenir, Taylor.

— Que faut-il que je fasse ? avait-elle demandé, par trop consciente du silence de Sacha à ses côtés. Je ferai n'importe quoi.

La réponse de Deidé avait été pour le moins décevante.

— C'est bien là le problème. Nous l'ignorons encore. C'est un pouvoir d'un autre âge. Une pratique d'un autre âge. Aucun de nos contemporains ne s'y est jamais frotté.

Voyant la mine dépitée de Taylor, il avait ajouté :

— Nous n'abandonnerons pas. Nous allons résoudre cette énigme. Grâce à toi.

Après avoir quitté la classe de Deidé, ils avaient gagné la station de métro la plus proche. À peine s'ils avaient échangé un mot en chemin. Et, durant tout le trajet, ils avaient veillé à laisser un espace entre eux, chacun évitant soigneusement de croiser le regard de l'autre.

À la gare du Nord, la zone d'embarquement pour les Eurostar à destination de Londres surplombait le hall principal. Accoudés à la rambarde, ils avaient observé la foule en contrebas, tous ces passagers qui couraient pour attraper un train, tous ces gens qui se retrouvaient à l'arrivée d'un autre, s'enlaçant, s'embrassant.

Ils ont une vie tellement normale, s'était alors dit Taylor avec mélancolie. *S'ils savaient !*

Elle venait de passer les plus longues vingt-quatre heures de sa vie. Impossible d'imaginer qu'au même instant, la veille, elle arpentait encore une rue de Woodbury, tout excitée à l'idée d'aller à Paris. Et complètement inconsciente de ce qui l'attendait.

— Je suis désolée, avait-elle fini par soupirer, rompant le long silence qui s'était installé entre eux.

Sacha s'était tourné vers elle. Ses lunettes noires lui avaient renvoyé son reflet.

— De quoi ?

— D'être qui je suis, avait-elle répondu d'une voix chevrotante. Parce que, s'il a dit vrai, si c'est à cause de ma famille qu'il t'arrive ce qu'il t'arrive....

Il ne l'avait pas laissée finir. Il avait ôté ses lunettes et lui avait pris les mains pour l'attirer à lui, si près qu'elle avait pu sentir la chaleur de son corps, voir dans l'océan de ses iris les petites pépites d'or.

— *Tu n'es pas* la personne qui m'a fait ça, Taylor Montclair, avait-il murmuré avec une surprenante ferveur. *Tu es* celle qui va me sauver. N'oublie pas ça. (Il avait porté sa main droite à sa bouche et l'avait effleurée du bout des lèvres.) T'as pas à t'excuser de quoi que ce soit.

Un délicat frisson avait remonté le long de sa nuque. Elle en avait eu la chair de poule. Et, pour ce qui était loin d'être la première fois au cours de ces dernières vingt-quatre heures, elle avait eu follement envie qu'il l'embrasse. Mais il ne l'avait pas fait.

— Je veux bien le croire, lui avait-elle répondu. C'est juste que je... j'ai peur. Et je suis un peu perdue.

— Moi aussi, lui avait-il avoué. Mais on va trouver un moyen de s'en sortir. Je le sais.

Sur le moment, il avait été si facile de se laisser convaincre. Il avait parlé avec une telle assurance. Cependant, maintenant... ce n'était plus aussi simple. Comment pourrait-elle le sauver ?

Elle avait vu des choses incroyables, au cours de ces derniers jours. Elle avait vu un garçon mourir et revenir à la vie. Elle avait vu son grand-père déplacer de l'énergie, la plier à sa volonté. Sans compter ce qu'elle avait fait, toute seule comme une grande : elle avait failli tuer deux hommes adultes sans même les toucher.

Le monde tel qu'elle l'avait connu avait perdu son centre de gravité et tout partait en vrille. Mais une chose était certaine : elle devait sauver Sacha. D'une manière ou d'une autre. Elle n'avait plus qu'à trouver laquelle et à le garder en vie.

Ж

— Alors, ces devoirs ? demanda la mère de Taylor, levant les yeux lorsque celle-ci passa.

Mme Montclair travaillait sur la table de la cuisine littéralement couverte de documents et d'horribles tableaux pleins de chiffres (« un projet important », avait-elle expliqué à sa fille aînée en s'excusant de devoir travailler).

Sa mère avait accepté sans discuter le prétexte qu'elle lui avait donné – bien qu'elle ait tout de même arqué un sourcil en voyant la nouvelle tenue que Sacha lui avait achetée à Paris.

— Il faut toujours que Georgie me rhabille ! s'était-elle alors exclamée. Elle trouve les vêtements que je choisis trop banals.

À vrai dire, elle adorait l'allure que lui donnaient ces nouvelles fringues. Elle ne mettait jamais de hauts moulants. Elle avait toujours eu peur d'être trop ronde, d'avoir trop de formes. Alors, elle portait des trucs vagues, informes. Cependant, dès qu'elle avait enfilé ces vêtements bien coupés, elle s'était rendu compte qu'ils lui donnaient un look plutôt… flatteur. Dans la cabine d'essayage, à Paris, elle s'était regardée dans le miroir comme jamais elle ne s'était regardée auparavant. Ce haut noir moulant et cette jupe courte en corolle changeaient radicalement son style. La jupe à mi-cuisses lui allongeait carrément les jambes.

La fille dans la glace avait l'air sûr d'elle. Forte. Taylor ne l'avait pas reconnue. Mais elle lui avait tout de suite plu.

— Bien, répondit-elle en haussant les épaules. Normal.

— Georgie a-t-elle un petit espoir de réussir ses examens ?

— Oui… Si c'est moi qui les passe à sa place.

Elle avait pris un ton décontracté, affecté une certaine nonchalance. Pourtant, cette facilité avec laquelle elle mentait à présent commençait à la gêner.

Sa mère gloussa et tira une feuille de la pile entassée devant elle. Ses lunettes de lecture avaient glissé sur son nez et elle lui jeta un coup d'œil par-dessus la monture.

— Laisse-moi deviner. Georgie se vernissait les ongles pendant que tu rédigeais ses dissertations ?

— Comment tu peux savoir ça ? feignit-elle de s'étonner en riant.

Elle prit un petit gâteau au chocolat dans le paquet posé sur le plan de travail et le réduisit de moitié d'un seul coup de dents.

— Je suis ta mère : je sais tout, lui rétorqua Mme Montclair avec un petit sourire satisfait. Et ne mange pas trop de ces cochonneries. On dîne dans une heure.

Aucun signe de cuisson de quoi que ce soit n'étant en cours, Taylor trouva cette estimation très optimiste. Néanmoins, elle ne discuta pas.

Ce qu'il y a de bien, quand on ment à sa mère, c'est qu'on a envie d'être super gentille avec elle le reste du temps.

La mélodie de son portable lui annonça qu'elle avait un message. Elle le tira de sa poche en sortant précipitamment de la pièce. Lorsqu'elle vit le nom de Sacha sur l'écran, elle en eut des papillons dans le ventre. Elle n'était rentrée que depuis quelques heures. Pourtant, il lui manquait déjà. Elle devait se retenir pour ne pas l'inonder de textos.

Comment pouvait-on passer une seule journée avec quelqu'un et être persuadé qu'il faisait désormais partie de notre vie ? Elle aurait été incapable de l'expliquer, mais elle savait que c'était ce qui lui était arrivé.

Ils avaient partagé tellement de choses, tous les deux, durant ces quelques heures à Paris. Maintenant, c'était bizarre de se retrouver seule ici. Comme si elle avait laissé un bout d'elle-même là-bas.

« Simple vérification, disait son message. Toujours vivant. Pas de méchants à l'horizon. Et toi ? »

Avant qu'elle ne quitte Paris, ils avaient échangé adresse, numéro de téléphone : toutes les informations utiles pour s'avertir au cas où il se passerait quelque chose. Ils avaient aussi décidé, d'un commun accord, qu'à partir de maintenant ils resteraient toujours en contact (elle avait adoré cette dernière clause).

« RAS, tapa-t-elle aussitôt. Demain Oxford comme prévu. »

Sa réponse fut immédiate : « Fais attention. »

Mais Taylor ne s'inquiétait pas pour sa propre sécurité à présent. Parce que, demain, elle allait en apprendre davantage sur qui elle était vraiment.

Et elle allait pouvoir commencer à chercher le moyen de sauver Sacha.

Ж

— Maman ? appela Sacha en s'engageant dans le couloir menant au salon. Tu es là ?

— Dans la cuisine ! répondit-elle. Je suis à toi dans une seconde.

C'était son jour de congé et elle avait fait des courses tout l'après-midi. Si elle avait remarqué son absence la nuit précédente, elle ne le mentionna pas. Ou bien elle s'était habituée.

Dans le salon baigné de soleil, il s'avachit sur le canapé, les jambes écartées devant lui. Il était épuisé. Il avait dormi cinq heures après le départ de Taylor pour l'Angleterre, le matin même. Là, il aurait pu en dormir cinq de plus.

Mourir l'éreintait.

Ce n'était toutefois pas la mort qui le laissait étrangement désorienté, voire perdu, mais le départ de Taylor. Ils avaient formé une belle équipe quand elle était à Paris. Avoir quelqu'un qui connaissait la vérité, toute la vérité, avait représenté un réel soulagement. Elle lui avait retiré le poids de l'isolement qui pesait sur ses épaules.

Après son départ, il s'était senti si seul. Le trajet entre la gare du Nord et son appartement lui avait semblé vide et gris. Sans Taylor, Paris lui paraissait beaucoup moins beau.

Il lui avait fallu une volonté monstre pour ne pas l'embrasser à la gare. Il ignorait simplement si elle en avait envie. Elle semblait tellement paumée… Et si elle ne ressentait pas la même chose que lui ? Il aurait tout gâché.

Alors il s'était retenu et maintenant, il n'arrêtait pas de penser à elle.

Sa mère apparut dans l'encadrement de la porte du salon, une tasse de café à la main. Ses cheveux bruns et courts étaient bien coiffés ; elle portait un jean et une tunique large aux motifs colorés. Elle était plus petite que lui à présent. Quand il la surplombait, il éprouvait un étrange sentiment paternel à son égard.

Il regretta de ne pas pouvoir vivre plus longtemps pour s'habituer à cela, à la manière dont leur relation changeait.

Elle s'assit sur la chaise à côté du canapé et commença à ranger les magazines sur la table basse en plusieurs piles bien nettes.

— Comment ça s'est passé au lycée ?

— Intéressant, répondit Sacha en pensant à Deidé. Justement, je voulais t'en parler.

— Tu as encore des ennuis, Sacha ? s'inquiéta-t-elle, les yeux plissés Nous en avons déjà discuté.

Il ravala une remarque désobligeante.

— T'inquiète, ça va. J'ai simplement besoin d'une information. De ta part.

Elle but une gorgée de café, s'adossa à sa chaise et attendit une explication, l'air circonspecte.

— Tu te souviens que j'ai mentionné ma tutrice anglaise, l'autre jour. Taylor Montclair.

Sa mère se figea.

— Je crois que ce nom te dit quelque chose et j'aimerais savoir pourquoi. Que sais-tu sur elle ? Son grand-père s'appelle Aldrich Montclair. Il dit qu'il connaissait mon père…

Sa mère sursauta et renversa son café. Vite, elle posa sa tasse sur la table basse et nettoya consciencieusement les dégâts avec un mouchoir en papier en évitant de le regarder.

Le cœur de Sacha se mit à battre à toute allure.

— Tu le connais, c'est ça ? Ce nom ne t'est pas inconnu.

Il se pencha vers elle, incapable de cacher son impatience.

— Il faut que tu me dises tout. Que représente-t-il pour notre famille ? D'où le connais-tu ?

Sa mère pinçait les lèvres.

— Je ne veux pas parler d'Aldrich Montclair. (Elle cracha ces deux derniers mots.) Je t'interdis de t'approcher de lui. Cet homme est dangereux.

La bouche de Sacha s'assécha.

— Je ne comprends pas. Comment ça, dangereux ? Qu'est-ce qu'il a fait ?

Elle froissa le mouchoir dans son poing.

— Ton père lui faisait confiance. Aldrich ne cessait de lui dire qu'il existait un remède, une solution pour toi. Et il n'arrivait pas à trouver laquelle. (Son visage affichait clairement ce qu'elle en pensait.) Ton père avait la faiblesse de le croire. Peu importait ce que je pouvais dire, il n'écoutait jamais. Cette foi en Aldrich Montclair a tué ton père, Sacha. Il lui rendait visite quand il est mort. Aldrich l'a envoyé sur les routes ce jour-là. (Elle pointa son fils du doigt.) Ne t'approche pas de cet homme, Sacha. Il gâchera ta vie, comme il a gâché la nôtre.

Sacha se prit la tête entre les mains. Il avait tellement cru en cette idée d'Aldrich Montclair. En Taylor. Et voilà sa mère qui piétinait cette petite planche de salut. Le laissant sans rien.

Cela ne pouvait pas continuer ainsi. Elle acceptait peut-être son destin. Pas lui. Et pour une fois, il était bien décidé à affronter sa mère.

— Il va gâcher ma vie ? Quelle vie ? (Il éleva la voix.) Tu parles des sept prochaines semaines ? Parce que c'est tout ce qui me reste !

Elle rougit comme s'il l'avait giflée.

— Ne me parle pas sur ce ton ! Je fais ce que je peux ! Je me suis acharnée à te donner une vie normale, à t'offrir dix-huit années… (Elle s'interrompit, les larmes aux yeux.) C'est difficile pour nous aussi, Sacha. Ta sœur et moi… Savoir que nous allons te perdre…

Il la fixa. Son incrédulité se transforma soudain en rage.

— Difficile pour toi ? Non mais tu plaisantes !

Il bondit sur ses pieds et lui fit face, les bras croisés, droit comme un I.

— Dis-moi comment ma mort peut être difficile pour toi ? Comment tu t'es battue pour me garder en vie ? Je veux entendre tout ce que tu as fait pour me sauver.

Elle tressaillit et tendit une main, comme pour bloquer physiquement ses mots. Il fit tout pour ignorer la culpabilité qui se propageait dans son cœur. Ces deux dernières années, Sacha et sa mère avaient évité la vérité. Désormais, ils n'avaient plus le temps pour les mensonges.

— S'il te plaît, maman, se radoucit Sacha, j'aimerais que tu arrêtes d'accepter ma mort et que tu te battes enfin contre elle. C'est tout ce que je demande. Commence par me dire tout ce que tu sais sur Aldrich Montclair.

— Aldrich Montclair t'intéresse tellement ? Bien. Ouvre grand les oreilles. (Elle se leva à son tour.) C'est un monstre et un mythomane. Ses idées délirantes ont tué ton père. Je sais aussi que sa famille a un rapport avec tout ça. (Elle agita le bras dans sa direction.) Si tu adhères à ses mensonges, cela te tuera comme cela a tué ton père.

— J'ai une nouvelle à t'annoncer, maman, répliqua-t-il froidement. Je vais mourir de toute manière et Aldrich Montclair n'y sera pour rien. (Il s'avança d'un pas.) Je me bats peut-être contre des moulins à vent. Je vais peut-être tout tenter et mourir quand même. Mais laisse-moi te dire une chose : je lutterai jusqu'à mon dernier souffle.

Pivotant sur les talons, il prit la direction de sa chambre et lui décocha une dernière pique par-dessus son épaule :

— Ça te ferait pas de mal d'essayer, toi aussi.

25.

Le train entra en gare avec un crissement métallique. Il avait dix minutes de retard.

Campée devant la porte, Taylor avait déjà le doigt enfoncé sur le bouton « *Open* ». Lorsque le train s'arrêta, la secousse lui fit perdre l'équilibre et elle heurta violemment le monsieur grisonnant qui se tenait à côté d'elle.

Elle s'écarta brusquement en lui adressant un regard désolé.

— Pardon.

Il rajusta sa veste de tweed à petits gestes agacés qui exprimaient clairement sa réprobation. Sa moustache bien taillée et son visage lisse lui disaient quelque chose, mais elle ne parvenait pas à le resituer. Puis les portes s'ouvrirent et elle oublia tout de l'incident pour sauter sur le quai.

Elle se fraya un chemin à travers la cohue, slalomant entre les valises et les coudes saillants, les bambins à l'équilibre précaire pendus aux doigts de leurs parents et les ados au casque vissé sur la tête, trop perdus dans leur musique pour faire attention à ce qui se passait alentour.

Dès la sortie, la foule se dispersait, chacun partant vers son destin. D'un pas décidé, Taylor se dirigea vers le centre-ville.

Il faisait chaud, ce matin-là, et gris. De gros nuages lourds annonçaient la pluie. Mais, même par une journée aussi sinistre, alors qu'on distinguait à peine le ciel de la pierre grise et que circulation et touristes encombraient les rues, Oxford lui coupa le souffle. Ses flèches élancées et ses toits crénelés s'élevaient tout autour d'elle, s'étirant comme pour percer les cieux.

Elle n'était jamais venue ici toute seule avant (elle avait toujours fait le voyage avec sa mère). Pourtant, le chemin lui parut familier. Elle tourna par ici, puis par-là, remontant des rues animées jusqu'à ce qu'elle atteigne ce croisement dominé par une croix de pierre sculptée. Elle emprunta alors une étroite ruelle moyenâgeuse.

De hautes murailles se dressaient de part et d'autre, plongeant la chaussée dans une pénombre perpétuelle. Elles présentaient cependant l'avantage d'étouffer tous les bruits de la ville. Taylor n'entendait plus que le martèlement de ses pas, aussi réguliers qu'un cœur qui bat.

Au bout de quelques minutes, le mur, sur sa droite, prit de la hauteur jusqu'à ce qu'elle parvienne à une construction de brique rouge sang, surmontée de charmantes tourelles hexagonales, chacune arborant un drapeau claquant à son sommet : le portail du Saint Wilfred's College.

Une massive porte de chêne à double battant, noircie par les ans, fermée par d'énormes verrous de fer forgé lui barrait le passage. Elle était gigantesque. Celle de taille standard qui la jouxtait et par où on entrait ressemblait par comparaison à une porte de Hobbit.

Taylor franchit le seuil d'un bond, avant de s'arrêter brusquement devant la fenêtre de la loge. À l'intérieur, un homme coiffé d'un chapeau melon noir était assis. Il remplissait de son écriture minuscule un registre si large qu'il occupait pratiquement toute la surface de son bureau.

— Un instant, s'il vous plaît, lui lança-t-il sans même lever le nez.

Tapant nerveusement du pied, Taylor s'efforça de maîtriser son impatience alors qu'elle attendait ce qui devait durer beaucoup plus qu'un « instant ».

— Bien, dit enfin le guichetier, après l'avoir fait poireauter une éternité. Que puis-je pour vous ?

Il était chauve sous son chapeau. Elle remarqua aussi que ses genoux ne passaient pas tout à fait sous son bureau (une antiquité).

— Je viens voir le professeur Montclair, lui répondit-elle. Je suis sa petite-fille.

— Le professeur Montclair, bien. (Le monsieur au chapeau tourna une page de son registre et la scruta comme s'il y cherchait une information vitale et cryptée.) Et vous vous appelez... ?

— Montclair. Taylor Montclair.

— Ah que c'est ennuyeux ! s'exclama-t-il, en refermant son grand livre avec un claquement sec. J'ai bien peur que le professeur Montclair ne nous ait pas avertis de votre visite. Êtes-vous certaine qu'il vous attend ?

Taylor soupira. Son grand-père oubliait toujours de prévenir le concierge. Tou-jours. Ce qui exaspérait sa mère au plus haut point.

— Pourriez-vous l'appeler, je vous prie ? (Elle avait adopté un ton cassant qui faisait de sa requête plus un ordre qu'une question : une technique qu'elle avait vu sa mère utiliser à maintes reprises avec succès.) Et, oui, il m'attend.

Deux ados en jean déchiré et T-shirt passèrent la porte d'une démarche nonchalante en agitant vaguement la main. Les ayant manifestement reconnus, le concierge leur répondit d'un simple hochement de tête, avant de se tourner sur son siège vers une petite table sur laquelle trônait un vieux téléphone en bakélite. Après avoir feuilleté un autre registre noirci de son écriture pattes de mouche, il trouva le numéro qu'il cherchait et entreprit de le composer sur le cadran.

Il garda le combiné contre son oreille un long moment sans parler. Taylor commençait à se demander si son grand-père ne l'avait pas oubliée, quand le concierge se redressa soudain, comme si un supérieur venait d'entrer dans son bureau.

— Professeur Montclair ? Il y a là une jeune demoiselle qui se dit votre petite-fille. Elle se prénomme… (Il relut ses notes.) Taylor. (Il opina du bonnet.) Bien, monsieur. Comme vous voudrez, monsieur.

Le téléphone protesta d'un petit *cling !* musical lorsqu'il reposa le combiné. Il leva les yeux vers elle.

— Il vous demande de monter directement. Savez-vous où se trouvent ses appartements ?

Taylor ne prit pas la peine de cacher sa satisfaction, lui balançant un sourire triomphal :

— Évidemment !

Tournant les talons, elle franchit le porche voûté pour pénétrer dans une vaste cour. Tel un grand tapis de velours vert, le carré de gazon était encadré de hauts édifices de pierre qui projetaient vers le ciel leurs flèches dentelées.

Taylor adorait cet endroit. Le promenoir couvert qui en faisait le tour s'ouvrait sur la cour par d'élégantes arches de pierre sculptée. Lorsqu'elle était petite, elle y jouait à cache-cache avec Emily. Plein de coins et recoins, il constituait un terrain de jeu idéal.

Elle bifurqua pour passer sous une voûte assez basse qui donnait sur un vieil escalier s'élevant dans l'obscurité. Les marches étaient irrégulières et les lumières n'étaient pas allumées. Mais elle connaissait le chemin et les gravit d'un pas assuré.

Lorsqu'elle parvint au dernier étage, l'escalier s'arrêta net devant une porte de chêne sombre sans âge qui ne portait ni numéro ni plaque nominative. Juste un petit heurtoir de métal noir en forme de poing. Elle l'actionna aussitôt, frappant trois coups secs.

Le battant s'ouvrit si vite qu'elle sursauta. À croire que son grand-père se tenait embusqué juste derrière.

Il lui adressa un sourire chaleureux.

— Taylor, quel plaisir de te revoir ! (Il recula de quelques pas pour la laisser passer.) Entre donc.

Il avait une voix forte qui portait loin, la voix de quelqu'un qui avait passé sa vie à enseigner dans des amphithéâtres bondés.

Elle se faufila dans l'étroit vestibule et il referma la lourde porte derrière elle. Il faisait chaud dans l'appartement, mais ce n'était pas une chaleur étouffante. Et ça sentait exactement comme dans son souvenir : le feu de bois, la cire et le thé à la bergamote. C'était une odeur subtile, agréable, un peu comme celle de l'encens qui a eu le temps de se dissiper.

L'invitant de la main à le suivre, son grand-père remonta le petit corridor. Il était très alerte pour son âge.

— Entre, entre, répéta-t-il. Prenons le thé. Tu as fait bon voyage, j'espère ?

— Très bon, merci, répondit-elle poliment.

Tout en lui emboîtant le pas, elle parcourait l'appartement des yeux, cherchant là un petit tableau, ici une statuette. Tout était à sa place. D'épais tapis persans recouvraient le vieux plancher patiné, étouffant le bruit de leurs pas et donnant à l'endroit un chaleureux éclat grenat.

Bien qu'on ne fût qu'en fin de matinée, des lampes étaient allumées pour chasser l'obscurité qui se coulait dans les angles de la pièce. Les fenêtres, minuscules, ne dispensaient que peu de jour.

Dans le salon, des rayonnages croulant sous de lourds ouvrages de toutes formes et de toutes tailles tapissaient les murs du sol au plafond. Dans un coin, le bureau ployait sous les piles de livres. Même le vieux chandelier de laiton tout cabossé, qui servait au professeur Montclair de presse-papier quand il notait ses copies, était perché sur un de ces monticules livresques.

Son grand-père lui désigna un fauteuil près de la cheminée.

— Installe-toi. Je vais nous préparer un bon thé.

— Tu n'aurais pas du café ?

Il lui jeta un regard réprobateur et se dirigea vers la cuisine en bougonnant. Elle crut l'entendre maugréer quelque chose sur « ces boissons américaines ».

Le tissu rouge à fleurs était passé et le coussin de l'assise s'affaissait au milieu, mais, depuis toujours, c'était son fauteuil préféré et elle retint un soupir d'aise en s'y laissant choir. C'était le genre de siège qui semblait convenir à tout le monde : s'adaptant au poids de chacun, avant de l'envelopper dans une chaude étreinte capitonnée.

Pour tromper son attente, elle ramassa le premier livre à portée de sa main. Sa couverture de cuir lisse ne portait aucune inscription. Le texte, à l'intérieur, n'était qu'une suite de symboles. On aurait dit une langue ancienne.

— C'est du chinois, ce truc, marmotta-t-elle.

Quelques minutes plus tard, son grand-père revint à petits pas pressés, un plateau d'argent terni surchargé dans les mains. Il y avait là une théière en argent, une minuscule cafetière, deux tasses en porcelaine dépareillées et une assiette de petits gâteaux secs. Il restait planté devant elle, l'air désemparé, cherchant vainement un endroit où le poser.

Taylor se précipita pour l'aider, débarrassant un guéridon d'acajou du tas de livres et de revues spécialisées qui l'encombraient pour les poser par terre. Il n'y avait pas de traces de poussière en dessous. Curieux. On avait pourtant l'impression que le ménage n'avait pas été fait depuis des années.

Son grand-père s'assit dans le fauteuil qui jouxtait le sien et versa un liquide noirâtre dans une des tasses.

— Ton café, annonça-t-il, d'un ton qui disait assez ce qu'il en pensait.

— Merci, lui répondit-elle en petite-fille bien élevée qu'elle était.

Il lui présenta l'assiette de biscuits. Elle en prit un dont elle ne fit que deux bouchées.

Il arqua les sourcils et lui tendit à nouveau l'assiette.

— Peut-être vaudrait-il mieux que tu la gardes près de toi, commenta-t-il, pince-sans-rire.

— Merchi, répéta-t-elle, la bouche pleine. Raté le petit décheuner.

Il se servit alors une tasse de thé, prit une petite verseuse en argent avec une anse finement travaillée pour y ajouter un nuage de lait, puis, avec l'aisance que confère l'habitude, utilisa de délicates pinces en argent pour prélever un morceau de sucre d'un sucrier, en argent également, qu'il déposa sans faire la moindre éclaboussure dans sa tasse, avant de remuer le tout avec un petit tintement de cuillère du même métal précieux. Enfin, posant la tasse et sa soucoupe sur le large accoudoir de son fauteuil, il se tourna vers elle.

— Bien. J'imagine que tu te poses beaucoup de questions.

Elle hocha la tête, avalant une gorgée de café brûlant pour faire passer le sablé.

— Des tonnes.

— Je t'écoute.

— Parle-moi d'Adam Winters.

La tasse à mi-parcours, il se figea.

— Diable ! s'exclama-t-il, en reposant sa tasse dans sa soucoupe. Je ne m'y attendais pas.

— C'est bien toi qui as fait en sorte que je connaisse Sacha, non ? lui balança-t-elle alors d'un ton accusateur. C'est toi qui as tout manigancé. Pourquoi as-tu fait ça ? Pourquoi ne pas m'avoir expliqué la situation plus tôt ? Pourquoi… ?

Toutes ces questions qu'elle avait accumulées au cours des deux derniers jours sortaient à présent en rafale.

Il l'arrêta d'un geste.

— C'est une longue et bien triste histoire, lui dit-il au bout d'un moment. Mais, oui, je le confesse, je voulais effectivement que vous vous rencontriez, tous les deux. Et je ne voulais pas que cela se fasse par mon intermédiaire. Il aurait été… délicat d'expliquer cette démarche à la mère de Sacha.

Ça ne répondait pas à sa question.

— Pourquoi était-il si important qu'on se rencontre ? insista-t-elle.

Il planta son regard dans le sien.

— Tu commences l'histoire à la moitié. Je te promets que nous y viendrons, mais ce serait plus facile pour tout le monde si nous commencions par le début. Pose-moi d'abord la question primordiale et nous partirons de là.

Taylor hésita.

— Je crois que… en fait, je ne comprends toujours pas qui je suis, murmura-t-elle finalement. *Ce que* je suis.

— Excellente question ! s'exclama un Aldrich Montclair rayonnant. Tu fais partie d'un club très fermé. Un petit groupe de gens dotés de… talents inhabituels.

Il marqua un temps, puis ajouta :

— Entre nous, nous nous considérons comme des alchimistes.

— Des « alchimistes » ? s'étrangla Taylor. Comme ces vieillards dans les grimoires qui pensaient pouvoir transformer le plomb en or ?

— Tss, tss tss… Bonté divine ! bien sûr que non ! (Il adopta une attitude toute professorale.) L'alchimie est l'ancêtre de notre chimie moderne. C'est une science. La science de la transmutation : prendre une substance et la manipuler pour la transformer en une autre. Elle remonte au début de l'ère chrétienne, et même avant. Contrairement à notre conception actuelle de la science, elle ne séparait pas le physique du psychique… (Il s'interrompit pour la dévisager.) Tu dois tout de même bien avoir quelques notions sur le sujet.

Elle secoua la tête.

Il soupira avec emphase.

— Isaac Newton a étudié l'alchimie – nombre de ses plus grandes découvertes résultent des recherches qu'il a menées pour en valider les différentes théories. (Il agita la main comme pour interrompre son propre discours.) Mais tu n'as pas besoin de savoir ce genre de chose. Il existe une très vaste littérature dans ce domaine. Je me contenterai de dire que l'alchimie fut beaucoup trop vulgarisée. L'œuvre de charlatans et de doux rêveurs attirés par l'appât du gain. Grâce à elle, ils croyaient tous devenir immensément riches. Pas un lord de ce pays qui n'ait eu de prétendus hommes de science à son service essayant tous de devenir le premier à découvrir la formule magique. Par leurs agissements, la désinformation dont ils sont responsables et leurs mensonges, ils l'ont discréditée. C'est de cette alchimie-là dont la plupart des gens ont entendu parler : ce qui n'était que la science de la duperie et de l'imposture. (Il se pencha vers elle.) Mais le plus captivant, dans l'histoire, c'est qu'*ils ne se trompaient pas.* On peut effectivement manipuler les molécules. On peut transformer l'énergie. À condition de posséder le don. (Il se pencha encore davantage.) Vois-tu, il est une étape, dans le processus alchimique, à laquelle ils ont tous achoppé. Même l'illustre Isaac Newton. (Ses yeux verts étincelèrent.) Ils appelaient cela le « feu secret ». C'était la grande inconnue. Un feu qui ne brûlait pas mais qui *transmutait.* Grâce à lui, le procédé pourrait fonctionner. Mais sans lui… (Il tendit vers elle une main vide.) C'étaient juste des mirages, des volutes de fumée.

Taylor en avait oublié son café.

— C'est quoi ? Ce… feu secret ?

Son grand-père pointa le doigt sur elle.

— C'est toi. Et moi.

Elle secoua la tête.

— Je ne comprends pas.

— Vois-tu, il se trouve que ce feu secret ne pouvait ni se trouver, ni s'acheter. Ce n'était ni le mercure, ni aucun autre composé chimique. Ce n'était pas un *objet.* C'était un talent inné. C'était le côté psychique de l'alchimie. Seulement voilà, ils ne le savaient pas encore. Quel que soit ton pouvoir ou ta fortune, que tu sois duc ou comte, tu ne pouvais pas l'acquérir. Même avec toute l'opiniâtreté du monde, Newton ne put pas la trouver. Parce que tu le possèdes…

Il leva la main et la bougie sur la table près de la fenêtre s'alluma.

— … ou pas.

26.

Le regard de Taylor quitta la flamme de la bougie pour se reporter sur son grand-père.

— Attends… Je ne comprends toujours pas. Qu'est-ce que c'est exactement ? Ce « feu secret », je veux dire.

Il prit une petite gorgée de thé.

— C'est ce dont nous avons parlé à Woodbury. Ce n'est rien d'autre qu'une mutation génétique héréditaire. Quelque chose qui te permet de faire ce dont les philosophes n'ont fait que rêver : prendre l'énergie d'un objet physique pour la convertir en une autre forme d'énergie. Ou déplacer l'énergie d'un lieu à un autre. Te souviens-tu de l'ampoule ?

Elle acquiesça.

— Pour accomplir ce petit « prodige », j'ai puisé de l'énergie dans la rivière – l'eau courante contient une énorme quantité d'énergie – et je l'ai convertie en électricité pour alimenter mon ampoule. C'est une expérience très simple, en vérité. Edison l'a réalisée avec des fils électriques et des générateurs. Pour nous, c'est... un peu plus facile.

— Et la bougie, là, tout de suite ?

— Dans ce cas, j'ai puisé de l'énergie dans l'air qui nous entoure, l'électricité qui court dans ces murs.

Il agita la main. La bougie s'éteignit.

Taylor posa sa tasse de café froid sur le guéridon. C'était crédible. Après ce que Sacha lui avait dit, ça semblait un peu moins bizarre. Un talent héréditaire ? Pourquoi pas ? Elle pouvait faire avec. Mais ça n'expliquait pas tout.

— Et je peux le faire aussi ?

Elle montrait la bougie.

Il dut percevoir le doute dans sa voix parce que son visage devint soudain grave.

— Oh oui ! lui assura-t-il. Tu détiens un potentiel énorme : tu as la capacité d'accomplir des miracles.

— Mais, si c'est dans ton ADN et dans le mien, lui fit-elle remarquer, poursuivant obstinément son raisonnement. Alors, papa doit l'avoir aussi. Est-ce qu'il peut faire ce que tu fais ?

Son grand-père se rembrunit.

— Je crains fort que ton père ne soit une exception. (Il croisa les mains sur son ventre.) De temps à autre, le pouvoir saute une génération. C'est rare, mais pas impossible. Le gène devient alors récessif. C'est ce qui s'est produit pour lui.

— Ah.

Elle tenta d'imaginer ce qu'elle ressentirait si tous les membres de sa famille possédaient un don qu'elle n'avait pas. Cependant, son comptable de père s'était toujours montré si pragmatique, si imperméable à toute émotion qu'il était difficile de l'imaginer faisant exploser les lumières sous l'effet de la colère.

Il n'avait jamais mentionné que sa famille possédait des facultés particulières de quelque sorte que ce soit, scientifique, psychique ou autre. Il avait gardé ça pour lui, comme un secret honteux.

Et puis il les avait abandonnées.

— Il prétend être heureux d'y avoir échappé, poursuivit cependant son grand-père. Ton père trouve toute cette affaire ridicule et dangereuse. Il n'a jamais manifesté le moindre désir d'appartenir à « ce monde-là ».

Taylor se laissa aller contre son dossier.

— Papa tout craché.

— Ce n'est pas seulement un gène qui manque à ton père, reprit son grand-père d'un ton plein de sollicitude. Je n'en ai jamais rien dit avant, mais je crois que la façon dont il s'est comporté avec vous, ta sœur, ta mère et toi, est abominable. Je lui ai à peine adressé la parole depuis.

Il poussa un profond soupir et se redressa.

— Mais là n'est pas la question. Tout ce qui compte, c'est toi. Et ce qui t'arrive en ce moment. (Il se pencha de nouveau vers elle.) Tu possèdes un immense pouvoir, Taylor. Mais, qui dit grand pouvoir, dit grand danger. Tu le sais déjà, toutefois, n'est-ce pas ? (Il lui lança un regard entendu.) Après ton bref séjour parisien.

Elle blêmit.

— Co… comment tu sais ?

— Je te l'ai déjà dit : je te fais surveiller. Pour te protéger. Je me trompe ou cette petite escapade secrète à Paris ne faisait pas partie du plan de sécurité dont nous avions discuté tous les deux ?

Elle s'enfonça plus profondément dans son fauteuil.

— La personne chargée de surveiller ton domicile t'a vue partir pour l'école. C'est seulement quand Finlay a remarqué ton absence en classe que nous nous en sommes aperçus : tu avais filé. Monsieur* Deidé m'a informé de ta visite impromptue. (Il lui décocha un coup d'œil plein de reproches par-dessus la monture de ses lunettes.) Il avait peur pour toi. À juste titre.

Elle se redressa.

— Je suis désolée d'avoir inquiété ces gens. Mais je ne regrette rien. Il fallait que je comprenne ce qui se passait. Et que je rencontre Sacha.

Il soupira de plus belle.

— Je peux t'aider, ma chérie. Seulement, si tu te sauves sans prévenir, et que, de surcroît, tu passes les frontières, assurer ta sécurité va s'avérer problématique.

Difficile de dire le contraire.

— Alors, tout est vrai ? lui lança-t-elle, changeant stratégiquement de sujet. Tout ce que monsieur Deidé nous a raconté, je veux dire.

— Je le crains. La situation est… désespérée. (Il s'éclaircit la gorge.) Le père de Sacha était un de mes amis, un ami très cher. C'était un homme formidable. Un grand historien et un père aimant. Je lui ai promis d'aider son fils et j'ai la ferme intention de tenir parole. (Il s'interrompit, comme happé par ses réflexions.) Il faut que je te montre quelque chose.

Il traversa la pièce pour aller ouvrir un bureau à abattant qui aurait fait le bonheur d'un antiquaire. Il se mit alors à fouiller dans les petits compartiments intérieurs.

— Ah ! Voilà.

Il se dirigea vers une des minuscules fenêtres et orienta une feuille de papier vers la lumière du jour pour mieux la voir.

— La plupart des documents mentionnant la prophétie qui concerne la famille Winters ont été perdus. Ceci est la seule preuve que nous en ayons encore.

Elle se leva pour le rejoindre. Le papier qu'il tenait à la main était une photocopie. Les mots que l'on pouvait y lire étaient en latin.

— Qu'est-ce que c'est ?

— La page d'un ouvrage sur les sciences occultes qui date du XVIIe siècle. L'un des seuls textes historiques encore existants sur le sujet. On y lit ceci : « La malédiction du treizième ne peut être rompue que par la treizième. »

Taylor fronça les sourcils. Dehors, une voix cria quelque chose qu'elle ne comprit pas.

— Et c'est tout ?

Il remit le document à sa place dans le fatras du petit bureau.

— C'est la clé de voûte.

— Qu'est-ce que ça peut bien vouloir dire, déjà, pour commencer ?

— Cela signifie que seule la treizième fille aînée de la femme qui a jeté la malédiction peut l'exorciser. C'est la raison pour laquelle nous tenions à ce que Sacha et toi vous rencontriez. Tes pouvoirs ne s'étaient pas encore manifestés, mais le temps pressait. Nous avons pensé que vous rapprocher pourrait peut-être accélérer le processus. Et nous avions vu juste. (Il la regarda avec attention.) C'est toi, la clé, ma chérie. Et ta prochaine question sera

« Comment ? ». Et je vais te répondre que... nous y travaillons.

— Vous y *travaillez* ? répéta-t-elle, atterrée.

Non, ce n'était quand même pas tout ce qu'ils savaient ! Il devait y avoir autre chose !

— Mais, grand-père, il n'a plus que quelques semaines à vivre !

— J'en suis parfaitement conscient, lui répondit-il posément. L'énigme d'une malédiction vieille de trois cents ans ne se résout pas si aisément. Mais nous allons trouver, nous allons trouver.

— Et c'est pour ça qu'on a failli m'étrangler ? Juste parce que je pourrais *éventuellement* stopper le processus ?

— Si tu préviens la mort de Sacha, tu romps le sort, lui fit remarquer son grand-père. Ce que cette mort doit déclencher ne se produira pas. Il y a des gens qui veulent voir cette malédiction se réaliser. Et ces gens veulent t'empêcher d'intervenir.

— Mais pourquoi ? Pourquoi quelqu'un voudrait-il tout détruire ?

— Pour la même raison qui pousse certaines personnes à commettre les pires vilenies : le pouvoir. Et nous devons les empêcher de parvenir à leurs fins. D'abord et avant tout, tu dois apprendre à te battre.

— Me battre ? répéta-t-elle de nouveau en ouvrant des yeux de chouette. Mais je ne sais pas me battre, moi. Je ne sais rien faire, d'ailleurs. Je ne sais même pas jouer du piano. Je ne suis bonne qu'à... étudier.

Nullement ému par ses cris d'orfraie, son grand-père récupéra le plateau pour l'emporter dans la cuisine. Sa voix lui parvint par la porte ouverte.

— Finlay m'a parlé d'un incident survenu à l'école, il y a peu. Il a dit que tu avais soulevé un garçon de terre et que tu t'apprêtais à le projeter contre le mur quand il est entré dans la pièce.

Elle se laissa retomber dans son fauteuil favori, soulagée qu'il ne soit pas aussi au courant des deux hommes à Paris.

— C'était un accident.

Il s'encadra dans la porte, dardant sur elle un regard sévère.

— C'était une très bonne façon de mesurer de quoi tu es capable. Et de nous montrer par la même occasion combien il est urgent de t'apprendre à contrôler ton pouvoir. Raison pour laquelle…

Il fut interrompu par des coups de heurtoir sur le vantail de chêne.

— Ah ! parfait, se félicita-t-il. La voici.

Il se précipita dans le vestibule. Taylor entendit la porte s'ouvrir.

— Désolée pour le retard.

Une voix féminine. Jeune. Avec un léger accent de Liverpool.

— Tout va bien. J'allais justement lui parler de toi.

Taylor tourna la tête vers l'entrée, un sourire poli aux lèvres… qui s'évanouit lorsque son grand-père réapparut accompagné de la fille aux cheveux bleus qu'elle avait vue dans la rue, l'autre jour, à Woodbury.

La fille n'était pas beaucoup plus âgée qu'elle, quoique un peu plus grande. Sa chevelure était d'un beau turquoise pétant. Elle avait des tatouages qui s'enroulaient autour de ses biceps et lui remontaient dans le cou. Un anneau d'argent scintillait à sa narine et elle devait bien avoir cinq petites boucles ornant chacune de ses oreilles. Elle était chaussée de lourdes bottes de motard noires à épaisses semelles et portait une jupe assortie ultracourte qui faisait ressortir la pâleur de ses jambes musclées.

— Louisa, je te présente ma petite-fille, Taylor, dit alors son grand-père, avant de se tourner vers l'intéressée. Taylor, voici Louisa, ton mentor.

27.

D'accord, ça ne se fait pas de regarder les gens avec une telle insistance. Mais c'était plus fort qu'elle. Cette fille avait l'air tellement… bizarre. Et pas commode, en plus. Dangereuse même, peut-être.

Sentant qu'elle l'observait, Louisa lui adressa, l'air sarcastique, un petit signe de la main. Avant de lui tourner le dos pour discuter avec son grand-père comme si elle n'était pas là.

— À quel niveau elle en est ?

Taylor se sentit le rouge lui monter aux joues.

— Au même niveau que la dernière fois, lui répondit son grand-père, un léger agacement dans la voix. Mais elle est forte.

— C'est ce que tout le monde n'arrête pas de me dire, lui rétorqua Louisa d'un ton sceptique.

— Tu pourras t'en rendre compte par toi-même.

Il se tourna vers Taylor pour l'inclure dans la conversation.

— Vous allez vous entraîner une heure ou deux et, ensuite, vous reviendrez me voir.

Toujours assise dans son fauteuil, Taylor regarda tour à tour son grand-père et la fille aux cheveux bleus.

— O... K..., répondit-elle d'un ton incertain.

Louisa leva les yeux au ciel et se dirigea vers la porte. Mais Aldrich Montclair l'arrêta.

— N'oublie pas ce dont nous avons parlé, lui dit-il tout bas.

La fille haussa les épaules, sans se donner vraiment la peine de cacher son agacement.

— T'inquiète, Aldrich, je vais la prendre avec des pincettes.

Mais, vu le ton sur lequel elle disait ça, Taylor se demanda ce qu'elle faisait exactement avec des pincettes.

Tandis qu'elle s'éloignait déjà, le vieux professeur adressa un coup d'œil bienveillant à sa petite-fille pour la rassurer.

— Sois très attentive, s'il te plaît. Louisa est extrêmement douée. C'est un génie, à dire vrai – sous cette tignasse ridicule.

— Je suis sûre que ça va bien se passer, lui répondit-elle, sans en penser un mot.

— Allez, on est parties ! lui lança Louisa de l'autre bout du corridor.

Elle ouvrit la porte à la volée, la faisant claquer contre le mur, et sortit en coup de vent.

Même du vestibule, Taylor pouvait entendre le martèlement de ses lourdes bottes sur les marches de pierre. Elle appréhendait de passer des heures toute seule avec cette fille.

La voyant stressée, son grand-père l'accompagna jusqu'à l'escalier.

— Elle est vraiment brillante, insista-t-il. Quoique en matière de sociabilité, elle ait certes besoin de revoir quelque peu sa copie. Et, maintenant, dépêche-toi. Elle n'attendra pas.

Ж

Taylor rattrapa Louisa dans la cour. Cette fille avançait comme un tank, fendant la foule des étudiants sans jamais ralentir, fonçant dans le tas, tête baissée. Et personne ne semblait s'en formaliser. Un garçon sauta de côté pour s'écarter de son chemin, la regardant passer avec un sourire fendu jusqu'aux oreilles.

— Salut Louisa ! Toujours aussi speed ?

L'intéressée grommela une vague réponse. Aimable comme une porte de prison, en plus ! Se sentant obligée de présenter des excuses à sa place, Taylor adressa au garçon un petit signe d'un air contrit.

— Désolée !

Louisa fit volte-face.

— Fais pas ça.

— OK, s'empressa d'acquiescer Taylor. Je veux dire : pardon.

Louisa lui balança un regard dégoûté.

— Tu veux bien arrêter de t'excuser ? (Elle fit un geste qui englobait Taylor – en jean et en marinière, aujourd'hui – de la tête aux pieds.) Tu parles d'une chiffe molle !

— Co… comment ? bredouilla Taylor. Pas du tout !

Mais Louisa passait déjà sous un porche pour déboucher dans une vaste prairie verdoyante qui s'étendait derrière l'université. N'ayant guère le choix, Taylor se précipita à sa suite.

En cette période de l'année, la prairie était tapissée de fleurs et les herbes hautes lui arrivaient pratiquement à la taille. Elle n'apercevait plus que du vert, du blanc et du rose à perte de vue.

Au bout de dix bonnes minutes de marche silencieuse, Taylor n'y tint plus.

— Où allons-nous ? s'époumona-t-elle, haletante.

Louisa était déjà loin devant, sa chevelure un scintillant fanal azuré dans toute cette verdure.

— Tu le sauras quand on y sera, lui répliqua cette dernière sans se retourner.

Quelques instants plus tard, elles contournaient une colline et Taylor découvrait l'eau limpide du fleuve. Un vieil escalier descendait vers un long bâtiment de pierre au bord de l'eau.

On aurait dit un hangar à bateaux. L'aviron est un sport populaire à Oxford, mais la plupart des hangars à bateaux étaient construits beaucoup plus près de l'université. Et ils n'étaient pas si vétustes, d'habitude.

— Où sommes-nous ? demanda-t-elle, la rattrapant enfin.

Louisa sortit un trousseau de clés de sa poche. Elle en introduisit une dans la serrure et déverrouilla la porte.

— On y est, lui dit-elle, sans plus d'explications, avant de pénétrer à l'intérieur.

Avec un soupir résigné, Taylor carra les épaules et entra derrière elle.

La pièce était sombre et fraîche. La rangée de petites fenêtres qui occupaient tout un mur était si sale que presque aucune lumière ne filtrait au travers. Ça sentait légèrement le poisson et cette odeur douceâtre caractéristique qui finit par imprégner avec le temps tous les édifices construits au bord de l'eau.

D'un geste vif, Louisa abaissa un interrupteur jauni et une ampoule nue clignota au-dessus de leurs têtes, éclairant un espace vide, hormis les quelques coussins de bateau disséminés çà et là sur le sol humide.

Des bougies plantées dans des goulots de bouteille s'alignaient sur le rebord des fenêtres.

— Pousse-toi.

Louisa se tenait face à elle, bombant le torse dans une posture agressive. Taylor s'écarta précipitamment pour que la fille aux cheveux bleus puisse accéder à la porte. Qu'elle ferma à clé.

Taylor déglutit. Elle commençait à regretter d'être venue. Elle préférait encore électrocuter Tom ou Georgie par erreur. Tout plutôt que ça.

Louisa s'avança vers elle. Sur ses gardes, Taylor la regarda approcher avec appréhension.

— Donc… comment allons-nous commencer ?

— Comme ça.

Louisa lui balança un grand coup de pied dans le tibia.

— Aïe ! cria Taylor en se tenant la jambe. (Elle la fusilla du regard.) Mais ça fait carrément mal !

Louisa lui jeta un coup d'œil exaspéré.

— C'est le but, imbécile. C'est fait pour. Et, maintenant, prends ça !

Empoignant Taylor par les cheveux, elle enroula ses boucles blondes autour de son poing et tira jusqu'à la soulever de terre.

Stupéfiée par tant de violence, Taylor essaya de se libérer en lui attrapant la main. Mais Louisa referma son bras sur son cou et serra.

La douleur fut telle que Taylor en eut les larmes aux yeux. Elle avait peur, maintenant, et elle enrageait. Ses mains commencèrent à la picoter dangereusement. Elle sentait que ses émotions prenaient le dessus, comme dans le parc, à Paris, avec les deux hommes.

— Arrête ! gargouilla-t-elle, d'une voix rendue rauque par la pression que Louisa exerçait sur sa gorge. Mais arrête !

La tenaille sur son cou ne s'en resserra que davantage.

— Est-ce que tu sens ces délicieux petits picotements dans les mains ? lui demanda Louisa d'un ton narquois. Pourquoi tu ne t'en sers pas ? Défends-toi !

— Je ne… sais pas comment…, haleta Taylor, à moitié asphyxiée.

— Mais si, tu sais, ricana Louisa en tirant un coup sec sur ses cheveux.

Taylor hoqueta de douleur et se mit à la griffer comme une forcenée, espérant la faire lâcher.

— J'ai entendu dire que tu avais jeté ton mec l'autre jour. Au sens propre.

— C'était un… con, chuchota Taylor.

Louisa s'esclaffa.

— Eh bien, moi, je suis une garce. Alors, vas-y, défends-toi, blondasse. Ou crève. Parce que je suis pas ton gentil papy, moi. Et je m'en tape de ton super méga pouvoir.

Taylor ne pouvait plus respirer. Des points noirs apparaissaient déjà à la limite de son champ de vision. Elle comprit soudain que Louisa ne plaisantait pas.

Cette même distanciation froide qu'elle avait ressentie envers Tom et dans le parc, à Paris, s'empara d'elle et, acculée comme elle l'était, elle s'y abandonna totalement. Jusqu'à ce que ça lui emplisse le cœur. La tête. Le corps. Très vite. Comme un verre qu'on aurait rempli d'un poison létal.

Louisa n'était plus rien ni personne. Et elle allait payer.

— *Arrête !*

L'ordre avait jailli directement de la source, là même d'où lui venait cette incroyable énergie.

Les mains de Louisa se desserrèrent. Juste une seconde. Mais ça lui suffit pour reprendre son souffle.

— Bien, commenta son mentor, manifestement impressionnée. (Ça s'entendait même si elle n'en montrait rien.) Recommence.

Tout à coup, Taylor sentit comme une vague de chaleur émanant du corps de Louisa.

Est-ce que c'est son pouvoir ?

Elle se concentra.

LÂCHE-MOI.

Elle ne l'avait pas dit à haute voix, cette fois. Elle l'avait juste pensé. Mais pas comme on l'entendait d'habitude. Elle l'avait pensé et senti et désiré avec chaque fibre de son corps, de tout son être. Elle avait visualisé Louisa projetée dans l'espace comme Tom. Se fracassant contre le mur.

Ce qui eut pour seul effet que Louisa la lâcha et leva les mains devant elle, tel un boxeur parant un coup.

Taylor ressentit encore cette même vague de chaleur quand son pouvoir contra le sien.

Laissant retomber ses bras, Louisa recula et sourit.

— Putain ! C'était drôlement puissant pour une chiffe molle. Ç'aurait été quelqu'un d'autre que moi, il finissait à la flotte.

Enfin libérée, Taylor s'enfuit à l'autre bout du hangar. Elle s'accroupit près de la porte, adossée au mur, et prit de grandes goulées d'air qui sifflaient en passant dans sa gorge meurtrie. Elle avait les poumons en feu à cause du manque d'oxygène. Et sa tête cognait comme si on lui donnait des coups de marteau à l'intérieur.

— Ne recommence… jamais… ça, haleta-t-elle, pantelante. Jamais.

Louisa examina ses ongles mauves.

— D'accord, j'avoue que mes méthodes ne sont pas très orthodoxes, mais…

— Pas très *orthodoxes* ? s'étrangla Taylor. Elles sont criminelles, oui. Tu devrais être enfermée, bouclée derrière les barreaux.

— J'ai déjà donné, lui rétorqua tranquillement Louisa. J'en suis revenue. Et plus vite que prévu. Écoute, tu veux apprendre ou tu veux juste passer ton temps à te plaindre ? En tout cas, pour une première leçon, ça déchirait, c'est moi qui te le dis.

— Ça « déchirait » ? répéta Taylor, abasourdie. Si tu as l'intention de me frapper chaque fois que tu veux me montrer un truc, une de nous deux ne va pas en sortir vivante. Et ce ne sera pas moi.

Louisa explosa de rire (une sorte de jappement sec). Pour une fois qu'elle ne grognait pas ! C'était une première. Et ça changeait tout. Lorsqu'elle souriait, Louisa était presque... jolie.

— Eh bien, tu n'es pas aussi fragile que tu en as l'air, je te l'accorde.

— J'aimerais pouvoir en dire autant, marmonna Taylor.

Louisa ne releva pas.

— N'empêche que tu as merdé. Ce que tu viens de faire, c'est récupérer l'énergie que ta rage et ta trouille t'ont filée pour la retourner contre moi. (Elle l'examinait avec une curiosité manifeste.) Ce qui est déjà bien pour une débutante. Un exploit, pour ne rien te cacher – même si ça m'arrache de l'avouer. Aldrich va sauter au plafond. Mais y a d'autres trucs que tu aurais pu faire. Des trucs qui te rendront plus forte. Des trucs qui te changeront pas la tête en grosse caisse. Et c'est pour bosser là-dessus qu'on est là.

Taylor lui jeta un coup d'œil circonspect.

— OK...

— Il faut qu'on travaille sur comment et où tu vas chercher ton énergie. Pour le moment, tu n'y arrives que quand tu ressens des émotions fortes. Tu pompes ta propre énergie. C'est pour ça que tu as mal à la tête. Tu dois apprendre à invoquer ton pouvoir n'importe quand en puisant l'énergie dans tout ce qui t'entoure. Comme moi en ce moment.

Elle agita la main dans la direction des bougies... qui s'allumèrent toutes comme par enchantement, illuminant de leur éclat flamboyant les vitres crasseuses des fenêtres. Elle répéta son geste et toutes les bougies s'éteignirent en même temps.

De petites volutes de fumée s'attardèrent au-dessus d'elles comme autant de points d'interrogation.

— Voilà ce que je viens de faire, lui expliqua Louisa. Puiser à volonté dans mon environnement l'énergie dont j'ai besoin pour en faire ce que je veux. Ça ne m'a pas entamée physiquement. Ça ne m'a pas fait mal. Ça n'a causé aucun dégât, à rien ni à personne. C'est ce que tu dois apprendre. Parce que toi, là, si tu voulais allumer ces bougies ? Je crois bien que tu irais catapulter ce hangar dans le cosmos et que tu te choperais une hémorragie cérébrale dans la foulée.

— Ah, soupira Taylor, en se laissant glisser sur le sol. Ce serait dommage.

— Oh ! je suppose que ce serait pas une grosse perte. Y a sans doute que moi qui m'en apercevrais. Parce que j'aime bien cet endroit. Et j'ai pas envie de le perdre, ajouta-t-elle en tapotant le mur de pierre derrière elle. Et, maintenant, au boulot !

Ж

Elles s'entraînèrent pendant plus d'une heure. Louisa commençait par lui exposer la théorie et, ensuite, Taylor essayait d'exécuter l'exercice. Que ce soit soulever les coussins, allumer les bougies, les lancer voire briser les vitres.

Mais le même problème resurgissait encore et encore : à moins d'être en colère ou effrayée, Taylor ne réussissait pas à trouver l'énergie nécessaire.

Après avoir vainement tenté de déplacer une bougie d'un malheureux centimètre sur un rebord de fenêtre, elle se laissa tomber sur un des coussins, rouge et transpirante. Une fois de plus, elle avait la tête comme une enclume.

Elle se cacha le visage dans les mains.

— Ça ne sert à rien, se lamenta-t-elle. Vous vous trompez tous sur mon compte. Je suis désolée de t'avoir fait perdre ton temps.

Louisa vint s'asseoir à côté d'elle, repoussant des mèches turquoise de ses yeux.

— Écoute, si ça peut te consoler, je suis passée par là. C'était un vrai cauchemar. Bon d'accord, j'avais douze ans à l'époque. N'empêche. Et puis arrête de pleurnicher comme un bébé, putain !

Taylor aurait bien voulu se fâcher, mais ça l'épuisait d'avance. Elle s'adossa au mur derrière elle et partit d'un rire las.

— OK, comme tu veux.

— Essaie de voir les choses autrement, lui conseilla Louisa. Ce don est dans tes gènes, mais tu ne t'en es jamais servi avant. Tu ne veux quand même pas qu'il se mette à marcher tout seul, juste parce que tu viens de te rendre compte qu'il est là. Il faut que tu commences par le commencement. Il faut que tu suives le mode d'emploi. Et il faut aussi que tu veuilles vraiment progresser. (Elle énuméra les trois règles en comptant sur ses doigts.) Si tu fais ça, tu t'en tireras. Mieux que ça, en fait. Tu seras tellement bonne à ce jeu-là que c'en sera flippant. Sinon, tu finiras en taule. Comme moi.

Taylor la dévisagea, intriguée. Non qu'elle soit étonnée. Elle se doutait bien que Louisa n'avait pas eu une vie facile (ça se voyait rien qu'à la regarder), mais elle eut subitement très envie d'en savoir plus sur elle.

Sans compter que ça ferait diversion. Tout plutôt que d'essayer d'allumer des bougies qui refusaient de coopérer.

— Qu'est-ce que tu as fait pour aller en prison ?

Louisa étira ses longues jambes musclées. Dans la faible clarté qui tombait des fenêtres sales, les tatouages qui s'enroulaient autour de ses mollets ressemblaient à des symboles d'un autre âge. Un serpent qui se mordait la queue lui ceignait la cheville.

— J'avais quinze ans, lui répondit Louisa. J'avais déjà pris quelques leçons quand j'étais plus jeune, mais mon mentor s'était tiré. Comme mes parents. Je vivais dans un squat à Liverpool avec quelques potes. Pas des comme nous. Le modèle standard. Une nuit qu'ils faisaient la fête, y a ce type qu'a voulu coucher avec moi. (Son regard se perdit dans le fond du hangar.) J'ai eu beau protester… Je ne l'avais jamais vu. Il était plus vieux que moi : la vingtaine, un truc comme ça. Je lui ai dit d'arrêter, mais il était bourré. Il ne voulait rien entendre. Je flippais carrément. Il était beaucoup plus balèze que moi. Il m'a forcée à m'agenouiller… et, là, le pouvoir a explosé de partout. Je ne savais pas comment le contrôler. (Elle tourna ses yeux de braise vers Taylor.) Je l'ai jeté par la fenêtre.

— Non ! murmura Taylor. Qu'est-ce qui lui est arrivé ?

Louisa se détourna de nouveau.

— On ne se remet pas d'une chute du cinquième étage.

— Il est *mort* ? s'étrangla Taylor, horrifiée.

Louisa hocha la tête.

— Et tous les squatteurs m'ont balancée. Alors, j'ai fini en taule.

— Pour *meurtre* ?

— Tout meurtrier doit payer pour son crime, récita Louisa d'une voix morne.

— Mais… mais tu es là, s'étonna Taylor, en désignant le hangar d'un large geste du bras.

L'autre fille se releva d'un seul mouvement fluide et lui tendit la main. Après une brève hésitation, Taylor la prit. Louisa la releva comme si elle ne pesait pas davantage qu'une plume et se dirigea vers la porte.

— C'est ça le truc avec nous, Blondie.

Elle claqua des doigts devant la serrure. Le pêne claqua avec un raclement rouillé. La porte s'ouvrit toute seule.

— Personne ne nous retient nulle part, si on ne veut pas y rester.

28.

— Passe-moi la télécommande, ordonna Sacha, la main tendue.

À l'écran, une fille mince surmaquillée chantait en play-back.

Le regard scotché à l'écran, Laura secoua la tête.

— Pas question.

Sacha grimaça. Sa sœur n'avait vraiment aucun goût en matière de musique.

Alors que le *pop* de son chewing-gum claquait près de son oreille, il vérifia son portable. Pas de nouvelles de Taylor. Elle devait encore être en cours – il était une heure de moins en Angleterre.

Il s'était complètement rétabli du coup de couteau dans le parc. Pendant plusieurs jours, il avait guetté avec attention un éventuel reportage sur la mort mystérieuse de deux hommes, mais il n'en avait été question nulle part. Les deux individus avaient certainement survécu à la vengeance de Taylor.

Elle lui avait raconté sa conversation avec son grand-père. Ses pouvoirs étaient liés à l'alchimie. Il avait beau tenter de remplacer sa vision de l'alchimiste – un vieux barbu – par une image de Taylor, débordante d'énergie et de jeunesse, raisonnable et sensible, il échouait à chaque fois.

— *I'm just gonna shake, shake, shake...*, chantait la blonde tout en dansant devant une Laura hypnotisée.

Sacha poussa un gros soupir.

Il ne parvenait pas à digérer toutes leurs récentes découvertes. Taylor passait son temps libre à essayer d'allumer des bougies sans briquet. Il avait peur de laisser Laura seule dans leur propre appartement au cas où quelqu'un se présente à la porte – soit ces « choses » qui lui avaient ordonné de ne pas s'approcher de Taylor, soit les types qui l'avaient poignardé dans le parc.

La visite de Taylor remontait à une semaine. Sept soirs coincé chez lui.

Son portable vibra dans sa poche. Il le sortit, pensant à un message de Taylor. Le nom qui s'afficha à l'écran le fit sursauter si brusquement que Laura se détourna de la télé, interloquée.

Antoine.

Téléphone au poing, il quitta le salon en vitesse.

— Quoi ?

— Sacha ! hurla Antoine, furieux. À quoi tu joues, bordel ?

— De quoi tu parles ? demanda Sacha, un nœud au ventre.

— Ces deux types – tu sais de qui je parle –, ils ont été tabassés la semaine dernière. Comme il faut. Le bruit court que c'est toi.

Sacha ferma les yeux et s'affaissa contre le comptoir de la cuisine, les os liquéfiés.

Merde, merde, merde…

— Sacha ! brama Antoine de sa voix nasillarde. T'as entendu ce que je viens de dire ?

— Cinq sur cinq.

Antoine respirait fort dans le combiné.

— C'est toi ? demanda-t-il au bout d'une seconde. Tu les as vraiment passés à tabac ?

— Quelle importance ?

— T'as raison, concéda Antoine.

Se frottant la mâchoire, Sacha scruta le couloir. Tout au bout dans le salon, Laura n'avait pas quitté le canapé d'où elle regardait la jolie Américaine qui dansait. Était-elle en sécurité ici ? Pouvait-il la protéger de tout ceci ?

— Écoute, continua Antoine avec une réticence flagrante. Je ne veux pas en parler au téléphone. Retrouve-moi à l'endroit habituel et je te dirai ce que je sais. Ils vont s'en prendre à moi, Sacha. Ils savent que je te connais. Ils vont me demander où tu habites. Je suis pas un mouchard mais s'ils emploient la persuasion… s'ils…

Soudain, Sacha entendit un gros crash au bout du fil. Comme si Antoine cognait quelque chose. Quand il reprit la parole, il était essoufflé, souffrant.

— Ils vont nous massacrer, tu sais ça, Sacha ? Nous massacrer, je te dis.

Sacha rangea son portable dans sa poche puis il saisit son sweat à capuche et retourna dans le salon tout en l'enfilant.

— J'ai promis à maman de passer au supermarché, mentit-il tranquillement. Ça va aller si je te laisse seule quelques minutes ?

Il détestait l'abandonner ainsi, mais la semaine s'était déroulée sans encombre et il devait absolument gérer le cas d'Antoine.

Sa sœur roula des yeux.

— Je ne suis plus un bébé.

Ses clés en poche, il lui cria sur le seuil :

— Verrouille bien la porte derrière moi et n'ouvre à personne quoi qu'il arrive, d'accord ?

— Ouais, ouais, répondit-elle dans un haussement d'épaules.

— Je ne plaisante pas, Laura !

Dehors, il faisait beau et le ciel bleu foncé s'étendait sur Paris telle une couverture moelleuse. La rue grouillait de passants préoccupés par leurs tâches quotidiennes. Ils ignoraient totalement ce qu'il se passait dans leur ville. S'il avait raconté sa vie à l'un d'eux, on l'aurait pris pour un fou. Comment des mondes aussi différents pouvaient-ils cohabiter sans se remarquer ?

Il sortit son portable de sa poche et fit défiler ses contacts jusqu'à ce qu'il trouve sa tante Annie. Ils se parlaient tous les jours depuis son premier appel. Aujourd'hui, il estimait qu'elle était la seule personne à vraiment comprendre la situation.

Elle avait cherché des réponses dans les livres de son père.

— Bonjour Annie, c'est moi. Du nouveau ?

— Oh Sacha ! J'ai bien peur que non… Ton père a laissé tellement de livres chez moi. Trop ! Ton aide me serait bien utile, tu sais !

Sacha était tiraillé. S'il partait aider Annie, il laisserait sa mère et sa sœur sans protection. Il cherchait toujours le moyen de sauver sa peau et de protéger sa famille en même temps.

Ils discutèrent encore quelques minutes puis Sacha raccrocha après avoir promis d'y réfléchir.

Il trottinait jusqu'à la station de métro quand son téléphone sonna. Présumant que sa tante rappelait, il répondit sans regarder.

— Tu as oublié de me dire quelque chose ?

Il s'arrêta devant une épicerie. L'étal d'oranges était si vivement coloré qu'il en eut mal aux yeux.

Au début, comme il n'entendait rien, il plaqua la main sur son autre oreille pour se protéger du bruit de la rue.

— Allô ! Annie ?

Personne ne répondit. Soudain, un cri perçant lui parvint.

Le sang de Sacha se glaça. Ce n'était pas la voix d'Annie.

Il s'arracha le téléphone de l'oreille et regarda le nom sur l'écran.

Laura.

Il n'arrivait plus à respirer. Il tourna les talons et partit en courant. Direction l'appartement. Et sa sœur qu'il avait laissée seule.

— Laura, parle-moi !

Il essayait de paraître calme mais ce fut une voix fluette et essoufflée qui sortit de sa bouche.

— Dis-moi ce qu'il se passe !

Il entendait des sanglots assourdis, le bruissement du téléphone contre du tissu. Comme si elle tenait l'appareil loin de sa tête, peut-être contre sa poitrine.

Le trottoir était bondé et il dut jouer des coudes, contourner des enfants… Il sauta même par-dessus un petit chien.

Exaspéré, il bondit sur la route encombrée et se mit à courir entre les voitures. Aussitôt, un chœur de klaxons retentit autour de lui. Les conducteurs gesticulaient et l'injuriaient sur son passage. Sacha les ignora.

Il hurlait à présent dans le téléphone :

— Laura ! Parle-moi ! Je t'en supplie !

Un murmure terrifié lui parvint enfin :

— Sacha…

Tel de l'alcool, le soulagement coula dans ses veines et lui donna le tournis. Il ne ralentit cependant pas l'allure.

— Que se passe-t-il, mon cœur ?

— Il y a des hommes devant la porte, chuchota-t-elle si bas qu'il dut tendre l'oreille. En manteau noir. Ils font très peur. Ils sont bizarres. Ils ont pas l'air normaux. Ils essaient de forcer l'entrée.

Au même moment, il entendit quelqu'un dans le téléphone se mettre à frapper régulièrement, quasiment en rythme.

Laura geignit puis ravala un sanglot.

— C'est qui, Sacha ? Qu'est-ce qu'ils veulent ?

Ne t'approche pas de la fille.

Ses boyaux se nouèrent. Il était encore loin de l'appartement. Paris ne lui avait jamais paru aussi grand avant.

— C'est eux qui frappent à la porte ?

— Oui, murmura-t-elle. Elle est fermée à clé mais ils la secouent. Je crois qu'ils entrent. Sacha, j'ai tellement peur.

La panique dans sa voix brisa le cœur de Sacha. Il connaissait ce sentiment d'être piégé par des circonstances incompréhensibles.

— J'ai fait demi-tour. J'arrive aussi vite que possible. Cache-toi quelque part et ne fais pas un bruit. Peu importe ce qu'il se passe, d'accord ?

La porte vola en éclats derrière Laura qui lâcha un halètement.

— Mon Dieu ! Sacha, ils sont entrés ! Dépêche-toi, je t'en prie.

La communication fut coupée.

Jurant à voix haute, il baissa la tête et courut plus vite, jusqu'à ce que la ville devienne floue autour de lui.

L'air chaud empestait les gaz d'échappement. Un feu rouge plus en avant signalait un danger. Ce carrefour-là était souvent encombré avec des voitures et des bus dans chaque couloir, mais il n'était pas question qu'il attende son tour.

Après tout, que pouvait-il lui arriver ? Ce n'était pas comme s'il risquait sa vie !

Dépassant la file de voitures attendant au feu, il se jeta dans le flot de véhicules en mouvement. Des couinements discordants de freins retentirent tout autour de lui. Quelqu'un hurla. L'air s'emplit de l'odeur âcre du caoutchouc fondu.

Grinçant des dents, il poursuivit sa course.

Quand il atteignit enfin l'autre côté de la route embouteillée, un homme descendit du trottoir et se posta devant lui, les bras écartés pour empêcher Sacha de continuer, comme s'il lui rendait un grand service.

Sacha repoussa ses mains et fila sans ralentir le pas.

Dans sa tête, il ne cessait d'entendre la voix effrayée de Laura : « Dépêche-toi, je t'en prie. »

Le temps qu'il arrive à son immeuble, la sueur coulait sur son visage et son T-shirt lui collait au torse. La gorge sèche, il glissa sur le sol du hall silencieux.

Il se rua vers l'escalier mais ralentit en passant devant l'ascenseur. Il était vide et grand ouvert. Comme s'il l'attendait.

Cette vision troublante ne présageait rien de bon. Il n'était pas question que Sacha grimpe dedans. Il fonça sur la porte menant à l'escalier et monta les marches quatre à quatre. L'immeuble était paisible, il ne rencontra personne. Il n'entendait que son cœur qui tambourinait à ses tympans et le raclement de son souffle laborieux.

Quand il atteignit le troisième étage, il déboucha comme un diable sur le palier. Et là, il se figea sur place.

La porte d'entrée de son appartement était sortie de ses gonds. Trois silhouettes, le visage blême, tout de noir vêtues, s'entassaient sur le seuil, le bras tendu, la paume face à l'appartement.

Sacha en eut la chair de poule. Cependant il n'afficha pas sa peur.

— Encore vous ! leur cria-t-il. Mais c'est du harcèlement !

Les trois individus pivotèrent comme un seul homme.

Quand il les vit de face, Sacha eut un haut-le-cœur. Leur apparence n'avait rien d'humaine. Leur peau était d'une blancheur anormale, leurs yeux caves bien trop noirs. Leurs visages ressemblaient à des crânes.

Ils lui sourirent.

Sacha déglutit. Immobile, il les examina avec une insouciance feinte.

— Je vous obsède à ce point-là ?

Dans un silence glacial, les trois silhouettes glissèrent vers lui. Sans perdre une seconde, il recula – un peu au début puis de plus en plus. Bientôt, il se retrouva dos aux portes de l'ascenseur et avec nulle part où aller.

— En arrière ! ordonna-t-il.

Mais comment se faire obéir avec une voix chevrotante ?

Sans prévenir, les portes coulissèrent derrière lui et il tituba. Pendant un instant horrible, il crut basculer dans la cage si bien qu'il s'agrippa à tout ce qui lui tombait sous la main. Soudain, il réalisa que l'ascenseur était arrivé entre-temps. Sans avoir été appelé.

Il dégringola à l'intérieur, sans quitter des yeux les créatures dans le couloir.

Les hommes blêmes le rejoignirent en glissant de manière sinistre et silencieuse sur le sol.

Avant qu'il ait le temps de comprendre ce qui lui arrivait, Sacha se retrouva piégé dans la cabine, dos à la paroi, les trois silhouettes rassemblées autour de lui.

Ils étaient si près qu'il aurait pu les toucher sans tendre le bras. Dès que cette pensée répugnante lui traversa l'esprit, il plaqua les mains dans son dos.

Ils exsudaient le froid et dégageaient une étrange odeur de terre, comme de l'humus détrempé.

Sacha prit un air brave, comme s'il était adossé à la paroi de son plein gré et ne s'y collait pas désespérément.

— On n'est pas bien ici ? C'est intime, non ?

Les portes se refermèrent derrière eux, le privant de la seule issue possible. Cette constatation lui laissa un goût glacé de finalité dans la bouche. Il inspira tant bien que mal.

Il ignorait pourquoi ces individus le terrifiaient autant. Il ne craignait pas de mourir, mais il avait peur d'avoir mal, d'être torturé pendant des jours sans trouver d'échappatoire dans la mort. Et il avait le sentiment qu'ils en étaient capables.

— Si vous touchez un cheveu de ma sœur, articula-t-il, je vous ferai la peau.

— Tu es le treizième fils, déclarèrent-ils en chœur.

Leur voix grave et anormale donna la chair de poule à Sacha. En plus, leurs mots étaient d'une familiarité troublante. Bien que leur horrible sourire n'ait pas changé, Sacha pressentit qu'ils attendaient une réponse.

— Il paraît.

— Tu es le treizième fils, répétèrent-ils.

— Ouais, ça va, j'ai compris le message, grogna Sacha qui se pencha vers eux, les poings serrés. Maintenant, laissez-moi tranquille. Laissez ma famille tranquille.

Son ordre n'eut pas l'impact escompté. Le plus grand, au fond, le contempla avec un plaisir monstrueux dans ses yeux noir charbon.

— Vous ! lui lança Sacha. Parlez ! Dites-moi ce qu'il se passe !

À sa grande surprise, le type lui répondit. Il avait une voix dépourvue de toute inflexion. Sépulcrale.

— Sacha L'Hiver. Nous sommes venus te ramener chez toi. C'est la prophétie.

Cela ne lui disait rien qui vaille. Sacha n'aimait pas le mot « prophétie ». Il n'aimait pas le fait qu'ils connaissent son prénom. Il n'aimait pas leur odeur.

Il commençait à manquer d'air. Comme s'ils avaient réussi à voler tout l'oxygène.

— J'ignore ce que vous voulez…

Trop effrayé à présent pour se montrer sarcastique, il leur parla malgré lui sur un ton suppliant.

— Et mon nom de famille, c'est Winters. Vous avez sûrement fait une erreur. Cela peut arriver… à tout le monde.

Sans prévenir, l'ascenseur tressauta et se mit à descendre. Le ronronnement du mécanisme lui parut étrangement sonore dans la cabine silencieuse.

Le cœur de Sacha tambourinait à tout rompre dans sa poitrine. Il pensa à Laura, seule et terrifiée. Il pria pour que ces trois-là ne soient pas venus avec des renforts, qu'une de ces créatures n'ait pas découvert sa petite sœur.

— Écoutez, je ne veux pas vous accompagner, continua-t-il de plus en plus paniqué. J'habite ici ; c'est donc ici chez moi ! Techniquement. Là.

— C'est ton destin, répliqua le grand de sa voix d'outre-tombe, les yeux rivés à ceux de Sacha. La décision a été prise depuis très longtemps. Nous t'avons demandé de ne pas t'approcher de la fille. Maintenant, tu dois nous suivre.

Les étages défilèrent, leur numéro luisant sur l'écran à côté de la porte. Rez-de-chaussée, 1er sous-sol, 2e sous-sol…

Sacha se sentait hypnotisé par les yeux noirs. Ils semblaient infinis.

— C'est vous qui allez me tuer ? s'enquit-il – il détestait la peur qui perçait dans sa voix.

L'ascenseur s'arrêta dans un bruit sourd au niveau du parking souterrain.

Les portes s'ouvrirent sur un homme blasé en chemisette blanche et short kaki. Bronzé, il arborait un brushing impeccable.

Il avança d'un pas vers l'ascenseur.

Avec une précision silencieuse, les trois pivotèrent pour lui faire face. L'homme fit un bond en arrière.

— Je... euh... je prends l'escalier.

Il tourna les talons et détala.

— Non ! lui cria Sacha. Aidez-moi !

L'homme ne s'arrêta pas. Le plus grand dégaina une main. Quelque part au loin, Sacha entendit un corps qui chutait puis un bruit sourd et écœurant. Il fit un pas en avant mais les portes se refermèrent. L'ascenseur vibra puis partit vers le haut. Les trois se placèrent face à lui, impassibles, glaciaux.

— Le moment est venu, annonça le grand. La fille ne peut pas t'aider.

La gorge de Sacha se serra.

Une liste sinistre de possibilités tourbillonna dans sa tête. Si ces choses... ces créatures... pouvaient venir à Paris, elles pouvaient se rendre en Angleterre. Taylor ignorait tout de ces individus. Il devait sortir de là. La prévenir.

— Ne la mêlez pas à tout ça, gronda-t-il avant de plonger sur eux, les poings serrés.

En même temps, ils tendirent les bras, paumes ouvertes.

Aussitôt l'ascenseur s'imprégna de l'odeur métallique et accablante du sang. Le liquide se mit à couler du plafond le long des parois puis il forma des flaques visqueuses aux pieds de Sacha qui sentit sa chaleur gluante sur ses mains et ses épaules, son visage et ses cheveux. Il l'entendait tomber goutte à goutte comme de l'eau épaisse.

Une forte envie de vomir le plia en deux. Les yeux fermés, les mains sur les oreilles, il essayait de se protéger de cette agression.

L'ascenseur s'arrêta une nouvelle fois. Cette fois-ci au rez-de-chaussée.

Les portes s'ouvrirent dans un *ding* joyeux.

Encore plié en deux, Sacha regarda au sol. Le sang avait disparu.

Les trois créatures l'observaient avec leurs yeux vides. Derrière eux, dans l'encadrement, un gamin maigrichon les fixait, bouche bée, un cornet de glace dégoulinant sous la chaleur dans une main. Sacha le reconnut. Il habitait au quatrième. Il était gentil et serviable. Il avait huit ans.

Comme un seul homme, le trio pivota et tendit les bras.

— Nooon !

Dans un cri étranglé, Sacha se jeta sur ces mystérieux hommes en noir.

Il s'attendait à ce qu'ils lui opposent une forte résistance mais leur corps manquait étrangement de substance. Il eut l'impression de courir dans un champ d'herbes hautes et sèches.

Il leur passa au travers.

Saisissant le petit par le bras, il l'entraîna le long du hall d'entrée jusqu'à déboucher dans la rue. La glace tomba des mains du garçonnet et s'écrasa sur le trottoir chaud.

Au début, le gosse était trop surpris pour se débattre, mais une fois à l'extérieur, il chercha à se libérer, le visage rouge de colère et de peur.

— Eh ! C'est quoi ton problème ? Merde ! Tu vas me lâcher ?

Sans desserrer son étreinte, Sacha se tourna pour regarder le hall derrière eux. L'ascenseur était ouvert et vide.

Sacha écarquilla les yeux. On aurait dit que les créatures avaient disparu. Ou qu'elles n'avaient jamais été présentes.

Quand il finit par se libérer, le gamin prit ses jambes à son cou et remonta la rue aussi vite que possible.

— Pas de quoi, marmonna Sacha tandis que sa silhouette rapetissait au loin.

Il était au milieu de la rue, les yeux rivés sur son appartement, tremblant de tout son corps.

Laura.

29.

Il retourna dans le hall, conscient qu'à tout moment les créatures risquaient de réapparaître. Mais l'immeuble était calme.

L'ascenseur était encore ouvert au rez-de-chaussée, béant telle une bouche caverneuse. Il n'était pas question que Sacha remonte dans cet engin. Il grimpa donc l'escalier au pas de course, boosté par l'adrénaline.

Au troisième étage, il poussa les vestiges de sa porte d'entrée. Elle s'affaissa contre le mur dans un bruit d'éclat de bois.

L'appartement était frais et silencieux.

— Laura ! cria-t-il dans le couloir, sa voix résonnant dans la quiétude. Laura ! C'est moi !

Son cœur battant à un rythme violent, il vérifia derrière chaque porte. Sa chambre était vide. Celle de Laura aussi. La cuisine également.

Que lui avaient-ils fait ? L'avaient-ils emmenée ? Jetée par une fenêtre ?

Il plaqua les doigts sur sa bouche et réprima un sanglot paniqué. Au même instant, il perçut un léger bruissement en provenance de la chambre de leur mère.

Il fit demi-tour. La porte était ouverte. La lumière du jour se déversait par les grandes fenêtres. Le lit était fait, la pièce sentait encore son parfum.

— Laura ! Tu es là ? Il n'y a plus rien à craindre.

Du moins je l'espère.

La porte du placard s'entrouvrit. Laura jeta un coup d'œil prudent depuis sa cachette. Accroupie parmi les chaussures et les sacs à main de leur mère, elle avait le visage zébré de larmes.

Dans un soupir de soulagement, il l'attira contre lui.

— Dieu merci, lâcha-t-il en serrant sa silhouette menue très fort. Dieu merci.

— Oh ! Sacha ! J'ai eu si peur ! (Ses mots se déversèrent tel un torrent.) Ils n'arrêtaient pas de frapper à la porte. Ensuite, j'ai cru que l'appartement avait explosé. Je les ai entendus parler. Ils te cherchaient. Qu'est-ce qu'ils veulent ? Qui sont ces gens ? Qu'est-ce que tu as fait ? Tu leur dois de l'argent ?

Sans la lâcher, Sacha fit non de la tête.

— Je ne sais vraiment pas qui sont ces personnes.

Elle frissonna dans ses bras.

— Ils ne m'ont pas paru normaux. On aurait dit des monstres.

Sacha songea à la vision du bain de sang qu'ils lui avaient infligée.

— Ce sont des monstres.

— Ils vont revenir ? s'enquit Laura, la voix étouffée contre sa poitrine.

— J'espère que non.

Mais sa voix manquait d'assurance. Ce qu'il craignait le plus venait de se produire : sa vie chaotique menaçait à présent sa famille. Il aurait aimé rester à l'appartement pour les protéger, mais en réalité, tant qu'il vivait avec elles, sa mère et sa sœur étaient en danger.

Il avait eu plusieurs années pour s'habituer à l'idée de mourir, mais maintenant que le jour J approchait et qu'il avait rencontré ses bourreaux, il voulait rester en vie plus que tout au monde. Être un mec normal, menant une existence normale. Voir Laura grandir. Prendre soin de leur mère.

Cela n'arriverait jamais. Il en était sûr aujourd'hui. Il ne pouvait pas se battre contre ces créatures. Il ne savait pas comment.

À cet instant précis, alors qu'il tenait sa sœur terrifiée dans ses bras, il prit une grande décision. Il se rendrait d'abord chez Annie pour compulser les livres de son père. Voir s'il en apprendrait davantage. Puis il s'en irait, loin de tous ceux qu'il aimait.

Il éloignerait ces créatures par la ruse. S'il n'était pas à Paris, eux non plus. Laura et leur mère seraient tranquilles.

— Il faut que je parte.

Il n'avait pas eu l'intention de le dire à voix haute. Les mots sortirent simplement de sa bouche. S'arrachant à lui, Laura le dévisagea.

— Tu t'en vas ? Où ?

D'une main tremblante, elle s'écarta les cheveux du visage pour mieux le voir.

— Laura, écoute, ils en ont après moi uniquement. Si je m'en vais, ils me suivront et tu seras en sécurité.

Il parlait lentement, avec sérieux. Il fallait absolument qu'elle comprenne. Si elle se rangeait de son côté, elle pourrait arrondir les angles avec leur mère, faciliter les choses.

— Non, Sacha. Où comptes-tu aller ? Et s'ils te rattrapent ?

Elle lui saisit la main, ses yeux bleus le suppliant.

— Sacha, je t'en prie, ne nous quitte pas. Maman a besoin de toi. J'ai besoin de toi, moi aussi.

— Je sais, répondit-il doucement. Mais je n'ai pas le choix. C'est la seule solution. Si un malheur vous arrivait à cause de moi, je deviendrais dingue.

Laura lui pressa fort la main.

Elle essuya une larme sur sa joue puis lui parla d'une petite voix :

— Tu vas aller où ?

Sacha hésita. La dernière chose dont il avait besoin, c'était qu'elles le rejoignent chez Annie.

— J'ai ma petite idée. Un endroit sûr en dehors de la ville.

Il serra la main de Laura dans les deux siennes. Elle lui parut si fragile avec ses os tellement fins. Sa peau presque translucide. Il l'avait toujours protégée. Il devait continuer aujourd'hui.

30.

Taylor était assise sur le tapis à motifs gris et blanc de sa chambre, un bougeoir posé devant elle.

— Lumière !

Elle agita la main devant la bougie.

Rien.

— *Lumière !* s'énerva-t-elle. Espèce de stupide bâton de… paraffine.

La bougie s'obstinait à rester éteinte.

Taylor se passa la main sur le front, alertée par les premiers signes d'un mal de tête carabiné. Ronchonnant toute seule (« Non mais c'est quoi ces trucs qui ne sont même pas fichus de… »), elle étira le bras pour attraper un petit livre. À peine y toucha-t-elle qu'elle les sentait déjà : les picotements. Comme si elle avait des fourmis dans les mains.

Aucun titre n'apparaissait sur la couverture. Juste de curieux symboles géométriques gravés dans le cuir fatigué, leur dorure ternie à moitié effacée.

Son grand-père lui avait mis le bouquin dans les mains lorsqu'elle était retournée le voir après sa séance d'entraînement avec Louisa.

Dès le premier contact, elle avait eu une étrange impression. Comme s'il… vibrait.

— C'est un ouvrage très ancien, lui avait expliqué son grand-père. Il contient des exercices pratiques d'alchimie. Il nous a servi de méthode, à mes sœurs et à moi. Notre père l'a utilisé avant nous. Tu dois apprendre chaque leçon en commençant par le début et progresser ainsi jusqu'à la dernière page. (Il avait levé la main, pointant l'index pour la mettre en garde.) Ne passe pas à la leçon suivante tant que tu n'as pas réussi à maîtriser celle qui précède. C'est un apprentissage graduel. Sauter une étape pourrait se révéler… douloureux.

— Douloureux, avait-elle répété, en frottant ses bras meurtris d'un air renfrogné. Message reçu.

Une lueur entendue était apparue dans les prunelles vertes de son aïeul.

— Louisa est dure, je sais. Mais, de nous tous ici, aucun ne peut rivaliser avec elle. Comme toi, Louisa est naturellement douée. Et tu l'as beaucoup impressionnée aujourd'hui.

Elle s'était empourprée, surprise de constater à quel point l'opinion de Louisa comptait à ses yeux. Cependant, quelque chose l'avait frappée dans ces propos.

— De vous tous ? Pourquoi ? Combien êtes-vous ici ? Enfin, combien *sommes-nous*, je veux dire ?

Il s'était retourné vers ses rayonnages pour chercher un ouvrage, ses mains parcheminées effleurant au passage le dos de vieux grimoires sans âge.

— Beaucoup.

— Beaucoup ? s'était-elle étonnée, penchant la tête de côté. « Beaucoup » genre une dizaine ou « beaucoup » genre un millier ?

— Saint Wilfred nous accueille, nous et nos semblables, depuis le XIIIe siècle. (Tout en parlant, son grand-père tirait d'autres livres des étagères pour les glisser dans un cartable en cuir.) La charte fondatrice de cette faculté la décrit comme un lieu voué à l'étude de l'alchimie et de ses sciences. (Il lui tendit le cartable.) Et c'est très exactement ce qu'elle est, encore à ce jour.

Taylor saisit machinalement la sacoche. Le cuir usé était si doux sous ses doigts, moelleux presque.

— Alors, tout le monde ici…

— Est alchimiste, oui.

C'était follement exaltant d'imaginer que Saint Wilfred était rempli de gens comme elle, que les étudiants qu'elle et Louisa avaient croisés en traversant la cour étaient tous alchimistes. Ça lui redonnait de l'espoir. Peut-être qu'ils veillaient tous les uns sur les autres ? Peut-être qu'ils pouvaient tous faire ce qu'elle faisait ?

Dans le train du retour, elle débordait d'énergie et d'enthousiasme. Si elle pouvait en savoir autant que Louisa, elle aurait peut-être des chances de sauver Sacha ! D'une façon ou d'une autre…

Cependant, maintenant qu'elle essayait de s'entraîner toute seule, elle déchantait. Il fallait regarder les choses en face : elle était tout bonnement incapable d'accomplir ce que le manuel présentait comme le b.a.-ba de la pratique. Jusqu'alors, elle n'avait pas réussi à exécuter le moindre exercice. Et elle s'était entraînée tous les jours jusqu'à en avoir la tête comme un gong.

Elle avait déjà lu et relu le paragraphe sur la façon de puiser l'énergie dans son environnement naturel. Mais elle semblait incapable d'y parvenir. Les instructions du bouquin étaient parfaitement claires et la méthode pourtant simple. En théorie. Cependant, chaque fois qu'elle essayait de l'appliquer… eh bien, ça ne marchait pas.

Elle se fichait de cette stupide bougie. Or, tant qu'elle ne *détestait* pas la bougie et qu'elle n'avait pas *peur* de la bougie, elle ne pouvait *pas* allumer la bougie.

— Oh là là ! Je suis vraiment nulle comme alchimiste, gémit-elle en se laissant aller sur le dos.

Le livre tomba à côté d'elle. Inutile de la relire, de toute façon, elle connaissait la leçon par cœur.

Elle avait aussi fait ce que son grand-père lui avait justement dit de ne pas faire : sauter le premier exercice pour passer directement au suivant. Il s'agissait, cette fois, de soulever un objet sans le toucher. Le livre recommandait de « commencer par un objet de petite taille, comme une boîte à priser ».

Elle avait été obligée de chercher « boîte à priser » dans Google.

Ce bouquin était vraiment une antiquité !

Son portable vibra sur le sol à côté d'elle. Elle tourna la tête, juste assez pour voir l'écran.

Georgie.

Elle hésita. Le téléphone vibra de plus belle. Avec insistance.

Depuis sa dispute avec Tom, elle avait évité son amie. Georgie lui avait envoyé des dizaines de textos et lui avait laissé au moins autant de messages, de plus en plus hystériques.

Ça commençait à la mettre mal à l'aise. Elle se sentait coupable. Mais il y avait pire : Georgie lui manquait horriblement. C'était terrible de ne pas avoir de meilleure amie, surtout en ce moment !

Elle prit son smartphone, décomposant pratiquement le mouvement. Elle avait déjà le pouce sur le bouton rouge.

Puis, avec un soupir sonore, elle appuya sur le vert.

— Salut, Georgie, dit-elle d'un ton détaché.

— Oh-mon-Dieu ! s'exclama Georgie avec des accents de tragédienne. J'étais à deux doigts de faire le tour des prisons et d'appeler la morgue. T'es à l'hôpital ou quoi ? Je flippais à *mort*.

Taylor leva les yeux au ciel.

— J'étais en cours aujourd'hui, Georgie. Je t'ai vue dans le couloir.

Elle ne précisa pas qu'elle l'avait aperçue de loin et qu'elle avait aussitôt tourné les talons.

— Bon… Eh bien, je suis contente que tu ailles bien.

Georgie avait mis un bémol et semblait marcher sur des œufs, à présent. Elle avait manifestement perçu une certaine froideur dans la voix de Taylor.

— Ça va. (Taylor examina ses ongles.) Autre chose ?

Georgie prit un ton enjoué.

— J'ai une question à te poser : pour les exercices de maths que j'ai à me taper demain soir, tu veux juste me filer un super coup de main ou un hyper méga coup de main ?

Taylor sentit la moutarde lui monter au nez. Comment Georgie pouvait-elle lui demander ça après avoir parlé à Tom de Sacha ? Comment pouvait-elle seulement imaginer que tout allait pour le mieux entre elles ?

— Aucun des deux, lâcha-t-elle. J'ai des trucs à faire.

— C'est ça, maugréa Georgie. Qu'est-ce qui se passe, Tay ? Je sais bien qu'il y a un problème, mais je ne vois pas lequel. Crache le morceau que je puisse régler ça.

Taylor inspira à pleins poumons.

Faut que je reste calme. Faut que je reste calme.

— Tu sais que Tom m'a larguée, j'imagine.

— C'est bien pour ça que j'arrête pas de t'inonder de messages ! Je n'arrivais pas à le croire ! Ni que tu ne m'aies pas appelée pour me le dire toi-même. Ça m'a carrément vexée, pour être franche.

Taylor serra les dents.

— Ah oui ? Eh bien, figure-toi qu'il m'a accusée de le tromper avec Sacha, le Français auquel je donne des cours particuliers. (Sa voix s'était faite sourde, menaçante.) Le truc, c'est que je ne lui avais jamais parlé de Sacha, tu vois. En fait, la seule personne à qui j'aie jamais parlé de Sacha, c'est… toi.

Silence sur la ligne.

— Georgie, as-tu parlé à Tom de Sacha ?

— Non ! (Georgie réussissait à sembler tout à la fois agressive et sur la défensive.) Je n'en ai pas dit un mot à Tom.

— Je vois.

S'efforçant de contrôler ses nerfs, Taylor s'obligea à se concentrer sur la dureté du sol dans son dos. Elle leva les yeux au plafond, s'évertuant à focaliser toutes ses pensées sur la nuance de blanc de la peinture, sur la nécessité de la refaire ou non... : n'importe quoi pourvu qu'elle puisse stopper ces picotements dans ses doigts.

— Dans ce cas, comment crois-tu qu'il l'a appris ?

Nouveau silence prolongé.

Georgie finit par s'éclaircir la gorge.

— J'imagine... je veux dire, c'est pas impossible que... j'en ai parlé à Paul. (Elle se lança aussitôt dans une plaidoirie.) Il m'a juré qu'il ne le dirait pas à Tom. Il me l'a juré.

Taylor préféra se taire.

— Et... comment il l'a pris, Tom ? demanda Georgie d'une voix mal assurée.

Taylor revit Tom la pousser contre le mur. Elle repensa à la peur qui lui avait broyé la poitrine comme un étau.

— Mal. Très très mal.

— Oh non ! lâcha Georgie dans un souffle. Tay, je suis trop désolée. C'est ma grande gueule encore. Je n'aurais pas dû faire confiance à Paul. Je n'aurais pas dû lui dire.

— Non, tu n'aurais vraiment pas dû. Parce que je t'ai demandé de ne pas le lui dire et que tu m'as *promis* de ne pas le faire. Pourtant, tu lui as dit quand même. Et, maintenant, je ne crois pas que je puisse te faire confiance. Plus jamais.

Les picotements s'intensifiaient. Son portable paraissait étrangement chaud dans sa paume.

— Non, Tay, ne dis pas ça. (Georgie avait l'air stressée.) J'ai fait une bêtise. J'ai commis une erreur. Tu sais bien que ça m'arrive des fois. Je parle trop. Il faut que tu me pardonnes. Je ne pourrais pas le supporter si tu ne me pardonnais pas.

Dans la chambre de Taylor, les lumières se mirent à clignoter dangereusement.

— Il va pourtant bien falloir que tu t'y fasses. Tu disais toujours : « Les amies passent avant les garçons », tu t'en souviens ? Mais tu as préféré te confier à Paul et trahir la promesse que tu m'avais faite. Et, ça, Georgie, c'est impardonnable.

Elle raccrocha sans même lui dire au revoir et laissa tomber son portable à côté d'elle. Elle avait peut-être des hallucinations, mais il lui sembla voir de la fumée s'en échapper lorsqu'il atterrit sur le tapis.

Ж

Après ça, Taylor resta allongée sans bouger. Elle se sentait absolument incapable de trouver la force de se lever et de recommencer ses exercices. Elle se disait bien qu'elle devait se secouer. Elle avait connu pire, récemment. Ce n'était quand même pas comme voir Sacha mourir. Ou manquer de tuer Tom.

Mais perdre sa meilleure amie, là, d'un coup, c'était comme se prendre un direct à l'estomac : ça faisait un mal de chien. Elle voulait la récupérer. Elle voulait qu'elles redeviennent amies comme avant. Elle voulait rembobiner le film. Elle voulait que tout ce qui s'était passé entre elles ces derniers jours ne soit jamais arrivé, que ce qui avait été fait puisse être défait.

Pourquoi je ne peux pas apprendre ça au lieu d'apprendre à allumer cette maudite bougie !

Tout se bousculait tellement dans sa tête qu'elle ne sut pas combien de temps s'était écoulé quand son portable se remit à sonner. Cette fois, sur l'écran, s'affichait juste « Numéro inconnu ».

Elle roula sur le ventre pour prendre l'appel.

— Allô ?

— Tu t'entraînes ?

Une voix féminine, cassante, avec un accent de Liverpool.

Louisa.

— Oui, lui répondit-elle sans se relever. Mais je suis lamentable comme alchimiste et j'ai mal à la tête.

— Arrête de pomper dans tes réserves ! (Louisa soupira si fort que Taylor dut écarter l'appareil de son oreille.) Combien de fois il faut que je te le dise ?

— Mais je ne sais pas faire au-tre-ment, s'énerva-t-elle. J'ai beau suivre ce qui est écrit dans le maudit bouquin de grand-père et me tuer à essayer, je continue à tirer l'énergie de mon idiote de tête. Je déteste ce pouvoir. Et puis je n'en veux pas. Je veux juste être quelqu'un de normal, moi !

Tout en parlant, elle regardait l'abat-jour au plafond. C'était presque indécent. Comme de regarder sous les jupes du lustre.

Pour toute réponse, Louisa aboya un ordre :

— Sors de chez toi !

Taylor plissa les yeux.

— Pourquoi faire ? Et comment tu as eu mon numéro, d'abord ?

— À ton avis ?

Elle voyait déjà son expression blasée d'ici.

— Sors, parce que je te le demande, point barre. Et prends ta bougie.

Taylor étendit automatiquement la main, mais se figea à mi-parcours.

— Attends. Comment tu peux savoir que je m'entraîne avec une bougie ?

— Un de ces jours, je te parlerai de mes pouvoirs. En attendant, on va s'occuper des tiens.

Mais Taylor n'entendait pas lâcher l'affaire aussi facilement.

— Tu peux voir ce qui se passe *chez moi* ?

— Pas tout à fait. Plus ou moins. Bref, je suis plantée sur les marches de ton perron et ça me gave grave. Tes voisins sont de sales conformistes, genre dis-moi-comment-tu-te-sapes-je-te-dirai-qui-tu-es, et ils me matent méchamment. Alors, tu vas sortir, maintenant, oui ou merde ?

31.

Taylor empoigna la bougie, la fourra dans la poche de son short et descendit l'escalier d'un pas rageur pour gagner la porte d'entrée.

Campée dans l'allée devant la maison, Louisa examinait ses courts ongles mauves avec une expression d'ennui abyssal.

— Qu'est-ce que tu fais ici ?

Louisa lui lança un coup d'œil apitoyé.

— Non mais, j'hallucine ! Tu poses toujours des questions aussi débiles ou c'est juste moi qui fais ressortir ça chez toi avec mon éblouissante personnalité ?

Elle jeta un coup d'œil circulaire avec une moue renfrognée. Deux jeunes et jolies mamans BCBG, sanglées dans leur tenue de sport et poussant des landaus grand luxe, ne se gênaient pas pour passer ouvertement en revue ses cheveux bleus et ses tatouages reptiliens d'un œil soupçonneux. Louisa leur rendit leur regard, les fixant avec une telle intensité qu'elles détournèrent précipitamment les yeux, visiblement secouées.

L'air vrombissait du rugissement des tondeuses et des souffleurs à feuilles. C'était une belle journée et tout le monde semblait s'être passé le mot pour sortir ratiboiser quelque chose.

— On peut s'entraîner où ? Parce que ta rue, là, c'est un peu Pampers Valley, si tu vois ce que je veux dire. Alors, deux jeunes nanas alchimistes invoquant le pouvoir de Dame Nature, ça risque de ne pas passer inaperçu.

Prise de court, Taylor ne sut que répondre. Puis elle finit par se reprendre.

— La berge, lui proposa-t-elle après quelques secondes de réflexion. J'y vais parfois pour lire. Ils ne coupent pas l'herbe, alors il n'y a jamais personne. Je ne sais pas pourquoi. Les gens préfèrent l'herbe rase, apparemment.

Louisa la regarda d'un air de dire « passe-moi les détails » et fit un geste impatient de la main.

— Va pour l'herbe haute. Après toi.

Pendant un long moment, elles marchèrent en silence. Taylor se trouvait soudain tétanisée à l'idée de devoir parler. Chaque fois qu'elle ouvrait la bouche, elle avait l'impression de déverser des monceaux de stupidité.

Louisa ne parut pas le moins du monde incommodée par son manque de conversation. Elle fronça néanmoins les sourcils lorsqu'elles empruntèrent la rue principale pour se diriger vers le centre-ville.

Taylor s'étonna du plaisir qu'elle prenait à voir la réaction des gens sur leur passage. Depuis qu'elle était allée à Paris, elle avait essayé de changer de style, d'adopter un look plus sombre, plus rebelle. Aujourd'hui, elle portait un short noir avec un long débardeur gris près du corps et les bottines que Sacha lui avait achetées en France.

Elle se fit la réflexion qu'en fin de compte sa tenue n'était pas si différente de celle de Louisa – qui, comme d'habitude, était chaussée de bottes de motard et court vêtue d'une jupe noire qui mettait en valeur ses jambes musclées.

— C'est mon grand-père qui t'a envoyée, j'imagine ? lui lança-t-elle, quand le silence devint vraiment trop pesant.

— Han han. Ça l'inquiète de te savoir paumée au fin fond de ta cambrousse sans que tu saches comment contrôler ton pouvoir. (Louisa lui lança un coup d'œil en coin.) Tant que tu n'as pas pigé le truc, tu es un mélange de bombe à retardement et de victime en sursis, faut dire.

— J'ai failli griller mon portable tout à l'heure.

— Sérieux ? (Louisa l'examina avec un soudain regain d'intérêt.) Peut-être que tu tirais dessus sans t'en rendre compte. C'est bon signe.

Elle espérait que c'était le cas parce qu'elle en avait assez de collectionner les échecs. Elle qui réussissait toujours tout ! C'était la première fois de sa vie que ça lui arrivait.

Toutes les petites familles étaient de sortie pour faire ce que les petites familles font par un beau samedi après-midi et le centre-ville était bondé. Louisa se fraya un chemin dans la foule, fonçant à travers la mêlée sans s'excuser, dans une envolée de gamins effrayés.

— Dites donc, vous ! protesta un homme d'un certain âge, en la voyant passer devant lui comme un bulldozer.

Louisa ne se retourna même pas.

Taylor ne dit pas pardon non plus : un événement. Pour une fois, ça faisait du bien de ne pas s'excuser.

— Par ici, lança-t-elle par-dessus son épaule, en pointant du doigt l'entrée du parc.

Il faisait plus frais à l'intérieur et le parcours qui longeait la rivière était beaucoup moins fréquenté – quoique les abords soient envahis d'ados en pleine séance de bronzage intensif.

Après cinq ou six minutes de marche, le chemin se mit à serpenter entre les hautes herbes de la berge et les promeneurs se firent plus rares, pour finir par disparaître tout à fait.

Taylor quitta bientôt le sentier pédestre pour emprunter une piste non balisée. Les hautes herbes frôlaient ses jambes nues. Des fleurs orange et jaune d'or pointaient le bout de leur nez au milieu d'une myriade de nuances de vert.

C'était beaucoup plus calme par ici. Aux bruits de la rue avait succédé le bruissement du vent dans les roseaux. Le soleil leur tapait sur le crâne et Taylor leva une seconde le visage vers le ciel pour s'abandonner à sa caresse.

La piste achevait sa course au bord de la rivière. Sous un arbre, un vieux banc de bois regardait les eaux paisibles s'écouler doucement. Louisa se mit sur la pointe des pieds pour voir s'il y avait quelqu'un dans les environs : elles étaient seules.

— Parfait, dit-elle, en se frottant les mains. Super spot.

Elle enleva ses bottes et ses chaussettes, les glissa sous le banc, puis entra dans l'eau jusqu'aux chevilles.

— La vache, elle est froide !

Un rai de lumière accrocha un reflet phosphorescent au bleu de ses cheveux. Se tournant vers Taylor, elle lui fit signe de la rejoindre.

— Allez ! l'encouragea-t-elle. Chiche ! Saute !

Taylor, qui s'était attendue à un cours d'allumage de bougie, cacha sa surprise. Elle ôta maladroitement ses bottines et l'imita.

L'eau était tellement glacée qu'elle en eut des frissons du bas des reins jusqu'au creux de la nuque. Elle aimait bien la sensation spongieuse de la boue qui se faufilait entre ses orteils.

Lorsqu'elle se planta devant elle, Louisa soutint son regard. Elle avait des yeux couleur caramel foncé ourlés de longs cils épais bien noirs qui se recourbaient naturellement au bout.

Elle est vraiment jolie, se dit Taylor, en se demandant pourquoi elle ne s'en était jamais aperçue avant.

— Bon. On va essayer un truc. Prends-moi les mains. Je vais projeter mon pouvoir contre toi et je veux que tu le repousses.

Taylor s'exécuta d'un geste hésitant. Louisa avait de la poigne et les doigts calleux. Elle leva alors la tête vers le soleil et ferma les yeux. Taylor en fit autant. Elle percevait, sur ses chevilles, la pression des eaux languides. Les plantes aquatiques lui chatouillaient les pieds. Elle n'entendait plus que les cris des oiseaux et le bourdonnement des abeilles dans les fleurs champêtres.

— Est-ce que tu sens ça ? lui demanda Louisa au bout d'un moment.

Plissant le front, Taylor, qui ne sentait rien de particulier, redoubla de concentration. Puis, soudain, elle eut l'impression qu'une vague de chaleur la repoussait. La sensation était tellement palpable qu'elle crut pouvoir la distinguer en ouvrant les yeux. Mais, quand elle souleva effectivement les paupières, elle ne vit rien, que l'onde miroitante.

— Oui, murmura-t-elle, émerveillée. Oui, je le sens.

— Bien. Maintenant, imagine que la rivière et le soleil te procurent de l'énergie. Si ça peut t'aider, représente-toi ça comme quelque chose de concret, quelque chose que tu peux toucher.

Repensant à la suggestion de Finlay, Taylor se figura le pouvoir comme une sorte d'écheveau d'or scintillant sur lequel elle tirait.

Le fil se déroulait facilement.

Son pouls s'accéléra.

— Ça marche, souffla-t-elle. Je crois que j'y arrive.

— Bien. Maintenant, pousse cette énergie vers moi. Comme je viens de le faire avec toi.

Taylor imagina que le fil allait s'enrouler autour de Louisa en un cercle étincelant. C'était si facile ! Il dansait, bougeait, se dirigeait exactement là où elle le voulait…

— Ouah !

Louisa retira ses mains et recula dans une gerbe d'éclaboussures. Elle regardait Taylor avec de grands yeux.

Taylor cligna des paupières.

— Qu'est-ce qui s'est passé ? Ça n'a pas marché ?

Un énorme sourire illumina le visage de Louisa.

— Oh, si, si, ça a marché. (Elle pointa l'index vers le sol.) Regarde.

Perplexe, Taylor baissa les yeux.

Tout à l'heure, elles avaient de l'eau jusqu'aux chevilles. Or, maintenant, elles en avaient jusqu'aux genoux. Et elle ne s'en était même pas rendu compte !

— Qu'est-ce que… ? s'entendit-elle murmurer.

Au lieu de couler normalement, l'eau de la rivière s'était accumulée autour d'elles, comme aimantée. En aval, le lit de la rivière était vide et offert aux regards. Des plantes d'un vert noirâtre gisaient dans la boue. Alors que, tout autour d'elles, l'eau continuait à monter.

Déroutée, Taylor se tourna vers Louisa.

— Je ne comprends pas.

— Eh bien, Aldrich ne plaisantait pas quand il parlait de ta puissance. (Louisa secouait la tête.) T'es une vraie *bombe atomique* !

— Attends. (Taylor se pencha pour toucher l'eau qui tournoyait autour de ses genoux.) Tu veux dire que c'est *moi* qui ai fait ça ?

— Je veux ! (Louisa se détourna pour regagner la berge.) Viens, lui lança-t-elle sans se retourner. Sors de là avant de noyer tout Woodbury sous un raz-de-marée.

Pataugeant et glissant à moitié dans la boue, Taylor se précipita à sa suite.

C'était quand même hallucinant : elle ne pouvait pas allumer une bougie, mais elle pouvait stopper le cours d'une rivière ?

Non, non, ce n'est pas moi, se rassura-t-elle. *C'est impossible.*

Mais, en son for intérieur, elle savait que c'était elle. Elle avait bel et bien senti ce flux d'énergie autour d'elle, cette exaltation quand il avait répondu à son appel, lui courant dans les veines comme une montée d'adrénaline.

Parvenue sur la berge, elle se retourna. Pendant un moment, l'eau continua à monter, comme empêchée de couler par un barrage invisible. Puis, tout à coup, avec une sorte de soupir, elle retourna dans son lit. Le soupir devint grondement et l'eau déferla, cascade de petites vagues poussant les cailloux et les plantes devant elle jusqu'à ce que la rivière reprenne son cours normal.

Taylor expira bruyamment.

Assise en tailleur à une des extrémités du banc, Louisa lui fit signe d'approcher. Taylor adopta la même position à l'autre bout du banc. Le bois était chaud sous ses cuisses.

— Comment va ta tête ?

Taylor marqua un temps d'arrêt.

— Bien, s'étonna-t-elle. Je n'ai absolument pas mal.

Louisa hocha la tête avec satisfaction.

— Quand tu ne te sers pas de ta propre énergie, ça change tout. (Elle tendit la main.) Tu l'as, cette fameuse bougie ?

Taylor sortit la petite bougie blanche de sa poche. Louisa la coinça dans une entaille, au milieu du banc, entre elles deux.

Elle tendit de nouveau les mains vers elle, paumes vers le ciel.

— Allez, on va essayer avec ça.

Le moral de Taylor retomba comme un soufflé.

— Je n'y arrive pas, bougonna-t-elle, en se rencognant sur son bout de banc. J'y ai passé toute la matinée et… eh bien, je ne peux pas.

— Taylor, ce que tu viens de faire, là ? lui lança-t-elle, en inclinant la tête vers la rivière. C'est bien plus dur que d'allumer une malheureuse bougie. C'est cent fois plus compliqué. Pour être honnête, je sais déjà que tu peux allumer cette bougie. Je suis juste curieuse de voir si tu vas la catapulter comme une fusée jusqu'au fin fond du cosmos.

Elle rit. L'anneau qu'elle avait dans la narine étincela.

— Ce n'est qu'une petite expérience, insista-t-elle.

Si Louisa avait l'air convaincue, Taylor, elle, avait des doutes. Pourtant, elle avait trouvé le premier exercice étonnamment facile. Louisa y était probablement pour quelque chose. Sa présence à ses côtés lui redonnait confiance. Peut-être qu'elle pouvait l'allumer, finalement, cette stupide bougie.

Elle prit de nouveau les mains de son mentor.

— Retrouve cette même énergie, lui dit Louisa. Visualise-la comme tu l'as fait tout à l'heure. Fais attention à ce qu'elle vienne bien de l'eau et de l'air autour de toi. Identifie la source. Tu devrais la sentir.

Taylor ferma les yeux.

C'était plus facile, cette fois. Comme si, avec l'exercice précédent, une porte s'était ouverte, révélant des choses qui avaient toujours été là, mais qui demeuraient cachées jusqu'alors.

Elle voyait des rayons d'énergie scintiller partout. Ils s'échappaient de la terre, de l'herbe, de l'air, de l'eau… Il y en avait tout autour d'elle. Elle ne savait même pas par quel bout commencer. Elle en choisit prudemment un et le dirigea vers la mèche.

Lumière, ordonna-t-elle en pensée.

Le flux doré s'enroula autour de la bougie comme une coulée de miel.

Elle ouvrit les yeux.

La bougie flamboyait.

S'arrachant à l'emprise de Louisa, elle applaudit.

— J'ai réussi ! J'ai réussi !

Louisa releva la tête avec un sourire, qui s'évanouit dès qu'elle jeta un coup d'œil alentour.

— Euh... Taylor...

Lorsqu'elle suivit son regard, Taylor en eut le souffle coupé.

Des centaines de petites lumières flottaient dans les airs autour d'elles en cercles concentriques comme autant d'anneaux d'or. Chacune d'elles brillait et vacillait à l'instar de la flamme d'une minuscule bougie.

Sauf qu'il n'y avait ni mèche, ni bougie.

Elle en aurait pleuré.

— Mais non ! Non, non, non ! se morfondit-elle, en se cachant le visage dans les mains. Je voulais juste allumer *une* bougie. Juste une.

Un drôle de bruit à l'autre bout du banc lui fit relever la tête. Louisa se tordait de rire. Taylor s'empourpra.

— C'est pas drôle.

— Je ne sais même pas, haleta Louisa, en se tenant les côtes, comment tu as fait ça. Tu as mis le feu... à l'air !

— C'est un accident, plaida Taylor. (Mais elle sentait le fou rire la gagner.) Un petit accident de rien du tout.

Louisa s'essuya les yeux.

— Eh bien, t'as intérêt à les faire disparaître avant que le parc parte en fumée.

— Et comment je fais ça ? lui demanda-t-elle, affolée.

— Tu recommences, lui répondit posément Louisa. Sauf que, maintenant, tu vas imaginer que l'énergie reflue.

Taylor inspira profondément et regarda fixement les petites flammes autour d'elle.

Stop !

Aucun effet.

Elle fronça les sourcils et recommença. Cette fois, elle puisa d'abord l'énergie nécessaire, puis la poussa vers l'extérieur de toutes ses forces.

STOP !

Les lumières s'éteignirent aussitôt.

Elle se tournait déjà vers Louisa avec un sourire triomphal, quand un poteau électrique à l'autre bout du pré explosa avec une détonation si puissante que tous les oiseaux se turent d'un coup.

Elles virent alors des étincelles jaillir et retomber en un arc crépitant.

Au loin, Taylor entendit des exclamations et, quelques secondes plus tard, la plainte distante d'une sirène de pompiers.

— Oh oh ! (Louisa attrapa ses chaussures.) Peut-être que tu devrais y aller un peu moins fort la prochaine fois. (Elle se leva et s'étira.) Y a pas un endroit dans le coin où on peut prendre un café ?

Ж

Le soleil était encore haut quand la fille aux cheveux bleus entra dans la gare pour consulter les horaires des trains. Le prochain pour Oxford partait dans dix minutes.

Parfait, pensa-t-elle.

Elle jeta un coup d'œil circulaire, feignant de ne pas remarquer les airs réprobateurs et les regards de travers qu'attiraient ses tatouages, son anneau dans le nez, ses bottes…, comme si elle représentait une menace personnelle pour la communauté.

Vivement que je me tire d'ici !

Le contrôleur vérifia son billet avec un soin scrupuleux totalement superflu avant de finir par l'autoriser à franchir le portillon.

Elle résista à la tentation d'utiliser son pouvoir pour lui filer une soudaine crise d'acné post-juvénile. Elle était trop grande pour ce genre de chose, ne cessait de lui répéter Aldrich. Elle avait vingt ans, maintenant : elle devait renoncer à sa rébellion pré-pubère.

Facile à dire. Il n'avait jamais passé une nuit glaciale dans le dortoir d'un foyer où le bruit des voitures est si fort qu'on ne s'entend plus penser.

Quand je vais lui dire ce que Taylor a fait aujourd'hui ! jubila-t-elle, en empruntant l'escalier de la passerelle qui donnait accès au quai numéro 3.

L'excitation courait dans ses veines. Elle avait passé une journée extraordinaire. Taylor était d'une puissance incroyable, qui semblait redoubler à chacun de leurs entraînements. C'était la première fois qu'elle se frottait à plus fort qu'elle. Et encore ! Taylor avait sans aucun doute un potentiel inexploité exceptionnel. Elle n'avait jamais utilisé son pouvoir et, aujourd'hui, elle avait arrêté une *rivière* !

Elle allait devenir la plus puissante alchimiste de sa génération. Si elle continuait à s'entraîner avec elle et Aldrich, plus rien ne pourrait les arrêt…

Une drôle de sensation interrompit brutalement ses réflexions. Comme des milliers de minuscules piqûres dans son dos. Elle en eut des palpitations.

Elle dut prendre sur elle, mobiliser toute sa volonté pour ne rien laisser paraître et continuer à traverser la passerelle d'un pas égal. Mais, lorsqu'elle descendit les marches de l'autre côté, elle balaya du regard la foule clairsemée pour chercher ce qui avait déclenché cette alerte.

Elle le repéra immédiatement, là, de l'autre côté de la voie : un homme grisonnant en costume de tweed. Avec sa fine moustache et sa casquette plate, il avait tout d'un gentil grand-père des beaux quartiers.

Elle ressentait pourtant son pouvoir comme une lame de glace et réprima un frisson. *Un praticien noir ?* s'alarma-t-elle. *Ici ?* Ce ne pouvait pas être une coïncidence. Il devait être là à cause de Taylor.

Parvenue au pied de l'escalier, elle tourna sur le quai et le remonta à pas lents, tout en examinant affiches et tableaux horaires comme si elle trouvait ça captivant. Elle finit par repérer un bon poste d'observation, derrière une bande d'ados qui discutaient avec animation. Elle s'adossa à un poteau et reporta son attention vers l'inconnu.

Elle crut s'étrangler.

Il avait les yeux braqués sur elle. Et, rien qu'à sa façon de la regarder, il était clair qu'il savait parfaitement qui elle était. Et qu'il sentait sa peur.

Cette fois, elle semblait incapable de se détourner. Ses yeux étaient comme deux puits sans fond débordant de haine et de noirceur. Et elle était aspirée dedans. Son cœur cognait si fort qu'elle porta la main à sa poitrine, pantelante de douleur. Elle pouvait entendre son propre sang ralentir dans ses veines.

Le truc à propos de ses tatouages qu'elle n'avait jamais expliqué à Taylor, c'était que chacun était un symbole précis soigneusement exécuté. Elle avait travaillé avec un alchimiste expert en la matière pour les réaliser. Isolés, ils constituaient déjà de puissantes protections. Combinés, ils fonctionnaient comme un bouclier – ou un talisman – contre les pouvoirs de l'Ombre.

Protection, pensa-t-elle, puisant de l'énergie dans les gros câbles électriques qui couraient à travers les voies.

On aurait dit qu'un mur invisible venait de se dresser entre eux. La sensation glacée disparut aussitôt. La douce chaleur du soleil l'enveloppait de nouveau. Son cœur recommença à battre normalement.

Elle prit une inspiration saccadée.

Un train entra en gare. Sur le quai opposé, l'homme porta deux doigts à sa casquette pour la saluer avec une sorte de léger petit sourire aux lèvres. Puis le train s'arrêta sur la voie qui les séparait et l'homme disparut. Louisa se laissa aller contre le poteau, les poings serrés. Il fallait qu'elle parle à Aldrich. Tout de suite.

32.

Sacha ouvrit la nouvelle porte d'entrée. Elle pivota dans un silence apaisant. L'appartement était calme. Vide. Il ferma à clé derrière lui.

Il n'y avait rien eu à signaler depuis le jour où les « créatures », comme il les surnommait maintenant, avaient attaqué Laura. Elles n'étaient pas réapparues.

Sa mère avait cru à une tentative de cambriolage. Sacha avait convaincu sa petite sœur que lui mentir était la seule option.

— Elle ne te croira jamais si tu lui racontes la vérité.

L'assurance avait payé une nouvelle porte. Elle était mieux que l'ancienne, en avaient-ils tous conclu. Elle comptait aussi deux fois plus de verrous et paraissait plus solide.

Ses pas sonnaient creux tandis qu'il traversait le petit couloir menant à sa chambre. Sa mère n'avait pas fini sa journée et Laura se trouvait à l'école. Il n'y avait donc personne à qui faire ses adieux.

Exactement comme il l'avait souhaité.

Il avait patienté plusieurs jours – le temps que la nouvelle porte soit installée et testée. Le temps de rencontrer Antoine et de lui donner assez de liquide pour le convaincre de quitter la capitale, jusqu'à ce que les choses se tassent.

Aujourd'hui, ces tâches accomplies, le moment était venu de s'en aller. Annie l'attendait, et plus il restait ici, plus il était probable que les créatures reviennent.

Il n'était pas retourné chez sa tante depuis la mort de son père. La pensée de se réfugier là-bas lui laissait un goût doux-amer. Il avait toujours adoré sa maison. Mais elle était intrinsèquement associée dans son esprit à Adam. Tout serait différent sans lui là-bas. En outre, il n'était plus un enfant. Hors de question de grimper aux arbres du verger, de barboter dans le lac.

Il s'y rendait pour essayer de sauver sa peau.

Se déplaçant avec une efficacité mécanique, Sacha remplit un petit sac de vêtements, ajouta le carnet de son père et l'itinéraire qu'il avait imprimé. Il cacha une épaisse liasse de billets dans la poche intérieure zippée.

Il lui restait une dernière chose à faire avant de partir. La plus difficile.

Soigneusement, il choisit une feuille de papier neuve dans le tiroir de son bureau. Pendant un long moment, il resta immobile, le crayon bloqué au-dessus de l'étendue blanche et vierge. Puis d'un geste lent mais déterminé, il se mit à écrire.

Chère Maman, chère Laura,
Quand vous lirez cette lettre, je serai parti.
N'essayez pas de me retrouver, je pars pour

mieux vous protéger. En effet, tant que je suis ici, vous courez toutes les deux un grand danger. S'il vous arrivait quelque chose à cause de moi, je ne pourrais plus me regarder en face.

Je vous contacterai aussi souvent que je le pourrai. S'il vous plaît, ne vous inquiétez pas pour moi.

Je vous aime,

Sacha.

Les yeux humides, il plia la lettre et la glissa dans une grande enveloppe. Il fourra le reste des billets à l'intérieur puis il se rendit dans le salon avec le paquet bombé. Il le laissa sur la table basse où sa mère ne manquerait pas de le trouver.

Il essaya de se convaincre que cet argent arrangerait les choses. Mais il savait que c'était faux. Quand votre famille ne comporte que trois personnes, la perte d'une seule est insoutenable. Rien n'améliorerait la situation.

Dehors, la circulation ronronnait. Un chien aboya non loin. Les bruits familiers d'un matin à Paris. Mais il avait commencé à prendre de la distance avec cet endroit. Comme s'il n'y habitait plus.

La mâchoire serrée, il saisit le sac et son casque.

Sur le seuil de la porte, il s'arrêta pour jeter un dernier coup d'œil à l'appartement. Il voulait se rappeler des moindres détails baignés sous le soleil estival. Le salon était rangé puisque sa mère travaillait de jour. Le canapé marron et moelleux affaissé en son centre depuis tant d'années. La solide table de la cuisine autour de laquelle ils se disputaient, riaient, dînaient… attendant une nouvelle conversation qui aurait lieu sans lui.

Il prit une grande inspiration qui lui donna des frissons.

Et si je ne revenais jamais ?

Il ne supportait pas cette pensée. Il fallait qu'il revienne. Il fallait qu'il vive.

Il s'essuya les yeux du revers de la main. Puis il ferma la porte derrière lui.

Sortir de Paris fut une autre paire de manches. La circulation était dense et les rues, une fois que Sacha eut quitté son arrondissement, le déroutèrent. Il se trompa à plusieurs reprises et fut obligé de rebrousser chemin.

Il vérifiait sans arrêt dans les rétroviseurs de sa moto s'il n'était pas suivi. Mais jamais il ne vit deux fois la même voiture.

Dès qu'il eut quitté l'enchevêtrement urbain, les routes s'ouvrirent à lui et il commença à se sentir mieux. Le rugissement familier, presque animal, de sa moto le réconfortait. Il mit les gaz et se pencha sur le guidon. La machine était puissante sous lui. Le vent le fouettait avec force, faisait claquer et craquer son blouson. La banlieue s'évapora autour de lui.

Une fois sur l'autoroute, ce fut encore plus simple. Deux heures plus tard, il arrivait en périphérie de la jolie ville de Troyes.

Pour Sacha qui se rappelait l'avoir explorée avec sa famille quand il était enfant, la vue des maisons à colombages penchées du vieux centre-ville était un peu comme un voyage dans le temps.

Sauf que tout lui parut beaucoup plus petit maintenant.

Il fit une pause pour prendre de l'essence à une station-service.

À cette époque de l'année, la campagne grouillait de familles fuyant les cités. Il y avait des gens partout. Des enfants couraient pieds nus sur le goudron, des parents leur criaient d'arrêter. Personne ne prêtait attention à un ado sur une moto.

Il faisait chaud et il transpirait sous son casque. Il écarta des mèches trempées de ses yeux tandis qu'il examinait de près sa carte. L'itinéraire se compliquait à partir d'ici.

Il avait gardé l'œil ouvert, rien n'indiquait qu'il avait été suivi. Jusqu'à présent, il avait réussi son évasion.

Quelques kilomètres après la station-service, il quitta la nationale pour une route étroite de campagne bordée de chaque côté par d'épais sous-bois. La route tournait et serpentait. Peu à peu, le paysage devint plus familier.

Des vignes violettes apparurent sur les collines ondoyantes, parsemées çà et là de clochers d'église très pointus, tels des chapeaux de sorcière.

Il reconnut les embranchements qu'ils prenaient pour se rendre chez Annie, mais la route était plus accidentée que dans ses souvenirs ; il fut donc obligé de rouler au pas et de naviguer prudemment pour éviter ces traîtres de nids-de-poule.

L'étroit chemin de terre qui séparait deux vignes immenses aboutissait sur un groupe de quatre maisons en pierre.

Annie possédait la plus éloignée des quatre. Construite si près des vignes qu'elle en faisait quasiment partie.

De gros ceps verts poussaient le long du vieux mur en pierre et dégringolaient dans son jardin en lourdes grappes.

Sacha se gara devant la maison et coupa le moteur.

Le silence, soudain, était assourdissant. Il fallut un petit moment à ses oreilles pour s'ajuster puis il entendit enfin la brise froissant les feuilles de vigne, le tintement d'un carillon près de la porte, la complainte des corbeaux.

Il enlevait son casque quand la porte s'ouvrit avec un bruit sourd. Une femme, grande et mince, apparut sur le perron, un torchon oublié à la main. Ses cheveux noir de jais étaient coupés court et ses yeux, d'un bleu vif.

À la vue de ce visage chéri, Sacha se sentit tout de suite mieux.

— Salut, tante Annie ! Je passais dans le coin.

— Sacha ! Tu es venu !

Elle se précipita pour le prendre dans ses bras.

— Je n'arrive pas à croire que tu sois vraiment là ! s'exclama-t-elle. Cela faisait si longtemps.

Elle parlait français avec un léger accent anglais. À l'instar de son frère, elle avait quitté l'Angleterre pour la France deux décennies plus tôt. Sacha resta accroché à ses épaules frêles. Elle sentait le savon à la lavande et le grand air, comme dans ses souvenirs.

Elle se pencha en arrière pour mieux l'examiner, des ridules du sourire se creusant autour de ses yeux. Le soleil faisait briller quelques cheveux blancs dans sa tignasse noir corbeau. Ils n'étaient pas là la dernière fois qu'il avait vu sa tante.

— Non mais regardez-moi ce beau jeune homme. Le portrait craché de...

Elle ne finit pas sa phrase mais sourit à nouveau. Cette fois-ci, il décela un soupçon de tristesse dans son regard.

— Allez, entre et raconte-moi tout.

Le sourire de Sacha s'estompa à son tour.

— C'est une longue histoire.

Elle lui tapota l'épaule.

— J'ai tout le temps devant moi !

L'intérieur de la vieille ferme correspondait à son souvenir : les mêmes chaises en cuir usé dans le grand salon ensoleillé, les bibliothèques croulant sous les livres, les bouquets d'herbes aromatiques et de fleurs séchées.

Un chat noir lové sur le canapé ouvrit un œil doré pour examiner le visiteur.

— Rien n'a changé ! commenta-t-il, ravi.

— Pourquoi la maison aurait-elle changé ? demanda-t-elle en désignant une chaise. Assieds-toi. Je prépare du café et nous pourrons discuter.

Quand elle ouvrit la porte de la cuisine, un petit chien marron de race indiscernable se rua sur Sacha avec délice, la langue pendante.

— Pikachu ! s'écria Sacha, incrédule. Il est encore en vie ?

— Il n'est plus aussi rapide qu'autrefois mais il est fidèle au poste, répondit Annie sur le seuil de la cuisine, les observant avec tendresse.

Sacha s'agenouilla et serra le chien contre lui avant d'enfouir le nez dans les poils courts et lisses entre ses oreilles.

— Pika, je n'en reviens que tu sois toujours là.

Le chien, qui s'était installé chez Annie une dizaine d'années plus tôt, avait été le compagnon fidèle de Sacha quand il venait en visite, enfant. Pikachu lui lécha doucement le visage.

Quelques minutes plus tard, Annie revint avec du café et des fruits sur un plateau. Sacha se racla la gorge, lâcha le chien et la suivit sur le canapé. Après avoir chassé le chat, Annie s'installa et tendit une tasse fumante à son neveu. Elle approcha de lui une assiette de biscuits au miel et des quartiers de pêche.

— Bien, commença-t-elle. Raconte-moi tout. Mais d'abord, est-ce que ta mère est au courant que tu es là ? Il faut que je sache quoi lui dire si elle téléphone.

Il secoua la tête et serra fort la tasse chaude dans ses mains.

— Elle ne doit rien savoir. Si elle apprend que je suis ici, elle viendra me chercher. Je ne peux pas prendre ce risque. Je veux que Laura et elle soient en sécurité.

Puis il ajouta avec une pointe d'amertume :

— Et l'endroit le plus sûr se trouve le plus loin de moi possible.

— J'aimerais tellement te dire que tu te trompes.

Le visage d'Annie se creusa d'inquiétude.

— Tu as eu d'autres visites de ces gens ?

Sacha fit non de la tête.

— Pas depuis qu'ils ont défoncé notre porte. Mais j'ai l'impression qu'ils me cherchent.

Il posa la tasse sur la table basse et se frotta les paumes sur son jean. Rien que d'en parler, il avait les mains moites.

— Comme je ne veux pas te mettre en danger non plus, je ne resterai pas longtemps. Nous serons tranquilles pendant quelques jours à mon avis, mais pas plus.

— Ne t'inquiète pas pour ça, le rassura Annie, les lèvres pincées. Reste autant qu'il le faudra. Je suis plus coriace que j'en ai l'air.

Sacha ouvrit la bouche pour protester mais elle leva la main.

— Maintenant parle-moi d'eux, que je sache qui est notre adversaire.

Il lui décrivit donc les créatures – leur grand sourire étrange, leurs cheveux noirs, leurs yeux caverneux, l'odeur de mort qu'ils dégageaient.

— Ils t'imposent des visions. Des choses horribles. Et ils te forcent à baisser les bras. Ils arrivent à te convaincre de cesser le combat.

— Ton père pensait qu'une telle chose se produirait peu avant ton dix-huitième anniversaire. La nuit dernière, je suis tombée sur certaines de ses notes. Il avait peur qu'ils n'envoient quelqu'un à ta recherche, pour t'évaluer. Il avait déniché des documents sur ce qu'avaient subi les garçons avant toi. (Elle scruta le fond de sa tasse.) Il avait l'intention de s'enfuir avec toi le jour venu… De t'emmener aussi loin qu'il le pourrait.

— Ces… créatures…, bredouilla Sacha. Ce sont elles qui l'ont tué ?

Un long moment s'écoula avant qu'Annie ne réponde.

— Je l'ignore. Mais la mort de ton père n'était pas un accident. J'en suis persuadée. Il savait que quelqu'un le traquait. Cela l'inquiétait beaucoup. Voilà pourquoi il a envoyé tous ses papiers ici avant son dernier voyage. Il voulait s'assurer que son travail ne serait pas perdu. Il avait ajouté un mot dans le carton. S'il lui arrivait quoi que ce soit, disait ce mot, je devais conserver toutes ses recherches. Pour toi.

Les émotions de Sacha tourbillonnaient entre une douleur sourde et une colère noire. Si ces créatures avaient tué son père, il les détruirait. Il trouverait un moyen, même si cela devait lui coûter la vie.

Cependant, il fallait se montrer pratique : ces monstres étaient d'une force redoutable. Il devait en apprendre davantage sur eux et… sur les connaissances de son père.

— Une tonne de travail m'attend, si je comprends bien.

Annie posa son café, se leva et lui fit signe de la suivre.

Ils quittèrent le salon pour gagner l'escalier en bois qui craquait. Dans le large couloir sombre au premier étage, elle ouvrit une porte. Elle tira sur une cordelette et une faible lumière s'alluma. Plus avant, des marches abruptes en bois menaient au grenier.

Sous le haut toit pentu, une fenêtre ronde laissait passer un cercle de lumière qui illuminait un grand espace ouvert au parquet brut. Un bureau en acajou trônait avec une magnificence incongrue au centre de la pièce. Il était entouré de deux bibliothèques assorties et remplies.

Les pieds de Sacha restèrent collés au vieux parquet en chêne.

C'était la table de son père. Ses bibliothèques. Son bureau au grand complet.

Tout était disposé exactement comme chez eux à la campagne, des années plus tôt.

— Tu l'as gardé, hoqueta-t-il.

Annie se tenait à côté du bureau et observait sa réaction.

— J'ai tout gardé, répliqua-t-elle.

33.

— Redécris-les-moi. (Louisa posa sa tasse si brusquement que le café faillit déborder.) Ces trucs qui ont attaqué Sacha. À quoi il a dit qu'ils ressemblaient déjà ?

Elles revenaient juste d'une nouvelle séance d'entraînement. Taylor n'avait détruit aucun poteau électrique et elles fêtaient ça en s'octroyant une pâtisserie au Café-In.

C'était devenu une habitude. Depuis sa première visite, Louisa était revenue tous les jours à Woodbury. Elle avait dit à Taylor que c'était parce qu'elle avait besoin d'un entraînement intensif. Ce qui n'était pas tout à fait faux. Mais elle était aussi ici à cause du praticien noir de la gare. Lorsqu'elle avait raconté à Aldrich ce qui s'était passé, il l'avait aussitôt renvoyée d'où elle venait avec quelques acolytes de Saint Wilfred.

Ils faisaient les trois-huit, à présent, se relayant pour surveiller la maison de Taylor jour et nuit. Constamment sur le qui-vive.

Elle n'en avait cependant pas informé Taylor. Aldrich voulait le faire lui-même.

— Tu manques un peu de… tact, parfois, lui avait-il dit – avec tact. Cette conversation requiert un certain doigté. Nous voulons qu'elle soit consciente du danger, pas terrifiée.

— D'accord, lui avait-elle répondu. Mais elle a le droit de savoir. Qui ou quoi que soit ce type, c'est un pur concentré de pouvoir ambulant. Et je parierais qu'il est derrière tout ce qui se passe en ce moment. (Au souvenir de l'effet qu'il lui avait fait – combien elle s'était sentie vulnérable en sa présence, la trouille bleue qu'il lui avait flanquée –, elle avait serré les poings.) Il faut qu'on le trouve, Aldrich. Et vite.

— Je m'en charge, lui avait-il assuré. De ton côté, occupe-toi de veiller sur Taylor.

C'est comme ça qu'elle s'était retrouvée dans ce bled, à regarder, jour après jour, cette fille se débattre avec ses dons tout neufs. Une chose était claire : Taylor était un pur concentré de pouvoir, elle aussi. Les trucs qu'elle avait faits sans même y penser ? Il lui aurait fallu des heures et des heures d'entraînement pour apprendre à en faire autant à son âge.

Exploser le transformateur électrique, je veux dire !

Elle n'était même pas sûre de pouvoir en faire autant maintenant, si l'envie lui en prenait. Et encore, pour Taylor, c'était juste un « accident ». Comme on renverse un verre.

N'empêche que le petit génie n'avait aucun contrôle sur son pouvoir. Et il lui fallait encore du temps pour trouver l'énergie dont elle avait besoin dans ce qui l'entourait, pour la mobiliser. D'instinct, elle puisait toujours dans ses propres réserves.

Normal : on n'arrivait à rien sans pratique. Mais elle n'apprenait pas assez vite. Or, le temps était un luxe qu'ils ne pouvaient pas se permettre. Bon, après, il ne s'était rien passé non plus : aucun signe du praticien noir depuis ce fameux jour, à la gare. Aucune indication qu'il puisse y avoir la moindre menace.

Le moral était donc au beau fixe jusqu'à ce que Taylor lui parle des révélations de Sacha quand ils avaient discuté en ligne cette nuit.

— Il a quitté Paris, lui répétait justement l'intéressée. Il se cache à la campagne, chez une tante. Il a dit que ces trucs étaient venus chez lui et s'en étaient pris à sa famille. Il a dit qu'ils étaient très pâles, comme des têtes de mort. Qu'ils bougeaient bizarrement. Ils lui ont fait voir des choses, des choses horribles…

— Quel genre de choses ?

— Je ne sais pas… des visions, des hallucinations… Il a dit… (Taylor déglutit.) Il a dit qu'ils lui donnaient l'impression de voir la mort en face.

Louisa en eut des crampes d'estomac.

— Et ils ont dit : « Ne t'approche pas de la fille » ?

Taylor hocha la tête.

— Ils ont dit d'autres choses aussi : qu'ils viendraient le chercher pour l'emmener quelque part, que c'était une prophétie.

Louisa s'affala sur sa chaise jusqu'à ce que ses jambes dépassent dans l'allée, les yeux rivés au plafond comme si elle espérait y trouver des réponses.

OK, Aldrich ne voulait pas qu'elle terrorise Taylor, mais… bordel ! c'était du lourd, ça !

Je vais avoir besoin d'une double dose de caféine, moi.

Cependant, Taylor l'observait.

— Tu sais ! comprit-elle tout à coup. Tu sais ce qu'ils sont. Et tu sais ce que signifient ces apparitions.

Louisa recula brusquement pour se caler contre le dossier de sa chaise, droite comme un « I ».

— Des Rafleurs.

— Des Rafleurs ? (Taylor cligna des paupières.) Je ne… Qu'est-ce que c'est ?

Des monstres. D'ignobles monstres tout droit sortis de nos pires cauchemars pour nous détruire.

— Des messagers.

— Des messagers de… quoi, exactement ?

Taylor scrutait chacun de ses traits.

Oh, tu sais, le truc habituel : la petite marrante avec une grande faux.

— Pas évident à expliquer. (*Sans te faire flipper à mort.*) Ils ne sont pas humains. Ils ne sont pas… *réels*, plus exactement. C'est plutôt des… des larbins. Des serviteurs. Les praticiens noirs les utilisent pour obtenir ce qu'ils veulent. *Qui* ils veulent – et tu ne leur dis pas non, à ces trucs-là, crois-moi. Perso, j'en ai jamais vu, mais ils sont mythiques. (Elle poussa un profond soupir.) Bref, des emmerdes sur pattes, Blondie. De très très grosses emmerdes. (Elle repoussa une mèche de cheveux bleus qui lui tombait dans les yeux.) Mais bon, on le savait déjà, je suppose.

— Et pour qui ils « larbinent » ? Est-ce qu'on a une petite idée sur le sujet et sur ce qu'il veut, leur « boss » ?

Elle n'était pas bête, cette fille, avec ses grands yeux verts qui suivaient anxieusement le moindre de ses gestes et décodaient la plus infime de ses expressions. Aldrich ne voulait peut-être pas qu'elle parle, mais la situation était devenue trop dangereuse. Le moment était venu de cracher le morceau.

— On pense qu'il veut Sacha, lui répondit Louisa. On pense que c'est celui qui veut voir la prophétie se réaliser et la fin du monde arriver, en gros. On pense qu'il croit, tout comme nous, que, d'une manière ou d'une autre, tu peux rompre la malédiction. Et, du coup...

— Il veut m'empêcher d'intervenir.

— Par tous les moyens.

— Tu veux dire qu'il serait prêt à me tuer.

Louisa opina du bonnet.

— Et avec grand plaisir, à mon avis.

En fait, Aldrich avait raison. Sur elle et son manque de tact.

Elles se dévisagèrent à travers la table dans le café ensoleillé. Un air de bossa-nova flottait en sourdine au-dessus de leurs têtes.

— Eh bien, je crois qu'on a fait à peu près le tour, conclut Louisa en portant à ses lèvres son café. Rendez-vous sur notre antenne à vingt-deux heures pour le dernier journal.

Taylor se rembrunit.

— Je ne sais pas comment tu peux être aussi... je-m'en-foutiste dans des circonstances pareilles. Toi aussi, tu vas mourir, tu sais.

— Je ne suis pas j'm'en-foutiste ! lui rétorqua Louisa, piquée au vif. J'essaie de rester calme pour pas que tu flippes. *Merde !* (Elle lui jeta un regard noir.) Voilà ce que c'est de vouloir te réconforter.

— Me *réconforter* ? Tu es la pire réconforteuse que j'aie jamais rencontrée !

Sur ces bonnes paroles, Taylor attrapa son chocolat chaud devenu froid et détourna la tête.

— Merci.

Louisa empoigna son portable pour envoyer un texto au labo de Saint Wilfred, puis le balança sur la table.

— Et c'était quoi, ça ? lui demanda Taylor, en pointant le téléphone du doigt.

— Juste pour prévenir Alastair, un des nôtres à Saint Wilfred, que les Rafleurs arrivent.

En imaginant sa réaction lorsqu'il verrait le message, elle ajouta :

— Ils voudront leur dérouler le tapis rouge.

— Mais ils ne sont pas ici… ici, s'alarma Taylor, en tapotant la table de l'index. Ils sont en France. Avec Sacha.

— Pour le moment. (Louisa lui lança un coup d'œil en coin.) « Ne t'approche pas de la fille », on est bien d'accord ?

Taylor acquiesça en silence.

— Ces trucs traquent, Taylor. C'est leur job. Ils sont capables de trouver n'importe qui. Sacha peut toujours se cacher. Ils finiront par le trouver. Et, après ça, ils te trouveront *toi.*

Son portable vibra et elle le prit pour lire le texto d'Alastair :

DES RAFLEURS ?!! PUTAIN ! TU VEUX RIRE ?

Elle tapa une brève réponse et reposa le smartphone.

— Donc, Alastair est au courant maintenant, reprit-elle. Il n'est pas inquiet. Mais on va avoir besoin de renforts.

— Quel genre de renforts ?

Le sourire de Louisa se fit carnassier.

— Le genre Saint Wilfred.

— Mais… et Sacha ? s'alarma Taylor en se penchant vers elle. Il est tout seul, lui, là-bas.

— Sacha fait exactement ce qu'il faut faire, la rassura-t-elle. Le truc, c'est de ne jamais rester en place, de disparaître des radars. C'est déjà ce qu'il fait, non ?

— Mais nous, on n'a vraiment aucun moyen d'agir ? Pour le protéger au moins ?

Taylor avait pris un ton suppliant. En même temps, elle n'avait pas tout à fait tort. Si Sacha avait vraiment les Rafleurs à ses trousses, ils pourraient le perdre pour de bon. Taylor n'aurait alors plus aucune chance de le sauver.

Aldrich avait intérêt à leur échafauder un mégaplan. Et vite.

— On trouvera un moyen, lui promit-elle. C'est juste un peu… compliqué. Il n'y a pas si longtemps, tout ça n'était même pas réel, pour nous. À l'heure qu'il est, on a cinq mecs postés à la bibliothèque Bodléienne qui cherchent tout ce qu'ils peuvent dénicher sur le sujet. Et encore plus qui bossent sur nos propres bouquins. (Elle respira un bon coup, se redressa.) On y arrivera.

C'était bientôt la fermeture et le café était presque désert. Le personnel avait commencé à nettoyer derrière le comptoir et à ranger. Personne ne prêtait attention à ces deux filles, assises dans un coin, près de la fenêtre, qui parlaient à voix basse de démons et de fin du monde.

— Grand-père semble tellement convaincu que nous pouvons réussir, reprit Taylor. Que nous allons sauver

Sacha. C'est juste que... j'aimerais bien en être aussi persuadée que lui.

Louisa fronça les sourcils.

— Aldrich est le meilleur. Si quelqu'un peut y arriver, c'est bien lui. Mais je ne vais pas te mentir : ça va être dangereux. Hyper hyper dangereux.

Taylor eut du mal à déglutir. Est-ce que la situation pouvait devenir encore plus dangereuse qu'elle ne l'était déjà ? Plus dangereuse qu'à Paris ?

Louisa réfléchit un moment, tapant machinalement des ongles sur sa tasse.

— J'aimerais bien te faire venir à Saint Wilfred. Mais il vaut mieux qu'on te garde ici le plus longtemps possible. Parce que, dès qu'on te fera déménager, celui ou ceux qui sont derrière tout ça comprendront qu'on est sur leur piste. Les choses pourraient mal tourner.

— Pourquoi je serais plus en sécurité à Saint Wilfred ?

— Réfléchis, Taylor. Qu'est-ce qu'on fait ? On manipule l'énergie moléculaire, non ?

Taylor hocha la tête.

— Si on s'y colle à plusieurs, on peut créer un genre d'écran de fumée qui te rendra invisible de l'extérieur.

Taylor ouvrit des yeux de chouette. Louisa haussa les épaules.

— C'est pas si difficile que ça, tu sais. Je te montrerai.

Son portable recommença à vibrer. Elle le prit, appuya sur une touche. Une image apparut sur son écran. Elle fit une grimace et lorgna vers Taylor.

— Quoi ?

— J'ai demandé aux autres de m'envoyer une photo d'un Rafleur. Je veux que tu saches à quoi on a affaire.

Louisa tourna son téléphone vers Taylor.

Sur l'écran apparaissait une illustration en noir et blanc tirée d'un très vieil ouvrage. Taylor pouvait voir le papier jauni et la manière dont l'encre s'était effacée avec le temps. Mais l'image était nette. Elle représentait un crâne avec des orbites noires et un sourire… horrible. Comme une tête de mort ricanante.

Taylor se décomposa.

— C'est *ça*, un Rafleur ?

Louisa acquiesça.

— Ils ont une sale gueule, hein ?

Taylor se laissa aller contre son dossier.

— Putain !

— Taylor Montclair ! jubila Louisa, hilare. Mademoiselle Perfection Incarnée, ne venez-vous pas de jurer ? Et en *public* ?

— La ferme, Louisa.

L'intéressée s'esclaffa.

— Je vais finir par faire de toi une vraie racaille, tu vas voir.

Ж

En sortant du café, Taylor courut tout le long du chemin jusqu'à chez elle.

Louisa s'était montrée aussi rassurante que possible. Elle lui avait juré que ses acolytes de Saint Wilfred surveilleraient sa maison, la protégeraient. Mais leur conversation l'avait profondément ébranlée. Elle ne parvenait pas à chasser de son esprit l'image du Rafleur : ses yeux caves aussi vides que les orbites d'une tête de mort.

Quand elle arriva dans son quartier, il était presque dix-neuf heures. Les rues étaient calmes. Tout semblait parfaitement normal. Pourtant, lorsqu'elle quitta l'avenue principale pour s'engager dans sa rue, elle éprouva une étrange sensation, comme des milliers de minuscules piqûres glacées dans son dos. Elle avait déjà ressenti ça, une fois, exactement au même endroit, quelques semaines auparavant.

Le fin duvet au creux de sa nuque se hérissa. On la surveillait, elle en était certaine. Elle ne savait pas comment elle pouvait le savoir, mais elle le savait.

Elle s'efforça de se convaincre que c'était dans sa tête. La dernière fois qu'elle avait eu cette même impression, il ne s'était rien passé. C'était juste Georgie qui venait voir comment elle allait. La sensation était si forte, pourtant. Si perturbante…

Elle essaya de conserver une démarche naturelle : le pas régulier, le dos droit, les yeux rivés devant elle. Mais elle commençait à avoir la chair de poule. Elle *sentait* la personne qui l'observait. Et pis encore : elle *sentait* sa haine. Un dégoût tel qu'elle en eut l'estomac retourné.

Finalement, elle n'y tint plus.

Elle se retourna, les poings levés, prête à se défendre. La longue rue s'étirait derrière elle, complètement déserte. Une voiture passa lentement à côté d'elle. La famille à l'intérieur ne sembla même pas la remarquer. *Je deviens parano,* se dit-elle. Elle fut pourtant si soulagée, une fois à la maison et enfermée à double tour, qu'elle s'adossa contre la porte pour reprendre son souffle.

Fizz déboula dans l'entrée pour tournoyer autour de ses chevilles avec des petits jappements ravis. Taylor la prit dans ses bras et la serra contre elle. Elle pouvait sentir les battements de son cœur, minuscule boule de bonheur palpitant sous ses doigts.

Du coup, son propre cœur commença à se calmer.

— Il y a quelqu'un à la maison, Fizz ? lui demanda-t-elle.

Pour toute réponse, la chienne se contenta de lui lécher le nez.

— Maman ? cria-t-elle en bas de l'escalier. Emily ?

Sa voix résonna dans le silence.

— Où sont-elles allées, Fizz ? demanda-t-elle de nouveau, en déposant la chienne par terre pour laisser tomber son sac.

Chaque nouvelle question la transportant manifestement de joie, Fizz sautait partout en suivant sa jeune maîtresse au salon. Taylor s'assit dans le fauteuil près de la fenêtre donnant sur la rue et écarta le rideau pour jeter un coup d'œil. À part un élégant monsieur grisonnant, il n'y avait personne.

Elle regardait toujours l'inconnu à casquette quand la sonnerie de son portable la fit sursauter.

Laissant retomber le rideau, elle consulta son écran.

— Bonsoir, grand-père.

— Bonsoir, ma chérie, répondit Aldrich Montclair. Je viens d'avoir Louisa au bigophone. J'ai cru comprendre que Sacha avait eu une petite altercation avec des Rafleurs. Mmm… immondes créatures.

Taylor ne trouva rien à redire.

— Écoute, ma chérie, poursuivit-il, la présence de Rafleurs change quelque peu la donne. J'ignore ce que Louisa t'a raconté sur le sujet, mais aucun de nos contemporains n'en a jamais combattu : la dernière fois que l'on en a vu un remonte à plus d'un siècle. (Il s'éclaircit la gorge.) Cependant, si l'on en croit les ouvrages qui les mentionnent, ce sont des créatures fort désagréables.

— Ils n'ont pas l'air très sympathiques, en tout cas.

— Oh ! s'il n'y avait que leur apparence ! Ils sont un véritable poison pour notre espèce. Leur simple présence est toxique. Et il n'existe aucun moyen connu de les tuer.

— Ah.

Plus elle en apprenait, plus le tableau s'assombrissait. Sacha était poursuivi par des monstres contre lesquels ils ne pouvaient même pas lutter. Comment pourrait-elle le sauver, dans ces conditions ? Pouvait-on seulement le sauver ?

— Ta maison est certes constamment surveillée. Toutefois, j'aimerais que tu reviennes à Oxford samedi prochain, continua son grand-père. Nous serons ainsi à même de te donner toutes les informations en notre possession. Tu auras l'occasion de t'exercer avec Louisa. Tu seras en sécurité, ici, et nous pourrons décider ensemble de la suite des événements. Il n'est pas impossible que nous soyons amenés à changer de stratégie. Le danger est beaucoup plus grand, à présent, et nous sommes tous concernés.

34.

Ce soir-là, Sacha s'assit au bureau dans le grenier et se plongea dans la recherche d'indices parmi les papiers de son père. Comme tout ce qui concernait Adam Winters, ce n'était pas facile. Parcourir ses dossiers revenait à marcher au milieu d'un film confus. L'un était simplement étiqueté « Morts connues du XVIIIe siècle ». Un autre s'intitulait « Actes de la Confrérie ».

Le contenu des dossiers n'éclairait pas beaucoup sa lanterne non plus. Les notes étaient du genre énigmatiques ; « cf. p. 930 », disait l'une ; « possibilité d'une guerre sanglante ??? » demandait une autre. Au bout d'un moment, Sacha abandonna les dossiers et décida de fouiner dans les livres.

Les deux grandes bibliothèques en acajou étaient disposées de part et d'autre du bureau. Il se posta devant l'une, effleura les tranches avec l'index, cherchant quelque chose qui l'aiderait à avancer. La plupart des ouvrages étaient très anciens. Certains étaient reliés en cuir, d'autres entre deux feuilles épaisses – du bois peut-être.

Il en sélectionna un au hasard. Il parlait des méthodes agricoles au XVIIIe siècle en France. Les caractères étaient minuscules, les lignes très serrées et il faisait six cents pages.

Sacha replaça le livre sur son étagère.

Pendant des heures, il sortit des livres, chercha des notes, des marques, quelque chose qui sorte de l'ordinaire. Les livres se concentraient sur la fin du XVIIe siècle et les informations contenues étaient aléatoires. L'un comprenait des cartes jaunissantes du sud de la France, un autre des retranscriptions d'affaires judiciaires ayant eu lieu à Carcassonne. Il s'agissait surtout d'ouvrages universitaires sur des procès de sorcières. Sacha remarqua aussi un très vieux récit de voyage comprenant des dessins à main levée de la campagne française.

Quasiment aucun élément ne reliait ces livres et au bout de trois heures, Sacha n'avait noté qu'un seul mot : « Carcassonne ».

Tandis que le soleil se couchait dehors et que la vue par l'œil-de-bœuf passait du ciel bleu aux étoiles, Sacha batailla contre un gros accès de panique. Il lui restait si peu de temps. Même s'il évitait les créatures et passait ses jours et ses nuits ici, il ne lirait pas tout avant son dix-huitième anniversaire. Il y avait des centaines de livres.

Et pourtant, il n'envisageait pas une seconde d'abandonner. Il devait continuer de fouiner. Les réponses se trouvaient forcément là. Quelque part. Il saisit un autre livre. Et se remit au travail.

Il avait dû s'endormir en lisant. Quand il se réveilla, la joue collée au bois du bureau, le cou raide et engourdi, la lumière vive du jour entrait à flots par la fenêtre ronde.

Il se redressa lentement en se frottant la nuque. Il entendait sa tante qui s'affairait en bas dans la cuisine. La délicieuse odeur du pain en train de cuire lui chatouilla les narines.

Le pas lourd, il descendit dans la salle de bains où il se rendit présentable avant de retrouver Annie dans la cuisine.

Un seul coup d'œil suffit à sa tante. Elle lui flanqua une tasse de café fort et sucré dans les mains puis elle lui coupa une épaisse tranche de brioche. Moelleuse et chaude, elle sortait à peine du four.

Elle le laissa mâchonner – la mie fondant dans sa bouche – avant de lui poser la question évidente :

— Alors ?

Il secoua la tête, l'air abattu.

— Il y a tellement d'ouvrages à feuilleter.

Elle ne parut pas surprise.

— J'ai eu le même problème, le rassura-t-elle. Ton père gardait tout ce qu'il estimait utile. Malheureusement, il n'a pas indiqué pourquoi il trouvait qu'ils en valaient la peine.

Elle entreprit d'essuyer avec un torchon le plan de travail déjà propre. La lumière du soleil se déversait par les grandes fenêtres, soulignait ses pommettes saillantes et donnait à ses yeux la couleur du saphir.

— Je sais que tu peux y arriver, affirma-t-elle doucement. Prends ton temps.

— Le problème, c'est qu'il n'a pas rassemblé les choses en un seul et même endroit. (Sacha n'essaya pas de cacher sa frustration.) Tout est éparpillé. Quelques notes par-ci, quelques notes par-là. En plus, c'est vraiment difficile à comprendre.

Prenant la tasse dans sa main, Annie la remplit à nouveau – moitié café noir et serré, moitié lait bouillant.

— J'aimais mon frère, mais il n'a jamais été le roi de l'organisation. (L'air pensif, elle s'adossa au plan de travail.) C'était une grosse tête. Il gardait tout là-haut. D'où le problème que tu rencontres aujourd'hui.

Elle plia le torchon en un rectangle parfait et le posa à côté de l'évier.

— Essaie de penser comme lui, lui conseilla-t-elle. Jamais il ne choisirait le plus gros livre ou la solution la plus évidente. Cherche quelque chose de petit qui paraît sans importance. Commence par là et vois où ça te mène.

— Je vais essayer, promit Sacha.

Mais dans son cœur, il se demandait s'il y avait assez d'Adam Winters en lui pour réussir.

Après le petit déjeuner, Annie partit travailler avec son contremaître dans les vignes. Elle emmena Pikachu avec eux, laissant Sacha seul avec les livres de son père.

Toutefois, quand il se rassit dans le grenier, il ne continua pas sa lecture tout de suite. À la place, il sortit son téléphone.

Il le gardait éteint la majeure partie du temps – on pouvait le localiser. Mais une à deux fois par jour, il l'allumait pendant quelques minutes, au cas où sa famille aurait tenté de le joindre.

Sa famille… il était parti depuis deux jours à peine mais cela lui semblait une éternité.

Son téléphone vibra tel un insecte vivant puis bipa bruyamment, histoire d'insister. La modernité de ce son aigu lui sembla déplacée dans cette vieille ferme.

Sa mère et Laura avaient laissé chacune plusieurs textos. Il grimaça en les parcourant, touché par le chagrin de leurs mots. Et leur peur pour lui.

Son signal était très faible dans la maison d'Annie mais il parvint à leur répondre à toutes les deux.

> Vais bien. Suis en sécurité. Promets de vous contacter bientôt. Bisous. S.

Taylor lui avait également envoyé un message. Il le lut en dernier.

> Les hommes blêmes venus chez toi s'appellent des Rafleurs. Ils sont très dangereux = des chasseurs. Ils te retrouveront. Texte-moi que tu vas bien. OK ? Biz, T xx

Ils te retrouveront.

Il tourna et retourna le téléphone dans sa main tandis que l'angoisse lui rongeait le ventre. Si Taylor avait raison, il avait encore moins de temps pour ses recherches qu'il n'avait cru. Il devait découvrir ce que son père savait. Aujourd'hui.

Il travailla sans interruption durant des heures, quittant le grenier pour remonter aussitôt avec un verre d'eau, un bout de pain fait par Annie et un morceau de fromage. Plus tard dans l'après-midi, quand elle revint des champs, Annie lui monta un bol de fraises du jardin qu'il dévora en travaillant.

— On ne parle que de toi en ville. Mon neveu me rendant visite après tant d'années. (Elle lui tapota l'épaule.) Jean-Claude, le voisin, est tombé amoureux de ta moto.

Elle s'arrêta sur le seuil et lui lança :

— Il dit qu'elle coûte très cher. Comment ta mère a pu t'offrir un bijou pareil avec son salaire ?

— C'est moi qui l'ai achetée, répondit Sacha sur le ton de la conversation. J'avais trouvé un boulot. Et puis j'ai eu une super ristourne dessus.

— Hummm, marmonna Annie, sceptique – mais elle n'insista pas.

La nourriture renouvela son énergie et son optimisme même si les livres ne semblaient pas pressés de révéler leurs secrets. Quand le soleil aborda l'horizon, le bureau de son père croulait sous les piles de papiers et Sacha ressentait un début de migraine. Il avait encore mal à la nuque d'avoir dormi assis au bureau et il voyait bien que ses chances de succès diminuaient.

La situation devenait désespérée. Comment parviendrait-il à découvrir en quelques heures ce que son père avait passé des années à apprendre ? Pourtant, il ne baissa pas les bras.

Tard ce soir-là, alors qu'il avait compulsé des dizaines de livres épais et poussiéreux, il tomba sur un volume fin. Il était si petit, son aspect si ordinaire, qu'il faillit le manquer. Mais quelque chose l'arrêta et le poussa à le sortir.

Le titre gravé sur la couverture en cuir patiné n'était pas facile à lire et Sacha dut l'examiner longuement avant de le déchiffrer.

La Famille L'Hiver

Son cœur eut un raté.

« L'Hiver » était son nom français d'origine. « Winter » en anglais. Sa famille l'avait traduit en anglais plusieurs générations plus tôt, après avoir émigré en Angleterre.

— Moi aussi j'en aurais eu assez qu'on prononce mon nom « Liver », plaisantait souvent son père. Ça veut dire « foie » en anglais.

Il déposa le livre sur le bureau et écarta les autres pour faire de la place. Avant de soulever la couverture, il ferma les yeux quelques instants. *Pitié, que je trouve quelque chose d'utile...*, pria-t-il.

Sacha ouvrit avec soin ce livre rendu fragile par les siècles. Les premières pages lui parurent vierges au début. Au moment de les tourner, il s'aperçut qu'elles étaient pliées sur elles-mêmes et cachaient leur contenu.

Avec une infinie précaution, il déplia le papier jauni et cassant. Lui apparut un grand arbre généalogique détaillé et rédigé à la main. Il remontait à plusieurs centaines d'années et ressemblait à n'importe quel recensement des membres d'une famille. Mariages, naissances, décès étaient tous dûment inscrits et reliés entre eux par des lignes droites tracées depuis si longtemps qu'elles s'effaçaient.

Le livre démarrait en 1643. L'écriture en pattes de mouche était difficile à lire au début du graphique, l'encre ayant passé. La case du haut contenait un nom : « Matthieu L'Hiver ».

Au début du XIXe siècle, l'écriture évoluait, devenant plus claire et plus aisée à déchiffrer. Le nom changea également, comme il s'y attendait. « L'Hiver » se transforma en « Winters ».

À la base de l'arbre, il reconnut l'écriture penchée à gauche de son père et lut son nom : « Adam L. Winters ». En dessous, deux traits nets conduisaient à son prénom et à celui de sa sœur.

Soudain, il remarqua des marques étranges dans la marge, à côté de certains noms. En y regardant de plus près, il s'aperçut que ces marques étaient des chiffres. Tout en haut, un « 1 » côtoyait le petit-fils de Matthieu L'Hiver, Jean-Pierre. Puis un « 2 » un rang plus bas, à côté d'un autre nom. Puis encore plus bas, un « 3 ». Et ainsi de suite. Chaque chiffre était écrit à côté du nom du fils aîné en ligne directe de Matthieu L'Hiver. Le dernier se trouvait tout en bas, à côté du propre prénom de Sacha.

Le nombre lui sauta aux yeux. Le porte-malheur par excellence. *Treize.*

Il réexamina la liste, relut les prénoms. Les suivit du doigt. Douze aînés décédés. Et bientôt, il les rejoindrait.

À moins qu'il ne trouve le moyen de stopper cette malédiction.

Il replia l'arbre généalogique et tourna la page. Il comprit rapidement qu'il s'agissait de l'histoire manuscrite de sa famille. Les premières pages donnaient des détails sans intérêt sur la famille L'Hiver à la fin du XVIIe siècle. Leur position éminente au sein de la communauté. L'emplacement du domaine familial. Le nombre de têtes de bétail. Le nombre de domestiques.

Puis au bout de cinq pages, il se passa quelque chose. Un paragraphe signala le changement :

> La Confrérie fut instaurée en l'an quatorze cent vingt-sept de Notre Seigneur pour protéger la France des pires maux. Pendant deux cent vingt-cinq ans, elle œuvra inlassablement pour la sécurité du peuple. Mais en l'an seize cent cinquante-deux, à la demande du Grand Inquisiteur et des représentants du roi Louis XIV, la Confrérie fut dissoute. Ils déclarèrent que le mal avait été vaincu. Que les bûchers brûlaient depuis trop longtemps. Nous, nous savons désormais qu'ils n'auraient jamais dû s'éteindre.

L'écriture soignée et le langage déroutant contribuaient à rendre la compréhension du passage difficile et, au début, Sacha crut qu'il s'était trompé. Mais au fur et à mesure, il devint clair qu'il l'interprétait correctement.

Le livre racontait l'histoire d'une famille de miliciens. Sa famille. Chaque page narrait de nouveaux exploits. De nouvelles confrontations quand ils traquaient les alchimistes (aussi appelés « rebouteux ») et les tuaient.

Ils étaient méthodiques. Impitoyables.

Ils s'étaient surnommés « La Confrérie ».

À l'évidence, ils pensaient bien faire. Ils croyaient passionnément que le monde était menacé, que ces alchimistes et guérisseurs communiaient avec les démons. L'Église était de leur côté – un prêtre du coin bénissait leur fureur meurtrière.

Mais il n'y avait rien de sacré dans leur mission. Ils avaient tué des dizaines et des dizaines de personnes. Leurs morts s'étalaient sur des pages et des pages.

La soirée avançait et Sacha lisait, mal à l'aise. Consterné que son propre nom de famille soit associé à ce flot de violence inimaginable.

Meurtre après meurtre, les détails s'accumulaient jusqu'à l'écœurement. Hommes, femmes, enfants attachés à des piloris puis brûlés. Leurs cendres abandonnées aux caprices du vent. Même la personne répertoriant leurs exploits parut s'en lasser.

> Notre tâche n'a pas de fin. Les armées de Satan refusent de se soumettre. Nos victoires sont arrachées de haute lutte, pourtant ses légions se multiplient. Chaque nuit nous sortons, nous les traquons, nous engageons la bataille. Il a été décidé que nous devions quitter Toulouse pour nous rendre à Carcassonne. D'après les Saints Pères, le diable s'est installé là-bas et avec lui convergent des alchimistes et des rebouteux contre-nature pour mieux commettre leurs actes odieux. Nous devons frapper la bête dans son antre. Nous partirons au petit matin.

Ces histoires de destruction et de mort devinrent pénibles à assimiler au bout d'un moment, mais Sacha ne put s'arrêter de lire. Il tournait les pages de plus en plus vite, parcourait rapidement les détails. Espérant que la litanie de mort cesse bientôt. Et c'est pour cette raison qu'il faillit le rater.

Finalement, ce fut le nom qui l'empêcha de tourner la page, qui lui sauta aux yeux.

Montclair.

Le cœur battant à toute allure, il revint en arrière, trouva le début de la section et relut le passage plus lentement. Il s'agissait d'une autre condamnation au bûcher. Une autre femme présentée comme une « rebouteuse alchimiste ».

Mais celle-ci était décrite avec moult détails, comme si l'auteur ne retranscrivait pas les paroles d'un autre mais avait vécu la scène, avait vu la femme mourir sous ses yeux. L'avait peut-être tuée, qui sait ?

Sacha lut les pages à deux reprises pour s'assurer que rien ne lui échappait. À la fin, il scruta la pénombre. Il sentait un vide dans sa poitrine.

Enfin, il comprenait d'où provenait la malédiction. Et pourquoi elle avait été prononcée. C'était tellement incroyable. Il ne l'aurait pas cru s'il n'avait pas vécu toutes ces expériences. S'il n'avait pas eu affaire aux Rafleurs.

Mais il les avait affrontés. Il savait à quoi ressemblait le mal. Par-delà l'œil-de-bœuf, c'était la nuit noire.

Carcassonne, 1693

— Isabelle Montclair, tu as été reconnue coupable de sorcellerie. La sentence est la mort par le feu.

Assis sur un cheval pâle, l'homme masqué était blotti dans son manteau sombre. La plume de son chapeau tremblait sous la brise fraîche du soir. Il avait un accent raffiné. La voix claire et triomphante. Il avait caché son visage mais la condamnée le reconnut tout de même.

— Matthieu L'Hiver.

Isabelle parlait à voix basse. Elle avait été battue et ses yeux sombres le fixaient sous des paupières contusionnées et enflées. Le mépris teintait chacun de ses mots.

— Enfin ton vœu se réalise.

Elle tira sur les cordes qui la ligotaient tel un animal de ferme partant à l'abattoir, mais ses liens étaient bien serrés. Elle ne pouvait pas bouger. Le pouvoir crépitait en elle mais elle était trop affaiblie pour le projeter sur ses ennemis. Elle était vaincue.

La pleine lune illuminait la scène de sa terrible pâleur. Le grand bûcher. Les hommes masqués déployés autour, chacun brandissant une torche allumée. La foule d'habitants de la ville qui observait avec la fascination silencieuse que confère une longue expérience.

Carcassonne avait connu de nombreuses exécutions.

De sa position au sommet du tas de fagots et de paille, la femme était plus haute que L'Hiver sur son cheval et elle le toisait, les lèvres tordues par le dégoût.

L'Hiver sourit.

— Avant de mourir, souhaites-tu te confesser ?

— Je n'ai rien à confesser à un lâche ! siffla-t-elle. Nous n'avons été jugés dans aucun tribunal. Tu n'es pas la loi. La loi interdit les bûchers. Et pourtant tu as envoyé tes sales frères nous attaquer dans nos foyers. Tuer nos familles. Nous réduire en esclavage.

Elle se débattit en vain contre les liens, le visage crispé par la rage.

— Tout cela parce que vous avez peur de ce que vous ne comprenez pas. Tu penses avoir gagné. Mais tu es un fou, L'Hiver. Car tu n'as gagné que le chagrin. Et le désespoir.

La monture de L'Hiver piaffait avec nervosité. Il la maintint, une main gantée sur l'encolure, tout en fixant Isabelle.

— Ainsi tu ne nies pas ta culpabilité. Tu étudies les arts occultes. Le diable t'a accordé un pouvoir impie. En échange, tu dois élever un démon qui exercera sa domination sur les terres du Seigneur.

À travers les trous de son masque sombre, il décocha un regard d'acier à la femme.

— Je ne le permettrai pas. Cela se termine ce soir.

Sans attendre sa réponse, L'Hiver leva la main. Les porteurs de torche s'avancèrent. Chacun arborait un masque en tissu identique au sien qui cachait leurs traits. D'un mouvement brusque, il abaissa la main sur son flanc.

Les torches décrivirent des arcs-en-ciel dorés et mortels dans la nuit qui se ruèrent sur le petit bois sec aux pieds de la femme.

Les flammes jaillirent instantanément. La foule murmura quand le feu se mit à grimper.

La femme ne remua pas, ne broncha pas tandis que le feu mordait l'ourlet de sa jupe déchirée. Quand la fumée s'éleva autour de sa tête, elle ne toussa pas, ne se débattit pas. Son calme était perturbant et les citadins amassés se mirent à chuchoter d'angoisse.

Le feu troublait les chevaux qui s'agitaient sous les brides, roulaient des yeux. Quelque part dans le ciel, un oiseau réveillé par la nuit violente poussa un cri bien que personne ne le vît dans le noir.

Soudain, la voix d'Isabelle retentit avec la clarté d'une cloche d'église et couvrit tous les bruits.

— Matthieu L'Hiver, je te maudis. Je maudis ta famille. J'en appelle à Azazel et Lucifer, j'en appelle à Moloch et Belzébuth, j'en appelle à tous les démons de l'enfer. Entendez ma prière ! Que soient maudits tes fils et les fils de tes fils. Que par treize fois tes fils aînés te soient enlevés avant qu'ils ne deviennent des hommes. Que par treize fois leur sang nourrisse les démons et t'apporte tout ce que tu as tenté de détruire.

Les flammes commençaient de lécher sa chemise et la fumée suffocante se mêlait de manière horrible à l'odeur âcre de sa peau qui brûlait. Pourtant, la voix d'Isabelle ne fléchissait pas.

— De cette manière, tu accompliras la prophétie. Tu finiras mon travail à travers le sacrifice de ton propre sang.

Dans l'ombre, les citadins se signèrent et murmurèrent des prières à la va-vite. Car même s'ils croyaient en la supériorité de Dieu sur le diable, les paroles de la femme les effrayèrent au plus haut point.

L'Hiver ne tressaillit pas. La tête haute, il soutint le regard de la femme aussi longtemps qu'ils purent s'observer à travers les flammes. Soudain, le feu grimpa au-dessus de sa tête, la cachant de sa vue. Et pourtant, elle ne criait toujours pas.

Elle brûla dans un silence contre-nature.

Que Dieu nous protège.

35.

Il était tard. L'air du grenier lui parut vicié, étouffant. Mort. Les murs semblaient s'être rapprochés de lui. Il fallait qu'il sorte.

Après avoir glissé le livre dans la poche de sa veste, Sacha descendit à pas de loup l'escalier en bois.

Le salon était sombre et silencieux. Il le traversa à tâtons, les bras tendus devant lui. En chemin, il se cogna la cheville contre la table basse et jura dans sa barbe. Le bruit réveilla Pikachu qui était installé en boule sur le fauteuil. Ses griffes cliquetèrent sur le parquet quand il bondit du siège et trottina vers lui, poussé par la curiosité.

— Pardon Pika, chuchota Sacha, je ne voulais pas te réveiller.

Il chercha la tête chaude et douce du chien et lui gratta les oreilles.

Puis il sortit par la porte de derrière sur la petite terrasse. La lune était pleine et haute. Sa lumière agréable éclairait les vignes ondoyantes, les transformait en vagues sombres roulant par-dessus la colline.

Pikachu le suivit en remuant sa queue courtaude, ravi de cette sortie nocturne imprévue.

L'air frais de la nuit sentait la terre fertile et les fleurs parfumées tandis que Sacha descendait l'escalier en pierre menant au jardin puis traversait la pelouse pour se rendre dans les vignes, ses pieds s'enfonçant dans le sol tendre. La lune enveloppait tout dans des nuances surnaturelles de bleu.

Le chien partit au galop à la chasse aux ombres lunaires entre les ceps.

— Ça fait du bien, pas vrai, Pika ?

Sa voix lui paraissant trop forte dans la nuit tranquille, il baissa d'un ton.

— Comme au bon vieux temps.

Tous deux savaient qu'il mentait. Au bon vieux temps, ils étaient heureux et Sacha ignorait tout de la mort.

Il sortit son téléphone de sa poche, l'alluma et attendit impatiemment qu'il trouve un signal. Il regarda l'horloge. Il était deux heures du matin en Angleterre, mais il fallait absolument qu'il parle à Taylor. Elle seule était capable de comprendre.

Une sonnerie. Deux sonneries. Trois.

Il perdait espoir quand elle décrocha.

— Sacha ?

Sa douce voix britannique était enrouée par le sommeil et l'inquiétude. Mais elle lui parut si proche, si vivante, que pendant un instant Sacha n'osa pas parler.

— T'es où ? bredouilla-t-elle. Tu vas bien ? Ils ne t'ont pas trouvé, hein ?

— Tout va bien, lui garantit-il. Je voulais juste m'assurer que tu étais en sécurité.

Il l'entendit s'asseoir dans son lit. Il imaginait ses cheveux en pagaille, ses joues rougies par le sommeil.

— Ça va, répondit-elle. Qu'est-ce qui se passe ? Tu as trouvé quelque chose ?

Il enfonça un talon dans la terre, ne sachant par où commencer.

— J'ai découvert un livre sur l'histoire de ma famille. Sur la malédiction. (Il hésita avant de lui raconter la suite.) Deidé avait raison. Ma famille a été maudite par une femme nommée Isabelle Montclair. Ma famille l'a assassinée. J'ai trouvé un passage à ce propos, Taylor. Il était si réel. Si détaillé. (Il poussa un gros soupir.) J'ai eu l'impression d'y être. De la voir brûler de mes propres yeux. De l'entendre me maudire. C'était… intense.

— Je suis vraiment désolée, murmura Taylor avec tristesse. C'est trop horrible. J'aimerais tellement que ce ne soit pas vrai. Je déteste ce que ma famille a fait à la tienne. Ce qu'elle t'a fait à toi.

— Ce n'est pas ta faute, lui rappela-t-il. N'oublie pas qu'ils l'ont brûlée vive, eux. Ils l'ont bien cherché.

— Mais tu en as souffert toute ta vie. Je te jure qu'on trouvera une solution. Je te le jure, Sacha. On la brisera, cette malédiction. Beaucoup de gens bien travaillent là-dessus. Je vais justement à Oxford demain pour discuter avec eux de ce qu'on peut faire pour régler le problème. S'il te plaît, crois-moi : tu n'es pas seul. *Nous* ne sommes pas seuls.

Le cœur de Sacha se serra. Il voulait y croire. Croire qu'il vivrait. Mais il savait à présent que c'était improbable, sinon impossible qu'ils trouvent assez tôt cette solution que sa famille cherchait depuis des siècles.

Le temps filait trop vite. Une nouvelle journée commencerait dans quelques heures puis se terminerait. Une autre s'écoulerait. Puis une autre. Et bientôt, il n'y en aurait plus pour lui. Sa vie s'achèverait là.

Il mourait d'envie de lui confier toutes les pensées qui lui passaient par la tête. À quel point il avait peur. Comme il était fatigué de sentir la mort au bout de ses doigts, d'attendre que le couperet tombe. Comme il rêvait d'être un garçon normal qui vit et qui respire. Et non une victime.

Mais il ne pouvait se résoudre à le lui dire.

Et puis, elle espérait tellement que son grand-père le sauverait. Il ne voulait pas briser ce rêve.

Cependant il y avait quelques vérités qu'il pouvait partager avec elle.

Il s'accroupit puis s'assit sur la terre meuble, les sarments se déployant au-dessus de lui tels des rideaux noirs. À travers les feuilles, il apercevait le ciel. Il comportait plus d'étoiles que Sacha ne l'aurait cru possible.

Pika s'assit à côté de lui et plaqua contre Sacha son petit corps chaud, comme une couverture.

— Je suis tellement content que tu sois là, remarqua Sacha.

— Moi aussi, murmura Taylor.

— Est-ce que tu pourrais… je ne sais pas… me parler un peu ? Je n'ai pas envie d'être seul.

La réponse de Taylor fut instantanée et chaude, comme une main tendue vers lui.

— Je suis là.

Sacha se réveilla en sursaut et examina les alentours dans la plus grande confusion. Il était persuadé d'avoir entendu quelque chose – un cri. Un fracas. Tout était calme à présent.

Il était entouré par des feuilles et de grosses grappes vert pâle.

Il s'assit en clignant des yeux.

Qu'est-ce que je fabrique au milieu des vignes ?

Soudain, la mémoire lui revint.

Il parlait à Taylor. Il avait dû s'endormir. Il baissa les yeux et vit le téléphone par terre à côté de lui. Pika avait dû rentrer à un moment ou un autre, le laissant seul.

Il se leva lentement, ses muscles grognant après une nuit passée à même le sol humide.

Un coup d'œil à sa montre lui apprit qu'il était tôt – peu avant six heures. Dehors, les oiseaux papotaient et gazouillaient dans une belle cacophonie. Tout semblait normal.

Il venait de décider qu'il s'agissait simplement d'un mauvais rêve quand, depuis la maison, Pikachu se mit à aboyer méchamment, à grogner et gronder de peur ou de rage.

De toute sa vie, il n'avait jamais entendu un chien faire un bruit pareil.

Sacha courait déjà quand quelque chose vola en éclats. Un cri perçant fendit l'air.

Le cœur tambourinant dans la poitrine, il accéléra l'allure, franchit vite le portail et grimpa les marches quatre à quatre. Il surgit par la porte d'entrée dans le salon.

— Annie ?

Personne ne répondit. Les aboiements frénétiques du chien provenaient de la cuisine.

Il traversa la pièce en courant et s'arrêta net sur le seuil de la porte.

— Annie… ?

Il ne finit pas sa phrase. Sa tante était acculée. Le dos contre un placard, elle brandissait un couteau de cuisine.

— Sortez de chez moi ! hurla-t-elle

Des bris de verre couvraient les dalles à ses pieds et brillaient d'un éclat dangereux au soleil levant.

Tapi à l'abri des tessons, Pikachu grognait et grondait, les lèvres retroussées sur ses petites dents pointues.

La porte de derrière était dégondée. Trois Rafleurs se tenaient au milieu de la pièce, le corps drapé de noir.

Un calme froid et étrange déferla sur Sacha. Ces créatures le terrifiaient depuis leur première rencontre, mais là, il en avait plus qu'assez de les voir.

En outre, personne ne pouvait le tuer.

— Éloignez-vous d'elle ! ordonna-t-il, la voix grave et menaçante. Maintenant !

Les trois créatures pivotèrent vers lui dans un mouvement parfaitement coordonné.

— Tu ne peux pas nous échapper, déclara le plus grand.

L'ignorant, Sacha se tourna vers sa tante.

— Ça va ?

Elle hocha la tête, le visage tordu par la peur.

— Cours, Sacha. Ne t'inquiète pas pour moi !

Seulement, il n'avait pas l'intention de la laisser seule avec ces « choses ».

Ses poings serrés contre lui, il leur lança :

— Vous n'avez pas le droit d'être ici. Quittez immédiatement cette maison.

Penchant la tête sur le côté dans un mouvement étonnamment humain, le plus grand étudia Sacha. Son évaluation impassible lui glaça le sang. C'était le plus terrifiant des trois. Il dégageait une autorité indéniable.

— Assez. Le moment est venu.

Sa voix grave et puissante résonna dans la tête de Sacha – il aurait dit que lui seul pouvait l'entendre. Le son le sidéra. La tête lui tournait, comme sous l'influence d'une drogue.

Sa tante poussa un halètement qui lui fit lever les yeux. Les trois s'étaient avancés et ils l'encerclaient lui, à présent. Bien que libérée, Annie ne s'enfuit pas.

Sacha voulait lui dire de déguerpir mais il ne parvenait pas à former les mots. Une odeur de terre humide et pourrie le submergea et lui donna la nausée. Il recula trop lentement.

Les aboiements de Pikachu devinrent hystériques.

— Laissez-nous tranquilles, demanda-t-il, la bouche pâteuse.

Visiblement, ils n'en avaient pas l'intention.

Le plus grand se déplaça avec une rapidité telle qu'il devint flou. Avant que Sacha ne puisse réagir, ses longs doigts lui avaient saisi le poignet et le serraient avec une poigne de fer.

— Tu dois nous accompagner, déclara la voix sépulcrale. Il est l'heure.

La main sur le poignet était froide comme la mort. L'affreux frisson létal se faufila dans ses veines, grimpa dans son bras et ankylosa Sacha. L'affaiblit.

Il examina la main avec incrédulité. Il voulait lutter mais ne parvenait pas à bouger d'un pouce.

L'obscurité envahit son champ de vision. Sacha sentit qu'il s'effondrait peu à peu.

Un cri aigu le ramena brusquement dans la cuisine. Annie s'était jetée sur le plus petit Rafleur et lui avait planté le couteau dans le dos.

La créature ne sourcilla même pas. Lentement, sa tête pivota vers sa tante et s'arrêta bien plus loin qu'elle ne l'aurait dû.

Annie fut tout à coup prise de convulsions. Son corps se contracta violemment. Sa gorge émit un gargouillement. Elle tira sur son cou avec désespoir, son visage devint graduellement rouge puis violet.

Sacha eut beau crier, aucun son ne sortit de sa bouche. Paralysé, il ne pouvait même pas la rejoindre.

Sous ses yeux horrifiés, le corps d'Annie vola à travers la pièce et heurta le mur dans un horrible craquement.

Pikachu se mit à hurler à la mort.

Aussitôt la créature se tourna vers le chien et leva la main.

— STOP !

La voix de Sacha était rauque à cause de la douleur et il tremblait violemment sous l'effet de ce que le Rafleur venait de lui faire subir.

— Laissez-les tranquilles ! C'est bon, je pars avec vous. Vous m'avez compris ?

Les créatures pivotèrent vers lui, leurs yeux noirs et sans âme.

— Je pars avec vous, répéta-t-il en claquant des dents. De mon plein gré.

Aussitôt, le froid écœurant faiblit.

— Nous partons maintenant.

Celui qui lui emprisonnait le poignet se tourna vers la porte.

Mais Sacha résista. Il reprenait son souffle. Son cerveau recommençait à fonctionner.

— J'emporte mon sac.

La créature le fixa, les yeux aussi vides qu'une tombe fraîchement creusée.

— Nous partons maintenant, répéta-t-il.

— Je ne partirai pas, déclara Sacha, les dents serrées, sans mon sac. Je ne coopérerai pas. Je ne serai pas votre « treizième »-sans-mon-sac. Compris ?

Il avait envie de les cogner. De leur donner des coups de pied. De les poignarder. Mais il avait assisté à leur réaction face au couteau le plus aiguisé de la cuisine. À l'autre bout de la pièce, Annie n'avait toujours pas bougé. Un mélange de colère et de peur pour sa santé l'obligea à faire des efforts pour rester calme. Pour se concentrer.

Pendant un long moment, les trois l'étudièrent, une expression identique d'incompréhension sur leurs visages osseux.

Soudain, Pikachu bondit à travers la pièce et enfonça ses crocs dans la cheville du grand. Tous trois pivotèrent pour observer le chien.

Sautant sur l'occasion, Sacha libéra son bras et partit en courant.

Il se rua dans le salon, bondit par-dessus la table basse et jaillit par la porte d'entrée. Tout en courant, il sortit la petite clé argentée qui était restée dans sa poche depuis son arrivée.

Il n'osa pas regarder derrière lui.

Son sac n'avait jamais quitté sa moto et son casque pendait au guidon par la sangle.

Dès le début, il s'était douté qu'il partirait à l'arrache.

Il tourna la clé. La moto rugit. Sacha fit ronfler le moteur et démarra au quart de tour.

La moto oscillait violemment, secouée par les cahots sur le chemin accidenté, mais il ne ralentit pas.

Son cœur avait mal pour Annie et Pika. Il devait pourtant partir. Sinon, tout serait perdu. Il devait s'éloigner le plus possible de ces créatures s'il voulait en apprendre davantage sur elles. Comment les détruire par exemple.

En outre, il était convaincu d'une chose : s'il s'enfuyait, elles le suivraient. Annie et Pika auraient alors une chance de vivre.

Il agrippait tellement fort le guidon qu'il en avait les articulations blanches. Il lui fallut toute la volonté du monde pour ne pas se retourner.

Il arrivait au bout du chemin quand un bang phénoménal retentit derrière lui.

Dans le rétroviseur, il vit la porte d'entrée d'Annie voler hors de ses gonds et s'écraser au milieu des vignes.

Les trois créatures glissèrent jusqu'à la cour. Quand elles levèrent la main dans sa direction, Sacha entendit un étrange et dangereux bourdonnement dans sa tête.

Là, il prit le virage et accéléra. Sa moto réagit tel un être vivant.

En quelques secondes, il les laissa loin derrière.

Sacha conduisit sans s'arrêter jusqu'à un village assez important. C'était un endroit pittoresque au bord d'une rivière. Des fleurs débordaient des jardinières aux fenêtres, recouvraient les clôtures. Les maisons en pierre calcaire pâle luisaient sous le soleil du petit matin.

Il ne remarqua aucun de ces détails.

Alors que les larmes lui brouillaient la vue, il ralentit et quitta la route pour un parking surplombant l'eau. S'essuyant les yeux du revers de la main, il sortit son portable de sa poche et appela la police.

Quand une voix officielle répondit, il lui communiqua l'adresse d'Annie.

— Quelqu'un a pénétré dans sa maison. L'a tabassée. Je ne sais pas trop ce qu'il s'est passé. Elle est allongée par terre dans la cuisine. Sans connaissance. J'ai vu trois hommes en manteau noir. Je vous en prie, dépêchez-vous ! Envoyez une ambulance ! (La voix cassée, il avait beaucoup de difficulté à continuer.) Je ne sais pas si elle est encore en vie.

Quand l'officier lui demanda son nom, Sacha raccrocha.

Il se frotta les yeux puis éteignit son téléphone.

Il ne pouvait pas en faire davantage pour le moment. Chaque parcelle de son corps réclamait de retourner auprès d'Annie, mais cela lui était impossible. Les trois ne le laisseraient jamais s'approcher d'elle. Sacha devait fuir pour qu'ils se lancent à sa poursuite. Annie n'aurait plus rien à craindre d'eux.

Il se détesta d'avoir mis la vie de sa tante en danger ainsi. D'avoir cru comme un imbécile qu'il réussirait à leur échapper, quoi qu'ils soient.

Après avoir pris une grande inspiration, il enfonça ses poings dans ses yeux si fort qu'il vit des flashes lumineux.

Annie… pourvu que tu t'en sortes…

Il regagna la route et s'éloigna, moteur vrombissant.

36.

Quand le train entra en gare d'Oxford, Taylor trépignait déjà devant les portes du wagon. À peine s'ouvraient-elles qu'elle sautait sur le quai pour filer vers la sortie.

Il y avait tant à faire. Elle était tellement pressée de commencer.

L'urgence de la situation l'affolait. Et c'était encore pire depuis le coup de fil de Sacha cette nuit. Elle avait parfaitement senti sa peur – bien qu'il n'en ait rien dit, il était terrifié. Et le temps leur manquait. Il fallait qu'elle les persuade d'accélérer. Elle ne savait pas ce qu'ils faisaient à Saint Wilfred exactement, mais ils devaient aller plus vite.

Ce voyage à Oxford ne ressemblait en rien au précédent. Cette fois, elle se faufila aisément à travers le dédale des rues animées, sans même un regard pour les étudiants qui se précipitaient vers leurs examens dans une envolée de robes noires claquant autour d'eux comme des ailes de corbeau.

Elle courait presque en remontant la petite allée médiévale qui menait à Saint Wilfred. Quand elle arriva à la porte de brique rouge, elle avait du mal à respirer.

Tiens ! Le concierge n'était pas le même que lors de sa dernière visite (petit et replet : pas sec et anguleux comme l'autre).

Elle ne voulait pas attendre. Elle était certaine que son grand-père aurait encore oublié de donner son nom, de toute façon. Se composant une expression de profond ennui, elle passa donc directement devant lui. Elle agita la main avec une feinte nonchalance, comme elle avait vu les vrais étudiants le faire lorsqu'ils franchissaient le seuil de leur université.

Gagné ! Il répondit machinalement à son salut et elle fila dans la cour. Les vénérables édifices semblaient tout droit sortis d'un conte de fées ce matin, avec le soleil qui accrochait ses rayons aux cimes dorées et cuivrées de leurs flèches sculptées.

Elle n'avait pas fait vingt pas qu'on la hélait :

— Hé, vous là-bas ! Revenez ici.

Elle se retourna. Le concierge courait après elle, rouge et transpirant, en agitant un carnet.

Son ventre se noua.

— Oui ? lui répondit-elle, en prenant un air aussi hautain que possible.

— Je suis désolé, mademoiselle, haleta-t-il, mais je ne vous reconnais pas. Avez-vous rendez-vous ?

— Oui. Avec le professeur Montclair.

— Je suis désolé, mademoiselle, en temps normal, je ne travaille pas ici. Je fais juste un remplacement, vous comprenez. L'employé habituel n'est pas venu, ce matin.

(Il se pencha vers elle avec une mine de conspirateur.) Tout est un peu sens dessus dessous, étant donné les circonstances. Personne ne semble vraiment savoir ce qui se passe.

Taylor, qui n'avait pas de temps à perdre avec ce genre de confidences, brida néanmoins son impatience.

— Aucun souci, lui répondit-elle avec un sourire forcé. Je serai ravie de vous aider.

— J'ai besoin de noter votre nom dans mon registre, si vous êtes une élève du professeur, lui expliqua-t-il en ouvrant son calepin.

Il sortit ensuite un bout de crayon de sa poche. Ses gestes étaient précis, posés…

Allez ! allez ! le houspillait-elle intérieurement, en tambourinant des doigts sur sa cuisse.

Il feuilleta son carnet jusqu'à la dernière page, puis serra son moignon de crayon entre ses doigts et le posa sur le papier, prêt à écrire. Enfin, il releva les yeux vers elle.

— Je suis Taylor Montclair, la petite-fille du professeur, lui annonça-t-elle, avant même qu'il n'ait le temps de l'interroger.

Il écarquilla les yeux.

— Oh, mais bien sûr ! Bien sûr ! (Il gribouilla quelques mots.) Je suis certain qu'il vous attend, mademoiselle Montclair. Je m'occupe du reste. Ne vous inquiétez pas. Montez directement. Voulez-vous que je l'appelle pour le prévenir de votre arrivée ?

Soulagée, Taylor secoua la tête.

— C'est inutile. Il est au courant.

Et elle pivota d'un bloc pour s'éloigner au plus vite.

Le gardien l'apostropha de nouveau :

— Faites attention avec cette chaleur ! Ils ont dit qu'il ferait plus de trente degrés aujourd'hui.

Elle agita la main pour lui montrer qu'elle avait entendu, mais ne ralentit pas, se hâtant de parcourir le promenoir couvert qui encadrait le carré de verdure.

Des étudiants la croisèrent, par deux ou en groupes, parlant et riant, sans lui prêter la moindre attention, tandis qu'elle se précipitait vers la petite arche donnant sur l'escalier.

Passé le seuil, la température tombait d'un coup. Les vieilles murailles étaient si épaisses que même le soleil le plus ardent ne pouvait les réchauffer.

Elle se hâta de monter les marches, ses chaussures claquant vivement sur la pierre usée. À chaque palier, la lumière s'infiltrait par une étroite fenêtre, fendant la pénombre de ses lances dorées.

Parvenue en haut de l'escalier, elle frappa doucement et attendit.

Les secondes s'égrenaient et personne ne venait lui ouvrir. Elle dressa l'oreille : aucun bruit à l'intérieur de l'appartement.

Perplexe, elle cogna le heurtoir un peu plus fort. Toujours pas de réponse. Elle soupira, dépitée. Où était-il passé ? Elle tira son portable de sa poche et jeta un coup d'œil à l'écran : pas de nouveau message de Louisa. Elle devait peut-être les retrouver au hangar à bateaux ? Il n'en avait jamais été question, pourtant. Personne ne lui avait rien dit.

Elle décida de lui envoyer un texto et se cala contre la porte… qui céda sous son poids. Elle vacilla et se rattrapa in extremis au chambranle. Plantée sur le seuil, elle examina alors la porte entrouverte d'un œil soupçonneux.

Son grand-père oubliait bien des choses, mais certainement pas de verrouiller sa porte. Déjà qu'il détestait les visites impromptues. Il tenait bien trop à son intimité.

Un frisson d'appréhension lui remonta l'échine.

— Grand-père ?

Pas de réponse.

Elle poussa complètement la porte.

— Grand-père ? lança-t-elle, haussant la voix.

Sa question se perdit dans la pénombre. Un silence pesant régnait dans l'appartement. Pas comme s'il était tout simplement vide, non. Ça sonnait en creux, comme si quelque chose avait été ôté…

Le petit vestibule semblait tout à fait normal, pourtant. Un tas de livres en équilibre précaire et une grande cruche de cuivre remplie de solides parapluies arborant le blason de Saint Wilfred, en argent sur fond noir, montaient la garde près de l'entrée.

— Grand-père ? Tu es là ?

Seul l'écho de sa voix lui répondit, narquois.

Elle parcourut le petit corridor à pas prudents.

Elle n'avait pas mis un pied dans le salon qu'elle le vit. Son corps gisait sur le tapis, face contre terre. Il semblait tout ratatiné, comme si on l'avait précipité d'une très grande hauteur. Le guéridon, sur lequel elle avait mangé des petits gâteaux secs et posé ses livres, avait été réduit en miettes dans sa chute.

— Grand-père ?

Ce n'était plus qu'un murmure.

Taylor voulut courir mais ses pieds semblaient ne plus lui obéir. Puis, sans savoir comment, elle se retrouva à genoux à côté de lui, l'attrapant par les épaules pour le retourner.

Elle ne pouvait plus rien faire. Il n'y avait plus rien à faire.

Le cri qui s'éleva alors lui parut venir de très très loin.

C'était le sien.

37.

— Buvez ça, mademoiselle.

Taylor prit machinalement ce qu'on lui mettait dans la main. Le gobelet en carton lui brûla les doigts. De la fumée s'échappait du liquide marron.

Tout autour d'elle régnait une activité frénétique. À peine sur place, la police avait sécurisé la cour. Une ambulance avait fait une rapide incursion dans l'enceinte de Saint Wilfred avant d'être immédiatement remplacée par un fourgon de police avec « Service médico-légal » écrit sur le flanc.

On l'avait isolée dans un bureau auquel on accédait par une des nombreuses portes donnant sur la cour. C'était une petite pièce anonyme : murs nus, éraflés ; piles de documents dans tous les coins ; bureau métallique avec chaises en plastique.

Des gens venaient lui demander toutes les cinq minutes si elle allait bien. Elle se contentait de secouer la tête. Elle avait l'impression que tout ça arrivait à quelqu'un d'autre.

Elle avait échangé deux mots avec des policiers quand ils avaient investi les lieux. Après quoi, ils lui avaient pris son portable et l'avaient laissée là en lui ordonnant de ne pas bouger. Elle n'avait pas quitté sa chaise depuis.

Depuis combien de temps était-elle là ? Elle ne savait pas. Des heures.

Des équipes d'enquêteurs arrivaient continuellement (elle pouvait les voir par la porte ouverte).

À intervalles réguliers, elle fermait les yeux, serrant les paupières de toutes ses forces en priant pour que tout ça ne soit qu'un horrible cauchemar. Puis elle les rouvrait. Hélas non, elle ne rêvait pas.

Les instants qui avaient suivi sa découverte du corps étaient très flous dans sa mémoire. Elle était sortie en courant de l'appartement pour aller tambouriner à toutes les portes sur tous les paliers. À la troisième, un homme lui avait ouvert. Il était resté sur le seuil, sanglé dans sa veste de tweed, à la regarder sangloter avec un air effaré. « Aidez-moi, je vous en prie. C'est mon grand-p… le professeur Montclair est blessé », l'avait-elle imploré.

Tandis qu'il montait les marches avec une surprenante agilité, elle était restée effondrée à sa porte, en larmes. Lorsque l'homme était réapparu, il avait le visage fermé, blême. Il était entré chez lui appeler la police.

« Venez avec moi », lui avait-il ensuite dit, d'un ton sinistre. Et, l'attrapant par le coude, il lui avait fait descendre l'escalier.

Depuis, un flot ininterrompu de gens étaient venus lui parler. Mais leurs mots lui parvenaient de trop loin pour être intelligibles.

« Je crois qu'elle est en état de choc », avait murmuré quelqu'un.

À un moment donné, le concierge joufflu avait maugréé : « Oh ! bon sang ! Et il a fallu que ça tombe sur moi, forcément ! Pour une fois que je fais un remplacement. »

Elle s'était entendue réclamer Louisa. On lui avait murmuré qu'elle arrivait. Mais, dès que la police avait débarqué, plus personne n'avait eu le droit de l'approcher.

Dans sa tête, elle ne cessait de revoir son grand-père défiguré, le visage en sang. La vision d'horreur refusait de s'en aller.

Avec un sanglot, elle posa le front sur ses genoux. Un violent spasme abdominal l'alerta. Elle se demanda si elle n'allait pas recommencer à vomir. Elle n'arrivait pas à croire qu'elle puisse encore avoir quelque chose dans l'estomac.

Une ombre s'abattit sur elle et elle se redressa lentement. Un homme se tenait sur le pas de la porte. Le soleil brillait tellement derrière lui qu'au début elle ne vit qu'une silhouette noire dans un halo de lumière aveuglante.

— Mademoiselle Montclair ?

Elle hocha la tête et s'essuya les joues.

— Oui.

— Je suis l'inspecteur Rogerson. J'ai quelques questions à vous poser.

— D'accord, acquiesça-t-elle d'une voix à peine audible.

Il pénétra dans la pièce. Une femme en uniforme entra derrière lui et ferma la porte. Taylor réussit alors à les discerner. L'inspecteur Rogerson était un grand brun de l'âge de son père ou à peu près. Il portait un costume bleu marine qui avait dû lui tenir drôlement chaud, là, dehors, avec cette température caniculaire. Il ne transpirait pourtant pas.

— Voici l'agent Jones, lui dit-il, en désignant la femme en uniforme. Elle assistera à notre entretien.

Taylor tourna les yeux vers la policière. L'agent Jones avait tiré ses cheveux blonds en arrière pour les attacher et les fourrer sous son chapeau réglementaire. Contrairement à l'inspecteur, elle transpirait.

Le bureau était petit et, à eux trois, ils le remplissaient déjà.

L'agent Jones resta debout près de l'entrée tandis que l'inspecteur contournait une colonne qui n'avait rien à faire là et une poubelle pour venir s'asseoir en face d'elle.

Taylor se mordilla la lèvre en le voyant sortir un appareil de sa poche, l'allumer et le tenir juste devant sa bouche.

— Inspecteur Rogerson assisté de l'agent Jones avec… (de sa main libre, il tira un carnet de sa poche et y jeta un coup d'œil), Taylor Montclair, le témoin. Il est… (il consulta sa montre), treize heures trente-trois.

Il posa le dictaphone sur le bureau et releva la tête pour la dévisager avec un regard distant mais avisé.

— Et si vous nous racontiez avec vos propres mots ce qui s'est passé.

Cramponnée à son gobelet en carton, Taylor lui relata tout ce qu'elle savait. L'escalier. La porte. Le corps.

Pendant qu'elle parlait, l'inspecteur la scrutait, griffonnant quelques notes, de temps à autre, dans le carnet posé sur son genou.

— Et qu'est-ce qui vous avait amenée ici aujourd'hui ? demanda-t-il. Le concierge dit que votre nom n'était pas sur la liste des visiteurs enregistrés à cette date.

Taylor lui servit l'histoire qu'elle avait eu tout le temps de préparer. Elle était restée aussi fidèle à la vérité qu'elle l'avait pu.

— Je suis venue voir mon grand-père il y a une semaine, lui répondit-elle. Nous travaillions ensemble sur un exposé d'histoire. Comme, en plus, je voudrais entrer à l'université ici, il m'aidait pour ça aussi.

Une larme s'échappa au coin de son œil. Elle la sécha du dos de la main, sans même penser au mouchoir en papier serré dans son poing.

— Il oubliait tout le temps de mettre mon nom sur la liste. Il… il lui arrivait d'oublier des choses.

Le crayon courut sur le papier.

— Vous êtes-vous disputés ? Les voisins disent avoir entendu des éclats de voix.

Elle secoua la tête, si vivement que sa queue-de-cheval lui cingla la joue.

— Je n'ai même pas pu… lui parler. (Elle s'enroua et se tut, le temps de se ressaisir.) Il était… il était comme ça quand je l'ai trouvé.

Le grattement du crayon sur le papier semblait incroyablement sonore dans le silence du petit bureau.

— Avez-vous vu quelqu'un sortir de l'appartement ? Ou croisé quelqu'un dans l'escalier ?

— Non, personne.

Il releva les yeux. Il avait un regard perçant.

— Vous en êtes sûre ?

— Oui.

Il prit de nouvelles notes, tout en continuant à parler.

— Votre grand-père avait-il des ennemis, quelqu'un qui aurait voulu lui nuire ?

Taylor se figea. Elle pensa aux Rafleurs, au praticien noir. À cette horrible sensation d'être surveillée en permanence.

Tant d'ennemis. Tant de danger.

Et puis une réflexion de son grand-père lui revint en mémoire quand il lui avait demandé si elle avait prévenu la police : « Ils ne peuvent tout simplement pas comprendre. Cela ne figure pas dans leurs lois. » Il avait raison. Il n'avait aucun ennemi qu'un enquêteur de la police criminelle d'Oxford puisse interpeller.

Elle secoua la tête.

— Il était juste professeur. Un charmant vieux monsieur qui adorait enseigner. Tout le monde l'aimait. Je ne vois pas qui…

Sa voix se brisa et elle se détourna.

L'inspecteur et l'agent Jones échangèrent un coup d'œil. Rogerson soupira et se leva.

— Je crois que c'est tout pour le moment, dit-il. L'agent Jones va vous conduire à la gare. J'imagine que nous avons déjà vos coordonnées…

Taylor l'imita avec un peu plus de mal (elle tremblait comme une feuille) et leur emboîta le pas vers la porte. Rogerson récupéra son portable auprès d'un des policiers dans la cour et le lui rendit. Elle le glissa dans son sac sans même le regarder.

Ils la raccompagnèrent au portail au pas de charge. Le ceinturon de l'agent Jones cliquetait à chaque enjambée. Rogerson avait les mains profondément enfoncées dans les poches.

La cour grouillait de policiers avec tout un tas de matériel sophistiqué. Comme le concierge l'avait prédit, il y avait des siècles semblait-il, il faisait une chaleur accablante.

Lorsqu'ils atteignirent l'imposante porte Tudor, tous les drapeaux pendaient lamentablement à la cime des tourelles. Un ruban de plastique noir et jaune de scène de crime barrait l'entrée. À l'extérieur, des dizaines de voitures de police étaient garées un peu n'importe comment. Une foule de curieux attroupés chuchotaient près de l'entrée, se perdant en conjectures.

L'inspecteur Rogerson souleva le ruban pour les faire passer, mais resta de l'autre côté.

Taylor suivit alors l'agent Jones dans un état second. Elle n'avait pas fait dix pas que Rogerson l'interpellait, lui faisant signe de revenir.

Lorsqu'elle eut atteint le ruban, il lui tendit sa carte.

— Vous avez mon numéro là-dessus. Appelez-moi s'il vous revient quoi que ce soit qui pourrait nous aider à trouver le ou les coupables.

Tandis qu'elle glissait la carte dans sa poche, elle sentit le regard perçant de l'inspecteur l'examiner, comme s'il cherchait à savoir si elle était capable de commettre un meurtre. Pourtant, lorsqu'il lui parla, sa voix ne trahissait que la compassion toute professionnelle d'un officier de police endurci :

— Désolé que vous ayez perdu votre grand-père.

Ж

L'agent Jones ne se montra pas très loquace pendant le trajet jusqu'à la gare. On était en début d'après-midi et il y avait beaucoup de circulation. Elle réussit cependant à se faufiler à travers la ville sans difficulté.

Devant le bâtiment gris, elle gara son véhicule de patrouille le long du trottoir.

— C'est ici que vous descendez, lui annonça-t-elle brusquement.

Taylor ne savait plus trop où elle en était. Allait-elle vraiment rentrer comme ça chez elle ? Que dirait-elle à sa mère ?

Et où peut bien être passée Louisa ?

Se méprenant sur son manque de réaction, l'agent de police changea de ton.

— Écoute, lui dit-elle avec douceur, ce n'est pas toujours très facile de gérer le genre de chose que tu as vue aujourd'hui. Je peux te donner un petit conseil ?

Taylor acquiesça en essuyant une larme.

— Contacte une association de soutien aux victimes. Ça peut soulager de parler à des gens qui sont déjà passés par là. Si tu t'adresses à ton poste de police local, on pourra t'en trouver une pas loin de chez toi.

Comme s'ils pouvaient m'aider ! songea Taylor.

— Et appelle-nous si un détail te revient. N'importe quoi, enchaîna l'agent Jones. Nous voulons trouver ceux qui ont fait ça à ton grand-père autant que toi.

Taylor fut alors prise d'une brusque envie de fuite. Elle ne voulait pas rester dans cette voiture une seconde de plus. Elle ne doutait pas de la sincérité des policiers, mais elle ne croyait pas un seul instant qu'ils puissent faire quoi que ce soit pour assurer sa sécurité ou celle des membres de sa famille. Et, d'ailleurs, maintenant qu'elle y pensait, si quelqu'un avait tué son grand-père, pourquoi pas sa mère ? Ou Emily ?

La peur lui planta un poignard glacé dans le cœur.

Il fallait qu'elle rentre à tout prix.

Elle se débattit avec sa ceinture de sécurité, l'arrachant pratiquement pour ouvrir la portière d'un violent coup d'épaule. Elle sortit si vite qu'elle entendit à peine l'agent Jones lui présenter ses condoléances. Déjà, elle se précipitait dans la gare, en pleurs.

« Désolé que vous ayez perdu votre grand-père. »

Ça ne voulait rien dire ! Ce n'était pas comme si elle l'avait égaré quelque part ! Quelqu'un lui avait réduit la tête en bouillie jusqu'à ce qu'il ne reste plus que du sang et des fragments d'os.

Non, elle n'avait rien perdu. Mais on lui avait volé quelque chose.

Quelque chose de précieux.

Elle tenta de déchiffrer le tableau des horaires à travers un rideau de larmes. Une fois son billet composté, elle franchit le portillon pour accéder au quai et courut tout au bout, aussi loin que possible des autres passagers.

Puis elle sortit son portable de sa poche et appuya sur une touche.

Quelque part, très loin, un téléphone sonnait, sonnait… Finalement, la voix de Sacha enregistrée sur son répondeur récita un bref message. Le bip la fit tressaillir.

Elle voulait rester calme, rationnelle, lui faire un compte-rendu rigoureux. Elle ne voulait pas l'effrayer. Mais, lorsqu'elle entendit le son de sa voix, quelque chose se déchira en elle, libérant toutes les émotions qu'elle avait retenues depuis qu'elle était entrée dans l'ombre fraîche de cet appartement, ce matin.

Elle se mit à sangloter.

— Il… il est mort, Sacha. Mon grand-père est… est mort… On l'a tué. Un… un monstre l'a tué. Et il était… Et je… Faut que je rentre chez moi, mais… mais je crois qu'il peut me trouver là-bas. Je ne sais pas quoi faire, Sacha. Et s'il me… me poursuit ? Et s'il s'en prend à ma… ma mère ? Je ne peux pas… Je dois… partir. Mais je ne sais pas où aller…

Accablée de chagrin, elle se laissa aller contre un poteau, collant son front contre le métal froid. Elle avait du mal à respirer, les poumons en feu à force de pleurer. Impossible de s'arrêter.

— Oh mon Dieu, Sacha ! chuchota-t-elle. J'ai tellement peur.

Ж

Après son bref appel à la police, Sacha roula pendant plusieurs heures. Il fila à tombeau ouvert sur les étroites routes de campagne à l'ombre de grands arbres, à travers des villages paisibles dont il n'apprécia aucunement la beauté. Quand il atteignit l'autoroute, il prit au sud. Il n'avait pas de destination, pas de but à part s'éloigner autant que possible des êtres qu'il aimait. Et entraîner ces créatures avec lui.

À la fin, la seule chose qui l'obligea à s'arrêter fut un simple rappel à la réalité : la jauge d'essence de sa moto indiquant que son réservoir était bientôt vide.

Malgré cela, quand il entra dans une station-service, il examina avec attention les alentours avant de faire une halte – comme si les Rafleurs risquaient de bondir à tout instant de derrière la haie ou de sortir de la supérette.

Il n'avait qu'une vague idée d'où il se trouvait – il avait cessé de lire les panneaux depuis un bon moment.

Quand il descendit de sa moto après tout ce temps à fixer le ruban gris de la route, ses jambes tremblaient. Il s'agrippa au guidon jusqu'à ce qu'il aille mieux.

Il ignorait si Annie était vivante ou non. Il n'osait appeler personne pour avoir de ses nouvelles. Il se contenta donc d'espérer. De prier.

La culpabilité le submergeait. Tout ce qu'il touchait finissait par être détruit.

Il devait prendre une décision, choisir une destination, un objectif… mais il en était incapable à cet instant. Il revoyait sans cesse le corps d'Annie en train de voler à travers la cuisine. Il entendait les hurlements de Pikachu.

Les larmes qu'il bataillait pour contenir lui piquaient les yeux. Il les chassa. Il n'avait pas le temps de pleurer.

Par automatisme, il fit le plein, vérifia le niveau d'huile, d'eau. Dans la station-service, il débita les bonnes paroles à la personne au guichet, paya son carburant puis s'acheta une bouteille d'eau froide, qu'il prit dans la vitrine réfrigérée. Il n'avait pas mangé depuis longtemps mais la seule pensée d'avaler quelque chose lui retournait l'estomac.

Il gara sa moto à l'ombre d'un arbre non loin. Il lui fallait une pause pour mieux réfléchir aux événements. Il devait rester concentré.

Il sortit son portable de sa poche et le fixa longuement avant de l'allumer. Il tinta à quatre reprises, signe qu'il avait des messages vocaux. Il s'assit sur un banc tout près de sa moto et, les yeux fermés, il les écouta tour à tour.

Les premiers avaient été laissés par sa mère. Elle le suppliait de rentrer à la maison, ou du moins d'appeler.

Le quatrième était bizarre. Au début, il ne perçut qu'un bruit de respiration irrégulière. En arrière-plan, une voix anglaise enregistrée faisait des annonces qu'il ne comprenait pas totalement. Soudain, il entendit un sanglot. C'était Taylor.

Il bondit sur ses pieds dès qu'elle commença à parler. Elle finissait à peine qu'il chevauchait déjà sa moto. Les lèvres pincées, il plongea son téléphone dans sa poche, enfila son casque et démarra. Puis il fit demi-tour.

Il avait enfin une destination. Un objectif.

38.

Le trajet du retour lui parut interminable. Tandis que le train roulait à travers la campagne, Taylor appela le portable de sa mère, puis le téléphone de la maison, encore et encore. Chaque fois, elle tombait sur le répondeur.

Lorsqu'elle arriva enfin à Woodbury, elle était malade d'angoisse.

Sautant sur le quai avant même que les portes ne soient complètement ouvertes, elle courut à toutes jambes, ignorant les coups d'œil ulcérés des autres passagers qu'elle bousculait sans s'excuser.

Il fallait absolument qu'elle rentre chez elle pour s'assurer que sa mère et sa sœur n'avaient rien.

On était samedi : les rues étaient bondées. Tout le monde profitait du week-end pour faire ses courses. Elle fonça dans la foule sans voir personne. Jusqu'à ce qu'une main se referme sur son bras.

Elle se retourna, hystérique.

— Taylor ? (Les prunelles de Georgie débordaient d'inquiétude.) Taylor, qu'est-ce qui se passe ?

En la reconnaissant, Taylor sentit son cœur se briser un peu plus.

Si seulement on pouvait être encore amies !

Elle mourait d'envie de tout lui raconter. Mais c'était impossible, elle le savait.

— J'ai pas le temps de discuter, lui jeta-t-elle en tentant de se libérer.

Georgie refusa de la lâcher.

— Dis-moi ! insista-t-elle. Il y a quelque chose qui ne va pas, je le vois bien.

— Je...

Que pouvait-elle lui dire ? « Des monstres ont tué mon grand-père et j'ai peur qu'ils s'en prennent à ma mère » ?

Elle ne pouvait rien dire à personne.

Mais Georgie n'en démordait pas.

— Allez, Taylor ! Tu me fiches la trouille, là.

Soudain, ses joues ruisselèrent de larmes.

— Oh Georgie ! chuchota-t-elle. C'est horrible.

Le visage de Georgie s'assombrit. Elle prit Taylor dans ses bras et l'attira à l'écart, quittant précipitamment l'agitation de l'avenue commerçante pour chercher un endroit plus calme. Elles s'engagèrent dans une ruelle et Georgie s'arrêta, faisant pivoter Taylor pour lui faire face. Elle lui caressa les cheveux, dégageant son visage pour voir ses yeux.

— Bon, maintenant, qu'est-ce qui s'est passé ?

— Mon... mon grand-père est mort ce matin.

Taylor estimait pouvoir au moins lui confier ça. Mais prononcer ces mots-là ne fit que retourner le couteau dans la plaie.

— C'est... c'est moi qui l'ai trouvé.

— Oh non ! s'exclama Georgie dans un souffle. Je suis trop trop désolée, Tay. C'est terrible. Pas étonnant que tu fasses cette tête-là.

Lui passant le bras autour des épaules, Georgie l'entraîna sur le trottoir.

— Viens. Je te ramène chez toi.

Taylor savait qu'elle ne devrait pas laisser Georgie la raccompagner. C'était risqué. Mais elle se laissa faire quand même.

Elles marchèrent un moment en silence. Puis Georgie coula vers elle un regard contrit.

— Écoute, je sais que ce n'est pas vraiment le moment, mais je veux m'excuser encore d'avoir raconté ces trucs à Paul. J'ai été bête. Et tu avais raison d'être furax. C'est juste que j'étais si excitée de sortir avec lui que ça m'est monté à la tête. Je me suis comportée comme une idiote. Tu es plus importante pour moi que n'importe quel mec. Et tu le seras toujours.

Taylor prit son amie par la taille et se serra contre elle. Ça faisait si longtemps qu'elle avait envie de lui pardonner ! Il y avait plus important dans la vie que Tom et Paul, non ? Plus dangereux aussi.

— C'est bon. Je crois que je m'en suis remise.

Georgie poussa un énorme soupir de soulagement.

— Tu sais quoi ? lui balança-t-elle, en lorgnant vers elle du coin de l'œil. Tom est carrément bizarre depuis que vous avez cassé. Il ne veut plus du tout parler de toi. J'ai essayé de savoir ce qui s'était passé ce jour-là et il prétend qu'il se souvient de rien. Comme si… je sais pas. Comme s'il avait tout oublié. Je ne le crois pas, forcément. Mais c'est dingue, quand même, non ?

Taylor revit M. Finlay entraîner un Tom complètement hébété hors du gymnase et réprima un frisson.

— Je suis contente de ne plus être avec lui.

— Et tu es toujours en contact avec le Frenchy ? Comment il s'appelait déjà ? (Georgie fronça le nez.) Sacha ?

Cette fois, Taylor soutint son regard.

— Oui, lui répondit-elle sans hésiter. Nous sommes amis.

Comme elles approchaient de la maison, Taylor examina en douce le bâtiment de brique, attentive au moindre signe de danger. Tout paraissait normal. La porte d'entrée laquée de bleu était bien fermée. Toutes les fenêtres reflétaient la chaude lumière de ce bel après-midi ensoleillé.

Pourtant, lorsqu'elle récupéra ses clés dans son sac pour déverrouiller la porte, leur cliquetis métallique trahit le tremblement de ses doigts. Elle dut s'y reprendre à deux fois.

Georgie était juste derrière elle quand elle franchit le seuil. Taylor savait qu'elle aurait dû lui dire de rentrer chez elle, lui assurer qu'elle allait bien maintenant. Mais elle n'avait pas envie qu'elle parte. Elle n'avait pas envie de se retrouver seule.

Il faisait frais à l'intérieur. Tout était calme.

— Maman ? Maman, tu es là ?

Ce silence pesant faisait étrangement écho à celui qui régnait dans l'appartement de son grand-père ce matin. Sa gorge se serra.

— Emily ? lança-t-elle d'une voix étranglée.

Pas de réponse.

— Emily n'a pas cours de danse le samedi ? s'étonna Georgie en s'appuyant de la hanche au montant de la porte. Genre, depuis toujours ?

— Je vais juste vérifier, lui répondit-elle. Ne bouge pas.

Elle remonta le couloir en trombe, jetant un coup d'œil dans chaque pièce, avant de monter les marches quatre à quatre. La chambre de sa mère était vide ; le lit, fait. La porte de la chambre de sa sœur était ouverte, laissant entrevoir les murs jaune citron et sa couette en boule sur le matelas.

La maison était déserte. Fizz n'était pas là non plus. Sa mère devait l'avoir emmenée – rien d'inhabituel.

Alors, pourquoi cette anxiété ?

Une épouvantable sensation de catastrophe imminente lui pesait sur les épaules. Il y avait quelque chose d'anormal.

La voix de Georgie s'éleva de la cuisine.

— Je prépare le thé, lui annonça son amie, avec, en fond sonore, l'écoulement de l'eau dans la bouilloire. Je crois bien que je n'ai jamais vu quelqu'un avoir plus besoin d'un bon thé que nous en ce moment. Et je n'aime *pas* le thé !

Mais Taylor ne l'écoutait pas. Parce que, tout à coup, elle se sentait mal. Elle crut qu'elle allait vomir. Son cœur lui martelait les tympans. Fort. Trop fort. Elle se cramponna à la rampe en se disant qu'elle devait faire une crise cardiaque.

La dernière chose qu'elle entendit, ce fut Georgie qui lui demandait :

— Tu sais pas où ta mère planque ses réserves de gâ... ?

Puis la porte d'entrée fut arrachée de ses gonds.

39.

Les trois hommes qui se tenaient sur le seuil portaient tous de longs manteaux noirs. Leurs visages semblaient taillés dans la glace. Ils avaient des yeux couleur de la mort.

Et ils souriaient.

Taylor était restée pétrifiée au milieu de l'escalier, prise dans leur regard comme un lapin dans la lumière des phares.

— Qu'est-ce que c'était que ça ? s'exclama Georgie en sortant de la cuisine.

Les Rafleurs tournèrent tous la tête en même temps. Cette parfaite synchronisation lui figea le sang dans les veines.

L'intervention de Georgie la fit néanmoins réagir. Elle franchit d'un bond les dernières marches pour s'interposer.

— Georgie, retourne dans la cuisine et enferme-toi, lui lança-t-elle par-dessus son épaule, sans quitter des yeux les intrus.

— Hein ? Mais pourquoi ?

Georgie avançait toujours dans le couloir. On la voyait déjà.

— C'était quoi ce boucan ? insista-telle.

Pourquoi faut-il toujours qu'elle n'écoute pas ce qu'on lui dit ?

Se tournant vers son amie, Taylor invoqua son pouvoir, allant chercher l'énergie là où elle pouvait.

— Retourne-dans-la-cuisine.

Cette fois, sa voix était méconnaissable. Ce n'était plus un conseil : c'était un ordre.

Georgie s'exécuta docilement.

Taylor ressentit aussitôt de violents élancements au niveau des tempes. Elle avait puisé dans ses propres réserves.

Gourde !

Lorsqu'elle se retourna, les Rafleurs se trouvaient juste devant elle. Étouffant un cri, elle recula précipitamment.

Comment avaient-ils fait pour se déplacer sans qu'elle les entende ?

Ils la suivirent d'un même mouvement souple et fluide, comme s'ils flottaient.

Ils avaient tout d'êtres humains, mis à part leur atroce maigreur. Ils sentaient une drôle d'odeur aussi : une suffocante puanteur de terre mouillée et de corps en décomposition.

Elle repensa à ce que son grand-père lui avait dit : « Ils sont un véritable poison pour notre espèce. Leur simple présence est toxique. »

Elle se sentit succomber à la panique. Sa respiration s'était accélérée. Elle haletait.

— Qu'est-ce que vous voulez ?

Elle avait essayé de prendre un ton impérieux, mais sa voix était toute fluette.

Le plus grand des trois leva la main. Il avait des doigts d'une longueur telle que Taylor en eut la chair de poule. Elle commença alors à percevoir un bruit sourd, une sorte d'étrange bourdonnement, comme une invasion de millions d'insectes grouillants.

Les coups de boutoir dans sa tête s'accentuèrent. Elle avait de plus en plus de mal à se concentrer et même à penser.

— Sortez de chez moi !

Mais ce n'était qu'un murmure plus ridicule qu'effrayant.

Et puis elle entendit une voix :

— Treizième fille. (Le plus grand, celui qui se tenait au centre, légèrement en retrait, braquait les yeux sur elle : deux trous noirs brûlants de haine.) Tu ne peux t'interposer. C'est interdit.

L'étrange murmure s'intensifia. Il lui sembla qu'elle pouvait discerner des mots dans ce bourdonnement, les mots d'une langue inconnue. Des mots terribles, horribles.

Soudain, son bras gauche se dressa à la verticale comme celui d'un pantin qu'on aurait soulevé. Taylor voulut l'abaisser, mais il ne lui obéissait plus. Elle vit alors avec horreur une entaille apparaître sur son avant-bras et le sang dégouliner pour tomber goutte à goutte sur le sol.

Ce n'est pas possible, se dit-elle. *C'est une illusion.*

Mais la douleur, elle, était bien réelle : elle avait le bras en feu.

Cette fois, elle céda vraiment à la panique. Son cœur s'emballa.

Son bras droit se leva brusquement à son tour et une autre balafre apparut, lui lacérant atrocement l'avant-bras.

Le sang dégoulinait des deux plaies, à présent, s'accumulant à ses pieds en une flaque écarlate. Elle le sentait s'écouler, chaud, mouillé, l'entendait ruisseler sur le sol. Ce n'était pas une illusion, ça !

Elle voulut crier.

Les trois hommes en noir étaient alignés face à elle, maintenant, tous avec la main levée, la paume tournée vers elle. Elle les regardait à travers un brouillard de souffrance, ne distinguant plus d'eux que de grandes silhouettes sombres qui la dominaient de toute leur hauteur.

Le couloir commença à tanguer : elle était en train de s'évanouir.

Elle n'allait pas s'en sortir. Ils s'étaient tous trompés sur elle.

Pardon, Sacha.

— OK. Assez joué, messieurs. Ça suffit pour aujourd'hui.

La voix lui sembla familière… Le ton était bravache… et très très énervé.

Les trois ombres se retournèrent comme un seul homme.

Louisa s'encadrait dans la porte derrière eux, ses cheveux bleus brillant en un halo fluorescent. Elle avait les yeux bouffis comme si elle avait pleuré. Mais elle n'avait pas l'air triste, maintenant. Non, là, elle avait l'air furax.

Taylor sentit le soulagement déferler dans ses veines telle une injection de calmant. Aussitôt suivi par un shoot d'angoisse. Ces créatures étaient trop puissantes.

Elles allaient la tuer.

— Non, Louisa, non ! s'affola-t-elle dans un souffle.

Mais la fille aux cheveux bleus ne lui accorda même pas un regard. Elle avait les yeux rivés sur les Rafleurs.

— Allez, mes mignons, venez donc par ici, leur lança-t-elle en les invitant du bout des doigts à avancer.

Taylor aurait bien voulu l'aider, mais elle se vidait de son sang : elle sentait toujours le liquide tiède dégouliner le long de ses bras. Elle était en train de mourir… n'est-ce pas ?

Rassemblant ses forces, elle s'obligea à lever les yeux vers ses blessures.

Sauf qu'il n'y avait aucune plaie. Elle baissa la tête. Aucune mare de sang à ses pieds.

Éberluée, elle laissa retomber ses bras pour les examiner, les tournant, les retournant : ils étaient normaux. Absolument intacts.

Elle remarqua alors que l'incantation des Rafleurs avait changé de ton, devenant plus agressive, belliqueuse. Levant les yeux, elle s'aperçut qu'ils fondaient sur Louisa.

Si la tuer, elle, avait été leur mission, il était clair que tuer Louisa serait une partie de plaisir.

Cependant, l'intéressée ne manifestait toujours pas la moindre frayeur.

— Mais oui, les gars, les nargua-t-elle d'une voix grave, menaçante. C'est bien moi. Voyons voir comment vous prenez ça quand y a du répondant.

Louisa leva la main. Un étrange symbole géométrique avait été tatoué au creux de sa paume : une sorte de triangle avec un œil dedans. Il était si récent que la peau était encore rouge et boursouflée tout autour.

Taylor perçut l'onde de choc lorsque Louisa projeta son pouvoir à la face des Rafleurs.

Ils reculèrent aussitôt en poussant des cris inarticulés. Puis le plus grand se redressa et fit un geste vif. Un bout de bois déchiqueté fonça sur la tête de Louisa comme une flèche.

Taylor hoqueta d'horreur. Cependant, Louisa écarta le projectile d'un simple claquement de doigts avec un air blasé.

— C'est tout ce que vous avez dans le ventre ? persifla-t-elle. C'est pathétique, messieurs. Je m'attendais à mieux. Vous avez une réputation à tenir, vous savez.

Mais elle serrait les dents et Taylor voyait bien qu'elle mobilisait toutes ses forces pour les repousser.

Comme si elle avait lu dans ses pensées, Louisa lui jeta un bref coup d'œil.

— Un petit coup de main, peut-être ?

Ces mots lui firent l'effet d'une douche froide.

Mais qu'est-ce que je fais, moi ? se tança-t-elle, mortifiée. Elle laissait Louisa se battre toute seule !

Elle s'approcha. Sa tête et ses mains lui semblaient affreusement lourdes, comme si on l'avait droguée. Mais, plus elle avançait, plus le brouillard se dissipait.

Les Rafleurs lui barraient la route. Elle allait devoir les pousser pour passer. Pourtant, son instinct lui dictait de ne surtout pas les toucher.

Elle lança à Louisa un regard désespéré. L'intéressée jeta alors un coup d'œil au mur du couloir derrière les Rafleurs. Des mèches de cheveux bleus collaient à son front luisant de sueur et, sous la violence de l'effort, son teint virait à l'écarlate : elle faiblissait.

Au début, Taylor ne vit pas où elle voulait en venir. Puis elle comprit.

Un pas, deux. Sans un bruit, elle alla s'adosser contre le mur, puis, fermant les yeux, chercha l'énergie autour d'elle.

Il y en avait partout. Des rayons d'énergie. Tant et tant que c'en était étourdissant. Elle avait la sensation qu'ils n'attendaient qu'elle, qu'ils lui tendaient les bras, qu'ils l'attiraient irrésistiblement.

Au sein de ce ballet doré, elle repéra pourtant trois crevasses de ténèbres suintantes.

Les Rafleurs !

Leur énergie négative ressemblait à une marée noire dans un soyeux océan scintillant.

Pas une seconde à perdre. Empoignant les premiers fils d'énergie à sa portée, Taylor projeta brusquement la main en avant et balança tout ce qu'elle avait sur les monstres.

Dehors !

Ils pivotèrent vers elle d'un bloc.

Stupéfaite, elle se plaqua de toutes ses forces contre le mur pour engranger encore plus d'énergie.

— Ouille ! Ça n'a pas dû faire du bien, ça, je parie, ironisa Louisa.

Deux des hommes en noir se retournèrent vers elle, tandis que le plus grand restait focalisé sur Taylor.

Elles les séparaient pour les affaiblir.

Taylor puisait de l'énergie partout où elle pouvait en trouver, sans se soucier de sa source. Ses cheveux se dressèrent sur sa tête. Elle sentit le pouvoir crépiter autour d'elle. Il était si tangible qu'elle pouvait percevoir son odeur de roussi, comme après un feu d'artifice. Ou de violents éclairs.

Elle sentait également la confusion des créatures. Leur incantation semblait plus désordonnée, maintenant. Désaccordée. Ils n'avaient pas prévu cette riposte. Louisa aussi l'avait remarqué. Elle fit un pas vers eux.

— On va vous renvoyer sous terre, leur annonça-t-elle froidement. Alors, cassez-vous, ça nous simplifiera le travail, vu ?

Malheureusement, cette provocation sembla réellement les rendre furieux, cette fois. Et, pendant un moment, le bourdonnement s'intensifia. Tout à coup, l'un d'eux leva la main paume vers le ciel.

Louisa suivit son geste des yeux.

— Oh merde !

Deux choses arrivèrent alors en même temps : Taylor entendit un craquement assourdissant, et Louisa se jeta sur elle. Si violemment qu'elles se retrouvèrent toutes les deux propulsées dans le salon, atterrissant pêle-mêle sur le tapis, tandis que quelque chose s'écroulait juste à l'endroit où Taylor se tenait une seconde plus tôt.

Sa chute fut si brutale qu'elle en eut le souffle coupé. Luttant pour reprendre sa respiration, elle se redressa tant bien que mal pour voir ce qui s'était passé. Même l'air était blanc de poussière. Et le sol du couloir avait disparu sous les gravats.

La moitié du plafond était descendu pile là où Louisa l'avait cueillie sur sa lancée.

Elle se tordit le cou pour tenter d'apercevoir les Rafleurs.

— Te fatigue pas, lui lança Louisa, qui s'était retrouvée projetée contre le canapé auquel elle s'était adossée pour épousseter ses tatouages. Ils se sont barrés. (Elle fronça le nez.) La vache ! Ils puent.

Taylor se mit à genoux pour mieux voir. Mais Louisa avait raison. Il n'y avait plus personne dans l'entrée. Par l'ouverture n'apparaissaient que le ciel limpide et la rue paisible d'un quartier résidentiel.

Les battements de son cœur commencèrent à reprendre un rythme normal. Elle se tourna vers Louisa.

— Tu n'as rien ? Ça va ?

Louisa soutint son regard. Un immense chagrin assombrissait ses prunelles.

— Non, lui répondit-elle d'une voix étranglée. Je n'irai plus jamais bien.

Et elle ne parlait pas des Rafleurs.

Taylor se rapprocha.

— Je leur ai demandé de t'appeler.

Louisa secoua la tête.

— Dès que j'ai su, j'ai voulu venir, mais… y avait les flics.

Jamais Taylor ne l'avait vue aussi désemparée.

— Je ne pouvais pas risquer de me faire contrôler, tu comprends. Je suis désolée de t'avoir laissée subir ça toute seule. Je n'avais pas le choix. C'était tellement… la merde. Tellement la merde.

Elle se frotta les yeux du dos de la main.

Taylor eut du mal à avaler sa salive. L'horreur de cette matinée resterait à jamais gravée dans sa mémoire. Elle y repenserait lorsqu'elle voudrait se rappeler ce que ça faisait d'être terrorisée et accablée de chagrin.

— Taylor ?

C'était une toute petite voix. Et elle provenait de la cuisine.

Louisa se tourna aussitôt vers le fond du couloir, en alerte.

— C'est qui, ça ?

— Oh non ! J'ai complètement oublié Georgie.

Se frayant un chemin à travers les décombres, Taylor se précipita vers la cuisine et ouvrit la porte. Georgie était plantée devant. Elle ouvrait des yeux comme des soucoupes.

— Je n'arrive pas à sortir, lui expliqua-t-elle d'un ton craintif comme pour s'excuser. C'est trop bizarre.

— Qu'est-ce que tu lui as fait ?

Louisa avait suivi Taylor et se tenait à présent derrière elle, examinant Georgie par-dessus son épaule comme si c'était un rat de laboratoire.

— Je ne sais pas vraiment, lui avoua Taylor. Il fallait juste qu'elle ne s'approche pas de ces… trucs. Comment je peux annuler… le processus ?

Elles parlaient toutes les deux de Georgie comme si elle n'était pas là. Ses yeux passaient de l'une à l'autre, suivant anxieusement la conversation.

— Dis-lui que tout va bien, lui répondit Louisa. À ce stade, elle a surtout la trouille.

— Georgie, obtempéra Taylor en prenant sa voix la plus douce, tu peux sortir maintenant.

Georgie hasarda un pied dans le couloir, puis se retrouva au milieu des gravats.

— Oh là là ! Qu'est-ce qui s'est passé ?

— Une explosion de gaz, lui affirma Louisa sans hésiter. Coup de chance, c'était une petite. Sinon, y aurait pu avoir des blessés. Tu ferais mieux d'y aller, maintenant.

Georgie cligna des paupières.

— Mais euh… qui êtes-vous ?

— L'employée de la compagnie du gaz, débita Louisa sans se démonter. (Posant la main sur l'épaule de Georgie, elle poursuivit, baissant d'un ton, parlant lentement.) Tu dois rentrer chez toi. Taylor va bien. C'était un incident sans gravité. Les dégâts sont mineurs, de toute façon.

Georgie pivota vers Taylor.

— Il faut que je rentre. Je suis contente que ça n'ait pas été plus grave.

Les épaules de Taylor s'affaissèrent d'un coup. Elle savait bien qu'on ne pouvait pas faire autrement, mais ça ne lui plaisait pas qu'on trafique la mémoire de sa copine.

— Oui, acquiesça-t-elle, incapable d'étouffer la petite note de regret dans sa voix. Moi aussi.

Les yeux marron de son amie s'étaient embués de compassion.

— Je suis tellement désolée pour ton grand-père. Tu es sûre que ça va aller ?

— Ça va aller, mentit Taylor.

Georgie escalada le tas de gravats. Parvenue de l'autre côté, elle se retourna pour la regarder à travers le nuage de poussière.

— Ta mère va péter un câble.

Les lèvres de Taylor s'incurvèrent en un petit sourire triste.

— M'en parle pas !

40.

Georgie avait à peine le dos tourné que Louisa déclarait déjà :

— D'abord parer au plus urgent. Il faut que tu appelles ta mère pour la prévenir. Tu n'as qu'à dire que tu es rentrée d'Oxford et que tu as trouvé la maison comme ça.

Dans les débris de plâtre jusqu'aux chevilles, Taylor secoua la tête avec virulence.

— Non, Louisa. Elle ne peut pas revenir ici. C'est trop dangereux. Emily et elle doivent aller ailleurs. Oh mon Dieu ! se lamenta-t-elle en se prenant la tête entre les mains. Comment je vais bien pouvoir lui annoncer pour grand-père ? Qu'est-ce que je vais bien pouvoir lui dire ?

Trop. C'était trop. Trop d'événements en trop peu de temps. Trop d'horreur. Elle en était comme abrutie. Abrutie de chagrin. Abrutie de douleur. Malade. Malade de peur.

Je ne suis pas de taille. Je n'ai que dix-sept ans !

— Pas faux, reconnut Louisa.

Elle se tut pour réfléchir.

Elles se regardaient toutes les deux, plantées au milieu des décombres de l'entrée. Dans le silence, une dernière plaque de plâtre tomba avec un bruit étouffé.

Complètement désespérée, Taylor contemplait le désastre. Tout était recouvert de poussière blanche. Il y avait des bouts de plafond dans le salon et jusque dans l'escalier. La porte d'entrée avait disparu.

Salut, maman. Grand-père a été assassiné et des monstres viennent de saccager la maison. Qu'est-ce qu'on mange, ce soir ?

Heureusement, Louisa gardait la tête froide.

— OK, dit-elle au bout d'un moment. Voilà ce que tu vas faire. Pour Aldrich, tu es obligée de lui dire la vérité. Les flics l'avertiront, de toute façon. Mais, pour ça, il va falloir improviser.

Elle pointait les gravats du doigt.

Taylor secouait la tête.

— Et pour ces « trucs » ? Les Rafleurs. Et s'ils reviennent quand maman et Emily sont là ? Comment je pourrais…

— Ils ne reviendront pas aujourd'hui, lui assura Louisa, péremptoire. Je vais rester dans le coin et ils n'oseront pas s'en reprendre à nous deux en même temps. Mais je crois qu'il faut te faire partir d'ici. Et vite. (Elle récupéra son portable.) Laisse-moi m'occuper de ça. Pendant ce temps, toi, appelle ta mère.

Taylor escalada les décombres, enjambant avec précaution le lustre qui, aussi loin qu'elle s'en souvienne, avait toujours été pendu au plafond du couloir. Son sac était là où elle l'avait laissé en arrivant : près de la porte (ou de ce qu'il en restait).

Elle le secoua pour enlever la poussière, sortit son smartphone et fit défiler les numéros d'une main fébrile jusqu'à ce que s'affiche celui qu'elle cherchait.

— N'oublie pas, lui lança Louisa. Tu es rentrée et tu as trouvé la maison comme ça.

Répondeur. La voix familière de sa mère.

Les larmes lui montèrent aux yeux, brûlantes.

Biiip !

— Maman, il est arrivé quelque chose. Quelque chose de… grave.

Sa voix se brisa. Elle aurait voulu que sa mère soit là, près d'elle, maintenant. Elle ne parvenait pas à trouver les mots.

— C'est Grand-père. Et je crois que quelqu'un a voulu nous cambrioler. La maison est… Tout est… Faut que tu… que tu rentres, maman. Je t'en prie. Je ne sais pas quoi faire.

Après avoir coupé la communication, elle resta plantée là, immobile, à évaluer les dégâts. Après une seconde pourtant, elle se redressa et sécha ses larmes. Ce n'était pas le moment de pleurnicher.

Elle entendait la voix de Louisa qui téléphonait dans la cuisine.

— Il va nous en falloir trois ou quatre, disait-elle. Tout de suite, Finlay. On ne contrôle plus la situation, là.

Taylor rebroussa chemin. Les bouts de plâtre craquaient sous ses pieds. Des petits nuages de poussière blanche s'élevaient à chacun de ses pas. Elle trouva Louisa assise à la table de la cuisine avec deux tasses fumantes devant elle. Elle reposait son portable lorsque Taylor entra dans la pièce.

— Ton amie avait fait du thé, déclara-t-elle, en poussant un mug dans sa direction. Très sympa de sa part.

Taylor était demeurée figée sur le seuil. Elle était percluse de courbatures. Chaque muscle de son corps lui faisait mal. C'était comme si les événements de la journée s'étaient accumulés au fur et à mesure pour lui tomber tous dessus d'un coup, l'écrasant sous une chape de plomb.

Voyant la tête qu'elle faisait, Louisa poussa du pied une chaise vers elle.

— Assieds-toi.

Taylor s'exécuta sans broncher.

Louisa rapprocha encore la tasse de thé.

— Bois.

C'est à ce moment-là qu'elle craqua.

— Comment ça a pu arriver, Louisa, merde ? Je croyais que Saint Wilfred était un endroit *sûr.* (Elle avait élevé la voix, criant presque le dernier mot.) On lui a défoncé la tête. On l'a soulevé de terre et on l'a fracassé sur le sol. Qui a tué mon grand-père, Louisa ? Qui a fait ça ?

Louisa poussa un très très long soupir.

— Saint Wilfred *est* sûr. Enfin, l'était. Et le redeviendra. Le truc, c'est que… (elle se mordit la lèvre comme si ce qu'elle allait dire lui arrachait la gorge), ce praticien noir, celui qui contrôle les Rafleurs… on croit qu'il est des nôtres.

Taylor en resta sans voix. Par l'ouverture béante de la porte d'entrée, elle entendit une voiture passer, des enfants qui jouaient dans le jardin d'à côté… : des bruits si ordinaires qu'ils semblaient presque incongrus comparés à la conversation qu'elles tenaient.

— Comment ça ? C'est un *alchimiste* qui a fait ça ? Quelqu'un comme moi ? Je ne comprends pas. Je croyais que nous étions les gentils, Louisa.

L'intéressée lui adressa un regard torturé.

— On a été trahis. C'est le boulot de quelqu'un de la maison, ça ne fait aucun doute. On pense que c'est un ancien étudiant de Saint Wilfred. C'est comme ça qu'il a su déjouer les protections qu'on a mises en place, lui expliqua-t-elle d'une voix tendue. Crois-moi, cette fac, c'est Fort Knox : l'endroit le plus sécurisé de la planète. Pour entrer, il faut être des nôtres. Ces trucs, là ? (Elle agita la main en direction des dommages que les Rafleurs avaient causés.) Jamais ils ne pourraient entrer. Un praticien noir ne pourrait jamais entrer. (Elle marqua une pause.) À moins qu'il n'ait été des nôtres depuis le début.

Taylor frissonna. Ça rendait les choses encore plus sordides.

— Et vous savez qui c'est ?

Louisa secoua la tête.

— Pas encore. Il y a plusieurs possibilités. Tout le monde bosse là-dessus pour essayer de démêler l'affaire. (Elle se pencha en avant, regardant Taylor droit dans les yeux.) On va le coincer, Taylor, fais-moi confiance.

Mais Taylor n'avait pas besoin d'être rassurée. Ce n'était pas ce qu'elle voulait.

— Raconte-moi comment ça s'est passé.

Louisa prit une lampée de thé comme si c'était du whisky.

— Notre gardien habituel ne s'est pas présenté à son taf ce matin. Et il n'a pas appelé non plus. C'est pas trop son style, pourtant. Mais on s'est dit qu'il était malade. Cet aprèm, on a retrouvé son corps chez lui.

Taylor se souvenait du grand maigre revêche qui s'était montré tellement tatillon, lors de sa visite la semaine dernière, et s'en voulut de l'avoir si mal jugé.

— Le remplaçant n'était pas des nôtres, enchaîna Louisa d'un ton ferme, mais il y avait de la lassitude dans sa voix. C'était une faute. Ça n'aurait jamais dû être permis. Mais personne n'aurait pu imaginer... (Elle s'interrompit.) Le remplaçant s'est fait facilement embobiner, reprit-elle aussitôt. Qui que soit le coupable, il est entré dans la fac comme dans un moulin.

Elle secoua la tête, manifestement dépassée par le tour qu'avaient pris les événements de la journée.

— C'est une première. Dans toute l'histoire de Saint Wilfred, personne n'a jamais réussi à s'infiltrer parmi nous. Et, maintenant, tout le monde est sur le pied de guerre. C'est la panique. On bosse comme des malades pour changer les protections aussi vite que possible. Pour renforcer la sécurité. Ça prendra un peu de temps, mais Saint Wilfred redeviendra bientôt une vraie forteresse.

— Est-ce qu'il a attaqué quelqu'un d'autre ? En dehors du concierge et de mon grand-père ?

Louisa secoua la tête.

— Tout le monde a répondu à l'appel. Il a juste liquidé le plus brillant alchimiste du monde – la seule personne qui se soit jamais occupée de moi – et il est reparti comme il était venu.

Sa voix tremblait. Elle s'essuya les joues d'un geste impatient.

Ça a quelque chose de bouleversant quand un dur à cuire a le cœur brisé. Il a l'air surpris. Comme s'il ne s'était jamais rendu compte avant qu'il avait un cœur. Jusqu'à ce qu'il tombe en miettes.

Sans même avoir conscience de ce qu'elle faisait, Taylor tendit le bras en travers de la table. Louisa avait les ongles courts, rongés dans les coins. Sa main était froide quand elle la serra.

— Je suis tellement désolée.

Louisa rit à travers ses larmes.

— Je n'arrive pas à croire que c'est toi qui me dis ça ! Tu as perdu ton grand-père. Je ne fais même pas partie de sa famille.

— Mais si ! Tu étais sa famille. Ça crevait les yeux. Il t'adorait.

Louisa la lâcha et se cacha la figure dans les mains. Elle prit une profonde inspiration, entrecoupée de petits sanglots étranglés.

— Le truc, c'est que je crois avoir vu le type qui a fait ça. Une fois, quand j'étais ici.

— Quoi ? *Ici* ? À Woodbury ?

Louisa acquiesça en silence.

— À la gare. Le mec que j'ai vu (elle secouait la tête), il empestait l'énergie négative à plein nez. Il a compris que je savais. Le problème, c'est que… Je peux te choper tous les bouffons maléfiques de base quand tu veux. Mais ce type… Il n'avait pas peur de moi. Il se foutait de moi, même. Il me narguait. Aldrich étudiait la question. Je ne sais pas. Peut-être qu'il aurait dû être plus prudent… Mais, quand on a trouvé le bouquin, tout le monde était tellement excité… (Elle poussa un gros soupir.) Je crois que c'est à cause de ça qu'il a réussi à entrer. On était tous trop obnubilés par cette histoire. On n'a pas fait gaffe.

Louisa avait tout débité d'un coup, en vrac, et, noyée sous cette avalanche, Taylor ne savait pas trop par où commencer. Elle se raccrocha à ce qui l'intriguait le plus.

— Quel bouquin ?

Louisa cligna des yeux.

— Ah ouais, c'est vrai ! Tu n'es pas au courant. J'ai oublié. On devait t'en parler aujourd'hui justement… (Elle se racla la gorge.) Un de nos chercheurs l'a déniché à la Bodléienne. Tu sais, la bibli ?

Taylor hocha la tête. Elle savait tout de la célèbre bibliothèque d'Oxford avec son incomparable collection d'ouvrages historiques. Elle rêvait d'aller y étudier depuis qu'elle avait six ans.

— Aldrich croyait avoir lu tout ce qui avait été publié sur le sujet à cette période, mais il n'en avait jamais entendu parler. On l'a trouvé juste parce que ce chercheur a eu une idée de génie : il a demandé au bibliothécaire tous les livres *dans n'importe quelle langue.*

Taylor plissa le front.

— Pourquoi ? Il est en quoi ?

— C'est bien ça le truc. Il ne contient que d'anciens symboles d'alchimie. Pour n'importe quel lecteur standard, c'est du charabia. Il était référencé dans la rubrique « Langue inconnue ».

Taylor demeurait perplexe.

— Mais s'il ne pouvait pas le lire, pourquoi mon grand-père pensait-il qu'il était si important ?

— Si c'est le bon bouquin, et il en était persuadé, ce livre est cité plusieurs fois dans d'autres ouvrages et il est d'une valeur inestimable. (Louisa semblait fascinée.) C'est censé être un genre de manuel, je crois. Un mode d'emploi pour se débarrasser des praticiens noirs : comment les combattre, comment réparer ce qu'ils détruisent. C'est le chaînon manquant. Le seul petit problème… (ses lèvres s'incurvèrent en un petit sourire ironique), c'est que personne ne peut le déchiffrer.

Comment réparer ce qu'ils détruisent…

Taylor sentit son cœur se gonfler d'espoir.

— Grand-père pensait que la solution était cachée dans ce livre ? s'enquit-elle avec fébrilité. Le moyen de briser la malédiction de Sacha ?

— Il croyait qu'il y avait une chance, tempéra Louisa. (Son ton à lui seul était un appel à la prudence.) Le bouquin date de la bonne période. Son contenu a été minutieusement – scientifiquement même – camouflé : tout ce qu'on peut voir à l'intérieur est codé. Aldrich lui-même ne pouvait pas le lire. Donc, quoi que ce bouquin raconte, ça doit être important. Il pourrait bien être la cause de ce qui se passe. Peut-être savait-il qu'Aldrich l'avait trouvé.

Taylor écarquilla les yeux.

— Le fameux praticien noir, tu veux dire ? Il ne l'a pas pris, si ?

— Non. Le livre est sain et sauf. Pas Aldrich…

La sonnerie du téléphone les fit toutes les deux sursauter. Taylor bondit de sa chaise pour attraper le combiné sur le plan de travail.

La voix affolée de sa mère lui sauta au tympan.

— Taylor, tu n'as rien ? Tu m'as fait une peur bleue. Qu'est-il arrivé à ton grand-père ? Et que s'est-il passé à la maison ?

Rien que d'entendre la panique de sa mère, Taylor se calma d'un coup.

— Je crois que tu devrais juste rentrer voir, lui répondit-elle posément, se retrouvant à jouer le rôle de celle qui garde la tête froide. Je préfère ne pas en parler au téléphone.

— Je suis déjà en chemin, lui annonça sa mère, sa voix résonnant bizarrement comme chaque fois qu'elle utilisait le haut-parleur.

Taylor entendait le bruit du moteur en fond sonore.

— J'arrive dans une dizaine de minutes. J'ai Emily dans la voiture.

Taylor ne savait pas comment elle allait lui annoncer pour son grand-père. Comment trouver les mots ? Jamais elle ne s'était sentie aussi… adulte. Et jamais elle n'avait autant désiré redevenir une petite fille.

Dès qu'elle reposa le combiné, Louisa se leva.

— Écoute, il vaut mieux que j'y aille. Si ta mère voit quelqu'un comme moi au milieu de sa maison en ruine, elle pourrait me foutre à la porte… (Elle lorgna vers l'entrée.) Enfin, s'il y avait encore une porte.

Taylor n'avait absolument aucune envie qu'elle s'en aille. Cependant, Louisa remontait déjà le couloir, écrasant les vestiges du plafond sous les épaisses semelles de ses bottes.

— Attends ! (Elle sortit en trombe de la cuisine pour la rattraper, en essayant de ne pas avoir l'air aussi désemparée qu'elle l'était.) Tu peux rester, si tu veux. Ça ne la gênera pas.

Louisa lui jeta un coup d'œil sceptique.

— ... trop, se reprit Taylor à mi-voix.

— T'inquiète, Blondie. C'est pas comme si j'allais bien loin. Je vais rester dans le coin et te garder à l'œil. Et puis Finlay arrive. Sans compter les potes d'Oxford qui vont débarquer pour nous filer un coup de main.

Mais Taylor se fichait des autres. Elle voulait Louisa. Elle ne pouvait toutefois pas le lui dire sans avoir l'air d'une gamine qui fait un caprice.

— Oh ! super. Tout ira bien alors.

Dans le regard dur de Louisa, une lueur apparut.

— Tout ira très bien, lui affirma-t-elle.

La douceur inattendue de sa voix redonna à Taylor envie de pleurer.

Louisa s'attarda sur le seuil, avec le soleil qui jouait dans ses cheveux bleus.

— On leur a collé une sacrée pâtée, à nous deux, Blondie. Et je veux que tu saches que je suis honorée d'avoir la petite-fille d'Aldrich Montclair à mes côtés. Il serait fier de toi.

Et puis elle pivota sur ses larges talons de caoutchouc noir, et s'en alla.

41.

Il était minuit passé quand Sacha entra dans la ville portuaire de Calais.

Les rues étaient calmes à cette heure mais elles se ressemblaient beaucoup dans l'obscurité. À un moment, complètement perdu, il s'arrêta pour demander sa route à un groupe d'hommes ivres à l'air jovial qui rentraient chez eux en grappe.

— Tu prends à gauche au bout de la rue, indiqua l'un, obligeant. Puis à droite. Ensuite, à gauche je crois. Non ! Attends ! À droite.

— Imbécile !

Son copain lui donna un coup de coude si violent qu'il manqua tomber à la renverse, puis il jeta un regard vitreux à Sacha.

— Tu prends à droite au bout de la rue.

Il se redressa, l'air satisfait, comme si cela expliquait tout.

Le troisième secoua la tête avec un dégoût intoxiqué.

— Les écoute pas. Y sont bourrés.

Mais il n'offrit pas d'autre solution.

— Euh… eh bien merci.

Sacha poussa lentement sa lourde moto le long de la rue, loin d'eux.

— Attends !

Le premier avait recouvré ses esprits et titubait derrière lui, désireux de rendre service.

— Tu te rappelleras ? À gauche puis à gauche. Ensuite à droite, du moins je crois. Ou à gauche.

La dernière chose que Sacha entendit avant que le rugissement de son engin ne noie ses bavardages fut le deuxième homme qui se plaignait :

— T'es vraiment trop con.

Sacha finit néanmoins par trouver ce qu'il cherchait. Grâce aux panneaux.

Il se gara devant le guichet de la gare maritime et enleva son casque. La brise marine était fraîche sur sa peau moite.

Une profusion de lampadaires émettait une lumière sulfureuse dans la nuit noire comme du velours. Il ne voyait pas la Manche mais entendait son clapotis non loin. Il sentait son odeur piquante et salée.

Au cours de son voyage, il s'était arrêté uniquement pour faire le plein. Il avait besoin de se reposer. De manger. Mais tout cela attendrait.

Malheureusement, quand il s'avança vers le guichet, un panonceau indiquait « Fermé » à la vitre. Derrière, un employé faisait sa caisse.

— On est fermés ! grogna-t-il tandis que Sacha essayait de capter son attention.

Le moral de Sacha dégringola.

— Mais je dois absolument acheter un billet.

— Le dernier ferry est parti, s'impatienta l'homme. Il n'y en aura pas d'autre avant demain matin.

Sacha suivit les points lumineux qu'il désignait au loin. Il ne s'agissait pas d'une autre ville comme il le croyait, mais du ferry qui voguait au large.

Ses épaules s'affaissèrent. Avait-il fait toute cette route, travaillé si dur sur le bureau de son père pour rien ?

Il examina les horaires scotchés à la vitre. Le caissier avait raison : il avait raté le dernier ferry de cinq petites minutes. Fallait-il donc que tout aille de travers ?

Il frappa du poing le comptoir en aluminium si fort que celui-ci en trembla.

— Merde !

— Eh ! s'exclama le caissier qui bondit de son fauteuil. Ça sert à rien de s'énerver ! Dégage, morveux, ou j'appelle les flics. Reviens demain matin comme tout le monde.

Il serrait dans sa main un billet de vingt euros qu'il agitait devant Sacha telle une arme. Cela aurait été drôle en d'autres circonstances. Mais là, Sacha lui aurait bien mis un crochet du droit.

Toutefois, il avait les idées assez claires pour savoir qu'une nuit au poste gâcherait toutes ses chances. Et ce n'était pas la faute du caissier s'il était en retard.

Il leva les mains.

— Désolé, fit-il en reculant. Je m'en vais.

— T'as intérêt, marmonna le type.

En s'éloignant, Sacha lui jeta un coup d'œil pour voir s'il décrochait son téléphone. Non, il avait repris ses comptes tout en se plaignant à mi-voix de l'état de la jeunesse française.

Après cet incident, Sacha arpenta longuement les rues près du port. Il titubait légèrement. Il fallait qu'il mange, qu'il boive quelque chose, mais tout était fermé.

Bien que la nuit soit chaude, il ne cessait de frissonner. Dans un parc près du front de mer, l'énergie lui manqua. Il s'assit sur un banc et enfouit la tête dans ses mains. Il songea à Annie et Pika, à sa mère et Laura, aux sanglots saccadés de Taylor.

Il ne se rappelait pas avoir été aussi seul de sa vie.

Il avait déçu tout le monde.

— Je suis désolé, murmura-t-il. Je suis désolé.

Au bout d'un moment, bercé par le son de la mer au loin, il se recroquevilla sur le banc en bois, posa la tête sur son sac et s'endormit.

Ж

Le bruit aigu des klaxons de voiture sortit Sacha d'un rêve désagréable.

Il cligna des yeux. Le ciel était d'un blanc-gris brumeux. Des mouettes tournoyaient en arrière-plan, leurs cris éplorés transperçant le bruit des vagues et le ronflement des moteurs des camions.

Quand il se rappela où il était, il bondit sur ses pieds, chassa le sommeil de ses yeux puis vérifia sa montre. Cinq heures passées. Le premier ferry partait dans quelques minutes. Jurant à voix basse, il jeta son sac sur une épaule et courut en direction de la gare maritime.

La queue au guichet n'était pas longue et Sacha s'installa tout au bout, hors d'haleine.

Dieu merci ! Je suis dans les temps.

Mais la file avançait lentement et quand son tour vint, le ferry ronronnait déjà.

Il fut soulagé que le caissier ne soit pas celui après qui il avait passé ses nerfs pendant la nuit. Là, il eut affaire à une jeune femme. Elle leva la tête quand il s'approcha de la vitre, espèces à la main.

— Un billet, s'il vous plaît. Pour moi et ma moto.

— Un billet pour un jeune homme et sa monture, chantonna-t-elle tout en tapant sur son clavier. Aller-simple ou aller-retour ?

Sacha hésita. Il ignorait la réponse à cette question. Reviendrait-il un jour ? Il lui restait moins de cinq semaines à vivre. Il pouvait atterrir dans un coin tout à fait différent. Et si Taylor et lui s'enfuyaient aux États-Unis ? Taillaient la route ? Direction la Californie ! En ayant toujours une longueur d'avance sur ces créatures.

Il savait au fond de son cœur que cela ne se produirait jamais.

Il allait rejoindre Taylor et s'assurer qu'elle était en sécurité. Ils décideraient alors de la prochaine étape. Enfin, il reviendrait en France et se battrait pour sa vie.

Il y avait forcément un moyen de s'en sortir. Il commençait à peine à vivre. Cela ne pouvait pas être déjà terminé !

Dix-sept ans, ce n'est pas assez pour une vie. Dix-sept ans, ce n'est que le commencement.

— Aller-retour, répondit-il à l'hôtesse.

42.

— Elle a pris ça comment, les dégâts des Rafleurs, ta mère ?

Louisa remuait son café. Sa cuillère tinta doucement dans sa tasse.

— Elle a pété un câble, lui répondit Taylor, avec une grimace éloquente. Elle a appelé la police. Elle a appelé la compagnie du gaz. Elle a incendié le mec de l'assurance. Elle a hurlé sur tout le monde.

Il régnait un silence religieux au Café-In : seule une poignée de clients étaient sortis de chez eux en ce dimanche matin. L'arôme du café flottait dans l'air comme un encens profane.

Louisa arqua un sourcil.

— Et eux, ils ont dit quoi ?

— La police a dit que ce n'était pas un crime. La compagnie du gaz a dit que ce n'était pas le gaz. La compagnie d'assurance a dit qu'elle enverrait quelqu'un aujourd'hui pour jeter un œil. (Taylor débitait son compte-rendu mécaniquement comme une liste de courses.) Ils ont dit que c'était peut-être l'humidité.

— L'humidité ? Arf ! railla Louisa. (Elle se rembrunit brusquement.) Et pour Aldrich ? Tu lui as annoncé ?

— Ça l'a vraiment chamboulée.

Taylor avait parlé posément, en s'efforçant de garder une mine impassible. Mais, en réalité, ç'avait été affreux. Sa mère sanglotant. Emily inconsolable. Et le tout, pendant que l'ouvrier remettait la porte en faisant comme si de rien n'était.

— Ça n'a pas dû être marrant.

— Horrible, lâcha Taylor dans un souffle.

Louisa sirota son café en silence, le temps que Taylor se sente prête à reprendre la conversation.

— Pas de visiteurs bizarres au beau milieu de la nuit, en tout cas ?

— Non, rien dans ce goût-là, reconnut Taylor. Le calme plat.

Ce qu'elle ne lui disait pas, c'est qu'elle n'avait pas pu trouver le sommeil. À trois heures du matin, elle avait jeté un coup d'œil par la fenêtre de sa chambre et avait vu Louisa montant la garde sous un lampadaire, tel un ange gardien aux cheveux bleus. Après ça, elle avait réussi à somnoler une heure ou deux.

— Et toi ? Tu as dormi un peu ?

Louisa s'étira comme un gros chat. Elle avait un look d'enfer, comme d'habitude. Aujourd'hui, elle avait superposé deux débardeurs : un gris et un vert kaki. Ses tatouages ressortaient, d'un noir d'encre sur sa peau pâle.

— Je-ne-dors-jamais. Tu ne le sais toujours pas ? Je suis comme une chauve-souris.

— Les chauves-souris dorment le jour.

— Bon. Alors, je ne suis pas comme une chauve-souris. Il doit bien y voir un truc qui ne dort pas. Une chauve-fourmi, peut-être.

— Toutes les fourmis sont chauves.

— Oui, mais elles ne dorment pas.

— OK, alors, tu es une fourmi.

Comment n'aurait-elle pas pu retrouver le sourire en entendant ça ? Mais Taylor reprit rapidement son sérieux.

— Écoute, je voulais te dire… Pour ce qui s'est passé hier. Je crois que je ne t'ai même pas remerciée. Donc… Eh bien, merci d'avoir veillé sur moi.

Louisa la considéra un moment sans répondre. Puis elle plongea la main dans son sac et en sortit une enveloppe. Elle la posa sur la table et la poussa vers Taylor.

— J'aimerais pouvoir continuer à veiller sur toi, lui répondit-elle. Et, je crois qu'on est d'accord : il faut qu'on te transfère dans un endroit plus sûr. Alors… voilà ton ticket gagnant. Tu as décroché le gros lot. Bienvenue à la chocolaterie, Charlie !

Taylor examina l'enveloppe d'un œil soupçonneux. Elle portait son nom, son adresse et un gros tampon qui faisait très officiel.

Comme elle ne la prenait toujours pas, Louisa s'impatienta.

— Ouvre-la, la brusqua-t-elle, avec un geste agacé.

Taylor souleva prudemment le rabat et tira une épaisse feuille de papier. Les premiers mots lui parurent si hallucinants qu'elle ferma les yeux et les rouvrit pour s'assurer qu'elle ne rêvait pas.

J'ai le plaisir de vous annoncer que **Taylor Elizabeth Montclair** a été acceptée en admission anticipée dans le cadre des cours d'été du Saint Wilfred's College à l'université d'Oxford en histoire médiévale. Le programme débute la dernière semaine de juin pour s'achever à la mi-août. Toutes les dispositions nécessaires seront prises par le doyen, M. Jonathan Wentworth-Jones, et son équipe. Cette formation n'est accessible qu'à quelques élèves particulièrement brillants chaque année. La réussite à ce cycle d'études très sélectif compte pour beaucoup dans l'admission définitive à Saint Wilfred. Vous faites désormais partie de l'élite des jeunes étudiants de ce pays.

Toutes nos félicitations !

Taylor eut l'impression de s'être pris un coup de poing à l'estomac.

Il fut un temps – à peine quelques semaines plus tôt –, elle aurait donné n'importe quoi pour recevoir une telle lettre. Son destin aurait été tout tracé.

Mais les choses avaient bien changé… Elle ne savait pas comment réagir. Ce qu'il fallait en penser.

— C'est pour de vrai ou c'est un faux ? demanda-t-elle en agitant la lettre.

Louisa pinça les lèvres.

— Quelle est ta définition de « vrai » ?

Comme Taylor ne souriait pas, Louisa sembla s'énerver.

— Bien sûr que c'est pour de vrai ! Le doyen a exigé que tes résultats scolaires soient à la hauteur et que tu remplisses toutes les conditions d'admission avant d'accepter ta candidature, figure-toi. Bordel, Taylor ! Tu pourrais entrer n'importe où avec un bulletin pareil. Quand il a vu ton dossier, il se serait mis en quatre, en huit, en douze pour t'écrire cette lettre !

Taylor plia soigneusement la feuille de papier et la glissa dans son enveloppe. Alors c'était bien vrai.

Elle allait entrer à Oxford.

Tous ses rêves d'avant allaient se réaliser. Sauf que, maintenant, son grand-père ne serait plus là pour l'accueillir. Et Sacha ne serait peut-être plus de ce monde non plus. Peut-être qu'Oxford n'existerait plus avant même qu'elle n'y ait mis un pied, d'ailleurs.

Cependant, Louisa attendait toujours qu'elle dise quelque chose.

— Merci, s'exécuta-t-elle. (Et elle était sincère, ça s'entendait dans sa voix.) Je suis tellement contente. Je vais pouvoir m'entraîner encore plus souvent avec toi. Et je suis vraiment heureuse de faire partie du club. C'est juste que…

Elle s'enroua.

— « J'aurais voulu que mon grand-père soit là pour voir ça. » (Louisa avait elle-même terminé la phrase en soupirant.) Moi aussi, je suis désolée qu'il ne voie pas ça. Mais c'était ce qu'il voulait. Que tu entres à Saint Wilfred. Que tu apprennes avec des gens en qui il croyait.

Taylor savait que Louisa avait raison. Elle devait tout faire pour que ça marche, ne serait-ce que pour honorer sa mémoire. Donner le meilleur d'elle-même pour achever le travail qu'il avait entamé. Pour sauver Sacha.

Elle se redressa sur sa chaise. Lorsqu'elle reprit la parole, sa voix était ferme, déterminée.

— On commence quand ?

Louisa lui jeta un coup d'œil approbateur.

— Dès que possible. Le doyen va appeler ta mère pour lui annoncer la nouvelle. On veut que tu déménages aujourd'hui. Il lui expliquera pourquoi c'est mieux que tu arrives plus tôt et qu'elle vienne avec toi. Que, comme ça, elle pourra aider à trier les affaires de ton grand-père. Peut-être amener ta petite sœur aussi.

Taylor ne dit rien, mais c'était un tel soulagement ! Elle se serait sentie si mal de les laisser derrière elle. Et ce serait tellement bien si elle pouvait garder sa mère et sa sœur auprès d'elle un peu plus longtemps.

Louisa arqua un sourcil ironique.

— Maintenant que tu es des nôtres, je vais être obligée de t'apprendre la poignée de main rituelle et tout ça, j'imagine.

— Et peut-être me refiler un ou deux tatouages, renchérit Taylor en montrant du doigt les bras de Louisa.

— On peut t'arranger ça. (Elle consulta sa montre et se leva comme un ressort pour attraper son sac au pied de sa chaise.) Mais d'abord, il faut que tu rentres chez toi faire tes bagages. Le van arrive dans une heure. On n'a pas une minute à perdre. (Elle se dirigea aussitôt vers la porte.) Le moment est venu de commencer ta nouvelle vie, de combattre le mal et de sauver le monde. N'oublie pas ta brosse à dents.

Ж

Louisa et Taylor se séparèrent à l'angle de la rue, devant le café.

— Je dois filer voir Finlay à ton école, lui expliqua Louisa, en lui présentant son poing pour qu'elle le frappe du sien – ce qu'elle fit assez maladroitement et avec un temps de retard. Mais je ne serai pas longue. Je serai chez toi avant que le van arrive. De toute façon, ajouta-t-elle, ce n'est pas plus mal : ça va te donner l'occasion de discuter avec ta mère et ta sœur sans m'avoir dans les pattes.

Taylor se rendit soudain compte que Louisa s'ingéniait toujours à trouver des prétextes pour ne pas rencontrer sa famille. Elle se demanda pourquoi. Mais ce n'était pas vraiment le moment de lui poser la question.

Elle se hâta de rentrer, le cerveau en ébullition. Il y avait tant à faire. Il fallait qu'elle prépare ses bagages. Il fallait qu'elle s'apprête à répondre aux inévitables interrogations de sa mère.

Comment avait-elle pu être acceptée avant tout le monde, alors qu'elle n'avait même pas envoyé de dossier de candidature, par exemple.

Bonne question.

Il fallait aussi absolument qu'elle parle à Sacha. Il ne l'avait pas rappelée depuis qu'elle lui avait laissé un message sur son répondeur à propos de son grand-père. Son silence commençait à l'inquiéter.

Elle espérait qu'il était en sécurité chez sa tante et qu'il était juste trop occupé. Mais ça ne lui ressemblait pas de disparaître de la circulation sans explication.

Elle arrivait au coin de sa rue quand un nuage cacha soudain le soleil, plongeant une partie de la ville dans l'ombre. Le vent se leva.

Une tempête s'annonçait. Elle accéléra le pas. Ses bottines martelant le bitume, elle s'engagea dans la rue bordée d'arbres. Il n'y avait que quelques personnes sur le trottoir et elles couraient toutes pour se mettre à l'abri.

Au-dessus de sa tête, les branches se balançaient, agitées par les rafales. Soulevant la poussière, le vent la cinglait, comme autant de minuscules aiguilles sur sa peau.

Elle était presque arrivée quand elle l'entendit. Un bourdonnement sourd aux accents menaçants.

Le sang se glaça dans ses veines.

Elle pivota d'un bloc.

Les trois ombres en manteaux noirs tournèrent ensemble à l'angle de la rue et glissèrent vers elle. Elles souriaient.

Non, ce n'est pas possible, ils ne peuvent pas être ici : y a des gens partout ! s'alarma-t-elle, trop choquée pour rester rationnelle.

Mais les Rafleurs ne semblaient pas se préoccuper qu'il y ait ou non des gens pour les voir. Ils semblaient bien incapables de se préoccuper de quoi que ce soit, de toute façon.

Et ils se dirigeaient droit sur elle.

— Oh mon dieu ! murmura-t-elle, en reculant d'un pas chancelant.

Certes, elle les avait combattus hier et avait survécu. Mais tout juste. Et elle n'était pas seule à ce moment-là.

Elle fit volte-face et se mit à courir.

Il y aurait bien quelqu'un devant chez elle. Quelqu'un de Saint Wilfred. Ils pourraient l'aider.

Mais ses pieds paraissaient ne pas vouloir fonctionner normalement. À chacun de ses pas, l'étrange bourdonnement s'amplifiait. Ses jambes lui paraissaient affreusement lourdes, tout à coup, comme lestées de plomb. Il lui fallait faire un effort surhumain pour réussir à avancer.

Au bout de quelques mètres, ses pieds refusèrent complètement de bouger. Prise de panique, elle se débattit frénétiquement. Elle était piégée.

Les Rafleurs l'encerclaient avec, sur leur visage émacié, ce même sourire figé, hideux et immuable, et, dans leurs yeux sans âme, cette même haine implacable.

En une cohésion parfaite, ils levèrent alors la main, tournèrent la paume vers elle, et commencèrent leur incantation.

C'était comme s'ils la broyaient, comme s'ils l'étranglaient tous en même temps. Elle avait du mal à respirer. Impossible de réfléchir, de raisonner. Elle se sentait écrasée, enfoncée, enterrée sous eux. Elle hoquetait, luttant pour ne pas étouffer.

Mais il y avait quelque chose de différent, cette fois. Parce que, cette fois, elle réussissait à les comprendre. Pas les paroles qu'ils prononçaient, mais les pensées derrière ces paroles.

« Nous allons te déchiqueter. »

« Nous allons te dévorer. »

« Nous allons te détruire. »

De l'autre côté de la rue, un homme marchait tranquillement. C'était un de ses voisins. Il la saluait souvent quand elle allait en cours.

— Au secours ! s'entendit-elle hurler. Monsieur Elstead, aidez-moi !

Il ne semblait même pas la voir.

— Je vous en prie, sanglota-t-elle. À l'aide !

Les Rafleurs se rapprochaient. Déjà, leurs faces immondes se penchaient au-dessus d'elle. Elle ferma les yeux. C'est alors que le monde autour d'elle prit soudain vie. Une vie extraordinaire.

Elle voyait de l'énergie partout. Et elle n'était pas juste dorée, à présent. Elle était verte, bleue, rouge. Autant de couleurs éclatantes qui déferlaient tout autour d'elle.

Et elle pouvait les voir, eux aussi. Les trois Rafleurs. Ombres ténébreuses, tels des trous noirs dans le rayonnement de la vie, aspirant l'énergie et les couleurs du monde, l'absorbant comme des éponges.

Pas eux, moi !

Elle ne savait pas d'où sortait cette subite injonction. Elle s'était juste imposée à elle. Elle tendit sa paume ouverte vers le ciel.

Venez à moi !

Les flux d'énergie convergèrent vers elle comme des ruisseaux colorés, l'emplissant d'une puissance inimaginable.

Elle se redressa lentement.

Les Rafleurs semblaient étonnés de sa résistance. Leur incantation s'intensifia. Elle sentait leur pouvoir, cette énergie qu'ils projetaient sur elle comme autant de flèches dont ils l'auraient criblée.

Elle tourna la paume vers eux.

Stop !

Le plus proche des trois recula comme si elle l'avait frappé. L'invocation faiblit. Oh ! juste une seconde, mais aucun doute possible : l'impact était réel.

Elle en eut le souffle coupé.

Je peux leur faire mal ! s'ébahit-elle.

Cette découverte lui redonna du courage. Mais les créatures avaient déjà repris l'offensive. Leur chant devint plus fort, plus déterminé. Plus violent.

Elle sentait leur pouvoir s'enrouler autour de son cou pour l'asphyxier. Elle avait du mal à respirer et s'entendit hoqueter. Elle suffoquait. Son cœur se rebella, cognant contre ses côtes. Mais elle les laissa faire, les laissa attiser sa peur.

Son pouvoir se réveilla aussitôt, montant en elle comme une rage incontrôlée.

— STOP !

Le mot jaillit de sa bouche tel un rugissement, avec une voix qui n'était plus la sienne. Les trois hommes en noir partirent en arrière comme si elle les avait brutalement soufflés.

La mélopée cessa net, laissant place à un silence glaçant.

Taylor recula d'un pas. Puis d'un autre. Mais, avant qu'elle n'ait pu s'enfuir, ils s'étaient déjà repris, projetant de nouveau les mains vers elle. Leur chant était différent, cette fois : un cri strident ininterrompu. Une sorte de crissement suraigu à lui déchirer les tympans qui la brûla comme une flamme, lui lacéra les chairs comme des lames.

Elle hurla.

Un sourd vrombissement mécanique réussit pourtant à s'infiltrer à travers ce brouillard de bruit et de douleur. Il s'amplifiait, se rapprochait de plus en plus.

Quoi que ce puisse être, ça suffit à distraire les Rafleurs. Le flot de leur invocation ralentit un instant. Assez pour lui laisser une chance de se retourner.

C'était une moto. Une moto qui se dirigeait vers eux. Pleins gaz.

Le pilote était couché sur sa machine. Il portait un casque argenté qui dissimulait ses traits. Elle eut l'impression qu'il fonçait droit sur eux.

Tout à leur incantation, les Rafleurs ne semblaient pas voir le bolide arriver. Ils psalmodiaient toujours quand il les percuta de plein fouet, les envoyant valdinguer dans les airs.

L'incantation cessa.

Le motard arracha son casque, révélant des cheveux bruns et une paire d'yeux aigue-marine.

— Sacha ? souffla-t-elle, incrédule.

— Taylor ! Tu n'as rien ?

Il sauta de sa moto et courut vers elle.

— Mais qu'est-ce que tu fais là ? s'étonna-t-elle, stupéfaite.

— J'ai eu ton message...

Ce fut tout ce qu'il eut le temps de lui dire. Déjà, les Rafleurs s'étaient relevés et avançaient vers eux.

Sacha se figea. Elle lut de la terreur dans ses prunelles.

— Vite ! lui dit-il en lui prenant la main, avec un fort accent français que la panique accentuait. Il ne faut pas rester là. Ils sont trop forts pour moi.

Taylor retint une exclamation.

Soudain, l'énergie se mit à déferler en elle comme un torrent. Une rivière en furie.

Elle n'était plus malade de peur, non : elle était malade de pouvoir. Submergée. C'était trop. Beaucoup trop. Elle était incapable de le contrôler. Il n'était plus seulement autour d'elle : il était en elle. Il était elle. Elle n'était plus qu'énergie.

Elle n'aurait pas su expliquer le phénomène. Mais ça venait indubitablement de Sacha. Quelque chose en lui la rendait plus forte. Ses cheveux s'étaient dressés sur sa tête en un halo doré. Elle comprit alors ce qu'elle devait faire.

— À nous deux, nous pouvons les combattre, s'entendit-elle affirmer.

Sacha la regardait bizarrement, comme s'il pouvait percevoir le changement qui s'était opéré en elle. Mais il y avait aussi de l'incertitude dans ses yeux.

— Ils sont trop puissants, Taylor.

Elle soutint son regard sans ciller.

— Tu as confiance en moi ?

— Oui, répondit-il sans hésiter.

— Alors, surtout, ne me lâche pas.

Les Rafleurs s'étaient tournés vers eux. Mais leurs cris lui semblaient si lointains, à présent.

Elle les détestait. Chaque fibre de son corps n'était que haine pour eux, une haine qui la consumait tout entière.

Il fallait les anéantir. Et, maintenant, elle savait qu'elle en avait le pouvoir.

Faisant face au plus proche des trois, elle projeta la main vers lui, paume en avant.

Meurs.

Il explosa, pulvérisé.

Sous la violence de la déflagration, des éclats fusèrent dans toutes les directions.

Poussant un juron, Sacha tira Taylor en arrière pour lui faire un rempart de son corps, la protéger de la mitraille d'esquilles.

— Bordel ! qu'est-ce que... ? l'entendit-elle s'exclamer.

Elle se tourna vers lui, triomphante, le rouge aux joues, comme grisée de pouvoir.

— C'est nous qui avons fait ça !

Il la regarda avec de grands yeux.

— Mais comment ?

— Je ne sais pas. Juste... ne me lâche pas.

Il lui serra la main à lui faire mal.

— Pas de danger.

Les deux derniers Rafleurs se consultèrent du regard, puis, sans crier gare, pivotèrent avec une synchronisation surnaturelle et glissèrent vers eux. Le plus grand passa devant. Ses orbites noires brûlaient de rage. Sa haine déferla sur elle comme un torrent de lave.

Il se tourna vers Sacha et projeta la paume en avant.

Elle sentit Sacha se raidir, se préparant déjà à recevoir le coup. Il ne la lâcha pas pourtant.

— NON !

Elle ne reconnut même pas sa propre voix. Elle semblait sortir de partout : du ciel, des arbres...

L'espace d'un instant, son regard croisa celui du plus grand des Rafleurs. Elle vit sa stupeur tandis qu'elle puisait autant d'énergie qu'elle en pouvait absorber. Et puis, mobilisant toutes ses forces, elle tendit le bras gauche en avant, brandit le poing et écarta les doigts.

Les deux derniers Rafleurs s'embrasèrent comme des torches.

Ils les virent alors avec stupeur tourbillonner dans la rue tels des derviches de feu.

Leur incantation vira aux hurlements, avant de se muer en une sorte d'immonde gémissement grinçant.

Puis, enfin, le silence.

Les cendres grises emportées par le vent sentaient la terre mouillée et la pourriture.

On a réussi !

Soudain, Taylor se sentit mal. Sûr qu'elle allait vomir. Ses jambes se dérobèrent sous elle.

Sacha la rattrapa. Il semblait aussi sidéré qu'elle.

— Il vient de se passer quoi, là ?

Elle prit une inspiration saccadée pour tenter de calmer son cœur affolé.

— Je crois que l'on vient de découvrir pourquoi ils ne voulaient pas qu'on se rencontre…

43.

— Mais que font-ils ? Nous devons partir *sur-le-champ* !

La voix était nasillarde ; le ton, tranchant. L'homme semblait complètement flippé.

— Personne n'a dit le contraire, Finlay, lui rétorqua patiemment la fille aux cheveux bleus. Les gars sont en route. Le doyen est en train de parler à la mère de Taylor, histoire de vérifier que tout est arrangé. (Elle leva les mains dans un geste d'apaisement.) Cinq minutes. Juste... restez calme, OK ?

Elle était si intense avec ses cheveux d'un bleu étincelant, ses bottes de motard et ses tatouages. Elle plut immédiatement à Sacha.

Ils s'étaient réunis dans le salon des Montclair. Sacha était assis sur le canapé, à côté de Taylor, et regardait les deux autres se prendre la tête.

Le type que la fille aux cheveux bleus appelait Finlay faisait les cent pas. D'abord jusqu'à la fenêtre, puis retour vers le canapé, puis de nouveau la fenêtre...

Il allait finir par lui filer le tournis.

— Nous n'avons *pas* cinq minutes. Nous devons partir sans attendre, trépignait-il. Personne n'a jamais tué de Rafleurs. C'est un exploit sans précédent. Mais cela va nous attirer des ennuis. De graves ennuis. Et plus vite que vous ne le pensez !

— Tuer des Rafleurs ! s'extasia Louisa. (Elle semblait impressionnée.) Non mais, vous le croyez, vous ?

Le type s'arrêta net et, pour la première fois, sourit.

— C'est incroyable.

Ils étaient arrivés juste après la scène. Les deux tourbillons de feu achevaient de se consumer. La fille aux cheveux bleus, Louisa, avait déboulé la première, rouge et hors d'haleine, alors même que les dernières cendres des Rafleurs finissaient de se disperser, emportées par le vent. Le maigre hystérique, celui appelé Finlay, avait débarqué quelques minutes plus tard. Il était blanc comme un linge.

C'était Taylor qui les avait appelés.

— Ils sont comme moi, avait-elle expliqué à Sacha, en composant le numéro d'une main tremblante.

Sacha avait bien vu que Finlay et Louisa avaient du mal à avaler leur histoire. Jusqu'à ce qu'ils voient les preuves.

— Tu peux les ramasser à la petite cuillère sur le trottoir, avait-il entendu Louisa dire à quelqu'un au téléphone. (Elle hallucinait, c'était clair.) Tu ne peux pas faire plus mort, même pour des Rafleurs.

Sacha en était toujours à essayer de comprendre ce qui s'était passé. À la seconde où il avait touché Taylor, il avait ressenti une décharge, un genre d'électrochoc. Mais ça avait secoué son amie encore plus que lui. Elle s'était brusquement cambrée. Il avait vu le changement s'opérer, ses cheveux se dresser sur sa tête, ses vêtements claquer comme sous l'effet d'un vent invisible.

Il avait perçu l'énergie qui courait en elle. Elle irradiait.

Ils en avaient brièvement parlé avec les autres.

— C'est comme si Sacha était une sorte d'amplificateur, avait tenté de décrire Taylor. Il décuplait mes forces.

Maintenant, la fille aux cheveux bleus et le maigre hystérique, Finlay, n'arrêtaient pas de parler d'un bouquin. Comment il fallait qu'ils le récupèrent dès que possible.

Ils disaient aussi que les Rafleurs avaient été envoyés par quelqu'un. Et que c'était ce quelqu'un-là le vrai danger. Qu'il était peut-être déjà en route pour venir se venger, là, tout de suite.

Il lorgna vers Taylor. Elle suivait la conversation, les sourcils froncés. Elle semblait inquiète.

— Ça va ? chuchota-t-il.

Elle hocha la tête. Sa bouche s'incurva : l'ébauche d'un sourire. Elle avait les cheveux en bataille et n'était pas du tout maquillée. Il se demandait s'il avait déjà vu quelque chose d'aussi beau.

Ces yeux verts…

— Je suis encore en vie, déjà, lui répondit-elle. Un miracle, vu les circonstances. (Elle le dévisagea.) Et toi ? Ça ne te fait pas trop flipper, tout ça ?

— Plus rien ne me fait flipper.

Son sourire s'élargit.

— Tu as pu contacter ta mère ? lui demanda-t-elle. Est-ce que ta tante va bien ?

Il lui avait raconté ce qui s'était passé en France et comment il avait atterri ici. Taylor lui avait alors ordonné de les appeler séance tenante.

Il hocha la tête. Une nouvelle vague de soulagement le submergea.

— Elle est à l'hôpital. Mais ils pensent qu'elle va s'en tirer. Je croise les doigts.

Elle serra légèrement sa main, qui, allez savoir comment, s'était retrouvée une fois de plus dans la sienne.

— Merci merci merci. Tu as risqué ta vie pour moi.

— Je ne peux pas mourir, t'as oublié ? Et puis, où tu veux que je sois, sinon ?

— J'ai entendu dire que les Bahamas, c'était pas mal.

Il eut un petit frémissement au coin des lèvres.

— Pas de Rafleurs ?

— Que des plages de sable blanc garanties cent pour cent sans Rafleurs.

— Quel idiot ! lâcha-t-il en claquant des doigts. C'est là-bas que j'aurais dû aller.

Taylor reprit son sérieux.

— Je sais que Louisa veut que tu viennes à Oxford, hasarda-t-elle d'une voix incertaine. Ils pensent que nous serons plus en sécurité là-bas. Et… peut-être que nous pourrons démêler cette affaire. Ensemble, je veux dire. (Elle scruta ses prunelles.) Mais tu n'es pas obligé. Tu veux sans doute rentrer, maintenant. Retrouver ta mère et ta sœur. Ce ne serait pas un problème pour moi, en tout cas. Je… je voulais juste que tu le saches.

Où que tu sois, je veux être avec toi.

Il ne savait pas d'où ça sortait. Il y avait une chose qu'il savait, en revanche : aussi sûr qu'il s'appelait Sacha, il ne la quitterait pas. Pour gagner à ce jeu-là, ils devaient combattre côte à côte. C'était leur seule chance. Il en avait eu la preuve aujourd'hui.

En plus, son père adorait Oxford. Il lui en avait tellement parlé quand il était petit. Il pourrait marcher sur ses traces. Il se sentirait plus proche de lui, là-bas.

— Ça a l'air cool, Oxford. Allons-y.

Taylor lui adressa un énorme sourire.

— Ça y est, annonça Louisa, quittant la fenêtre où elle faisait le guet pour courir à la porte. Le van est là. Tout le monde prend ses affaires. On rentre à la maison.

Ж

Un van blanc anonyme stationnait devant chez Taylor, le moteur au ralenti.

Comme ils se dirigeaient tous vers le véhicule, les portières s'ouvrirent et trois garçons, qui devaient avoir à peu près l'âge de Louisa, sautèrent sur le trottoir.

Avec leurs T-shirts et leurs jeans – il y en avait même un en short de surf et en sandalettes –, ils n'avaient rien d'extraordinaire. Mais Taylor savait que ce devaient être des alchimistes, comme elle.

Enfin, peut-être pas tout à fait comme elle.

— Bon, Taylor, Sacha, dit Louisa, en désignant tour à tour chacun des nouveaux arrivants, lui c'est Shahid, lui c'est Sam et lui c'est Alastair.

Les trois garçons les examinaient avec un flagrant intérêt.

— Alors, ils l'ont vraiment fait ? demanda celui que Louisa leur avait présenté comme Shahid. Sérieux ?

Louisa lâcha le sac qu'elle tenait et plongea la main dans sa poche pour en sortir un truc couleur ivoire qui ressemblait à un éclat de roche ou d'os. Ça luisait au soleil.

— C'est le plus gros bout de Rafleur que j'ai pu trouver.

Shahid le prit pour le faire passer aux autres. L'un d'entre eux poussa un long sifflement.

— J'le crois pas, murmura le blond, en contemplant le truc en question comme un joyau posé au creux de sa paume.

Ils se tournèrent tous vers Taylor et Sacha pour les dévisager avec de grands yeux.

Devant tant d'attention, Taylor ne savait plus trop où se mettre. Sacha, lui, restait impassible. Il se contentait de soutenir leur regard, d'un œil bleu et glacé. Comme s'il les mettait au défi d'oser faire le moindre commentaire.

Finlay brisa le silence tendu.

— Allons, allons, pas de temps à perdre, les pressa-t-il en frappant dans ses mains. En route !

Le garçon en bermuda attrapa le sac de Taylor pour le jeter à l'arrière du van, avant de suivre le même chemin. Louisa et Finlay s'entretenaient sur le trottoir avec le blond (celui qui avait les clefs).

La moto de Sacha était toujours là où il l'avait laissée. En lui jetant un coup d'œil, Taylor se rendit brusquement compte qu'ils n'allaient pas faire le voyage ensemble.

Sacha sembla se faire la même réflexion.

Pendant une seconde, ils restèrent sur le bord du trottoir, indécis.

Tout allait trop vite. Elle allait partir sans avoir pu dire au revoir à sa mère. Après des événements pareils ! Elle aurait au moins voulu la serrer dans ses bras. S'assurer qu'elle allait bien.

Et elle ne voulait pas quitter Sacha. Pas même pour ces quelques heures de trajet. Après ce qui s'était passé avec les Rafleurs – ce qui s'était passé entre eux à ce moment-là –, elle avait l'impression qu'ils étaient liés. Ce besoin qu'elle avait de rester avec lui était aussi impérieux que la peur : instinctif, insurmontable.

Sacha dut se rendre compte que quelque chose n'allait pas. Il lui lança un regard interrogateur.

Cependant, Louisa inclinait déjà la tête vers le van.

— En voiture, Blondie ! Sacha va nous suivre. (Elle se tourna vers lui.) Tu connais la route, non ?

Mais Sacha ne détachait toujours pas les yeux de Taylor.

— J'ai un deuxième casque, annonça-t-il. Si tu veux monter derrière moi.

Taylor sentit son cœur bondir sans sa poitrine.

— C'est vrai ? Tu veux bien ?

Sacha se retourna vers Louisa.

— Taylor vient avec moi.

— Quoi ? Là-dessus ? s'écria Louisa en désignant la moto d'un index accusateur. Je crois pas, non…

Sacha ne se laissa nullement impressionner.

— C'est ce qu'elle veut, n'est-ce pas ?

Il interrogea Taylor du regard. Elle hocha la tête avec enthousiasme.

— Oui, oui. Absolument.

— Taylor…

Louisa la mettait en garde.

— Il ne m'arrivera rien, lui assura-t-elle.

Sacha lui tendit le casque.

Maugréant dans son coin, Louisa monta dans le van et claqua la portière.

Sacha enfourcha sa moto et lui montra où caler ses pieds. Elle monta derrière lui.

Ça faisait bizarre. Ça rebondissait un peu. Elle ressentait une incroyable impression de danger.

Génial !

Elle posa d'abord une main hésitante sur la taille de Sacha, puis l'autre. Elle ne savait pas trop comment le tenir.

Il tourna la clef, appuya sur le démarreur et le moteur rugit. La moto sembla prendre vie.

Sacha lui jeta un coup d'œil. Sa visière était relevée et elle ne voyait plus que ses yeux couleur aigue-marine.

— Va falloir que tu me tiennes plus fort que ça.

Elle l'enlaça. Elle pouvait sentir ses côtes et le dessin de ses abdos en dessous.

Il mit les gaz. La moto remonta la rue comme un boulet de canon.

Woodbury ne fut bientôt plus qu'un souvenir.

Maintenant, Oxford les attendait.

Épilogue

Le van blanc traversa les hautes portes médiévales puis longea lentement l'allée étroite jusqu'à un imposant bâtiment de style gothique. Une moto d'un noir étincelant chevauchée par deux passagers le suivait dans un grondement assourdissant.

Au-dessus, la bannière du Saint Wilfred's College claquait sous la brise constante.

Le doyen Jonathan Wentworth-Jones attendait les deux véhicules en haut des marches du bâtiment administratif en compagnie de son assistant et directeur de recherches Alec Milford. Pour un passant lambda, l'expression du doyen aurait été difficile à déchiffrer, mais une personne le connaissant bien aurait vu la tension dans le visage ridé de l'aristocrate. Dans la manière dont il pliait et dépliait les mains.

Derrière eux, les murs en calcaire de quatre cents ans s'étiraient jusqu'aux flèches dentelées. Sur les corniches, quatre étages plus haut, des gargouilles en pierre, la gueule grande ouverte, les regardaient méchamment.

De mystérieux symboles géométriques entouraient la porte en arcade sous laquelle ils se tenaient – des cercles concentriques, des étoiles à six branches, des courbes et des triangles dans des triangles. Chaque gravure symbolisait un pouvoir alchimique. Tout avait été soigneusement prévu plusieurs siècles auparavant afin de protéger Saint Wilfred et ses occupants.

Et chacun avait failli à sa tâche le matin où Aldrich Montclair avait été tué.

— Vous pensez que c'est vrai ? demanda Milford à son supérieur. C'est possible qu'elle ait tué les Rafleurs ?

Le doyen ne quitta pas la moto des yeux. Les deux motards portaient des casques argent assortis qui cachaient leurs traits, mais il savait que c'étaient eux. Le garçon svelte à l'avant, en jean et T-shirt, c'était Sacha Winters. La fille pâle en jupe noire et courte, c'était Taylor Montclair.

Il savait pourquoi Milford posait cette question. Tous les livres qu'ils possédaient, chaque parcelle de leur histoire, racontaient qu'il était impossible de tuer les Rafleurs. On pouvait à la limite les faire fuir, les repousser, mais personne n'avait jamais réussi à en éliminer un.

Son pouls s'accéléra à l'idée que cela ait pu arriver. C'était tellement difficile à croire.

— Finlay et Louisa en sont convaincus.

Ses lèvres remuaient à peine mais il savait que Milford l'entendait sans problème.

— Ils ont ramassé les restes pour que nous les examinions au laboratoire. (Le doyen jeta un coup d'œil à son assistant.) À mon avis, il est fort peu probable qu'ils se trompent.

Milford et lui avaient eu une conversation à peu près identique après que Finlay leur avait téléphoné quelques heures plus tôt. Ils avaient communiqué à de rares personnes les détails fournis par Finlay. Ils préféraient attendre les preuves. Pour être absolument certains qu'il n'y ait pas erreur.

— Cela signifierait… ?

Apparemment, Milford ne pouvait pas se résoudre à formuler sa pensée.

Le regard d'acier, le doyen la finit pour lui :

— Qu'ils en sont capables ? Que ces deux gamins peuvent affronter le plus terrible praticien noir que notre Terre ait porté depuis des siècles ? Qu'ils peuvent tous nous sauver ?

Le van avait atteint le bout de l'allée. Le conducteur coupa le moteur et la moto s'arrêta en bas des marches.

Le garçon ôta son casque en premier, révélant une crinière brune et fine. La fille souleva le sien et ses boucles blondes dégringolèrent sur ses épaules.

Ils descendirent de moto et, postés côte à côte, ils levèrent les yeux vers les deux doyens.

Une personne ordinaire n'aurait rien remarqué d'inhabituel chez ces deux jeunes gens, mais du haut de l'escalier, le doyen percevait leur extraordinaire énergie. La fille en particulier. Jamais il n'avait rencontré pareille puissance.

Elle ne se diffusait pas comme toute énergie banale. Elle se projetait vers l'extérieur tel un pulsar.

Regarder cette puissance en face équivalait à fixer le soleil.

Milford n'obtint pas de réponses à ses questions.

— Bienvenue à Saint Wilfred, déclara le doyen, les mains tendues.

Les remerciements de C. J. Daugherty

Ce livre a commencé comme commencent toutes les choses les plus merveilleuses : par une conversation devant un café à Paris. Carina et moi venions de passer, toutes les deux, trois heures à dédicacer nos romans non-stop et nous nous étions échappées pour souffler un peu et nous dégourdir les doigts. Nous avons vaguement parlé d'écrire un livre ensemble – un truc palpitant et romantique. Je suis ensuite rentrée en Angleterre pour travailler sur la série *Night School.* Les mois ont passé. Et puis, par un samedi pluvieux, j'ai reçu un e-mail de Carina qui me disait : « J'ai eu quelques idées pour notre livre. »

Aussi mes premiers remerciements vont-ils à Carina pour avoir eu assez de cran pour écrire en anglais et assez d'enthousiasme pour essayer d'écrire à quatre mains avec moi. Ce fut un voyage fascinant et j'en ai adoré chaque étape.

Je dois d'énormes mercis à Karen Ball et Sarah Castleton chez Atom Books qui ont tout de suite « senti » l'histoire de Sacha et de Taylor et m'ont aidée à la porter et à accoucher de ce roman. Elles en ont perçu le potentiel, ont aimé les personnages autant que nous et nous ont apporté leur aide pour mettre au jour le meilleur de cette histoire. Je vous sais infiniment gré de votre patience et de votre talent.

Merci aussi à notre merveilleux agent Madeleine Milburn, qui a reçu un mail de moi lui disant : « Je veux coécrire un roman avec un écrivain français que je viens juste de rencontrer… » et qui ne s'est pas sauvée en courant mais m'a répondu : « Parle-moi de l'histoire. » Et puis, lorsque je lui ai raconté l'histoire, elle m'a dit : « Reviens me voir quand tu auras trois chapitres. » Et, lorsque je suis revenue la voir avec, non pas trois, mais six chapitres, elle m'a dit : « Va écrire ce livre. » Merci de tout cœur pour ta confiance, Maddy.

Je dois aussi adresser un grand merci à Glenn Tavennec, notre éditeur chez Robert Laffont en France, qui m'a présenté Carina au Salon du livre avec ces mots fatidiques : « Je crois que vous allez bien vous entendre. » Moins d'un an plus tard, nous écrivions un livre ensemble. Merci beaucoup*, Glenn !

D'énormes mercis également à Doris, Maia et Christina chez Oetinger en Allemagne, à Monika chez Otwarte en Pologne, à Oliver et à tout le monde chez Bookouture, et à tous les éditeurs à l'international qui publieront *Le Feu secret.* Nous vous sommes tellement reconnaissantes pour votre énergie et votre foi en cette nouvelle série.

Merci aussi à Holly Bourne et Alexia Casale d'être là et d'être géniales. Qu'est-ce que je deviendrais sans vous ?

Aux écrivains de YAT, merci de me supporter. Vous êtes le premier groupe auquel j'ai volontairement adhéré en 1991. Vous parvenez presque à me rendre moins introvertie. *Presque.*

Et enfin, comme toujours, merci à Jack. Qui n'a jamais douté un seul instant que nous y arriverions. Tu crois tellement plus en moi que je n'y crois moi-même. Tout est tellement formidable grâce à toi.

Les remerciements de Carina Rozenfeld

Cette aventure incroyable n'aurait jamais eu lieu sans la merveilleuse C. J. Daugherty. L'idée d'écrire un livre ensemble est née pendant un Salon du livre à Paris et, au début, cela m'a paru totalement dingue. Mais pour accomplir des choses incroyables, il faut être un peu dingue, non ? Alors nous nous sommes attelées à la tâche. Nous avons combiné nos styles différents pour créer une œuvre puissante et fantastique. Ce livre ne retrace pas simplement le voyage de Taylor et Sacha ; il retrace aussi le nôtre. J'aimerais remercier C. J. d'être une écrivaine et une amie stupéfiante. Et d'être aussi dingue que moi. Merci pour ces mois extraordinaires d'écriture. C'était drôle et fascinant. Je suis heureuse qu'il nous reste un livre à écrire ensemble.

J'aimerais aussi remercier mes nouveaux éditeurs en Angleterre : Atom Books. Surtout Karen Ball et Sarah Castleton qui m'ont fait confiance – qui nous ont fait confiance – et ont cru en cette histoire. Leur travail formidable a permis d'obtenir le meilleur livre qui soit.

Je veux aussi remercier mon agent Madeleine Milburn qui a instantanément vu le potentiel du *Feu secret* et a cru en nous et en cette collaboration très inhabituelle. Ce sont mes premiers pas dans l'édition britannique, en tant qu'auteure en langue anglaise qui plus est. Réalise-t-elle seulement le nombre de jours de Noël qu'elle m'a offerts, là ?

Un grand merci à Glenn Tavennec chez Robert Laffont en France. J'ai rencontré C. J. parce qu'il a eu la brillante idée de nous installer côte à côte à un Salon du livre. Il était persuadé que nous nous entendrions bien. Comme il avait raison ! Il est le parrain de ce livre.

Merci à tous les éditeurs à travers le monde qui ont déjà cru en *Le Feu secret.* J'ai hâte de tous vous rencontrer et de travailler avec vous.

Enfin, j'adresse tout mon amour à mon fils Léo et à mes parents qui m'ont toujours soutenue et ont toujours cru en moi, quel que soit le défi. Sans eux, je n'en serais pas là aujourd'hui.

Night School

de C. J. Daugherty

Tome 1

Qui croire quand tout le monde vous ment ?

Allie Sheridan déteste son lycée. Son grand frère a disparu. Et elle vient d'être arrêtée. Une énième fois. C'en est trop pour ses parents, qui l'envoient dans un internat au règlement quasi militaire. Contre toute attente, Allie s'y plaît. Elle se fait des amis et rencontre Carter, un garçon solitaire, aussi fascinant que difficile à apprivoiser… Mais l'école privée Cimmeria n'a vraiment rien d'ordinaire. L'établissement est fréquenté par un curieux mélange de surdoués, de rebelles et d'enfants de millionnaires. Plus étrange, certains élèves sont recrutés par la très discrète « Night School », dont les dangereuses activités et les rituels nocturnes demeurent un mystère pour qui n'y participe pas. Allie en est convaincue : ses camarades, ses professeurs, et peut-être ses parents, lui cachent d'inavouables secrets. Elle devra vite choisir à qui se fier, et surtout qui aimer…

Le premier tome de la série découverte par le prestigieux éditeur de *Twilight*, *La Maison de la nuit*, *Nightshade* et Scott Westerfeld en Angleterre.

Une série best-seller de cinq tomes, publiée dans plus de vingt pays !

Tome 2 : *Héritage*

Tome 3 : *Rupture*

Tome 4 : *Résistance*

Tome 5 : *Fin de partie*

Découvrez d'autres romans de
Carina Rozenfeld

dans la même collection

LES CENDRES DE L'OUBLI

- Phænix -

Livre 1

de Carina Rozenfeld

Elle a 18 ans, il en a 20. À eux deux ils forment le Phœnix, l'oiseau mythique qui renaît de ses cendres. Mais les deux amants ont été séparés et l'oubli de leurs vies antérieures les empêche d'être réunis...

Anaïa a déménagé en Provence avec ses parents et y commence sa première année d'université. Passionnée de musique et de théâtre, elle mène une existence normale. Jusqu'à cette étrange série de rêves troublants dans lesquels un jeune homme lui parle et cette mystérieuse apparition de grains de beauté au creux de sa main gauche. Plus étrange encore : deux beaux garçons se comportent comme s'ils la connaissaient depuis toujours...

Bouleversée par ces événements, Anaïa devra comprendre qui elle est vraiment et souffler sur les braises mourantes de sa mémoire pour retrouver son âme sœur.

La nouvelle série envoûtante de Carina Rozenfeld, auteur jeunesse récompensé par de nombreux prix, dont le prestigieux prix des Incorruptibles en 2010 et 2011.

Second volet : *Le Brasier des souvenirs*

Imprimé en France par CPI
en octobre 2015

Composition réalisée par Nord Compo
à Villeneuve-d'Ascq

Dépôt légal : novembre 2015
N° d'édition : 54985/01
N° d'impression : 130881